Ausgesondert
Stadtbibliothek Achim

DIESES BUCH IST
ÖFFENTLICHES EIGENTUM!
Bitte nichts anstreichen.
Für Beschädigung und
Verlust haftet der Entleiher.

Mefisto Kulübü

MEFİSTO KULÜBÜ

Yazan: Tess Gerritsen

Orijinal adı: *The Mephisto Club*
© Tess Gerritsen, 2006
İngilizce aslından çeviren: Boğaç Erkan

Türkçe yayın hakları: © Doğan Egmont Yayıncılık ve Yapımcılık Tic. A.Ş.
1. baskı / kasım 2007 / ISBN 978-975-991-522-3

Kapak tasarımı: Yavuz Korkut
Baskı: Mega Basım, Çobançeşme Mah.
Kalender Sok. No: 9 Yenibosna - İSTANBUL

Doğan Egmont Yayıncılık ve Yapımcılık Tic. A.Ş.
19 Mayıs Cad. Golden Plaza No. 1 Kat 10, 34360 Şişli - İSTANBUL
Tel. (212) 246 52 07 / 542 Faks (212) 246 44 44
www.dogankitap.com.tr / editor@dogankitap.com.tr / satis@dogankitap.com.tr

Mefisto Kulübü

Tess Gerritsen

Çeviren: Boğaç Erkan

Neil ve Mary'ye

Teşekkür

Yazmakta olduğum her kitap kendi başına bir mücadele gerektirir. Önceleri tırmanılması güç bir dağ gibi gözükür. Yazma süreci ne kadar zor olursa olsun, meslektaşlarım ve olağanüstü arkadaşlarımın varlığı ve desteği beni rahatlatır. Yeri doldurulamaz temsilcim Meg Ruley ve tüm Jane Rotrosen Ajans'ı ekibine sonsuz teşekkürlerimi sunmayı borç bilirim. Sizlerin rehberliği yolumu aydınlattı. Her yazarı parlatma gücüne sahip müthiş editörüm Linda Marrow'a, yıllarca bana olan inancını kaybetmeyen Gina Centrello'ya, her konuda desteğini esirgemeyen Gilly Hailparn'a ve Transworld'den Selina Walker'a da teşekkür ederim.

Son olarak bu uzun yolda her zaman benim yanımda olan eşim Jacob'a teşekkür ederim. Bir yazarla evli olmanın tüm zorluğunun farkında, ama evet, hâlâ yanımda...

"Kötü tohumlara ait tüm ruhları ve onların koruyucularını yok et, çünkü onlar günaha sapmış insanoğullarıdır."

Hanok'un Kitabı X:15,
eski İbrani metni, M.Ö. II. yy.

1

Mükemmel bir aile gibi görünüyorlardı.

Babasının açık mezarı yanında durup, papazın İncil'den okuduğu basmakalıp sözleri dinleyen oğlanın düşündüğü buydu. O ılık ve böcekli haziran gününde Montague Saul'un göçüp gidişi ardından yas tutmak için sadece küçük bir grup toplanmıştı, bir düzine insandan fazlası yoktu ve oğlan bunların büyük çoğunluğuyla az önce karşılaşmıştı. Geçen altı ay boyunca oğlan bir yatılı okuldaydı ve bugün bu insanların bazılarını ilk kez görüyordu. Bunların büyük çoğunluğu oğlanın ilgisini birazcık bile çekmiyordu.

Ancak amcasının ailesi, onlar oğlanın ilgisini fazlaca çekiyordu. İncelemeye değerdi.

Ölü kardeşi Montague'ye fazlasıyla benzeyen Dr. Peter Saul, bir baykuşun gözlerini andıran büyük ve yuvarlak gözlükleriyle, zayıf ve oldukça ciddi görünüyordu. Kaçınılmaz bir kelliğe doğru seyrelmekte olan kahverengi saçları vardı. Karısı Amy, yuvarlak, sevimli bir yüze sahipti ve on beş yaşındaki yeğenine, sanki kollarını bedenine dolamaya ve onu sarılarak boğmaya can atarmış gibi endişeli bakışlar atıp duruyordu. Oğulları Teddy on yaşındaydı, çiroz gibi kolları ve bacakları vardı. Baykuş gözlüklerine varıncaya kadar, Peter Saul'un küçük bir kopyası.

Son olarak kızları Lily vardı. On altı yaşında.

Saçlarının lüleleri at kuyruğundan kurtulmuştu ve şimdi sıcaklıkla birlikte yüzüne yapışıyorlardı. Siyah elbisesi içinde rahatsız görünüyordu ve sanki ok gibi fırlamaya hazırlanan bir taymış gibi öne arkaya hareket edip durmaktaydı; bu mezarlıkta vızıldayan böcekleri eliyle uzaklaştırmaya çalışmaktansa başka herhangi bir yerde olmayı tercih edermiş gibi.

Öylesine normal görünüyorlar, öylesine sıradan, diye düşündü oğlan. *Benden ne kadar da farklı.* Sonra Lily'nin bakışları aniden oğlanın bakışlarıyla buluştu ve oğlan bir şaşkınlık ürpertisi hissetti. Karşılıklı tanımanın neden olduğu bir ürperti. O anda, oğlan kızın bakışlarının beyninin en karanlık yarıklarına işlediğini, hiç kimsenin asla görmemiş olduğu tüm gizli yerleri incelediğini neredeyse hissedebiliyordu. Görmelerine asla izin vermediği yerleri.

Kendini huzursuz hisseden oğlan, başka tarafa baktı. Dikkatini kızın yerine mezarın etrafında duran diğer kişilere yoğunlaştırdı: Babasının kâhyası. Avukat. İki yan kapı komşusu. Sevgiden çok âdet yerini bulsun diye gelmiş, sadece tanıdık birkaç kişi. Montague Saul'u sadece yakın zamanda Kıbrıs'tan dönmüş, günlerini kitaplar, haritalar ve minik çanak çömlek parçaları üzerine titreyerek geçiren sessiz bir âlim olarak biliyorlardı. Adamı gerçekten de tanımıyorlardı. Tıpkı oğlunu da gerçekten tanımadıkları gibi.

Nihayet tören sona erdi ve topluluk, babasını kaybetmesinden dolayı ne kadar üzgün olduklarını söylemek için, onu anlayışla sarmalayıp yutmaya hazırlanan bir amip gibi oğlana doğru ilerledi. Hem de Birleşik Devletler'e yerleşmesinin üzerinden bu kadar kısa bir zaman geçmişken.

"En azından ailen sana yardımcı olmak için burada" dedi papaz.

Aile mi? Evet, sanırım bu insanlar benim ailem, diye düşündü oğlan, annesi tarafından ilerlemeye zorlanan küçük Teddy utangaç tavırlarla yaklaşırken.

"Artık sen benim kardeşim olacaksın" dedi Teddy.

"Öyle mi?"

"Annem odanı hazırladı. Benimkinin hemen yanında."

"Ama ben burada kalacağım. Babamın evinde."

Şaşıran Teddy annesine baktı. "Bizimle eve gelmeyecek mi?"

Amy Saul hemen, "Tek başına yaşayamazsın, tatlım" dedi. "Sadece on beş yaşındasın. Belki Purity'yi çok sever ve bizimle kalmak istersin."

"Okulum Connecticut'ta."

"Evet, ama okul tatile girdi artık. Eğer eylülde yatılı okuluna dönmek istersen, tabii ki yapabilirsin. Ama yaz aylarında bizimle eve geleceksin."

"Burada yalnız olmayacağım. Annem benim için gelecektir."

Uzun bir sessizlik oldu. Amy ile Peter birbirlerine baktı, oğlan ne düşündüklerini tahmin edebiliyordu. *Annesi onu çok uzun zaman önce terk etti.*

"Benim için gelecektir" diye ısrar etti oğlan.

Peter Amca, tatlılıkla, "Bunu daha sonra konuşuruz, evlat" dedi.

* * *

Gece, babasının kasaba evinde, yatağında uzanmış, aşağıdaki çalışma odasında mırıldanan yengesi ve amcasının seslerini dinlemekteydi oğlan. Montague Saul'un şu son ayları narin küçük papirüs parçalarını tercüme etmeye çalışarak geçirdiği aynı çalışma odasında. Beş gün önce, bir kriz geçirip masasına yığıldığı aynı çalışma odası. Bu insanlar orada, babasının kıymetli eşyalarının arasında olmamalıydı. Onlar babasının evindeki istilacılardı.

"O sadece bir çocuk, Peter. Bir aileye ihtiyacı var."

"Eğer bizimle gelmek istemezse onu Purity'ye dönmeye zorlayamayız."

"Sadece on beş yaşındaysan, bu konuda seçim hakkın yoktur. Bu kararı yetişkinlerin vermesi gerekir."

Oğlan yataktan kalktı ve odasından çıktı. Konuşmaya kulak kabartmak için ihtiyatlı hareketlerle merdivenlerin yarısına kadar indi.

"Ve gerçekten de, kaç tane yetişkin tanıdı ki? Kardeşin pek de yetişkin sayılmaz. Kendini şu eski mumya bezlerine öylesine kaptırmıştı ki, büyük ihtimalle ayak altında bir çocuk olduğunu asla fark etmemiştir bile."

"Haksızlık ediyorsun, Amy. Kardeşim iyi bir adamdı."

"İyi, ancak dünyadan habersiz biri. Ne tür bir kadının ondan çocuk sahibi olmayı isteyeceğini düşünemiyorum. Ve sonra da büyütmesi için çocuğu Monty'ye bırakıp gidiyor... Bu şekilde davranan bir kadını anlamama imkân yok."

"Monty onu hiç de kötü yetiştirmedi. Oğlan okulda en yüksek notlar alıyor."

"Bir babanın iyi olup olmadığına buna göre mi karar veriyorsun? Oğlanın yüksek notlar alıyor oluşuna göre?"

"Oğlan aynı zamanda ağırbaşlı bir genç adam. Görmedin mi törende ne kadar güçlüydü."

"Hislerini kaybetmiş, Peter. Yüzünde herhangi bir ifade gördün mü bugün?"

"Monty de öyleydi."

"Duygusuz mu demek istiyorsun?"
"Hayır, entelektüel. Mantıklı."
"Ama bu görüntünün altında, sen de oğlanın acı çekiyor olması gerektiğini *biliyorsun*. Annesine tam da şimdi ne kadar ihtiyaç duyduğunu bilmek, ağlama isteği uyandırıyor bende. Gelmeyeceğini bilmemize rağmen, onun için döneceği hakkında nasıl da ısrar etmeye devam ediyor."
"Bunu bilmiyoruz."
"Kadınla bir kez olsun karşılaşmadık bile! Monty'nin tek yaptığı, bir gün yepyeni bir oğlu olduğunu haber vermek için bize Kahire'den mektup yazmaktı. Tek bildiğimiz, oğlanı sazların arasından çekip aldığı, bebek Musa gibi."

Oğlan zeminin gıcırdadığını duydu ve merdivenlerin tepesine doğru baktı. Tırabzanların arasından kendisine bakan kuzenini görmek oğlanı şaşırtmıştı. Kız onu sanki daha önce hiç karşılaşmadığı egzotik bir yaratıkmış gibi izliyor, inceliyor ve tehlikeli olup olmadığına karar vermeye çalışıyordu.

"Aa!" dedi, amcasının karısı Amy. "Kalkmışsın!"
Yengesi ve amcası çalışma odasından henüz çıkmıştı ve merdivenlerin dibinde durmuş, oğlana bakıyorlardı. Tüm konuşmayı duymuş olma ihtimali yüzünden bir parça kaygılanmış görünüyorlardı.

"İyi misin, tatlım?" dedi Amy.
"Evet, Yenge."
"Çok geç oldu. Belki de yatağa dönsen iyi olur?"
Ama oğlan kıpırdamadı. Merdivenlerde bir an için duraklayıp, bu insanlarla birlikte yaşamanın nasıl olacağını düşündü. Onlardan neler öğrenebileceğini. Annesi gelene kadar, yaz aylarını ilginç hale getirecekti.

Oğlan, "Amy Yenge, ben kararımı verdim" dedi.
"Hangi konuda?"
"Yaz tatilim ve tatilimi nerede geçirmek istediğim konusunda."
Kadın hemen en kötüsünü düşündü. "Lütfen çok aceleci olma! Gerçekten de sevimli bir evimiz var, hemen gölün yanında, kendine ait bir odan olacak. Karar vermeden önce en azından gelip bir gör."

"Ama ben sizinle kalmaya karar verdim."
Yengesi bir an için afallayarak kalakaldı. Sonra yüzü bir gülümsemeyle aydınlandı ve oğlana sarılmak için merdivenlerden yukarı koşturdu. Kadın Dove sabunu ve Breck şampuanı gibi kokuyordu. Öylesine vasat, öylesine sıradan. Sonra sırıtan Peter Am-

ca avucunun içiyle oğlanın omzuna sevecen bir şekilde vurdu, bu onun yeni bir oğlu karşılama şekliydi. Mutlulukları pamuk helvadan bir ağ gibiydi, oğlanı da her şeyin sevgi, ışık ve kahkahadan ibaret olduğu kendi evrenlerine çekiyordu.

"Bizimle geldiğini öğrenince çocuklar öyle mutlu olacaklar ki!" dedi Amy.

Oğlan merdivenlerin tepesine doğru bakındı, ancak Lily artık orada değildi. Fark edilmeden sıvışıp gitmişti. *Onu gözümün önünden ayırmamam gerekecek*, diye düşündü oğlan. *Çünkü şimdiden, o da beni gözünün önünden ayırmıyor.*

"Artık sen de ailemizin bir parçasısın" dedi Amy.

Birlikte merdivenlerden çıkarlarken, kadın yaz için yaptığı planları anlatmaya başlamıştı bile. Onu götürecekleri tüm o yerler, eve döndüklerinde onun için hazırlayacakları tüm o özel yemekler. Kadın mutlu, hatta mutluluktan başı dönmüş görünüyordu, tıpkı yeni bebeğiyle bir anne gibi.

Amy Saul'un yanlarında eve götürecekleri şeyin ne olduğuyla ilgili hiçbir fikri yoktu.

2

On iki yıl sonra.
Belki de bu bir hataydı.
Dr. Maura Isles, Kutsal Işığın Hanımefendisi'nin kapıları önünde, içeri girip girmeme konusunda kararsız kalarak durakladı. Cemaat çoktan içeri doluşmuştu ve kar yumuşacık bir fısıltıyla örtülmemiş kafasına yağarken, kadın gecenin ortasında tek başına duruyordu. Kapalı kilise kapılarının arasından orgcunun "Adeste Fidelis"i[1] çalmaya başladığını işitti ve şimdiye kadar herkesin yerlerine oturmuş olduğunu biliyordu. Eğer onlara katılacaksa, içeri adım atmanın zamanı gelmişti.

Kadın tereddüt etti, çünkü o kilisedeki inanan insanların arasına layıkıyla ait değildi. Ancak müzik, aynı bildik ritüellerin vaat edile sıcaklığı ve avuntusu gibi, kadını çağırıyordu. Dışarıda, karanlık sokakta tek başına durdu kadın. Noel arifesinde tek başına.

Merdivenlerden yukarı çıkıp içeri girdi.

Bu geç saatte bile, kilise sıraları aileler ve gece yarısı ayini için yataklarından kaldırılmış uykulu çocuklarla doluydu. Maura'nın geç girişi birçok bakışın kadına yönelmesine neden oldu ve "Adeste Fidelis"in nağmeleri yavaşça kaybolurken, kadın arka tarafta bulabildiği ilk boş yere çabucak oturdu. Giriş ilahisi başlayınca, cemaatin geri kalanıyla birlikte ayakta durmak için neredeyse aynı anda tekrar kalkmaya mecbur kaldı kadın. Peder Daniel Brophy mihraba yaklaştı ve eliyle istavroz çıkardı.

"Peder, Tanrı'nın ve Rabbimiz İsa Mesih'in lütfu ve barışı sizinle olsun" dedi adam.

"Ve sizinle olsun" diye mırıldandı Maura, cemaatle birlikte. Kiliseden uzak geçen bunca yıldan sonra bile, çocukluğunun pazar

---

1. Yaklaşık olarak 1743 yılında John Francis tarafından bestelenmiş bir Noel şarkısı. (ç.n.)

günleriyle kök salmış karşılıklar doğal bir şekilde dudaklarından akıp gidiyordu. "Rabbim bize merhamet eyle. Mesih bize merhamet eyle. Rabbim bize merhamet eyle."

Daniel onun varlığından haberdar olmamasına rağmen, kadın tüm dikkatini sadece adamın üzerine yoğunlaştırmıştı. Koyu renkli saçlarına, zarif hareketlerine, gür bariton sesine. Bu gece utanç duymadan, mahcubiyet hissetmeden onu seyredebilirdi. Bu gece gözlerini onun üzerinden ayırmadan izlemek güvenliydi.

"Allahım bize göklerin egemenliğinin sevincini ver, bunu sen ve Kutsal Ruh'la birlikte sonsuza dek yaşayan ve hükmeden oğlun Mesih İsa adına senden dileriz."

Tekrar sıraya oturunca, Maura boğuk öksürükler ve yorgun çocukların sızlanmalarını duydu. Bu kış gecesinde ışığın ve umudun kutlamasında sunak masasındaki mumlar titredi.

Daniel okumaya başladı. "Melek de onlara dedi: 'Korkmayın, çünkü işte, ben size bütün kavme büyük sevinci müjdeliyorum...'"

Aziz Luka, diye düşündü Maura pasajı hatırlayarak.

"'... sarılmış bir çocuk bulacaksınız; size alamet bu olsun...'" Bakışları aniden Maura'nın üzerine takılarak durakladı. Ve kadın: *Beni bu gece burada görmek bu kadar büyük bir sürpriz mi, Daniel?* diye düşündü.

Adam boğazını temizledi, notlarına göz gezdirdi ve okumaya devam etti. "'Yemlikte yatan, kundağa sarılmış bir bebek bulacaksınız.'"

Artık kadının cemaati arasında oturduğunu biliyor olmasına rağmen, adamın bakışları tekrar kadının bakışlarıyla karşılaşmadı. Ne "Cantate Domino"nun, ne "Dies Sanctificatus"un söylenmesi, ne adakların sunulması, ne de toplu şükran duası sırasında. Çevresindeki diğer insanlar ayağa kalkar ve komünyonu[2] almak için ön tarafta sıra oluştururlarken, Maura oturduğu yerde kaldı. Eğer inanmıyorsanız, kutsanmış ekmekten payınızı almak, şarabı yudumlamak riyakârlıktı.

O zaman ne yapıyorum ben burada?

Yine de ayinler tamamlanana kadar, kutsama ve gönderme boyunca yerinde kaldı kadın.

"Mesih'in barışı içinde gidin."

"Tanrı'ya şükürler olsun" diye yanıt verdi cemaat.

Gece yarısı ayini artık bitmişti, insanlar çıkışa doğru yavaş yavaş ilerlerken paltolarının düğmelerini ilikleyerek ve eldivenlerini ellerine geçirerek kiliseden çıkmaya başladılar. Maura da aya-

---

2. Kutsal ekmek ve şarabın yenilip içilmesi. (ç.n.)

ğa kalktı ve koridora adımını atmak üzereyken dikkatini çekmeye çalışan ve sessizce orada kalmasını rica eden Daniel gözüne ilişti. Kadın tekrar yerine oturdu, sıranın yanından geçen insanların meraklı bakışlarının farkındaydı. Ne gördüklerini, ya da ne gördüklerini düşündüklerini biliyordu: Noel arifesinde kendini rahatlatması için pederin sözlerine aç, yalnız bir kadın.

Yoksa daha fazlasını mı görüyorlardı?

Bakışlarına karşılık vermedi. Kilise boşalırken kadın metanetli bir şekilde dikkatini mihraba yoğunlaştırarak, dosdoğru karşıya baktı. *Geç oldu, eve gitmeliyim. Burada kalmanın ne gibi bir faydası olabileceğini bilmiyorum*, diye düşünüyordu.

"Merhaba, Maura."

Kadın kafasını kaldırıp yukarı baktı ve Daniel'ın bakışlarıyla karşılaştı. Kilise henüz boşalmamıştı. Orgcu notalarını topluyordu ve koro üyelerinden birçoğu paltolarını giymekle meşguldü; yine de o an Daniel'ın dikkati Maura'nın üzerine öylesine yoğunlaşmıştı ki, odadaki diğer tek kişi o olabilirdi.

"Son ziyaretinden bu yana çok uzun zaman geçti" dedi adam.

"Sanırım öyle oldu."

"Ağustostan beri, değil mi?"

Demek sen de hesabını tutuyorsun.

Adam kadının yanına oturdu. "Seni burada görmek beni şaşırttı."

"Noel arifesi ne de olsa."

"Ama sen inanmıyorsun."

"Yine de ayinler hoşuma gidiyor. Şarkılar."

"Gelmenin tek nedeni bu mu? Birkaç ilahi söylemek? Birkaç *Amen* ve *Tanrı'ya şükürler olsun* mırıldanmak?"

"Biraz müzik dinlemek istedim. Diğer insanların etrafında olmak."

"Bu gece tek başına olduğunu söyleme bana."

Kadın omuz silkip güldü. "Beni bilirsin, Daniel. Tam olarak bir parti canavarı değilimdir."

"Düşünmüştüm ki... yani, özellikle de bu gece..."

"Ne?"

"Biriyle beraber olursun diye tahmin etmiştim."

Öyleyim. Seninle birlikteyim.

Orgcu kadın müzik çantasını taşıyarak koridor boyunca yürüyüp yaklaşınca, her ikisi de sessiz kaldı. "İyi geceler, Peder Brophy."

"İyi geceler, Bayan Easton. Nefis icranız için teşekkürler."

"Benim için zevkti." Orgcu, son bir bakışla Maura'yı inceledi ve çıkışa doğru ilerlemeye devam etti. Kapının kapandığını duydular, sonunda yalnız kalmışlardı.

"Pekâlâ, neden bu kadar uzun zaman oldu?"

"Eh, ölüm işini bilirsin. Asla durmaz. Patologlarımızdan biri birkaç hafta önce sırtından ameliyat olmak için hastaneye yatmak zorunda kaldı ve biz de onun yerini doldurmaya mecbur kaldık. Meşguldüm, hepsi bu."

"İstediğin her an beni telefonla arayabilirdin."

"Evet, biliyorum." O da arayabilirdi ancak bunu asla yapmamıştı. Daniel Brophy asla çizgiyi aşmazdı ve belki de bu iyi bir şeydi; Maura yoldan çıkma arzusuyla her ikisi adına da savaşıyordu.

"Peki nasıldın bunca zamandır?"

"Peder Roy'un geçen ay felç geçirdiğini biliyor musun? Polis papazı olarak göreve başladım."

"Dedektif Rizzoli söyledi."

"Birkaç hafta önce Dorchester'daki suç mahallindeydim. Şu vurulan polis memuru. Seni orada gördüm."

"Ben seni görmedim. Selam vermeliydin."

"Şey, meşguldünüz. Her zamanki gibi tüm dikkatinizi işe vermiştiniz." Adam gülümsedi. "Öyle sert görünebiliyorsun ki, Maura. Bunu biliyor muydun?"

Kadın güldü. "Belki de benim problemim budur."

"Problem mi?"

"Erkekleri korkutuyorum."

"Beni korkutmadın."

Bunu nasıl yapabilirdim? diye düşündü kadın. *Kalbin kırılmaya müsait değil ki.* Maksatlı bir şekilde saatine baktı ve ayağa kalktı. "Çok geç oldu ve şimdiden çok fazla zamanını aldım."

"Peşimden koşturan işler yok" dedi adam, kadınla birlikte çıkış kapısına doğru yürürken.

"Bütün cemaatin ruhlarını kollaman gerek. Ve Noel arifesi..."

"Sen de fark edeceksin ki, bu gece benim de gidecek başka bir yerim yok."

Kadın durdu ve adama bakmak için döndü. Kilisede bir başlarına duruyor, diğer Noeller ve diğer gece ayinlerinin çocukluğunu geri getiren bildik mum ve tütsü kokularını teneffüs ediyorlardı. Kiliseye adım atmanın, şu an hissettiği kargaşaya neden olmadığı günler.

"İyi geceler, Daniel" dedi kadın, kapıya doğru dönerek.

"Seni tekrar görmem için dört ay daha mı geçecek?" diye seslendi adam, kadının arkasından.

"Bilmiyorum."

"Konuşmayı özledim, Maura."

Eli kapıyı itip açmak için uzanmış halde, kadın bir kez daha tereddüt etti. "O konuşmaları ben de özledim. Belki de bu yüzden artık bunu yapmamalıyız."

"Utanılacak hiçbir şey yapmadık biz."

"Henüz" dedi kadın yumuşak bir şekilde, bakışlarını adam yerine kendisi ile kurtuluşu arasında duran ağır oymalı kapı üzerinde tutarak.

"Maura, bu şekilde bırakmayalım. Eminim ki aramızda bir tür..." Adam durdu.

Kadının cep telefonu çalıyordu.

Çantasında telefonu aranıp çıkarttı. Bu saatte çalan bir telefon pek hayra alamet olmazdı. Telefona cevap verirken Daniel'ın gözlerinin üzerinde olduğunu, adamın bakışlarına gergin bir tepki verdiğini hissetti.

"Doktor Isles" dedi kadın, doğal olmayacak kadar sakin bir sesle.

"Mutlu Noeller" dedi Dedektif Rizzoli. "Şu an evde olmamana şaşırdım. Önce evi aradım."

"Gece yarısı ayinine gelmiştim."

"Tanrı aşkına, saat gecenin biri. Hâlâ bitmedi mi?"

"Hayır, Jane, bitti, ben de çıkmak üzereyim" dedi Maura, diğer soruları engelleyecek bir ses tonuyla. "Benim için neyin var?" diye sordu kadın. Çünkü bu telefonun öylesine bir merhaba değil, bir çağrı olduğunu şimdiden biliyordu.

"Adres iki yüz on Prescott Caddesi, Doğu Boston. Bir özel mesken. Frost ve ben yaklaşık yarım saat önce geldik."

"Detaylar?"

"Bir kurban var, bir genç kadın."

"Cinayet mi?"

"Ah, evet."

"Sesin çok emin geliyor."

"Buraya geldiğinde görürsün."

Telefonu kapattı ve Daniel'ın hâlâ kendisini izlediğini gördü. Ancak her ikisinin de sonradan pişmanlık duyabilecekleri şeyler söylemek için risk alacakları o an geçmişti. Araya ölüm girmişti.

"İşe mi gitmen gerekiyor?"

"Birinin yerine bakıyorum bu gece." Telefonu çantasına attı.

"Ailem şehirde olmadığı için gönüllü oldum."
"Bütün geceler içinde bu geceyi mi buldun?"
"Noel olması benim için pek fark yaratmıyor."
Kadın paltosunun yakasını ilikledi ve binadan dışarı, geceye yürüdü. Adam onu takip ederek dışarı çıktı ve kadın yeni düşmüş karları çiğneyerek arabasına doğru ilerlerken, merdivenlerde durup, beyaz cübbesi rüzgârda uçuşarak kadını izledi. Arkasına bakan kadın, adamın sallayarak veda ettiğini gördü.

Kadın arabasıyla uzaklaşırken adam el sallamaya devam ediyordu.

3

Üç devriye arabasının mavi ışıkları, düşen karların yarattığı telkâri süslerin arasında nabız gibi atıyor, yaklaşan herkese ilan ediyordu: Burada bir şey oldu, korkunç bir şey. Diğer araçlara geçebilecek yer bırakmak için Lexus'unu yığılı kar kümesinin kenarına sıkıştırırken, Maura ön tamponunun buzlara sürtündüğünü hissetti. Noel arifesinde, gecenin bu saatinde dar sokaktan geçmesi olası yegâne araçlar, onunki gibi, Ölüm'ün maiyetindekilere ait araçlardı. Gözleri yanıp sönen ışıklara kilitlenmiş halde, kendini önündeki yorucu saatlere hazırlamak için bir an hiçbir şey yapmadan durdu. Uzuvları hislerini kaybetti, damarlarında dolaşan kan buz kesti. *Uyan*, diye düşündü kadın. *İşe gitme vakti.*

Arabadan indi ve soğuk havanın ani darbesi uykuyu beyninden alıp götürdü. Botlarının önünde beyaz kuştüyleri gibi hışırdayan yeni düşmüş toz karların arasından yürüdü. Saat bir buçuk olmasına rağmen, sokak boyunca sıralanmış mütevazı evlerin birçoğunun ışığı yanıyordu. Kadın uçan rengeyiği ve şekerleme çubuğu stensileri ile süslenmiş bir pencerenin ardından, sıcak evinden dışarı, artık ne sessiz, ne de kutsal olan bir geceye bakan meraklı bir komşunun siluetini gördü.

"Hey, Doktor Isles?" diye seslendi bir devriye polisi, kadının hayal meyyal hatırladığı yaşlıca bir polis memuru. Adamın onun kim olduğunu tam olarak bildiği açık seçik ortadaydı. "Nasıl oldu da bu gece böylesine şanslı oldunuz, ha?"

"Aynısını ben de size sorabilirim, Memur Bey."

"Galiba ikimiz de kısa çöpü çektik." Adam bir kahkaha attı. "Mutlu kahrolasıca Noeller."

"Dedektif Rizzoli içeride mi?"

"Evet, o ve Frost videoya alıyorlar." Daha eski, yorgun evlerden oluşan bir sıraya tıkıştırılmış, bütün ışıkların yandığı kutu gibi küçük bir evi işaret etti. "Şimdiye kadar, büyük ihtimalle sizin için hazır hale gelmişlerdir."

Şiddetli öğürme sesleri, Dr. Isles'ın bakışlarını sokağa çevirmesine neden oldu, sarışın bir kadın iki büklüm durmuş, kar yığınına kusarken kirlenmesini engellemeye çalışarak uzun paltosunun eteklerini kavramıştı.

Devriye homurdandı. Maura'ya, "Bundan *mükemmel* bir cinayet masası dedektifi olacak" diye söylendi. "Tam da *Cagney and Casey*'deki gibi, uzun adımlarla olay yerine geldi. Çevredeki herkese emirler yağdırdı. Evet, gerçekten de sağlam biri. Sonra eve girdi, etrafa şöyle bir göz attı ve sonra bir baktık ki dışarı çıkmış karlara kusuyor." Bir kahkaha attı.

"Onu daha önce görmedim. Cinayet masasından mı?"

"Ahlak ve uyuşturucudan çok kısa süre önce transfer olduğunu duydum. Komisyon üyesinin kız sayısını artırma konusundaki parlak fikri." Kafasını salladı. "Uzun süre dayanamayacak. Benim tahminim bu."

Kadın dedektif ağzını sildi ve sarsak adımlarla, çöküp kaldığı veranda basamaklarına doğru ilerledi.

"Hey, *Dedektif!*" diye seslendi devriye memuru. "Belki de suç mahallinden uzaklaşmak istersiniz? Eğer tekrar kusacaksanız, en azından delil topladıkları yerde kusmayın."

Yakınlarda duran daha genç bir polis memuru kıs kıs güldü.

Sarışın dedektif tekrar ayağa kalktı ve devriye arabalarının flaşlar halinde çakan parlak ışıkları kadının utanç içindeki yüzünü aydınlattı. "Sanırım gidip arabada oturacağım biraz" diye mırıldandı kadın.

"Evet, en iyisi Madam."

Maura dedektifin arabasının korumasına doğru çekilmesini izledi. O evin içinde ne tür dehşetlerle yüzleşmek üzereydi acaba?

"Doktor" diye seslendi Dedektif Barry Frost. Evden az önce çıkmıştı ve üzerinde bir rüzgârlıkla iki büklüm halde verandada duruyordu. Sarı saçları, sanki yataktan az önce kalkmış gibi tutam tutam dikilmişti. Yüzü daima solgun olmasına rağmen, veranda ışığından yayılan sarı parlaklık her zamankinden daha hastalıklı görünmesine neden olmaktaydı.

"İçerinin çok kötü olduğunu duydum" dedi kadın.

"Noel'de görmek isteyeceğin türden şeyler değil. Dışarı çıkıp biraz hava alsam iyi olur diye düşündüm."

Karla kaplı verandada bırakılmış ayak izleri yığınını fark eden kadın, merdivenlerin dibinde durakladı. "Buradan girmemde bir sakınca var mı?"

"Hayır. Onların hepsi Boston Polis Müdürlüğü'ne ait izler."

"Peki ya ayak izleriyle ilgili kanıtlar?"

"Burada pek bir şey bulamadık."

"Ne yani, pencereden uçarak mı girmiş?"

"Girdikten sonra izleri temizlemiş gibi görünüyor. Süpürme izlerinin bazılarını hâlâ görebilirsin."

Kadın yüzünü astı. "Bu herif detaylara dikkat ediyor."

"İçeridekileri görene kadar bekle."

Kadın merdivenlerden çıktı ve galoşlarıyla eldivenlerini taktı. Sıska ve beti benzi atmış yüzüyle, Frost yakından daha da kötü görünüyordu. Ancak nefes aldı ve istekli bir şekilde, "İstersen yolu gösterebilirim" diye önerdi.

"Hayır, sen keyfine bak. Bana etrafı Rizzoli gösterebilir."

Adam başıyla onayladı, ancak kadına bakmıyordu; akşam yemeğine tutunmaya çabalayan bir adamın hararetli konsantrasyonuyla bakışlarını sokağa çevirmişti. Kadın onu mücadelesiyle baş başa bıraktı ve kapı koluna uzandı. Şimdiden kendini en kötüsüne hazırlamıştı. Sadece dakikalar önce, kendine gelmek için çaba harcayarak yorgun bir şekilde buraya ulaşmıştı, oysa şimdi, sinirlerinde parazit gibi cızırdayan gerilimi hissedebiliyordu.

Eve girdi. Nabzı şiddetli bir şekilde atarak durakladı ve hiçbir şekilde dehşet verici olmayan manzaraya baktı. Girişin meşe ağacından, aşınmış bir zemini vardı. Antrenin arasından ucuz uyumsuzluklarla döşeli oturma odasını görebiliyordu: Japon şilteli bel vermiş bir kanepe, bir armut koltuk, parça pano tahtaları ve briketlerin bir araya getirilmesiyle yapılmış bir kitap rafı. O ana kadar *suç mahalli* diye bağıran hiçbir şey yoktu. Dehşet henüz ortaya çıkmamıştı; kadın dehşetin kendisini beklediğini biliyordu, çünkü dehşetin yansımalarını Barry Frost'un gözlerinde ve kadın dedektifin kül rengi yüzünde görmüştü.

Oturma odasından, çam masanın etrafına dizilmiş dört sandalye gördüğü yemek odasına geçti. Ancak ilgisini mobilyalara yoğunlaştırmadı; kadının dikkatini çeken, masanın üzerine sanki bir aile yemeği için dizilmişe benzeyen yemek takımları olmuştu. Dört kişilik bir yemek.

Tabaklardan birinin üzerinde keten bir peçete vardı, kanla lekelenmişti.

İhtiyatlı bir şekilde peçeteye uzandı. Köşesinden tutup kaldırarak tabağa, peçetenin altında yatana göz attı. Peçeteyi anında bıraktı ve nefes almaya çalışarak geriye doğru sendeledi.

"Görüyorum ki sol eli bulmuşsun" dedi bir ses.

Maura kendi etrafında döndü. "Ödümü patlattın."

"Gerçekten de korkutucu bir şeyler görmek ister misin?" dedi Dedektif Jane Rizzoli. "Sadece beni izle." Arkasını döndü ve koridor boyunca Maura'ya yol gösterdi. Tıpkı Frost gibi, Jane de az önce yataktan kalkmış gibi görünüyordu. Bol pantolonu kırışmıştı, koyu renkli saçları düğüm düğüm olmuş bir tel yumağı gibiydi. Frost'un aksine, kadın korkusuzca hareket ediyor, kâğıtla kaplı ayakkabıları zemin boyunca hışırdıyordu. Düzenli olarak otopsi odasında bulunan tüm dedektifler içerisinde, dosdoğru masanın yanında bitmesi, daha yakından bakmak için masaya eğilmesi en olası olan Jane'di ve şimdi de, koridor boyunca ilerlerken kadın herhangi bir tereddüt göstermiyordu. Bakışları yerdeki kan damlalarına çekilmiş bir halde, geride kalan Maura'ydı.

"Bu tarafa yakın kal" dedi Jane. "Burada her iki yöne doğru giden bazı belli belirsiz ayak izleri var. Bir tür spor ayakkabısı. Şu an oldukça kurular, ama bir şeyleri berbat etmek istemem."

"Olayı bildiren kim?"

"Dokuz yüz on bir çağrısı. Gece yarısından hemen sonra geldi."

"Nereden?"

"Bu evden."

Maura yüzünü astı. "Kurban mı? Yardım çağırmaya mı çalışmış?"

"Hatta ses yokmuş. Biri acil yardım operatörünü aramış ve telefonu açık bırakmış. İlk polis arabası çağrıdan on dakika sonra buraya ulaşmış. Devriye memuru kapıyı açık bulmuş, yatak odasına gitmiş ve dehşete kapılmış." Jane kapı aralığında durakladı ve omzunun üzerinden Maura'ya baktı. Bir uyarı bakışı. "İşlerin ürkütücü hale geldiği yer burası."

Kesik el yeterince kötüydü.

Jane, Maura'nın yatak odasına bakabilmesi için kenara çekildi. Maura kurbanı görmemişti, kadının tüm gördüğü kandı. Ortalama bir insan bedeni yaklaşık beş litre kan barındırır. Küçük bir odaya saçılan aynı miktarda kırmızı boya, bütün yüzeyi kaplayabilir. Kapı eşiğinden içeri göz gezdirdiğinde, kadının şaşkın bakışlarının karşı karşıya kaldığı şey, sadece abartılı püskürmelerden ibaretti, şamatacı ellerce beyaz duvarlar, mobilyalar ve yatak örtüleri boyunca savrulan parlak flamalar gibi.

"Arteriyel"[3] dedi Rizzoli.

Bakışları kavisli püskürme izlerini takip ederek duvarlara kırmı-

---

3. Atardamarla ilgili. (ç.n.)

zı renkte yazılmış korku hikâyesini okurken, Maura'nın tek yapabildiği sessizce, başıyla onaylamak oldu. Dördüncü sınıf tıp öğrencisi olarak acil serviste stajını yaparken, ateşli silahla yaralanmış bir kurbanın travma masasında kan kaybından ölüşüne tanık olmuştu bir keresinde. Kan basıncı düşünce, çaresizlik içindeki cerrah iç kanamayı kontrol altına alabilmeyi umut ederek bir acil laparatomi yapmıştı. Karnı keserek açmış, yırtılmış aorttan doktorların önlüklerine ve yüzlerine fışkıran bir arteriyel kan fıskiyesini serbest bırakmıştı. Kanı emdikleri ve steril havlularla tampon yaptıkları o çılgın anlarda, Maura'nın dikkatini yoğunlaştırabildiği yegâne şey o kan olmuştu. Işıldayan parlaklığı, metalik kokusu. Bir retraktörü almak için açık karın boşluğuna uzanmış ve önlüğünün kollarından işleyen sıcaklığın bir banyo kadar yatıştırıcı olduğunu hissetmişti. O gün, ameliyathanede, Maura zayıf bir arteriyel basıncın bile ortaya çıkarabileceği dehşet verici fışkırmayı görmüştü.

Şimdi, Maura yatak odasının duvarlarında göz gezdirirken, bir kez daha, kadının dikkatini çeken kurbanın son anlarının öyküsünü kaydeden kan oluyordu. *İlk kesik açıldığında, kurbanın kalbi hâlâ atıyor, hâlâ bir kan basıncı yaratıyordu.* Makineli tüfek gibi fışkıran ilk kanın duvara isabet ettiği, bir ark çizerek yukarılara uzandığı yer orada, yatağın üzerindeydi. Birkaç güçlü nabız atışından sonra arklar kuvvetini kaybetmeye başlamıştı. Vücut düşen basıncı telafi etmeye çabalamış, atardamarlar kasılmış, nabız yükselmişti. Ancak her atımıyla birlikte kalp kendi kendini kurutacak, kendi sonunu hızlandıracaktı. Basınç en sonunda silinip gittiğinde ve kalp durduğunda başkaca fışkırma olmayacak, son kan akarken sadece durgun bir sızıntı kalacaktı. Maura bu duvarlara ve bu yatağa kaydedilmiş ölümü bu şekilde yorumladı.

Sonra kadının bakışları durdu, fışkırmış kanlar arasında neredeyse gözünden kaçan bir şey üzerine perçinlendi. Boynunun arkasındaki tüylerin birdenbire kabarmasına yol açan bir şey. Bir duvarda, kanla çizilmiş, üç tane ters haç vardı. Ve bunun altında, bir dizi esrarengiz sembol yer alıyordu:

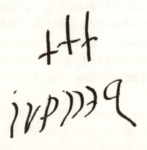

"Bunun anlamı ne?" dedi Maura, usulca.

"Hiçbir fikrimiz yok. Biz de bunu çözmeye çalışıyorduk."

Maura bakışlarını yazıların üzerinden alamıyordu bir türlü. Yutkundu. "Ne tür bir pislikle uğraşıyoruz burada?"

"Bir sonrakini görene kadar bekle." Jane yatağın öte tarafına dolandı ve yeri işaret etti. "Kurban tam da burada. Büyük kısmı, en azından."

Maura, ancak yatağın diğer tarafına dolaştıktan sonra kadını gördü. Üzerinde herhangi bir giysi olmaksızın, sırtüstü yatmaktaydı. Aşırı kan kaybı teninin rengini alıp götürmüş, geride kireç rengi bir yüz bırakmıştı ve Maura aniden British Museum'da ziyaret ettiği, parça parça olmuş düzinelerce eski Roma heykelinin sergilendiği salonu anımsadı. Yüzyılların aşındırması mermerin üzerinde çentikler açmış, kimliği belirsiz bedenlerden biraz fazlası haline gelene dek kafalarını çatlatmış, kollarını kırmıştı. O an yerdeki vücuda bakarken kadının gördüğü işte buydu. *Kırılmış bir Venüs. Kafası olmayan.*

"Adam onu burada, yatakta öldürmüş gibi görünüyor" dedi Jane. "Bu, yatağın arkasındaki duvardaki ve şiltenin üzerindeki tüm o kanı açıklar. Sonra onu yere sürüklemiş, belki de rahat kesebilmek için sert bir yüzeye ihtiyaç duydu." Jane bir soluk aldı ve aniden limitini doldurmuş ve cesede daha fazla bakamayacakmış gibi arkasını döndü.

"İlk devriye arabasının dokuz yüz on bir çağrısına cevap vermesinin on dakika aldığını söyledin" dedi Maura.

"Bu doğru."

"Burada yapılanlar –bu amputasyonlar,[4] kafanın yerinden ayrılması– bunlar on dakikadan fazla sürer."

"Bunu biz de fark ettik. Telefon edenin kurban olduğunu sanmıyorum."

Atılan bir adımın gıcırtısı her ikisinin de arkasına dönmesine neden oldu. Kapının ağzında duran ve içeri girmek için hiç de hevesli görünmeyen Barry Frost'u gördüler.

"Suç mahalli birimi geldi" dedi adam.

"İçeri gelmelerini söyle." Jane durakladı. "Pek iyi görünmüyorsun."

"Bence hiç de fena gitmiyorum. Olan biteni hesaba katarsan."

"Kassovitz nasıl? Kusması bitti mi? Burada bize yardım edebilir."

Frost kafasını salladı. "Hâlâ arabasında oturuyor. Midesinin

---

4. Vücudun kol, bacak, vb gibi bir parçasının bir kısmının veya tümünün ameliyatla alınması, kesilmesi; bir uzvu kesmek. (ç.n.)

hazır olduğunu sanmıyorum. Ben gidip SMB'yi getireyim."

"Kendini toplamasını söyle, Tanrı aşkına!" diye seslendi Jane, odadan çıkan adamın ardından. "Bir kadının beni yüzüstü bırakmasından nefret ediyorum. Hepimizin adını lekeliyor."

Maura'nın bakışları tekrar yerdeki bedenin üzerine döndü. "Gerisini..."

"Bulduk mu?" dedi Jane. "Evet. Sol eli zaten gördün. Sağ kolu banyo küvetinde duruyor. Ve sanırım artık sana mutfağı göstermenin zamanı geldi."

"Mutfakta ne var?"

"Başka sürprizler." Jane odayı geçerek koridora doğru yöneldi.

Kadını takip etmek için dönen Maura yatak odası aynasında bir an kendini gördü. Aynadaki yansıması, eriyen karlar yüzünden güçsüz görünen siyah saçlar ve yorgun gözlerle ona bakıyordu. Ancak kadının donup kalmasına neden olan yüzünün yansıması değildi. "Jane" diye fısıldadı. "Şuna bak."

"Ne?"

"Aynada. Semboller." Maura döndü ve duvardaki yazılara baktı. "Görüyor musun? Bu ters bir görüntü! Bunlar sembol değil, bunlar aynayla okunmak için yazılmış harfler."

Jane duvara, sonra da aynaya baktı. "Bu bir kelime mi?"

"Evet. *Peccavi* yazıyor."

Jane kafasını salladı. "Tersten olsa bile, benim için bir anlam ifade etmiyor."

"Bu Latince, Jane."

"Peki neyin karşılığı?"

"*Günah işledim.*"

Bir an için iki kadın birbirlerine baktı. Sonra Jane aniden bir kahkaha attı. "Vay canına, bu senin için olağanüstü bir itiraf. Sence birkaç *Hail Mary*[5] bu günahı bağışlatır mı?"

"Belki de bu kelimeler katil için yazılmamıştır. Belki de tamamen kurbanla ilgilidir." Maura, Jane'e baktı. "*Günah işledim.*"

"Ceza" dedi Jane. "İntikam."

"Bu olası bir cinayet nedeni. Katili kızdıracak bir şey yapmış. Ona karşı günah işlemiş. Ve bu da karşılığı."

Jane derin bir soluk aldı. "Hadi mutfağa gidelim." Koridor boyunca Maura'ya yol gösterdi. Jane mutfağın kapı aralığında durdu ve gördükleri karşısında bir şey söyleyemeyecek kadar ser-

---

5. İsa'nın annesi Meryem'e şefaat istemek için, Katolikler ve Doğulu Ortodokslarca okunan geleneksel bir dua. Latince ismi ise Ave Maria'dır. Hail Mary, aynı zamanda iyi işler yapmadan dua etmek anlamında, dindarlık karşıtı aşağılayıcı bir deyim olarak kullanılır. (ç.n.)

semlemiş halde, kapının eşiğinde kalakalmış Maura'ya baktı.

Fayans kaplı zeminde, kırmızı tebeşir gibi görünen bir şeyle büyük bir daire çizilmişti. Erimiş ve katılaşmış beş parafin kalıntısı aralıklarla çemberin etrafına konulmuştu. *Mumlar*, diye düşündü Maura. Bu çemberin merkezinde, bir kadının, gözleri onlara bakacak şekilde yerleştirilmiş, kesilmiş kafası duruyordu.

Bir çember. Beş siyah mum. *Bu bir ayinsel sunuş.*

"Şimdi benim evdeki küçük kızıma gitmem gerekiyor, öyle mi?" dedi Jane. "Sabah olduğunda hep birlikte Noel ağacının etrafına oturacak, hediyeleri açacak ve dünya yüzünde huzur varmış gibi yapacağız. Ama ben... bana bakan... bu şeyi... düşünüyor olacağım. Lanet olsun, mutlu Noeller."

Maura yutkundu. "Kadının kim olduğunu biliyor muyuz?"

"Valla, kimliğini doğrulamaları için arkadaşlarını ve komşularını içeri çağırmadım. *Hey, mutfakta yerde duran kafayı tanıyor musunuz?* Ancak ehliyetindeki fotoğrafa bakılırsa, bunun Lori-Ann Tucker olduğunu söyleyebilirim. Yirmi sekiz yaşında. Kahverengi saçlar, kahverengi gözler." Beklenmedik şekilde Jane bir kahkaha attı. "Vücudunun bütün parçalarını birleştir, işte göreceğin bu."

"Onun hakkında ne biliyorsun?"

"Cüzdanında maaş çekinin koçanını bulduk. Bilim Müzesi'nde çalışıyor. Ne iş yaptığını bilmiyoruz ama eve, mobilyalara bakılırsa" Jane bakışlarını yemek odasında dolaştırdı "çok fazla kazanıyor gibi görünmüyor."

Sesler ve eve giren SMB'nin neden olduğu gıcırtılar duydular. Jane onları her zamanki kendine güvenli görünümüyle karşılamak için bir anda doğruluvermişti. Herkesin bildiği korkusuz Dedektif Rizzoli.

"Hey çocuklar" dedi kadın, Frost ve iki erkek suç uzmanı ihtiyatlı bir şekilde mutfağa girerken. "Elimizde eğlenceli bir tane var."

"Tanrım" diye mırıldandı suç uzmanlarından biri. "Kurbanın geri kalanı nerede?"

"Birçok odada. İsterseniz ilk olarak..." Vücudu aniden dimdik kesilen kadın durdu.

Mutfak tezgâhı üzerinde duran telefon çalıyordu.

Telefona en yakın duran Frost'tu. "Ne yapayım?" diye sordu adam Rizzoli'ye bakarak.

"Cevap ver."

Frost eldivenli eliyle, ihtiyatlı bir şekilde ahizeyi kaldırdı.

"Merhaba? Merhaba?" Bir süre sonra ahizeyi tekrar yerine koydu. "Kapattılar."

"Arayanın numarasında ne görünüyor?"

Frost arama geçmişi düğmesine bastı. "Bir Boston numarası."

Jane cep telefonunu çıkarttı ve mutfak telefonunun ekranındaki numaraya baktı. "Numarayı arayacağım" dedi ve çevirdi. Çalan telefonun sesini dinleyerek bekledi. "Cevap yok."

"Durun, o numara burayı daha önce de aramış mı bakayım" dedi Frost. Arama geçmişini gözden geçirerek, bu hattı aramış ya da bu hattan aranmış tüm numaraları kontrol etti. "Pekâlâ, dokuz yüz on bire yapılan çağrı burada. On ikiyi on geçe."

"Bizim katil, yaptıklarını haber veriyor."

"Burada bir başka çağrı daha var, dokuz yüz on birden hemen önce. Bir Cambridge numarası." Adam ekrana baktı. "Saat on ikiyi beş geçe aranmış."

"Katil bu telefondan iki arama mı yapmış?"

"Eğer arayan bizim katilse."

Jane telefona baktı. "Bir düşünelim. Burada mutfakta duruyor. Onu az önce öldürmüş ve parçalamış. Elini, kolunu kesmiş. Kafasını tam şuraya, yere yerleştiriyor. Neden birilerini arasın ki? Bununla böbürlenmek mi istiyor? Peki kimi arayacak?"

"Bak bakalım kimi aramış" dedi Maura.

Jane bir kez daha cep telefonunu kullandı, bu kez Cambridge numarasını aramak için. "Çalıyor. Tamam, bir telesekreter çıktı." Jane durakladı ve bakışları aniden Maura'ya bir kırbaç gibi çarptı. "Bu numaranın kime ait olduğuna inanmayacaksın."

"Kim?"

Jane telefonu kapattı ve numarayı bir daha çevirdi. Cep telefonunu Maura'ya verdi.

Maura zilin dört kez çaldığını duydu. Sonra telesekreter telefonu açtı ve kaydedilmiş bir mesaj duyuldu. Duyar duymaz, bu ses Maura'ya kanını donduracak kadar tanıdık gelmişti.

Doktor Joyce P. O'Donnell'a ulaştınız. Söyleyeceklerinizi duymak isterim, o yüzden lütfen mesaj bırakın ki sizi arayabileyim.

Maura telefonu kapattı ve Jane'in aynı derecede sersemlemiş bakışlarıyla karşılaştı. "Katil neden Joyce O'Donnell'ı arasın ki?"

"Şaka ediyorsun" dedi Frost. "O *kadının* numarası mı?"

"Kim o?" diye sordu suç uzmanlarından bir tanesi.

Jane adama baktı. "Joyce O'Donnell" dedi kadın, "bir vampirdir."

4

Burası Jane'in Noel sabahı bulunmak isteyeceği yer değildi.
O ve Frost, kadının Brattle Caddesi'nde park edilmiş Subaru'sunda oturmuş, sömürge döneminden kalma büyük beyaz bir eve bakmaktaydılar. Jane bu evi en son ziyaret ettiğinde mevsim yazdı ve ön bahçe kusursuz bir şekilde düzenlenmişti. Bahçeyi şimdi, değişik bir mevsimde gören kadın, arduvaz grisi süslemelerden ön kapıdaki hoş çelenge kadar her detayın böylesine zarif oluşundan bir kez daha etkilenmişti. İşlemeli demir kapı, çam dalları ve kırmızı kurdeleyle dekore edilmişti; pencerenin içinden bakınca, kadın süslerle ışıldayan ağacı görebiliyordu. Bu şaşırtıcıydı. Kan emiciler bile Noel'i kutluyordu.

"Eğer bunu yapmak istemezsen" dedi Frost, "onunla ben konuşabilirim."

"Bununla başa çıkamayacağımı mı düşünüyorsun?"

"Bunun senin için zor olacağını düşünüyorum."

"Benim için zor olacak şey, ellerimi gırtlağından uzak tutmak olacak."

"Görüyor musun, demek istediğim bu işte. Davranışların işimize mani olacak. İkinizin bir geçmişi var ve bu her şeyin rengini değiştiriyor. Tarafsız olamazsın."

"Onun kim olduğunu, ne yaptığını bilen hiç kimse tarafsız olamaz."

"Rizzoli, kadın sadece yükümlü olduğu şeyi yapıyor."

"Fahişeler de öyle." *Sadece fahişeler kimsenin canını yakmıyor*, diye düşündü Jane, Joyce O'Donnell'ın evine bakarak. Parası cinayet kurbanlarının kanlarıyla ödenmiş bir ev. Fahişeler şık St. John tayyörleri içinde, kendinden emin tavırlarla mahkeme salonlarına girip, kasapları savunmak için tanık sandalyesine oturmuyorlar.

"Sadece kendine hâkim olmaya çalışmanı söylüyorum, tamam mı?" dedi Frost. "Onu sevmek zorunda değiliz. Ama onu kızdırmayı göze alamayız."

"Planımın bu olduğunu mu düşünüyorsun?"

"Haline bak. Tırnaklarını şimdiden çıkartmışsın bile."

"Yalnızca kendimi korumak için." Jane arabanın kapısını açtı. "Çünkü bu kaltağın kendi tırnaklarını bana batırmaya çalışacağını biliyorum." Adımını dışarı, baldırlarına kadar gelen karın içine attı, ancak çoraplarından içeri sızan soğuğu hemen hemen hiç hissetmedi; en derin ürpertisi fiziksel değildi. Kadının dikkati eve, yaklaşmakta olan yüzleşmeye yoğunlaşmıştı, Jane'in gizli korkularını son derece iyi bilen bir kadınla yapacağı yüzleşmeye. Aynı zamanda bu korkuları nasıl kullanacağını da bilen bir kadın.

Frost kapıyı savurarak açtı ve ikisi birlikte karları kürenmiş yoldan yürüdü. Yolun taşları buzluydu; Jane kaymamak için o kadar büyük bir çaba gösteriyordu ki, verandanın basamaklarına ulaştığında çoktan kendisini dengesiz hissetmeye başlamıştı, adımlarını nereye basacağını bilemiyordu. Joyce O'Donnell'la yüz yüze gelmenin en iyi yolu bu değildi. Ön kapı açıldığında ve O'Donnell kısa kesimli sarı saçları, düğmeli pembe gömleği ve atletik vücuduna mükemmel şekilde uyacak biçimde dikilmiş haki renkli bol pantolonuyla, her zamanki zarif haliyle karşılarına çıktığında da yardımcı olmadı bu. Paçaları erimiş kar yüzünden ıslanmış, siyah renkli yavan pantolon ceket takımı içindeki Jane, kendini malikâne kapısındaki bir ricacı gibi hissediyordu. *Tam olarak hissetmemi istediği biçimde.*

O'Donnell başıyla soğukkanlı bir şekilde selamladı. "Dedektifler." Hemen kenara çekilmemişti, burada, kendi bölgesinde, hâkimiyetin onda olduğunu göstermek için maksatlı bir duraklama.

"İçeri girebilir miyiz?" diye sordu Jane en sonunda. İçeri girmelerine izin verileceğini bilerek. Oyun şimdiden başlamıştı.

O'Donnell eliyle işaret ederek onları eve aldı. "Noel gününü bu şekilde geçirmeyi istemiyordum."

"Biz de Noel'i tam olarak bu şekilde geçirmeyi istemiyoruz" diye karşılık verdi Jane. "Ve eminim ki kurbanın istediği de bu değildi."

"Size söylediğim gibi, kayıt zaten silinmişti" dedi O'Donnell, oturma odasına doğru yol gösterirken. "Dinleyebilirsiniz, ancak duyacağınız herhangi bir şey yok."

Jane'in bu evi son ziyaret edişinden bu yana pek bir şey değişmemişti. Aynı soyut resimleri duvarlarda gördü, aynı zengin Şark halılarını. Tek yenilik Noel ağacıydı. Jane'in çocukluğunun ağaçları gelişigüzel süslenirdi, birbirleriyle uyumsuz süsleriyle daha önceki Rizzoli Noellerine kadar güç bela dayanabilmişlerdi. Ve sonra gelin telleri gelmişti; çok, hem de çok fazlası. Jane bunlara *Vegas ağaçları* derdi.

Ancak bu ağaçta, tek bir gelin teli dahi yoktu. Bu evde Vegas yoktu. Bunun yerine, dallara kışa özgü güneş ışığını, dans eden çentikler gibi duvarlara yansıtan kristal prizmalar ve gümüş gözyaşı damlaları asılmıştı. *Kahrolasıca Noel ağacı bile kendimi yetersiz hissetmeme neden oluyor.*

O'Donnell odanın karşı tarafındaki telesekreterine gitti. "Şu an elimde olanın tümü bu" dedi kadın ve çal tuşuna bastı. Dijital ses, "Yeni mesajınız yok" diye ilan etti. Dedektiflere baktı kadın. "Korkarım bahsettiğiniz kayıt gitmiş. Dün gece eve gelir gelmez tüm mesajlarımı dinledim. Dinledikçe de siliyordum. Kaydı saklamam konusundaki mesajınıza geldiğimde iş işten geçmişti."

"Kaç mesajınız vardı?" diye sordu Jane.

"Dört. Sizinki sonuncuydu."

"Bizim ilgilendiğimiz çağrı on ikiyi on geçe civarında gelmiş olmalı."

"Evet, numara hâlâ burada, elektronik kayıt defterinde." O'Donnell bir düğmeye basarak tekrar 12:10 çağrısına döndü. "Ancak o saatte arayan her kimse, bir şey söylememiş." Jane'e baktı. "Herhangi bir mesaj yoktu."

"Ne duydunuz?"

"Size söyledim. Hiçbir şey yoktu."

"Dışarıdan gelen sesler? Televizyon, trafik?"

"Soluk sesi bile yoktu. Sadece bir iki saniyelik bir sessizlik ve sonra da kapanma sesi. Bu yüzden de hemen sildim. Dinlenecek hiçbir şey yoktu."

"Arayanın numarasını tanıyor musunuz?" diye sordu Frost.

"Tanıdık mı olmalı?"

"Biz de size bunu soruyoruz" dedi Jane, sesindeki anlam aşikâr bir şekilde.

O'Donnell'ın bakışları kadının bakışlarıyla karşılaştı ve Jane, o gözlerde bir küçümseme ışıltısı gördü. *Sanki ilgisine bile değmezmişim gibi.* "Hayır, telefon numarasını tanımadım" dedi O'Donnell.

"Lori-Ann Tucker ismini biliyor musunuz?"

"Hayır. O kim?"

"Dün gece öldürüldü, kendi evinde. Bu çağrı onun telefonundan yapılmış."

O'Donnell durdu ve mantıklı bir biçimde, "Belki de yanlış numaradır" dedi.

"Ben öyle düşünmüyorum, Doktor O'Donnell. Bence o çağrı size *ulaşmak* için yapılmıştı."

"Neden beni arayıp hiçbir şey söylememiş olsun ki? Kadının telesekreterimdeki kaydı duyunca yanlış yaptığını anlayıp, öylece telefonu kapatmış olması daha muhtemel."

"Sizi arayanın kurban olduğunu düşünmüyorum ben."

O'Donnell bir kez daha durakladı, bu sefer daha uzun. "Anlıyorum" dedi kadın. Bir koltuğun yanına yürüdü ve oturdu, ancak bunun nedeni kadının sarsılmış olması değildi. O koltukta otururken tamamen sakin görünüyordu, maiyetini çevresine toplamış bir imparatoriçe. "Beni arayan kişinin katil olduğunu düşünüyorsunuz."

"Bu ihtimal sizi hiç de endişelendirmişe benzemiyor."

"Endişelenmemi gerektirecek kadarını bilmiyorum henüz. Bu vakayla ilgili hiçbir bilgim yok. Neden bana daha fazlasını anlatmıyorsunuz?" Kanepeyi işaret etti, ziyaretçilerinin oturması için yapılmış bir davet. Kadının gösterdiği ilk konukseverlik emaresi bu olmuştu.

Artık elimizde ona sunabileceğimiz ilginç bir şeyler olduğu için, diye düşündü Jane. *Kan kokusu getiren bir esinti yakaladı. Bu kadın tam da bunun için kıvranıyor.*

Kanepe ilk günkü kadar beyazdı. Frost kanepeye yerleşmeden önce, sanki kumaşı lekelemekten korkarmış gibi durakladı. Ancak Jane ikinci kez bakmadı bile. Karın ıslattığı pantolonuyla, bakışlarını O'Donnell'dan ayırmadan kanepeye oturdu.

"Kurban yirmi sekiz yaşında bir kadın" dedi Jane. "Dün gece, gece yarısı sularında öldürüldü."

"Şüpheliler?"

"Kimseyi tutuklamadık."

"Öyleyse katilin kim olduğu konusunda bir fikriniz yok."

"Sadece hiç kimseyi tutuklamadığımızı söylüyorum. Yaptığımız şey ipuçlarını takip etmek."

"Ve bunlardan biri de benim."

"Birisi kurbanın evinden sizi aramış. Pekâlâ katil de olabilir bu."

"Peki adam, erkek olduğunu varsayarsak, neden benimle konuşmak istemiş olsun ki?"

Jane öne eğildi. "İkimiz de bunun nedenini biliyoruz, Doktor. Hayatınızı böyle kazanıyorsunuz. Muhtemelen, hepsi sizi arkadaşları olarak kabul eden katillerin oluşturduğu küçük tatlı bir hayran kulübünüz vardır. Katiller takımı arasında ünlü olduğunuzu biliyorsunuz. Siz, canavarlarla konuşan bir psikiyatrsınız."

"Onları anlamaya çalışıyorum, hepsi bu. Onları inceliyorum."

"Onları savunuyorsunuz."

"Ben bir nöropsikiyatrım. Mahkemede ifade vermek için diğer uzman tanıkların çoğundan çok daha vasıflıyım. Her katil hapishaneye ait değildir. Bazıları ciddi anlamda hasar görmüş insanlar."

"Evet, teorinizi biliyorum. Bir çocuğun kafasına vur, beyninin ön loblarına zarar ver ve o andan sonra yaptığı şeylerin tüm sorumluluğundan kurtulsun. Bir kadını öldürebilir, onu parçalara ayırabilir ve her şeye rağmen sen onu mahkemede savunursun."

"Kurbanın başına gelen bu mu?" O'Donnell'ın yüzüne rahatsız edici bir tedirginlik yerleşmişti, gözleri parlak ve yabaniydi. "Vücudu parçalara mı ayrılmış?"

"Neden soruyorsun?"

"Sadece bilmek istiyorum."

"Mesleki merak mı?"

O'Donnell koltuğunun arkasına yaslandı. "Dedektif Rizzoli, pek çok katille görüştüm ben. Yıllar içerisinde, cinayet nedenleri, yöntemleri ve şablonları üzerine kapsamlı istatistikler topladım. Dolayısıyla evet, mesleki merak." Kadın durakladı. "Vücudun parçalara ayrılması o kadar da sıradışı bir şey değil. Özellikle de kurbanın bedeninden kurtulmaya yardımcı olması amaçlamışsa."

"Bu vakadaki neden bu değildi."

"Bunu biliyor musunuz?"

"Son derece açıktı."

"Vücudun parçalarını bir amaç doğrultusunda teşhir etmiş mi? Bir mizansen mi yaratılmış?"

"Neden ki? Bu tür işlere girişen hastalıklı dostların oldu mu hiç? Bizimle paylaşmak istediğin herhangi bir isim? Sana yazıyorlar, öyle değil mi? Seni herkes biliyor. Tüm detayları duymak isteyen doktor."

"Bana genellikle imzasız mektuplar yazarlar, adlarını söylemezler."

"Ama mektuplar geliyor" dedi Frost.

"İnsanlardan haber alıyorum."

"Katillerden."

"Ya da düzenbazlardan. Gerçeği söyleyip söylemediklerini bilmeme imkân yok."

"Bazılarının sadece fantezilerini paylaştıklarını mı düşünüyorsunuz?"

"Ve büyük ihtimalle bunları asla hayata geçirmeyecekler. Sadece kabul edilemez dürtüleri ifade etmeye ihtiyaç duyuyorlar. Bunlar hepimizde var. En mülayim tavırlara sahip adamlar bile bazen kadınlara yapmak istedikleri şeylerin düşünü kuruyorlar. Kimseye söyleyemeye cesaret edemeyecekleri kadar sapıkça şeyler. İddiaya girerim ki siz bile birkaç uygunsuz düşünce besliyorsunuzdur, Dedektif Frost." Bakışlarını adamın üzerinde tuttu onu rahatsız etmeyi amaçlayan bakışlardı bunlar. Övgüye değer bir şekilde, Frost'un yüzü bile kızarmamıştı.

"Size kurbanını parçalara ayırmakla ilgili fantezileri hakkında yazan herhangi biri oldu mu?" diye sordu adam.

"Son zamanlarda hayır."

"Ama birileri vardı?"

"Dediğim gibi, vücutları parçalamak sıradışı değildir."

"Bir fantezi olarak mı, yoksa gerçek anlamda mı?"

"Her iki anlamda da."

Jane, "Size fantezileri hakkında yazan kim var, Doktor O'Donnell?" dedi.

Kadın Jane'in bakışlarına karşılık verdi. "Bu yazışmalar gizlidir. Bu yüzden bana sırlarını, arzularını, düşlerini anlatmanın güvenli olduğunu düşünüyorlar."

"Bu insanların size telefon ettiği olur mu hiç?"

"Nadiren."

"Onlarla konuşur musunuz?"

"Onlardan sakınmam."

"Sizi arayan bu kişilerin bir listesini tutuyor musunuz?"

"Liste demek zor. En son ne zaman olduğunu hatırlayamıyorum."

"Dün akşam oldu."

"Eh, ben burada değildim."

"Gece ikide de burada değildiniz" dedi Frost. "Sizi aradık ve karşımıza telesekreteriniz çıktı."

"Dün gece neredeydiniz?" diye sordu Jane.

O'Donnell omuz silkti. "Dışarıda."

"Noel arifesinde, gece ikide mi?

"Arkadaşlarımlaydım."

"Saat kaçta eve geldiniz?"

"İki buçuk civarında."

"Çok iyi arkadaşlar olmalılar. Bize isimlerini vermenizin sakıncası var mı?"

"Evet, var."

"Neden?"

"Özel hayatımın ihlal edilmesini istemiyorum. Bu soruya cevap vermek zorunda mıyım?"

"Bu bir cinayet soruşturması. Dün gece bir kadın katledildi. Şimdiye kadar şahit olduğum en vahşi suç mahallerinden biriydi."

"Suç işlendiği sırada nerede olduğumu kanıtlamamı istiyorsunuz."

"Sadece bize neden söylemediğinizi merak ettim."

"Şüpheli miyim? Yoksa sadece bana iplerin kimin elinde olduğunu mu göstermeye çalışıyorsunuz?"

"Şüpheli değilsiniz. Şu an için."

"O halde sizinle konuşmaya mecbur değilim." O'Donnell aniden ayağa kalktı ve kapıya doğru yürümeye başladı. "Size yolu göstereyim."

Frost da kalkmak için hareketlendi, sonra Jane'in kımıldamadığını gördü ve tekrar kendini kanepeye bıraktı.

Jane, "Eğer kurban azıcık umurunda olsaydı, eğer Lori-Ann Tucker'a ne yapmış olduğunu görseydin..."

O'Donnell kadınla yüzleşmek için döndü. "Neden bana anlatmıyorsunuz? Ona tam olarak ne yapılmıştı?"

"Detayları istiyorsun, değil mi?"

"Bu benim çalışma alanım. Detayları bilmem lazım." Jane'e doğru ilerledi. "Anlamama yardımcı oluyor."

Ya da seni tahrik ediyor. Aniden ilgilenmiş görünmenin nedeni bu. Hatta hevesli.

"Kadının parçalara ayrıldığını söylemiştiniz" dedi O'Donnell. "Kafası kesilmiş miydi?"

"Rizzoli" dedi Frost, uyaran bir ses tonuyla.

Ancak Jane'in herhangi bir şey ifşa etmesine gerek yoktu; O'Donnell çoktan kendi sonuçlarını çıkartmıştı. "Kafa çok kuvvetli bir semboldür. Öylesine kişisel. Öylesine bireysel." O'Donnell, yırtıcı bir hayvan gibi hareket ederek biraz daha yaklaştı. "Kafayı yanında götürmüş mü, bir ödül gibi? Yaptığını hatırlatacak bir şey?"

"Bize dün gece nerede olduğunu söyle."

"Yoksa kafayı cinayet mahallinde mi bırakmış? En fazla sarsıntı yaratabileceği bir yerde mesela? Gözden kaçırılması mümkün olmayan bir yerde? Bir mutfak tezgâhı, belki de? Ya da zeminde dikkat çekici bir yerde?"

"Kiminle birlikteydiniz?"

"Bir yüzü, bir kafayı sergilemek güçlü bir mesajdır. Katilin kontrolün tamamıyla kendinde olduğunu size anlatma biçimi bu. Size, ne kadar güçsüz olduğunuzu gösteriyor, Dedektif. Ve kendisinin ne denli güçlü olduğunu."

"Kiminle birlikteydiniz?" Kelimeler ağzından döküldüğü an, Jane bunun bir hata olduğunu anlamıştı. O'Donnell'ın kendisini tahrik etmesine izin vermiş ve sinirlerine hâkim olamamıştı. En büyük zayıflık emaresi.

"Arkadaşlıklarım bana özeldir" dedi O'Donnell ve sessiz bir gülümseme eşliğinde, "zaten bildiğin bir tanesi hariç. Ortak tanıdığımız. Seni sorup duruyor, biliyorsun. Neyin peşinde olduğunu bilmek istiyor." Adamın ismini telaffuz etmesine gerek yoktu. Her ikisi de kadının Warren Hoyt'tan bahsettiğini biliyordu.

Tepki gösterme, diye düşündü Jane. *Tırnaklarını ne kadar derinlere gömdüğünü anlamasına izin verme.* Ancak Jane yüzünün bir anda gerildiğini hissedebiliyordu ve Frost'un endişe dolu bakışlarla ona baktığını gördü. Hoyt'un Jane'in ellerinde bıraktığı yara izleri, sadece en aşikâr olanlardı; kadının çok daha derin yaraları vardı. Şimdi bile, iki yıldan fazla bir zaman geçmişken, Jane adamın isminin geçmesiyle irkiliyordu.

"Size hayranlık duyuyor, Dedektif" dedi O'Donnell. "Sizin yüzünüzden bir daha asla yürüyemeyecek olmasına rağmen, size hiçbir şekilde kin beslemiyor."

"Ne düşündüğü bundan daha az umrumda olamazdı."

"Geçen hafta onu görmeye gittim. Bana gazete kupürlerinden oluşan koleksiyonunu gösterdi. Onun deyimiyle, *Janie Dosyası.* O hastane kuşatmasında kapana kısıldığınızda, yazın, televizyonu tüm gece açık tutmuş. Her saniyesini izlemiş." O'Donnell durakladı. "Bana bir kız bebek doğurduğunuzu söyledi."

Jane'in sırtı kaskatı kesildi. *Sana bunu yapmasına izin verme. Tırnaklarını daha derine gömmesine izin verme.*

"Sanırım kızınızın adı Regina, öyle değil mi?"

Jane ayağa kalktı ve O'Donnell'dan daha kısa olmasına rağmen, kadının gözlerindeki bir şey diğer kadının aniden geri adım atmasına neden oldu. "Sizi tekrar arayacağız" dedi Jane.

"İstediğiniz kadar arayın" dedi O'Donnell. "Size söyleyecek başka hiçbir şeyim yok."

* * *

"Yalan söylüyor" dedi Jane.

Arabanın kapısını hızla açtı ve direksiyonun arkasına geçti.

Orada, Noel kartlarındaki kadar sevimli bir manzaraya bakarak oturdu kadın, buz sarkıtlarının üzerinde parlayan güneş ışığı, zarif çelenkler ve defne dallarıyla süslenmiş karla kaplı evler. Jane'in büyüdüğü Revere'deki türden çatılar, caddedeki cafcaflı Noel Baba ve rengeyikleri yoktu bu sokakta. Ailesinin evinin hemen aşağısında, caddenin ilerisindeki Johnny Silva'nın evini ve sadece her aralık ayında Silvaların ön bahçelerine koydukları göz kamaştırıcı ışık gösterisine bakmak için millerce öteden gelip, caddede aval aval bakınarak dolaşanların oluşturduğu uzun sıraları düşündü. Orada Noel Baba'yı, üç bilge adamı, yemlikle birlikte Meryem ve İsa'yı, Nuh'un Gemisi'ni batırabilecek kadar çok hayvandan oluşan bir hayvanat bahçesini bulurdunuz; her biri bir karnaval gibi aydınlatılmış halde. Her Noel boyunca Silvaların harcadığı elektrikle, küçük bir Afrika ulusuna enerji sağlayabilirdiniz.

Ancak burada, Brattle Caddesi'nde, bu tür cicili bicili manzaralar değil, sadece olduğundan daha hafif gösterilen bir zarafet vardı. Burada Johnny Silva'lar yoktu. Komşusu olarak, bu evde yaşayan kadından ziyade o moron Johnny'yi tercih ederdi Jane.

"Olay hakkında bize söylediğinden daha fazlasını biliyor."

"Bu sonucu nasıl çıkardın?" diye sordu Frost.

"İçgüdü."

"İçgüdülere inanmadığını sanırdım. Bana hep böyle söyledin. Şanslı bir tahminden daha fazlası olmadığını."

"Ama bu kadını tanıyorum. Böyle davranmasına neyin sebep olduğunu biliyorum." Güneşin zayıf ışığı altında, kış mevsiminin neden olduğu solgunluğu daha da vurgulanmış görünen Frost'a baktı. "Dün gece katilden cevapsız bir çağrıdan fazlasını aldı."

"Tahmin ediyorsun."

"Mesajı neden sildi?"

"Neden silmesin ki? Eğer arayan bir mesaj bırakmadıysa?"

"Bu onun hikâyesi."

"Hadi ama. Seni etkilemiş." Adam kafasını salladı. "Böyle olacağını biliyordum."

"Yaklaşamadı bile."

"Gerçekten mi? Regina hakkında konuşmaya başlaması sigortalarını attırmadı mı? O bir psikiyatrist. Seni nasıl idare edeceğini biliyor işte. Onunla sen ilgilenmemelisin belki de."

"Kim ilgilenmeli? Sen mi? Minik Kassovitz mi?"

"Onunla bir geçmişi olmayan birileri. Dokunamayacağı biri."

Jane'e kadının öte yana dönmek istemesine neden olan araştırıcı bakışlarla baktı adam. İki yıldır beraber çalışıyorlar ve arkadaşların en yakını olmamalarına rağmen, birbirlerini sırf arkadaş, hatta sevgili olanların bile nadiren anladıkları biçimde anlıyorlardı, çünkü aynı korkuları paylaşmış, aynı mücadeleleri vermişlerdi. Frost, kadının O'Donnell'la olan geçmişini herhangi birinden, hatta kocası Gabriel'den bile daha iyi biliyordu.

Ve Cerrah lakaplı katille.

"Seni hâlâ korkutuyor, değil mi?" diye sordu adam sessizce.

"Tek yaptığı beni sinirlendirmek."

"Çünkü seni korkutanın ne *olduğunu* biliyor. Ve sana onu hatırlatmaktan asla vazgeçmiyor, adını ortaya atmayı asla ihmal etmiyor."

"Sanki ben ayak parmaklarını bile oynatamayan bir adamdan bir parça olsun korkarmışım gibi. Hemşirenin biri çüküne bir tüp dürtmeden işeyemeyen bir adamdan mı? Ah, evet, Warren Hoyt'tan gerçekten de korkuyorum."

"Hâlâ kâbuslar görmeye devam ediyor musun?"

Adamın sorusu kadının donup kalmasına neden oldu. Ona yalan söyleyemezdi; bunu anlardı. Bu yüzden hiçbir şey söylemedi, doğruca karşıya, mükemmel evleriyle o mükemmel caddeye baktı.

"Bu eğer benim başıma gelmiş olsaydı" dedi adam, "kâbuslar görmeye devam ediyor olurdum."

Ama senin başına gelmedi, diye düşündü kadın. *Hoyt'un bıçağını gırtlağında hisseden, neşterinden yaralar taşıyan benim. Düşündüğü, hâlâ hakkında fanteziler kurduğu kişi benim.* Ona bir daha asla zarar veremeyecek olmasına rağmen, onun arzularının hedefi olduğunu bilmek bile kadının teninin karıncalanmasına neden oluyordu.

"Neden şu adam hakkında konuşuyoruz ki?" dedi kadın. "Bu O'Donnell'la ilgili."

"İkisini birbirinden ayıramıyorsun."

"Onun adını ortaya atıp duran ben değilim. İstersen konumuza dönelim, tamam mı? Joyce O'Donnell ve katilin neden onu aramayı seçtiği."

"Onu arayanın katil olduğuna emin olamayız."

"Esaslı telefon seksi denilince bütün sapıkların aklına O'Donnell'la konuşmak gelir. En hastalıklı fantezilerini ona anlatabilirler ve o da bundan fazlasıyla hoşlanır; bir yandan notlar alırken, bir yandan da daha fazlasını duymak için yalvarır. İşte bu yüzden onu aramış olmalı. İcraatıyla böbürlenmek istemiştir. Dinlemeye hevesli birini istemiş olmalı ve aranacak kişinin o olduğu da aşikâr. Doktor Cinayet." Anahtarın sinirli bir dönüşüyle arabayı çalıştırdı. Havalandırma kanallarından içeri soğuk hava doldu. "İşte bu yüzden onu aradı. Böbürlenmek için. Kadının ilgisinin keyfine varmak için."

"Neden bu konuda yalan söylesin ki?"

"Neden bize dün gece nerede olduğunu söylemiyor? Kiminle birlikte olduğunu merak etmene neden oluyor. O aramanın bir davet olup olmadığını."

Frost kaşlarını çatarak kadına baktı. "Söylediğini düşündüğüm şeyi mi kastediyorsun."

"Gece yarısından önceki bir zamanda, katilimiz Lori-Ann Tucker üzerinde kesme biçme işlerini yapıyor. Sonra O'Donnell'ı telefonla arıyor. Kadın evde olmadığını iddia ediyor, çağrıya telesekreterinin cevap verdiğini. Ama ya o saatte evdeyse? Ya birbirleriyle gerçekten de konuştularsa?"

"Gece saat ikide kadının evini aradık. O zaman da telefona cevap vermiyordu."

"Çünkü artık evde değildi. *Arkadaşlarıyla* dışarıda olduğunu söylemişti." Jane adama baktı. "Ya sadece *bir* arkadaşsa? Zeki, ışıltılı yeni bir arkadaş."

"Yapma ama. Gerçekten de bu katili koruyacağını düşünüyor musun?"

"O söz konusu olduğunda hiçbir şeyi göz ardı etmem." Jane fren pedalını bıraktı ve kaldırımın kenarından uzaklaştı. "Hiçbir şeyi."

5

"Noel'de böyle şeylerle uğraşılmamalı" dedi Angela Rizzoli, ocağın üzerinden kızına bakarak. Dört tencere ateşin üzerinde ağır ağır kaynıyor, buhar Angela'nın terle ıslanmış saçlarının etrafında ince bir halka şeklinde kıvrılırken kapaklar takırdıyordu. Bir tencere kapağını kaldırdı ve bir tabak dolusu ev yapımı gnocchiyi[6] kaynayan suya boca etti. Gnocchi'ler bir plop sesiyle suya düştü, sıçrattıkları suyun sesi yemeğin artık neredeyse hazır olduğunu haber veriyordu. Jane mutfağa göz gezdirerek sonsuz miktarda servis tabağına bakındı. Angela Rizzoli'nin en büyük korkusu, birilerinin, bir gün, evini aç bırakmasıydı.

Bugün o gün değildi.

Mutfak tezgâhının üzerinde, kekik ve sarımsak kokulu kızarmış bir kuzu budu, biberiyeyle kavrulmuş pataseslerle dolu cızırdayan bir de tava vardı. Jane ciabatta ekmeği ve dilimlenmiş domates ve mozarellayla yapılmış bir salata gördü. Jane ile Gabriel'in şölene yaptıkları yegâne katkı bir taze fasulye salatasıydı. Ocağın üzerinde, kaynayan tencereler de başkaca aromaları mutfağa dolduruyor, yumuşak gnocchi'ler kaynayan suda aşağı inip çıkıyor; dönüp duruyorlardı.

"Yapabileceğim bir şey var mı, anne?" diye sordu Jane.

"Yok. Sen bugün çalıştın. Orada otur."

"Peyniri rendelememi ister misin?"

"Hayır, hayır. Yorgun olmalısın. Gabriel bütün gece ayakta olduğunu söyledi." Angela tahta bir kaşıkla tenceredekileri hızlıca karıştırdı. "Bugün neden çalışmak zorunda olduğunu da anlayamıyorum. Mantıklı değil."

"Yapmam gereken bu."

---

[6]. Türlü malzemelerle hazırlanan bir İtalyan yemeği. (ç.n.)

"Ama bugün Noel."

"Bunu kötü adamlara söyle." Jane çekmeceden rendeyi aldı ve bir kalıp parmesan peynirini rendeye sürtmeye başladı. Mutfakta öylece oturamazdı. "Her neyse, nasıl oldu da Mike ve Frankie sana yardım etmiyor? Bütün sabahı yemek yaparak geçirmiş olmalısın."

"Ah, kardeşlerini bilirsin."

"Evet." Jane homurdandı. *Ne yazık ki.*

Diğer odada, her zaman olduğu gibi televizyondan bangır bangır Amerikan futbolu gürültüleri yükselmekteydi. Erkeklerin bağırışları stadyum kalabalıklarının gürlemesiyle birleşti, hep birlikte sıkı popolu bir adam ile domuz derisinden bir top için tezahürat yapıyorlardı.

Angela taze fasulye salatasını incelemek için koşuşturdu. "Ah, bu güzel görünüyor! Sosuna ne koydun?"

"Bilmiyorum. Gabriel yaptı."

"Ne kadar da şanslısın, Janie. Yemek yapan bir erkeğe sahipsin."

"Babamı birkaç gün aç bırak o da öğrenir."

"Hayır, öğrenmez. Yemek masasında, yemeğin kendi kendine gelmesini beklerken öylece harcanır gider." Angela kaynayan su tenceresini kaldırdı ve pişmiş gnocchi'yi süzgece boşaltarak baş aşağı çevirdi. Buhar dağılırken, Jane, Angela'nın sallanan saçlarla çevrelenmiş, terleyen yüzünü gördü. Dışarıda, rüzgâr buzla parlayan caddeleri bir uçtan diğerine bıçak gibi kesiyordu, ancak annesinin mutfağında, sıcaklık yüzlerine ateş basmasına neden oluyor ve camları buğulandırıyordu.

"İşte anne burada" dedi Gabriel, kollarında adamakıllı uyanık Regina ile mutfağa girerek. "Bakın kim şekerlemesinden uyanmış."

"Çok uyumadı" dedi Jane.

"Şu futbol maçı devam ederken mi?" Adam güldü. "Kızımız kesinlikle bir Patriots taraftarı. Dolphins sayı yaptığında nasıl inlediğini duymalıydın."

"Bana ver." Jane kollarını açtı ve kıvranıp duran Regina'yı göğsüne yaslayarak kucakladı. *Sadece dört aylık,* diye düşündü kadın *ve bebeğim şimdiden benden kurtulmaya çalışıyor.* Azgın Regina yumruklarını savurarak, yüzü feryat etmekten morarmış bir halde dünyaya gelmişti. *Büyümek için bu kadar mı sabırsızsın?* diye düşünüyordu Jane, kızını sallarken. *Geçen yıllar seni evimizden ayırmadan önce bir süre için bebek kalıp, seni tut-*

mama, tadını çıkartmama izin vermeyecek misin?

Regina, Jane'in saçını yakaladı ve acı verici bir şekilde hızla çekti. Suratını buruşturan Jane sıkı sıkı tutan parmakları açtı ve kendi kızının eline baktı. Ve aniden başka bir eli, soğuk ve cansız, düşündü. Şimdi parçalar halinde morgda yatan, başka birilerinin kızı. *İşte burada, Noel. Tüm günler içinde bugün, ölü kadınları düşünmek zorunda olmamalıyım.* Ancak Regina'nın ipek gibi saçlarını öpüp, sabun ve bebek şampuanının kokusunu içine çekerken, başka bir mutfağın ve fayans kaplı zeminden ona bakan şeyin anısını aklından çıkartamıyordu.

"Hey, anne, devre arası oldu. Ne zaman yiyoruz?"

Abisi Frankie mutfağa dalınca Jane kafasını kaldırdı. Jane onu en son bir yıl önce, uçakla Kaliforniya'dan Noel için eve geldiğinde görmüştü. O günden bu yana adamın omuzları daha da genişlemişti. Frankie her yıl biraz daha büyüyormuş gibi görünüyordu ve kolları kaslarla öylesine kalınlaşmıştı ki, artık vücudunun yanından düz bir şekilde sarkamıyor, ancak maymunlarınkine benzer bir kavisle sallanıyordu. *Ağırlık salonunda geçen tüm o saatler,* diye düşündü kadın, *ne işine yaradı ki? Daha büyük, ama hiç kuşku yok ki daha akıllı değil.* Bir Chianti şişesi açmakta olan Gabriel'e takdir dolu bakışlarla baktı. Frankie'den daha uzun ve daha zayıf olan adam bir yarış atı gibiydi, yük arabası çeken bir aygır gibi değil. *Bir beynin olunca,* diye düşündü kadın, *canavar kaslarına kimin ihtiyacı olur ki?*

"Yemek on dakika sonra hazır" dedi Angela.

"Üçüncü çeyreğe uzayacak demek oluyor bu" dedi Frankie.

"Neden televizyonu kapatmıyorsunuz ki?" dedi Jane. "Bu Noel yemeği."

"Doğru, eğer zamanında gelmiş olsaydın, hepimiz çok daha erkenden yiyor olacaktık."

"Frankie!" diye atıldı Angela. "Kız kardeşin bütün gece çalışmış ve bak, burada bana yardım ediyor. Bu yüzden sakın ona kusur bulayım deme!"

Hem oğlan, hem de kız şaşkın halde Angela'ya bakınca mutfakta ani bir sessizlik oldu. *Annem bir kez olsun gerçekten de benim tarafımı mı tuttu?*

"Vay canına. Bu muhteşem bir Noel" dedi Frankie ve mutfaktan çıktı.

Angela suyu süzülmüş gnocchi'yle dolu süzgeci bir servis kâsesine boşalttı ve kepçeyi buharı tüten dana eti sosuna daldırdı. "Kadınların yaptıklarını takdir etmek yok" diye mırıldandı.

Jane güldü. "Yeni mi fark ettin?"

"Sanki azıcık da olsa saygıya layık değilmişiz gibi?" Angela aşçı bıçağına uzandı ve bir demet maydanoza saldırarak, makineli tüfek darbeleriyle doğramaya başladı. "Kendimi suçluyorum. Onu daha iyi eğitmeliydim. Ama aslında babanın suçu. Örnek oluyor. Herhangi bir şey için beni hiç takdir etmez."

Jane, tam da o anı uygun biçimde odadan kaçmak için kullanan Gabriel'e bakındı. "Ee... Anne? Babam seni kızdıracak bir şeyler mi yaptı?"

Angela bıçağı ağzı maydanozların üzerindeyken omzunun üzerinden Jane'e baktı. "Bilmek istemezsin."

"Evet, isterim."

"O konuya girmeyeceğim, Janie. Ah, hayır. Bence, her baba çocuğunun saygısını hak eder, *ne* yaparsa yapsın."

"O halde bir şeyler yaptı."

"Sana söyledim, o konuya girmeyeceğim." Angela kıyılmış maydanozları topladı ve gnocchi kâsesine attı. Sonra sert adımlarla kapı eşiğine gitti ve televizyonun sesinin arasından, "Yemek! *Oturun*" diye bağırdı.

Angela'nın buyruğuna rağmen, Frank Rizzoli ile iki oğlunun kendilerini televizyonun başından kopartmaları birkaç dakika sürdü. Devre arası şovu başlamıştı ve pullu elbiseler içindeki uzun bacaklı kızlar, çalımlı hareketlerle sahnenin bir ucundan diğerine yürümekteydi. Üç Rizzoli erkeği gözleri ekrana mıhlanmış halde oturuyordu. Jane ile Angela'nın servis tabaklarını yemek odasına taşımasına yardım etmek için kalkan sadece Gabriel oldu. Tek kelime etmemesine rağmen, Jane adamın ona bakışındaki manayı anlayabiliyordu.

Ne zamandan bu yana Noel yemeği bir savaş alanına dönüştü?

Angela kızarmış patates kâsesini sertçe masaya vurdu, oturma odasına yürüdü ve uzaktan kumandayı eline aldı. Düğmeye basıp televizyonu kapattı.

Frankie figan etmeye koyuldu. "Hadi ama, anne. On dakika sonra Jessica Simpson..." Angela'nın yüzünü görmüş ve anında sesini kesmişti.

Kanepeden ilk fırlayan Mike oldu. Tek kelime etmeden, itaatkâr bir şekilde yemek odasına yürüdü, erkek kardeşi Frankie ve büyük Frank de küskün bir tempoyla onu takip etti.

Masa gösterişli bir şekilde hazırlanmıştı. Mumlar kristal şamdanlarda ışıldamaktaydı. Angela mavi ve altın renkli porselenlerini, keten peçetelerini ve Noel'den hemen önce bir Danimarka indirim mağazasından satın aldığı yeni şarap kadehlerini çıkartmıştı. Angela yerine geçip şölene göz attığında kadının bakışlarında gurur yerine ekşi bir tatminsizlik ifadesi gördü.

"Bu harikulade görünüyor, Bayan Rizzoli" dedi Gabriel.

"Sahi mi, teşekkür ederim. Böyle bir yemeğe ne kadar emek harcandığını senin takdir ettiğini biliyorum. Çünkü *sen* yemek pişirmeyi biliyorsun."

"Valla, yıllardır tek başıma yaşadığım için, aslında pek de seçeneğim yoktu." Masanın altından uzandı ve Jane'in elini sıktı. "Yemek pişirebilen bir kız bulduğum için şanslıyım." *Yemek pişirmek için zaman bulduğunda,* diye eklemeliydi.

"Bildiğim her şeyi Jane'e öğrettim."

"Anne, kuzu etini uzatsana" diye seslendi Frankie.

"*Anlamadım?*"

"Kuzu."

"Lütfen'e ne oldu? Lütfen demeden istediğini yapmayacağım."

Jane'in babası iç geçirdi. "Tanrım Louise, Angie. Bugün Noel. Çocuğu doyuramaz mıyız?"

"Ben bu çocuğu otuz altı yıldır doyuruyordum. Sadece bir parça incelik istiyorum diye açlıktan ölmez."

"Ee... Anne?" demeye cüret etti Mike. "Acaba, ee, lütfen, patatesi uzatabilir misin?" Uysalca, bir kez daha, "Lütfen?" diye ekledi.

"Tabii ki, Mikey." Angela kâseyi oğlana uzattı.

Bir an için hiç kimse konuşmadı. İşitilen yegâne ses açılıp kapanan çenelerin ve porselenlerin üzerindeki gümüş sofra takımlarının sesiydi. Jane önce masanın ucunda oturan babasına, sonra da masanın diğer ucunda oturan annesine baktı. Aralarında herhangi bir göz teması yoktu. Birbirlerinden öyle uzaklardı ki, yemeklerini farklı odalarda yiyor olabilirlerdi. Jane ebeveynlerini incelemek için sık sık zaman ayıran biri değildi, ancak bu gece kendini mecbur hissediyordu ve gördükleri kadının canını sıkmıştı. Ne zaman böyle yaşlanmışlardı? Ne zaman annesinin gözleri çökmeye başlamış ve babasının saçlarından geriye böylesine ince tutamlar kalmıştı?

Birbirlerinden nefret etmeye ne zaman başlamışlardı?

"Pekâlâ, Janie bize dün gece seni bu kadar meşgul edenin ne olduğunu anlatsana" dedi babası, bakışlarını kızının üzerine dikip, Angela'ya göz ucuyla bile bakmamaya özen göstererek.

"Iı, hiç kimse gerçekten de bunu öğrenmek istemeyecektir, baba."

"Ben istiyorum" dedi Frankie.

"Bugün Noel. Belki de..."

"Kimin işini bitirmişler?"

Kadın masanın karşısında oturan abisine baktı. "Genç bir kadın. Pek sevimli değildi."

"Bunu konuşmaktan hiç rahatsız olmam ben" dedi Frankie, pembe bir kuzu eti parçasını ağzına atarak. Kıdemli Çavuş Frankie, kendisini rahatsız etmesi için kadına meydan okuyordu.

"Bu seni de rahatsız *eder*. Beni kesinlikle çok rahatsız ediyor."

"Güzel miydi?"

"Ne alakası var ki?"

"Sadece merak ediyordum."

"Salakça bir soru bu."

"Neden ki? Eğer güzelse, bu adamın güdülerini anlamana yardımcı olur."

"Onu *öldürmek* için mi? Tanrım, Frankie."

"Jane" dedi babası. "Bugün Noel."

"Eh, Jane'in dediği doğru" diye atıldı Angela.

Frank hayret içinde karısına baktı. "Kızın yemek masasında sövüyor ve sen *beni* mi suçluyorsun?"

"Sadece güzel kadınların mı öldürülmeye değer olduğunu düşünüyorsun."

"Anne, ben öyle demedim" dedi Frankie.

"Öyle demedi" dedi babası.

"Ama düşündüğünüz bu. Her ikinizin de. Sadece güzel görünen kadınlar dikkate değer. Onları sevin ya da öldürün, sadece *güzellerse* enteresan olur."

"Ah, lütfen."

"Lütfen ne, Frank? Doğru olduğunu biliyorsun. Bir bak *kendine*."

Jane ve kardeşleri hep birlikte kaşlarını çatarak babalarına baktı.

"Neden babama bakıyoruz, anne?" diye sordu Mike.

"Angela" dedi Frank, "bugün Noel."

"Noel olduğunu *biliyorum*!" Angela ayağa fırladı ve iç çekti. "*Biliyorum.*" Odayı terk edip mutfağa gitti.

Jane babasına baktı. "Neler oluyor?"

Frank omuz silkti. "Bu yaştaki kadınlar. Hayatın değişmesi."

"Bu sadece hayatın değişmesi değil. Onu rahatsız edenin ne olduğunu öğreneceğim." Jane sandalyesinden kalktı ve annesinin peşinden mutfağa gitti.

"Anne?"

Angela onu işitiyora benzemiyordu. Arkası dönük bir şekilde duruyor, çelik bir kâsenin içindeki kremayı çırpıyordu. Mikser hızlandı, mutfak tezgâhı üzerinde beyaz damlalar sıçratmaya başladı.

"Anne, iyi misin?"

"Tatlıyı çıkartmam gerek. Kremayı çırpmayı tamamen unutmuşum."

"Sorun ne?"

"Bunu masaya oturmadan önce hazırlamalıydım. Biliyorsun, bir sonraki yemek gecikince kardeşin Frank sabırsızlanmaya başlar. Eğer orada beş dakika daha oturmasına neden olursak, daha ne olduğunu anlamadan tekrar televizyonu açar." Angela şekeri almak için uzandı ve mikser kremayı altüst ederken bir kaşık dolusu şekeri kâseye serpti. "En azından Mike kibar olmak için elinden geleni yapıyor. Tüm gördüğü sadece kötü örnekler olmasına rağmen. Ne tarafa bakarsa baksın, sadece kötü örnekler."

"Bak, bir şeylerin yolunda olmadığını *biliyorum*."

Angela mikseri kapattı ve düşmüş omuzlarla, çok koyu çırpıldığı için artık neredeyse tereyağı haline gelmiş kremaya baktı. "Bu senin problemin değil, Jane."

"Eğer senin probleminse, benim de problemimdir."

Annesi döndü ve kadına baktı. "Evlilik senin düşündüğünden daha zor."

"Babam ne yaptı?"

Angela önlüğünü çıkarttı ve mutfak tezgâhının üzerine fırlattı. "Meyveli keki servis edebilir misin? Başım ağrıyor. Yukarı çıkıp yatacağım."

"Anne, hadi ne olduğunu anlat."

"Başka hiçbir şey söylemeyeceğim. Ben o tür bir anne değilim. Çocuklarımı taraf tutmaları için asla zorlamam." Angela mutfaktan çıktı ve ayaklarını vura vura yukarıdaki yatak odasına gitti.

Allak bullak olan Jane yemek odasına döndü. Frank ikinci tabak kuzu etini doğramakla öylesine meşguldü ki, kafasını kaldırıp bakmadı bile. Ancak Mike'ın yüzünde kaygılı bir ifade vardı. Frankie bir kalas kadar kalın olabilirdi, ancak Mike bu gece bir şeylerin ciddi biçimde yanlış gittiğini açıkça anlamıştı. Jane, Chianti şişesini bardağına boşaltan babasına baktı.

"Baba? Bana neler olup bittiğini anlatmak ister misin?"

Babası bir yudum şarap aldı. "Hayır."

"Gerçekten de altüst olmuş."

"Bu benimle onun arasında, tamam mı?" Adam ayağa kalktı ve

Frankie'nin omzuna hafif bir şaplak indirdi. "Hadi. Sanırım üçüncü çeyreğe yetişebiliriz."

* * *

"Şimdiye kadarki en berbat Noel buydu" dedi Jane, arabayla eve dönerlerken. Regina arabada uyuyakalmıştı ve tüm akşam boyunca Jane ile Gabriel sohbetleri başka herhangi bir şeyle bölünmeden konuşuyorlardı. "Her zaman böyle değildir. Demek istediğim, hırgür ya da benzer şeyler olur, ama genellikle annem hepimizi bir araya getirir." Karanlık arabanın içinde yüz ifadesinden bir şey anlamanın mümkün olmadığı kocasına baktı kadın. "Özür dilerim."

"Ne için?"

"Bir tımarhaneye damat gittiğinden haberin fikrin yoktu. Şimdi büyük ihtimalle kendini neyin içine attığını merak ediyorsundur."

"Evet. Bence artık eş değiştirmenin zamanı geldi."

"Eh, *biraz da* olsa bunu düşünüyorsun, değil mi?"

"Jane, komik olma."

"Lanet olsun, benim de ailemden kaçmak istediğim zamanlar oldu."

"Ancak ben kesinlikle *senden* kaçmak istemiyorum." Adam bakışlarını rüzgârla uçuşan kar tanelerinin savrulduğu yola çevirdi tekrar. Bir an konuşmadan yol aldılar. Sonra adam, "Biliyor musun, annemle babamın tartıştığını asla duymadım ben" dedi. "Bir kez bile, tüm o yıllar boyunca."

"Hadi bakalım, bas damarıma. Ailemin bir avuç boşboğaz olduğunu biliyorum."

"Sen hislerini ifade eden bir aileden geliyorsun, hepsi bu. Kapıları çarpıyorlar, bağırıyorlar ve sırtlanlar gibi gülüyorlar."

"Ah, bu konuda giderek uzmanlaşıyorlar."

"Keşke ben de böyle bir ailede büyüseydim."

"Eminim bunu istemişsindir." Kadın güldü.

"Benim anne babam bağırmazdı Jane ve kapıları da çarpmazlardı. Pek fazla gülmezlerdi de. Hayır, Albay Dean'in ailesi duygular gibi sıradan şeylere tenezzül etmek için fazlasıyla disipliniydi. Bana ya da anneme, bir kere olsun seni seviyorum dediğini hatırlamıyorum. Bunu söylemeyi öğrenmem gerekti. Ve hâlâ öğrenmeye devam ediyorum." Kadına baktı. "Nasıl yapacağımı sen öğrettin bana."

Adamın uyluğuna dokundu kadın. Mesafeli, çözümlenemez erkeği. Hâlâ ona öğretmesi gereken birkaç şey vardı.

"Bu yüzden asla onlar için özür dileme" dedi adam. "Seni hayata getiren onlar."

"Bazen bundan emin olamıyorum. Frankie'ye bakıyorum ve, lütfen Tanrım, ben kapının eşiğinde buldukları bebek olayım diye düşünüyorum."

Adam güldü. "Bu gece epey gergindi. Olup biten neymiş bu arada?"

"Bilmiyorum." Kadın yeniden koltuğuna gömüldü. "Ama er ya da geç kokusu çıkar."

6

Jane kâğıt galoşları ayakkabılarının üzerine geçirdi, bir cerrahi önlüğü giydi ve önlüğün iplerini belinin arkasında düğümledi. Camlı bölmeden otopsi laboratuarına bakınırken, *oraya girmeyi gerçekten de istemiyorum*, diye düşündü. Ancak Frost çoktan odayaydı, önlüğünü ve maskesini takmış olmasına rağmen yüzünün bir kısmı açıktaydı ve Jane, yüzünün nasıl da ekşimiş olduğunu görebiliyordu. Maura'nın asistanı, Yoshima, bir zarftan röntgen filmleri çıkarttı ve filmleri inceleme kutusuna yerleştirdi. Maura'nın sırtı Jane'in masayı görmesini engelliyor, yüzleşmek için pek az istek duyduğu şeyi gizliyordu. Sadece bir saat önce mutfak masasında oturuyor, Gabriel kahvaltıyı hazırlarken kucağındaki Regina tatlı tatlı sesler çıkartıyordu. Şimdiyse yediği omlet midesini altüst etmekteydi ve kadın önlüğü üzerinden çıkartıp atmak, tekrar binadan dışarıya, karlara çıkmak istedi.

Bunun yerine iterek açtığı kapıların arasından otopsi odasına girdi.

Maura omzu üzerinden bakındı, kadının yüzünde az sonra yapacağı işlemlerle ilgili hiçbir huzursuzluk ifadesi yoktu. İşini yapmak söz konusu olduğunda, o da diğer herhangi bir profesyonelden başkası değildi. Her ikisi de ölümle uğraşıyor olsalar da, Maura'nın ölümle ilişkisi daha yakındı ve ölümün yüzüne çok daha rahatça bakabiliyordu.

"Tam da başlamak üzereydik" dedi Maura.

"Trafikte sıkışıp kaldım. Bu sabah yollar bir felaket." Jane masanın ucuna doğru ilerlerken maskesini bağladı. Cesetten geriye kalanlara bakmamaya çabaladı, bunun yerine dikkatini röntgen inceleme kutusu üzerine yoğunlaştırdı.

Yoshima anahtarı kaldırdı ve ışık titreyerek yanıp, iki sıra filmin arkasında parlamaya başladı. Kafatası röntgenleri. Ancak bunlar Jane'in daha önce gördüğü röntgenlerin hiçbirine benzemiyordu. Omurganın boyun kısmının olması gereken yerde sadece birkaç omur görüyordu ve sonra... hiçbir şey yoktu. Sadece boynun kesildiği yerdeki yumuşak dokuların lime lime gölgesi. Kadın, röntgenin çekilmesi için kafayı yerleştiren Yoshimo'nun görüntüsünü hayal etti. Acaba film kaseti üzerine yerleştirilir, köllimatörün açısını ayarlarken bir plaj topu gibi yuvarlanmış mıydı? Kadın kafasını ışıklı kutudan öteye çevirdi.

Ve kendini masaya bakarken buldu. Anatomik pozisyona göre yerleştirilmiş kalıntılara. Vücut sırtüstü yatıyordu, vücuttan kopartılmış parçalar aşağı yukarı olmaları gereken yere yerleştirilmişti. Etten ve kemikten yapılma bir yapboz, yeniden monte edilmeyi bekleyen parçalar. Kadın cesede bakmayı istememesine karşın, işte oradaydı; kafa, sanki kurban yan tarafına bakmak istermiş gibi sol kulağı üzerine yatırılmıştı.

"Bu yarayı birleştirmem lazım" dedi Maura. "Yerinde tutmama yardım edebilir misin?" Bir duraklama. "Jane?"

İrkilen Jane Maura'nın bakışlarıyla karşılaştı. "Ne?"

"Yoshima fotoğraf çekecek ve benim de büyüteçten bakmam gerek." Maura eldivenli elleriyle kafatasını kavradı ve yaranın kenarlarını eşleştirmeye çalışarak kafayı çevirdi. "İşte, tam bu şekilde tut. Eline eldiven tak ve bu tarafa gel."

Jane, Frost'a baktı. Adamın gözleri, *Sen yapsan daha iyi olur*, diyordu. Kadın masanın baş tarafına doğru ilerledi. Orada eline eldiven geçirmek için durakladı, sonra da kafayı tutmak için uzandı. Kurbanın korneaları balmumu kadar donuk gözlerine bakarken buldu kendini. Buzdolabında geçen bir buçuk gün etlerin soğumasına neden olmuştu; yüzü avuçlarının arasına alırken, mahalledeki marketin, üzerinde plastikle kaplı buzlu tavuklar bulunan kasap tezgâhını düşünüyordu. Hepimiz, sonuç olarak, yalnızca etiz.

Maura, büyüteçle inceleyerek yaranın üzerine eğilmişti. "Ön tarafı boydan boya geçen tek bir darbe var gibi. Çok keskin bir bıçak. Gördüğüm yegâne diş izi epey geride, kulakların altında. Ekmek bıçağı."

"Bir ekmek bıçağı bu kadar keskin değildir" dedi Frost, çok uzaklardan gelirmiş gibi işitilen bir sesle. Jane kafasını kaldırdı, adamın masadan uzaklaşmış olduğunu ve lavaboyla masanın ortasında bir yerlerde, eliyle maskesini kapatır halde durduğunu gördü.

"Ekmek bıçağı derken, kastettiğim bıçak değildi" dedi Maura.

"Bu bir kesme modeli. Aynı zeminde, giderek daha derinleşen, yinelenen kesikler. Burada gördüğümüz ise birçok derin başlangıç kesiği, tiroid kıkırdağının tam ortasından alttaki omurilik kolonuna. Sonra da ikinci ve üçüncü boyun omurları arasından hızlı bir ayırma. Kafayı yerinden ayırmayı tamamlaması bir dakikadan az sürmüş olabilir."

Yoshima dijital fotoğraf makinesiyle yaklaştı, bir araya getirilen yaranın fotoğraflarını çekti. Önden görünüş, yandan görünüş. Her açıdan dehşet.

"Tamam, Jane" dedi Maura. "Şimdi kesik yüzeyine bakalım." Maura kafayı kavradı ve baş aşağı çevirdi. "Benim için orada tut."

Jane bir an için kesilmiş etleri ve açık nefes borusunu gördü. Bakışlarını çabucak başka yöne çevirip, kafayı bakmadan yerinde tuttu.

Bir kez daha, kesiğin yüzeyini incelemek için büyüteçle yaklaştı Maura. "Tiroid kıkırdağında çizikler görüyorum. Sanırım bıçak testere dişliymiş. Gel de şunun fotoğraflarını çek."

Yoshima başka fotoğraflar çekmek için öne eğilince, makine merceğinin perdesi tekrar tıkırdadı. *Ellerim bu fotoğraflarda olacak*, diye düşündü Jane, *bu an kanıt dosyaları için saklanacak. Onun kafası, benim ellerim.*

"Sen... sen duvardakinin arteriyel fışkırma olduğunu söylemiştin" dedi Frost.

Maura başıyla onayladı. "Yatak odasında."

"Hayattaydı."

"Evet."

"Ve bu, kafanın kesilmesi, sadece saniyeler mi sürdü?"

"Keskin bir bıçakla, hünerli bir elle, bir katil bu kadar zamanda bunu yapabilir. Onu sadece omurilik kolonu yavaşlatmış olabilir."

"Öyleyse biliyordu, değil mi? Bunu hissetmiş olmalı."

"Bundan epeyce şüpheliyim."

"Eğer biri kafanızı keserse, en azından birkaç saniye için şuurunuz açık olur. "The Art Bell Show"da böyle duymuştum. Radyoda yanında bir doktor vardı, giyotinle ölmenin nasıl bir şey olacağından bahsediyorlardı. Kafanız bir kovaya düşerken büyük ihtimalle hâlâ bilincinizi kaybetmemiş olacağınızdan. Kovaya düştüğünü gerçekten de hissedebileceğinizden."

"Bu doğru olabilir, ama..."

"Doktor, İskoç Kraliçesi Mary'nin kafasını kesmelerinden sonra bile hâlâ konuşmaya çalıştığını söylemişti. Dudaklarının oynamaya devam ettiğini."

"Tanrım, Frost" dedi Jane. "Sanki daha fazla ürpertilmeye ihtiyacım varmış gibi."

"Ama bu mümkün, değil mi? Bu kurbanın kafasının yerinden ayrıldığını hissetmiş olması?"

"Bu hiç de olası değil" dedi Maura. "Bunu sadece seni rahatlatmak için söylemiyorum." Kafayı masada yan çevirdi. "Kafatasını hisset. Tam burada."

Frost dehşet içinde kadına baktı. "Hayır, sorun değil. Hiç gerek yok."

"Hadi ama. Eline bir eldiven geçir ve parmaklarını şakak kemiği üzerinde dolaştır. Kafatası derisinde bir yırtılma var. Bunu kanı yıkayana kadar görmemiştim. Kafatasına buradan dokun ve bana ne hissettiğini anlat."

Bunun Frost'un yapmak istediği en son şey olduğu açıktı, ancak eline bir eldiven geçirdi ve parmaklarını tereddütlü bir şekilde kafatası kemiğinin üzerine yerleştirdi. "Burada, ah, kemikte bir çukur var."

"Bir çökme kırığı. Röntgende görebilirsin." Maura ışıklı kutunun yanına gitti ve kafatasını işaret etti. "Yan röntgende, darbenin geldiği o noktadan her yöne dağılan kırıkları görüyorsun. Şakak kemiği üzerinde bir örümcek ağı gibi yayılıyorlar. Aslında, bu tür kırıklara tam olarak bu ismi veriyoruz. Bir mozaik ya da örümcek ağı motifi. Bu kırık özellikle kritik bir noktada, çünkü orta meningeal arter[7] tam da buranın altından geçiyor. Eğer onu parçalarsan, hastanın kanı kafatası boşluğuna dolar. Kafatasını açtığımız zaman böyle olup olmadığını göreceğiz." Frost'a baktı. "Bu kafaya gelen ciddi bir darbeymiş. Bence kesme başladığı sırada kurban kendinde değilmiş."

"Ama hayattaymış."

"Evet. Kesinlikle hayattaymış."

"Şuurunun yerinde olmadığını *bilmiyorsun*."

"Kollarında ya da bacaklarında savunma yaraları yok. Kadının kendini korumaya çalıştığını gösteren hiçbir fiziksel belirti yok. Hiç debelenmeden, birinin öylece kafanı kesmesine izin vermezsin. Bence o darbeyle sersemlemiş. Bıçağı hissettiğini sanmıyorum." Maura durakladı ve sessizce, "En azından, öyle olmadığını umuyorum" diye ekledi. Cesedin sağ yanına ilerledi, kesilmiş kolu eline aldı ve kesik yerini büyüteceğ doğru kaldırdı. "Burada, dirsek eklemini yerinden ayırdığı yerde, kıkırdak yüzeyinde daha fazla alet izi var" dedi kadın. "Aynı bıçak burada da kullanılmış gi-

---

[7]. Beyin zarının orta kısmındaki atardamar. (ç.n.)

bi görünüyor. Çok keskin, kenarları tırtıklı." Yerinde olmayan kolu, sanki bir mankeni bir araya getirirmiş gibi dirsekle kıyasladı ve uyumuna baktı. Yüzünde en ufak bir korku ifadesi yoktu, tümüyle odaklanmıştı. Bir düzeneği ya da rulmanları inceliyor olabilirdi, ancak kesilmiş etleri inceliyor gibi değildi. Bir zamanlar o kolu saçlarını geri taramak, el sallamak, dans etmek için kullanmış bir kadının kolu. Maura bunu nasıl yapıyordu? Nasıl olup da kendisini neyin beklediğini bilerek her sabah bu binaya giriyordu? Günbegün, neşteri almak, kısa kesilmiş hayatların trajedilerini parça parça edip, inceden inceye tahlil etmek? *Ben de bu trajedilerle uğraşıyorum. Ancak benim açık kafatasları görmem ya da ellerimi göğüs kafeslerinin içine sokmam gerekmiyor.*

Maura cesedin sol tarafına dolandı. Tereddüt etmeden kopartılmış eli eline aldı. Soğutulmuş ve kanı akıp gitmiş el, et değil de balmumu gibi görünüyordu, tıpkı bir filmin aksesuar sorumlusunun gerçek bir elin nasıl görüneceği hakkındaki düşüncesi gibi. Maura büyüteci elin üzerine döndürdü ve açık, kesilmiş yüzeyi inceledi. Bir an için hiçbir şey söylemedi, ancak şimdi kaşlarını çatmıştı.

Eli masaya bıraktı ve kesilmiş bileğin geri kalan kısmını incelemek için kolu kaldırdı. Kaşları daha da çatıldı. Bir kez daha eli aldı ve kesilmiş yüzeyleri uydurmaya çalışarak iki yarayı kıyasladı; eli bileğe, balmumu gibi teni balmumu gibi tene.

Ani bir hareketle vücudun parçalarını bıraktı ve Yoshima'ya baktı. "Bilek ve el filmlerini takabilir misin?"

"Bütün bu kafatası röntgenleriyle işin bitti mi?"

"Onlara sonra döneceğim. Şimdi, sol el ve bileği hemen şimdi görmek istiyorum."

Yoshima ilk röntgen dizisini kaldırdı ve yeni bir set yerleştirdi. Işıklı kutunun aydınlatması üzerinde, el ve parmak kemikleri parladı, ince bambu sapları gibi kemik kolonları. Maura eldivenlerini çıkarttı ve bakışları görüntülerin üzerine perçinlenmiş bir şekilde ışık kutusuna doğru yaklaştı. Hiçbir şey söylemedi; Jane'e bir şeylerin fazlasıyla ters gittiğini söyleyen kadının sessizliği olmuştu.

Maura döndü ve Jane'e baktı. "Kurbanın evinde her yeri aradınız mı?"

"Evet, tabii ki."

"*Bütün* evi mi? Her dolabı, her çekmeceyi?"

"Pek bir şey yoktu. Sadece birkaç ay önce taşınmış."

"Peki ya buzdolabını? Dondurucuyu?"

"SMB inceledi. Neden ki?"

"Gel de şu röntgene bak."

Jane kirlenmiş eldivenlerini çıkarttı ve filmleri incelemek için ışıklı kutunun yanına gitti. Orada, Maura'nın sesinde aniden ortaya çıkan ısrar tınısını açıklayabilecek hiçbir şey göremedi. Masada yatanla birbirini tutmayan hiçbir şey yoktu. "Neye bakıyor olmam gerekiyor?"

"Eli görüyor musun? Şuradaki küçük kemiklere karpal kemikler deniyor. Parmak kemikleri dallanıp budaklanmadan önce, elin kaidesini oluştururlar." Maura, göstermek için Jane'in elini eline aldı, kadının avuç içini yukarı çevirdi ve başka bir katilin kendisine yaptığını sonsuza kadar Jane'e hatırlatacak yara izinin açığa çıkmasına neden oldu. Warren Hoyt tarafından kadının tenine bırakılmış bir şiddet izi. Ancak Maura yara izi üzerine herhangi bir yorum yapmadı; bunun yerine Jane'in avuç içinin, bilek kısmına yakın etli tabanını işaret etti.

"Karpal kemikler burada. Röntgende sekiz küçük taş parçası gibi duruyorlar. Bağlar, kaslar ve bağ dokusu tarafından bir arada tutulan küçük kemik topaklarından başka bir şey değiller. Bunlar ellerimize esneklik veriyor, heykeltıraşlıktan piyano çalmaya kadar pek çok hayret verici işi becerebilmemize imkân tanıyorlar."

"Tamam. Yani?"

"Şuradaki, vücuda yakın sıradaki kemiğe" Maura röntgeni, bileğin yanındaki bir kemiği işaret etti, "buna scaphoid deniyor. Altında bir eklem yeri olduğunu fark etmişsindir, sonra bu filmde, başka bir kemiğe ait olduğu bariz bir parça var. Bu stiloid çıkıntının bir parçası. Adam eli kestiğinde, aynı zamanda kol kemiğinin de bir parçasını almış."

"Hâlâ bunun neden önemli olduğunu anlamadım."

"Şimdi kesilen kolun geri kalanına ait röntgen filmine bak." Maura başka bir filmi işaret etti. "İki önkol kemiğinin uzak ucunu görüyorsun. İnce olan kemik ulna dirsek ucu. Ve kalın olan da, başparmak tarafındaki, radius. İşte az önce bahsettiğim stiloid çıkıntı burada. Nereye varmaya çalıştığımı anlıyor musun?"

Jane kaşlarını çattı. "Kemiğe dokunulmamış. Bu kol röntgeninde, o kemiğin tümü yerli yerinde."

"Doğru. Sadece dokunulmamış değil, bir sonraki kemiğin bir parçası da hâlâ yanında duruyor. Scaphoid'den bir parça."

O soğuk odada Jane'in yüzü birden hissizleşti. "Aman Tanrım" dedi kadın usulca. "Bu giderek kötüleşmeye başlıyor."

"Kötü zaten."

Jane döndü ve tekrar masanın yanına gitti. Bir zamanlar bağlı olduğunu düşündüğü, –hep birlikte düşündükleri– kolun yanında duran kesilmiş ele baktı.

"Kesik yüzeyleri uyuşmuyor" dedi Maura. "Tıpkı röntgenlerin de uyuşmadığı gibi."

Frost, "Bize bu elin kadına ait olmadığını mı söylüyorsunuz?" dedi.

"Buna emin olmak için DNA analizine ihtiyacımız olacak. Ancak ben kanıtların tam da burada, ışık kutusunda olduğunu düşünüyorum." Döndü ve Jane'e baktı. "Henüz bulmadığınız bir başka kurban daha var. Ve kadının sol eli bizde."

7

15 temmuz, çarşamba. Ayın evresi: İlkdördün.
Bunlar Saul ailesinin âdetleridir.

Öğlenden sonra saat birde, Peter Amca klinikteki yarım günlük işinden eve gelir. Kot pantolon ve bir tişört giyer, domates bitkilerinden bir ormanın ve salatalık saplarının sarmaşık sicimlerine bel verdirdiği sebze bahçesine gider.

Saat ikide, küçük Teddy olta kamışını taşıyarak tepeyi tırmanır ve gölden geri döner. Ama hiçbir şey yakalayamamıştır. Onun eve bir tek balık bile getirdiğini görmedim.

İkiyi çeyrek geçe, Lily'nin iki kız arkadaşı, ellerinde mayoları ve plaj havlularıyla yokuş yukarı yürür. Uzun olanı —sanırım ismi Sarah— bir de radyo getirir. Radyodan yayılan garip ve gürültülü müzik, artık başka zamanlarda sessiz olan akşamüzerinin huzurunu kaçırmaktadır. Havluları çimenlikte açılır, üç kız mayışmış kediler gibi güneşin tadını çıkarırlar. Tenleri güneş kremiyle parıldar. Lily doğrulur ve su şişesine uzanır. Şişeyi dudaklarına kaldırdığında, bakışları pencereme döner ve aniden hareketsiz kalır. Onu seyrettiğimi görür.

Bu ilk sefer değil.

Su şişesini yavaşça bırakır ve iki arkadaşına bir şeyler söyler. Artık diğer iki kız da kalkmış ve bana doğru bakmaya başlamışlardır. Bir an için, ben onlara bakarken onlar da bana bakar. Sarah radyoyu kapatır. Hep birlikte ayağa kalkar ve eve girerler.

Kısa süre sonra Lily kapımı tıklatır. Bir yanıt almayı beklemez ve davet edilmeden odama girer.

"Neden bizi seyrediyorsun?" der.

"Ben sadece pencereden dışarı bakıyordum."
"Bize bakıyordun."
"Çünkü oradaydınız."

Bakışları masama kayar. Orada, on yaşıma bastığımda annemin verdiği bir kitap açık halde durmaktadır. Yaygın biçimde Mısır'ın Ölüler Kitabı olarak bilinen, kadim tabut metinlerinin toplandığı bir kitap. Bir kişinin ölümden sonraki hayatta yolunu bulabilmesi için ihtiyaç duyacağı tüm sihirler ve büyü sözleri. Kitaba doğru gider, ancak sanki sayfalar parmaklarını yakacakmış gibi, dokunmakta tereddüt eder.

"Ölüm ritüelleri ilgini çekiyor mu?" diye sorarım ben.
"Sadece batıl inanç."
"Denemeden nasıl bilebilirsin ki?"
"Bu hiyeroglifleri gerçekten de okuyabiliyor musun?"
"Annem öğretti. Ama onlar sadece önemsiz büyüler. Gerçekten de güçlü olanlar değil."
"Peki güçlü bir büyü ne yapabilir?" Bana bakar, bakışları öylesine dolaysız ve korkusuzdur ki, göründüğünden fazlası olup olmadığını merak ederim. Onu hafife alıp almadığımı.

"En kuvvetli büyüler" derim ona, *"ölüleri tekrar hayata döndürebilir."*
"Yani, Mumya'daki gibi mi?" Güler.

Arkamda başka kıkırtılar da duyarım ve döndüğümde iki arkadaşının kapı ağzında durduklarını görürüm. Kulak misafiri olmuşlardır ve bana dudak bükerek bakarlar. Hayatları boyunca karşılaştıkları en tuhaf oğlanın ben olduğum açık. Aslında ne kadar farklı olduğum hakkında hiçbir fikirleri yok.

Lily, Mısır'ın Ölüler Kitabı'nı kapatır. *"Hadi yüzmeye gidelim, kızlar"* der ve güneş losyonunun tatlı kokusunu peşinden sürükleyerek odadan çıkar.

Odamın penceresinden tepeden aşağı, göle doğru gidişlerini izlerim. Ev artık sessizdir.

Lily'nin odasına giderim. Saç fırçasından uzun, kahverengi saç tellerini çeker ve cebime atarım. Tuvalet masası üzerindeki parfüm ve kremlerin kapaklarını açar ve onları koklarım; her birinin kokusu beraberinde bir anıyı getirir: Lily kahvaltı masasında. Lily arabada yanımda otururken. Çekmecelerini, dolabını açar ve giysilerine dokunurum. Herhangi bir Amerikalı yeniyetmenin giyebileceği elbiseler. Ne de olsa o sadece bir kız, fazlası değil. Ama izlenmesi gerek.

Benim en iyi yaptığım şey de bu.

8

Siena. İtalya. Ağustos.

Lily Saul bir anda derin bir uykudan fırladı ve dolanmış nevresimler arasında nefes almaya çalışarak yattı. Geç akşamüstünün kehribar renkli ışığı, kısmen kapatılmış tahta panjurlar arasındaki çatlaktan parlıyordu. Yatağının üzerindeki karanlığın içinde, kızın ıslak tenini tatma beklentisiyle daireler çizen bir sinek vızıldadı. Korkusu. İnce şiltenin üzerinde doğruldu, karışmış saçlarını eliyle geriye attı ve kalp atışları giderek yavaşlarken başını ovuşturdu. Koltukaltlarından ince bir çizgi halinde ter sızıyor, tişörtünü ıslatıyordu. Öğleden sonranın en kötü sıcağı boyunca uyumayı başarmıştı, ancak onu nefessiz bırakabilecek kadar yoğun olan havasıyla, oda hâlâ kadına boğucu gelmekteydi. *Sonsuza kadar bu şekilde yaşamaya devam edemem*, diye düşündü, *deliririm.*

Belki de çoktan delirmişimdir.

Yataktan kalkıp pencerenin yanına gitti. Ayaklarının altındaki seramik karolardan bile sıcaklık yayılıyordu. Pencerenin panjurlarını açtı, küçük piazza'ya,[8] güneşte taş fırınlar gibi ısınmış binalara bakındı. Altın renkli bir pus, toprak rengi kubbeleri ve damları yaprak gibi titretiyordu. Yaz sıcağı, Siena'nın aklı başında yerlilerini içeri sokmuştu; şimdi sadece turistler dışarıda olurdu, dar sokaklarda gözleri fal taşı gibi açılmış halde dolanır, oflayıp puflayarak ve terleyerek bazilikaya[9] çıkan dik yokuşta yürür ya da Piazza del Campo'da, kavurucu tuğlalar üzerinde ayakkabılarının

---

8. Piazza: İtalyanca, meydan alan anlamına gelen sözcük. Piazzetta: Küçük meydan. (ç.n.)

9. (Eski Roma'da) Bir ucu yarım daire biçiminde, tavanı iki sıra taş sütun üzerine oturtulmuş, divanhane, adliye, saray ya da toplanma yeri olarak kullanılan uzun, dörtgen şekilli bina. (ç.n.)

topukları erir ve yapış yapış olurken fotoğraf çektirmek için poz verirlerdi: Siena'ya ilk geldiğinde, yerlilerin ritmine alışmadan, ağustos sıcağı bu Ortaçağ şehrinin etrafını çevirmeden önce onun da bizzat yaptığı tüm bu alışılmış turist şeyleri.

Penceresinin altında, piazzettada, hareket eden tek bir canlı dahi yoktu. Ancak içeri dönerken, bir kapı eşiğinin gölgesinde bir kıpırtı gözüne ilişti. Bakışları o noktaya dikilmiş halde, hiç kıpırdamadan durdu. *Onu göremiyorum. Beni görebilir mi?* Sonra o kapı eşiğinde kendini korumaya çalışan varlık saklandığı yerden çıktı, hızlı adımlarla piazzettayı geçti ve gözden kayboldu.

Sadece bir köpek.

Bir kahkaha atarak içeri döndü. Her gölge bir canavarı gizlemez. *Ama bazıları gizler. Bazı gölgeler seni takip eder, tehdit eder, nereye gidersen git.*

Küçük banyosunda yüzüne ılık su çarptı, koyu renkli saçlarını atkuyruğu yaparak arkaya topladı. Vaktini makyajla harcamadı; geçen yıl boyunca onu yavaşlatan her türlü alışkanlığından kurtulmuştu. Bir küçük valiz ve bir sırt çantasıyla yaşıyordu, sadece iki çift ayakkabısı vardı, sandaletleri ve lastik pabuçları. Kotlar, tişörtler ve süveterler, yazın sıcağından kışın karla karışık yağmurlarına kadar idare etmesini sağlıyordu. İşin özüne bakılırsa, hayatta kalmak bir katman meselesinden ibaretti, ister giysilerle, ister duygusal savunmalarla olsun. Eşyaları uzak tut, bağlanmaktan kaçın.

Tetikte ol.

Sırt çantasını aldı ve odasından kasvetli koridora çıktı. Her zaman yaptığı gibi koridorda durdu ve kapıyı kapatırken pervazın alt tarafına bir kibrit çöpü sıkıştırdı ve kilitledi. Eski zamanlardan kalma kilit herhangi birini dışarıda tutacak değildi. Tıpkı bina gibi, büyük ihtimalle kilit de yüzlerce yıllıktı.

Kendini sıcağa hazırlayarak dışarı, piazzettaya çıktı. Issız meydana bakınarak durakladı. Sienalıların çoğunun ayaklanması için hâlâ çok erkendi, ancak yaklaşık bir saat içinde yemeğin neden olduğu kestirmelerinden kalkacak ve tekrar dükkânlarına, bürolarına dönmeye başlayacaklardı. Giorgio işinin başına dönmesini beklemeye başlamadan önce, Lily'nin hâlâ kendine ayıracak bir parça vakti vardı. Bu yürümek, uyuşukluğunu üzerinden atmak ve en sevdiği şehirdeki gözde uğrak yerlerini ziyaret etmek için bir fırsattı. Siena'ya geleli sadece üç ay olmuştu ve kadın şimdiden şehirdeki zamanının sessizce akıp gittiğini hissediyordu. Yakında buradan ayrılmak zorunda kalacaktı, tıpkı sevdiği diğer yerlerden ayrıldığı gibi.

Burada şimdiden çok fazla kaldım.

Piazzettayı boydan boya geçti ve Via di Fontebranda'ya çıkan dar sokağa yöneldi. Bir zamanlar Ortaçağ zanaatkârlarına, sonra da mezbahalara ev sahipliği yapan binaları geçtikten sonra, izlediği yol onu şehrin antik su sarnıcına götürdü. Fontebranda, Siena'nın bir zamanlar Dante tarafından meşhur edilen önemli noktalarından biriydi ve geçen yüzyıllara rağmen, suları hâlâ berrak, hâlâ davetkârdı. Bir keresinde kadın buraya dolunay altında yürümüştü. Efsaneye göre, kurtadamlar insana dönüşmeden önce, sularda yıkanmak için buraya gelirlerdi. O gece, kadın hiç kurtadam görmemiş, sadece sarhoş turistlerle karşılaşmıştı. Belki de bu ikisi aynı şeydi.

Şimdi, dayanıklı sandaletleri kızgın saç kadar sıcak taşlar üzerine vurarak yokuş yukarı ilerlerken, kutsal Sakrament'ten başka hiçbir şey yemeden uzun zamanlar hayatta kalmayı başarmış, Siena'nın hamisi Azize Katherina'nın evi ve mabedinin yanından geçiyordu. Azize Katherina cehennem, araf ve cennetin berrak görüntülerini tecrübe etmiş ve şehadetin onur ve ilahi ıstırabı için yanıp tutuşmuştu. Uzun ve sıkıntılı bir hastalığın ardından, kadının sahip olabildiği yegâne şey düş kırıklığı yaratacak kadar sıradan bir ölüm olmuştu. Yokuş yukarı çıkmak için çabalarken, Lily, *Ben de cehenneme dair imgeler gördüm. Ama ben şehadet istemiyorum. Ben yaşamak istiyorum. Yaşamak için her şeyi yaparım*, diye düşündü.

Basilica di San Domenica'ya tırmandığında, tişörtü terden ıslanmıştı. Yokuşun tepesinde hızlı hızlı soluyarak durdu, yazın puslu havasında kiremitli çatıları bulanık görünen aşağıdaki şehre bakındı. Bu, kadının kalbini sızlatan bir görüntüydü, çünkü buradan ayrılmak zorunda kalacağını biliyordu. Şimdiden Siena'da olması gerekenden daha fazla oyalanmış durumdaydı ve artık kötülüğün ona yetişmekte olduğunu hissedebiliyor, rüzgârda sürüklenen belli belirsiz, iğrenç kokusunu neredeyse alabiliyordu. Kadının etrafında her yerde, yokuşun başında kalabalık bir halde hareket eden pelte baldırlı turistler vardı, ancak o sessiz bir yalnızlık içinde durdu, yaşayanlar arasında bir hayalet. *Zaten öldüm*, diye düşündü kadın. *Benim için, bu ödünç bir zaman.*

"Affedersiniz, Bayan, İngilizce biliyor musunuz?"

İrkilerek dönen Lily, benzer U Penn tişörtleri ve torba gibi şortlar giymiş orta yaşlı bir adam ile bir kadın gördü. Adam elinde karmaşık görünümlü bir fotoğraf makinesi tutuyordu.

"Fotoğrafınızı çekmemi mi istiyorsunuz?" diye sordu Lily.

"Bu mükemmel olur! Teşekkürler."
Lily makineyi aldı. "Dikkat etmem gereken bir şey var mı?"
"Hayır, sadece düğmeye basın."

Adamla kadın kol kola girdi ve arkalarında bir Ortaçağ gobleni gibi uzanan Siena manzarasıyla birlikte poz verdiler. Sıcak bir günde yapılan yorucu bir tırmanıştan hatıralar.

"Amerikalısınız, değil mi?" dedi kadın, Lily fotoğraf makinesini geri verirken. "Neredensiniz?" Dostça bir sorudan başka bir şey değildi bu, sayısız turistin birbirlerine sorduğu bir şey, evinden uzak aynı türden gezginlerin birbirleriyle ilişki kurmak için kullandıkları bir yöntem. Bu soru, Lily'nin bir anda dikkat kesilmesine neden olmuştu. *Merakları neredeyse masumane. Ama ben bu insanları tanımıyorum. Emin olamam.*

"Oregon" diye yalan söyledi.
"Gerçekten mi? Oğlumuz orada yaşıyor. Hangi şehir?"
"Portland."
"Bak şuna, dünya küçük, değil mi? Oğlumuz Northwest Irving Caddesi'nde oturuyor. Size yakın mı?"

"Hayır." Lily çoktan uzaklaşmaya başlamıştı, büyük ihtimalle birlikte bir kahve içmek için ısrar edecek ve paylaşmak gibi bir niyeti olmadığı detayları araştırmak için başkaca sorular soracak bu buyurucu insanlardan kaçıyordu. "İyi tatiller!"

"Bizimle bir..."
"Biriyle buluşmam gerek." El salladı ve kaçıp gitti. Sığınacak bir yer sunan bazilikanın kapıları ileride yükseliyordu. Kadın içeri, serin sessizliğe adım attı ve rahatlayarak iç geçirdi. Kilise neredeyse boştu; devasa alanda dolanan sadece birkaç turist vardı ve sesleri mukaddes bir şekilde kesilmişti. Güneşin vitraylı camların arasından mücevherli ışık kırıntıları halinde parladığı gotik kemere doğru yürüdü, iki duvarda sıralanmış Siena soylularının kabirlerinin yanından geçti. Bir şapel nişine dönen kadın, varaklı mermer mihrabın önünde durdu ve Siena Azizesi Katherina'nın korunan kafasını barındıran mahfazaya baktı. Kadının ölümlü vücudundan kalanlar parçalara ayrılmış ve kutsal emanetler olarak dağıtılmıştı, vücudu Roma'da, ayakları Venedik'teydi. Kaderinin böyle olacağını biliyor muydu acaba? Kafasının çürüyen bedeninden ayrılacağını, mumyalanmış yüzünün sayısız terli turiste ve gevezelik edip duran okul çocuklarına teşhir edileceğini?

Azizenin kösele gibi göz çukurları camın ardından bakıyordu. *Ölüm böyle görünüyor. Ama sen zaten biliyorsun, değil mi, Lily Saul?*

Ürperen Lily, şapel nişinden ayrıldı ve aceleyle, yankılanan kilisenin içinden tekrar çıkışa doğru yöneldi. Yeniden dışarıya çıktığında, sıcak için neredeyse minnettar kalmıştı. Ama turistler için değil. Ellerinde kamera olan bu kadar yabancı insan. Herhangi biri gizlice fotoğrafını çekiyor olabilirdi.

Bazilikadan ayrılıp yokuş aşağı inmeye başladı ve Piazza Salimbeni'den geçip, Palazzo Tolomei'yi geride bıraktı. Dar sokakların karışıklığı turistleri kolaylıkla şaşırtırdı, ancak Lily bu labirentin içinden giden yolu biliyordu ve hızlıca, kararlı bir şekilde hedefine doğru yürüdü. Tepede çok fazla oyalandığı için geç kalmıştı, Giorgio kesinlikle onu paylayacaktı. Bu olasılık herhangi bir türden fazlaca dehşet önermiyordu, çünkü Giorgio'nun söylenmeleri asla dikkate değer sonuçlar doğurmazdı.

Bu yüzden işyerine on beş dakika geç vardığında en ufak bir endişe emaresi hissetmiyordu. Dükkâna adımını atarken kapıdaki küçük zil içeri girişini ilan ederek çınladı ve kadın tozlu kitapların, kâfurun ve sigara dumanının bildik kokularını içine çekti. Giorgio ve oğlu Paolo, dükkânın arka tarafındaki bir masanın üzerine eğilmişti, her ikisinin kafasında da büyüteç lupları vardı. Paolo kafasını kaldırınca, bir tepegözü anımsatan devasa bir göz Lily'ye baktı.

"Bunu görmelisin!" diye kadına haykırdı adam, İtalyanca. "Az önce geldi. İsrail'den bir koleksiyoncu gönderdi."

Öyle heyecanlılardı ki, kadının geç kaldığını bile fark etmemişlerdi. Sırt çantasını masasının arkasına koydu ve antik masa ile meşe manastır sırası arasından sıkışarak kendine yol açtı. Artık alçaltıcı bir şekilde dosya istiflenmesi için hizmet veren eski Roma sandukasının yanından geçti. İçinden çıkan tahta dolgu yongalarının yere saçılmış olduğu açık bir sandığın üzerinden atladı ve kaşlarını çatarak Giorgio'nun masası üzerindeki nesneye baktı. Bu bir yontma mermer bloğuydu, muhtemelen bir saray ya da kilise gibi büyük bir yapının parçası. Kadın bitişik iki kenardaki patinayı fark etmişti, yüzyıllar boyunca rüzgâr, yağmur ve güneşe maruz kalmanın bıraktığı parıldama. Bu bir köşe taşıydı.

Genç Paolo lupunu çıkarttı ve koyu renkli saçları dikildi. Kulak gibi saç tutamlarıyla sırıtırken, tamamen zararsız ve baştan aşağı cazibeli olmasına rağmen, kadına efsanevi Siena kurtadamlarından biri gibi görünüyordu. Babası gibi, Paolo da en ufak bir zalimlik kırıntısına bile sahip değildi ve eğer kaçınılmaz bir şekilde kalbini kırmaya mecbur kalacağını bilmese, Lily seve seve adamın âşığı olabilirdi.

"Sanırım bu parçayı beğeneceksin" dedi adam ve kendi büyütecini önerdi. "Her zaman ilgilendiğin türden bir şey."

Kadın köşe taşının üzerine eğildi ve insana benzeyen oyulmuş şekli inceledi. Beli etrafında bir etek vardı, süs bilezikleri ve halhallarla dimdik duruyordu. Ancak kafası bir insana ait değildi. Kadın büyüteci kafasına geçirdi ve daha yakına eğildi. Detaylar merceğin içinde canlanırken, ani bir ürperti hissetti. Çıkıntı yapan köpek dişleri ve uçlarında tırnaklar olan parmaklar görüyordu kadın. Ve boynuzlar.

Doğruldu, boğazı kurumuş, sesi tuhaf biçimde uzak çıkmıştı. "Koleksiyoncunun İsrail'den olduğunu mu söylemiştin?"

Giorgio başıyla onayladı ve Paolo'nun daha yaşlı, daha tıknaz bir halini göz önüne sererek kendi lupunu çıkarttı. Aynı koyu gözler, ancak gülüş çizgilerinden bir ağla sarmalanmış halde. "Bu adam bizim için yeni. Dolayısıyla menşeinden emin değiliz. Ya da ona güvenip güvenemeyeceğimizden."

"Nasıl oldu da bu parçayı bize yolladı?"

Giorgio omuz silkti. "Bugün sandıkla geldi. Tek bildiğim bu."

"Onun için satmanızı mı istiyor?"

"Sadece değer biçmemizi istedi. Ne düşünüyorsun?"

Kadın bir parmağıyla patinayı ovuşturdu. Taştan vücuduna yayılan ürpertiyi bir kez daha hissetti. "Nereden geldiğini söyledi?"

Giorgio bir dizi kâğıda uzandı. "Sekiz yıl önce Tahran'dan aldığını söylüyor. Bence kaçak olmalı." Bir kez daha omuz silkti, göz kırptı. "Ama ne biliyoruz ki, değil mi?"

"Pers" diye mırıldandı kadın. "Bu Ahmiran."

"Ahmiran ne?" diye sordu Paolo.

"Ne değil, kim. Antik Pers'te, Ahmiran bir iblisti. Yıkım tanrısı." Kadın büyüteci masaya bıraktı ve derin bir soluk aldı. "Persler şeytanı onda somutlaştırmıştır."

Giorgio bir kahkaha attı ve neşeli bir şekilde ellerini ovuşturdu. "Gördün mü, Paolo? Bileceğini söylemiştim. Şeytanlar, iblisler, hepsini biliyor. Her defasında cevap onda."

"Neden?" Paolo kadına baktı. "Kötü şeylerle neden bu kadar ilgilendiğini asla anlayamadım."

Bu soruya nasıl cevap verebilirdi ki? Bir zamanlar şeytanın gözlerinin içine ve onun da dosdoğru kendisine baktığını nasıl söyleyebilirdi? Kadını gördüğünü! *O günden bu yana beni takip ediyor.*

"Otantik bir şey mi?" diye sordu Giorgio. "Köşe taşı?"

"Evet, ben öyle olduğunu düşünüyorum."

"O halde ona hemen yazsam iyi olur, değil mi? Tel Aviv'deki yeni dostumuza. Onu doğru tüccara, değerini anlayan bir kişiye göndermiş olduğunu söyleyeyim." Büyük bir özenle taşı tekrar sandığına yerleştirdi. "Böylesine özel bir şey için kesinlikle bir alıcı buluruz."

Bu ucubeyi kim evinde ister ki? diye düşündü Lily. *Kim kendi duvarında onu izleyen iblisi ister ki?*

"Ah, neredeyse unutuyordum" dedi Giorgio. "Bir hayranın olduğunu biliyor muydun?"

Lily kaşlarını çatarak adama baktı. "Ne?"

"Bir adam, öğlen arasında dükkâna geldi. Yanımda çalışan bir Amerikalı kadın olup olmadığını sordu."

Kadın iyice sessizleşmişti. "Ona ne söyledin?"

Paolo, "Babamın herhangi bir şey söylemesine engel oldum. İznin olmadığı için başımız belaya girebilirdi."

"Ama bunu biraz daha düşündüm de" dedi Giorgio. "Sanıyorum bu adam sana vurulmuş. Bu yüzden soruyor." Giorgio göz kırptı.

Kadın yutkundu. "Adını söyledi mi?"

Giorgio oğlunun koluna şakacıktan bir şamar indirdi. "Gördün mü?" diye azarladı adam. "Çok yavaş hareket ediyorsun, evlat. Şimdi başka bir adam gelecek ve kapıp götürecek."

"İsmi neydi?" diye sordu Lily bir kez daha, bu sefer daha keskin bir ses tonuyla. Ancak ne baba ne de oğlu tavrındaki değişikliği fark etmiş gibiydi. İkisi de tüm dikkatlerini birbirlerini kızdırmaya vermişlerdi.

"Bir isim bırakmadı" dedi Giorgio. "Sanırım oyun oynamak istiyor, ha? Senin tahmin etmeni."

"Genç bir adam mıydı? Nasıl görünüyordu?"

"Ah. Demek ilgileniyorsun."

"Onda" kadın durakladı "sıradışı bir şeyler var mıydı?"

"Sıradışı derken ne kastediyorsun?"

Kadın *insan olmayan* bir şeyi kastediyordu.

"Masmavi gözleri vardı" diye konuştu Paolo, neşeyle. "Garip gözler. Işıl ışıl, bir meleğin gözleri gibi."

Bir meleğin epey zıttı.

Kadın döndü ve hemen pencereye gitti, tozlu camlardan gelip geçenlere göz attı. *Burada*, diye düşündü kadın. *Beni Siena'da buldu.*

"Geri gelecek, *cara mia*.[10] Sadece sabırlı ol" dedi Giorgio.

---

10. İtalyanca, canım, tatlım, bir tanem. (ç.n.)

Ve geri geldiğinde, ben burada olamam.
Kadın sırt çantasını kaptı. "Üzgünüm" dedi. "Kendimi iyi hissetmiyorum."
"Ne oldu?"
"Sanırım dün gece o balığı yememeliydim. Bana iyi gelmedi. Eve gitmem lazım."
"Paolo seninle gelsin."
"Hayır! Hayır." Kadın, zilin şiddetli biçimde çınlamasına neden olacak şekilde kapıyı hızla açtı. "İyi olacağım." Dükkândan ok gibi fırladı ve Paolo'nun peşinden koşmasından, centilmen ve eşlikçi erkeği oynamakta ısrar etmesinden korktuğu için arkasına bakmadı. Onu yavaşlatmasına izin vermeyi göze alamazdı. Hızlı olmak şimdi her şeydi.

Evine dönmek için kalabalık piazzalar ve ana caddelerden kaçınarak dolambaçlı bir yol izledi. Bunun yerine, Ortaçağ'dan kalma duvarlar arasından, dar basamaklarla muntazam biçimde Fontebranda Mahallesi'ne doğru tırmanan küçük sokaklardan geçti. Eşyalarını toplaması sadece beş dakikasını alacaktı. Seyyar olmayı, anlık bir uyarıyla harekete geçmeyi öğrenmişti ve yapması gereken tek şey, elbiselerini ve makyaj çantasını valize tıkıştırmak ve biriktirdiği euroları tuvalet masasının arasındaki zulasından almaktı. Bu son üç ay boyunca, çalışma izni olmadığının tamamıyla farkında olan Giorgio, kadına el altından ödeme yapmıştı. İki iş arasındaki müşkül zamanları atlatmak için epey bir kara gün akçesi biriktirmişti, yeni bir şehre yerleşene kadar ona yetecek miktarda. Parasını ve valizini kapmalı ve gitmeliydi. Doğruca otobüs terminaline.

Hayır. Hayır, tekrar düşününce böyle yapmamaya karar verdi, otobüs terminaline gideceğini tahmin ederdi. Bir taksi tutmak daha iyi olurdu. Masraflı, evet, ancak eğer taksiyi sadece şehirden çıkmak için kullanırsa, belki de San Gimignano'ya kadar, Floransa'ya giden bir tren bulabilirdi. Orada, insan kaynayan kalabalıklar arasında ortadan kaybolabilirdi.

Dairesine piazzettadan girmedi; böyle yapmak yerine, loş kenar sokakların birinden yaklaştı, çöp bidonları ve kilitli bisikletlerin yanından geçti ve arka merdivenlere tırmandı. Dairelerin birinde yüksek sesli bir müzik bas bas bağırıyor, açık bir kapı aralığından koridora taşıyordu. Yan dairedeki şu asık suratlı yeniyetmeydi. Tito ve kahrolasıca radyosu. Göz ucuyla, bir zombi gibi kanepeye yayılmış oğlanı gördü. Oğlanın dairesinin yanından geçip kendininkine devam etti. Kibrit çöpünü tam da anahtarlarını çıkartırken fark etti ve donup kaldı.

Kibrit çöpü artık kapının pervazında değildi; yere düşmüştü.

Kapının yanından çekilirken kalbi hızla çarpıyordu. Gerileyerek Tito'nun kapısı önünden geçerken, oğlan kanepeden baktı ve el salladı. Arkadaş göstermek için en kötü zaman buydu. *Bana tek kelime etme*, diye sessizce yalvardı kadın. *Sakın tek bir kelime etme.*

"Bugün işte değilsin..." diye seslendi oğlan, İtalyanca olarak.

Kadın döndü ve merdivenlerden aşağı koştu. Sokağa fırlarken neredeyse bisikletlere takılıyordu. *Çok geç kaldım*, diye düşündü köşenin etrafından hızla döner ve basamakları küçük bir uçuşla tırmanırken. Yabani otlarla kaplı bir bahçeye sinen kadın, harap halde bir duvarın dibine çöktü ve nefes almaya güçlükle cesaret ederek dondu kaldı. Beş dakika, on. Ne peşinden gelen birinin adımlarını, ne de bir takibin sesini duydu.

Belki de kibrit çöpü kendiliğinden düşmüştür. Belki de hâlâ valizimi alabilirim. Paramı.

Duvarın üstünden bakınma riskine girip sokağa göz attı. Hiç kimse yoktu.

Bunu göze alabilir miyim? Cesaret edebilir miyim?

Yeniden dar sokağa çıktı. Piezzattanın civarına gelene kadar bir dizi dar sokaktan geçti. Ancak açık alana adımını atmadı; bunun yerine bir binanın kıyısında durdu ve kafasını yukarı kaldırıp daire penceresini gözetledi. Tahta panjurlar, kadının bıraktığı gibi açık duruyordu. Toparlanmakta olan alacakaranlığın arasından, kadın o pencerede bir şeylerin hareket ettiğini gördü. Sadece bir saniye için, panjurlarla çerçevelenmiş bir siluet.

Hızla yeniden binanın arkasına saklandı. Kahretsin. *Kahretsin.*

Sırt çantasının fermuarını açtı ve hızlıca cüzdanındakileri karıştırdı. Kırk sekiz euro. Birkaç öğün yemek ve bir otobüs bileti için yeterliydi. Belki de San Gimignano'ya bir taksi yolculuğunu da karşılardı, ancak başka pek bir işe yaramayacaktı. Kadının bir ATM kartı vardı, ancak kolayca, dosdoğru kalabalığın içine karışabileceği büyük şehirler dışında kullanmaya cesaret edememişti. Kartı en son Floransa'da, bir cumartesi gecesi insanlar sokaklara üşüştüğünde kullanmıştı.

Burada değil, diye düşündü kadın. *Siena'da değil.*

Piazzettadan ayrıldı ve tekrar Fontebranda'nın arka sokaklarının derinliklerine doğru ilerledi. Kadının en iyi bildiği mahalle buradaydı; burada herhangi birinin elinden kurtulabilirdi. Haftalar önce keşfettiği, sadece Siena'nın yerli halkı tarafından rağbet edilen küçük bir kafeye doğru ilerledi. İçerisi bir mağara gibi loştu ve kesif bir sigara dumanıyla kaplıydı. Köşede bir masaya yerleşti, peynirli ve domatesli bir sandviç ve espresso ısmarladı. Sonra, akşam ilerledikçe, bir espresso daha. Ve bir tane daha. Bu gece uyumayacaktı. Floransa'ya yürüyebilirdi. Sadece... ne kadar, yirmi, yirmi beş mil miydi? Daha önce de tarlalarda uyumuştu. Şeftali çalmış, karanlıkta üzüm kopartmıştı. Aynı şeyi tekrar yapabilirdi.

Sandviçini silip süpürdü, en ufak kırıntıyı dahi ağzına attı. Bir daha ne zaman yiyeceğini söylemeye imkân yoktu. Kafeden çıktığında gece çökmüştü ve karanlık sokaklarda tanınmaktan korkmadan ilerleyebilirdi. Bir seçeneği daha vardı. Riskliydi, ancak onu yirmi beş millik bir yürüyüşten kurtaracaktı.

Ve Giorgio onun için bunu yapardı. Onu arabayla Floransa'ya bırakırdı.

Kadın arka sokaklardan ayrılmadan, işlek Campo'nun[11] epeyce uzağından dolaşarak yürüdü, yürüdü. Giorgio'nun evine ulaştığında, düzensiz parke taşları yüzünden kadının baldırları ağrıyordu ve ayakları sızlamaktaydı. Karanlığın örtüsü altında pencereye bakarak durakladı. Giorgio'nun karısı yıllar önce ölmüştü ve oğlan ile babası aynı daireyi paylaşmaktaydı. İçeride ışıklar yanıyordu, ancak kadın birinci katta herhangi bir hareket görmedi.

Ön kapıyı çalacak kadar gözüpek değildi. Böyle yapmak yerine arkadaki küçük bahçeye dolandı, kapıyı açıp bahçeye girdi ve mutfak kapısını çalmak için güzel kokulu kekiklere ve lavantalara hafifçe sürtünerek geçti.

Kimse cevap vermedi.

Belki de onu duymuyor olabileceklerini düşünerek, televizyonun açık olup olmadığını işitmek için çaba gösterdi, ancak kadının tek duyduğu caddedeki trafiğin her zamankinden daha boğuk sesi oldu.

Kapının tokmağını denedi; kapı açılmıştı.

Bir kez bakmak yeterliydi. Tuhaf biçimde açılmış kollardan ve harap halde yüzlerden bir an için gözüne ilişen kan. Son bir kucaklaşmayla birbirine sarılmış, Giorgio ile Paolo'dan.

Kadın, elini ağzına kapatarak geriledi, görüşü gözlerine dolan yaşlarla bulanıklaşmıştı. *Benim hatam. Hepsi benim hatam. Benim yüzümden öldürüldüler.*

Lavantaların arasından geriye doğru tökezleyen kadın tahta kapıya çarptı. Bu çarpışma kadının aklını başına getirmişti.

Git. Koş.

11. Siena'nın etrafında kurulduğu ve geliştiği, en merkezi ve kalabalık meydanı. (ç.n.)

Kapıyı ardından sürgülemeye zahmet etmeden bahçeden dışarı fırladı ve sandaletleri parke taşlarına vurarak, sokağın aşağısına doğru kaçmaya başladı.

Siena'nın dış mahallelerine ulaşana dek adımlarını yavaşlatmadı.

9

"İkinci bir kurban olduğundan kesinlikle emin miyiz?" diye soru Teğmen Marquette. "Henüz elimizde DNA doğrulaması yok."
"Ama iki kan grubu var" dedi Jane. "Kesilmiş el, sıfır pozitif kan grubuna sahip birine ait. Lori-Ann Tucker'ın kan grubu ise A pozitif. Bu yüzden, Doktor Isles'ın söylediği tamamen doğru."
Konferans odasında uzun bir sessizlik oldu.
Dr. Zucker sessizce, "Oldukça ilginç hale geliyor" dedi.
Jane masanın karşısındaki adama baktı. Adli tıp psikoloğu Dr. Lawrence Zucker'ın maksatlı bakışları onu her zaman rahatsız etmişti. Şimdi, sanki merakının yegâne odağı oymuş gibi kadına bakmaktaydı ve adamın beynine doğru tüneller açan bakışlarını neredeyse hissedebiliyordu kadın. İki buçuk yıl önceki Cerrah soruşturması boyunca birlikte çalışmışlardı ve Zucker kadının olayda nasıl da sarsıldığını biliyordu. Kadının kâbuslarını, panik ataklarını biliyordu. Avuç içlerindeki yaraları, sanki anıları değiştirmeye çalışırmış gibi sürekli ovalayıp durduğunu görmüştü. O günden bu yana, Warren Hoyt'un kâbusları silinip gitmişti. Ancak Zucker ona bu şekilde bakınca, kadın kendini açığa vurulmuş hissetmişti, çünkü adam bir zamanlar ne kadar da savunmasız olduğunu biliyordu. Ve kadın bu yüzden adama kızgındı.
Jane bakışlarını çekti ve diğer iki dedektife, Barry Frost ile Eve Kassovitz'e yoğunlaştı. Kassovitz'i ekibe katmak hataydı. Kadının herkesin gözü önünde kar yığınlarına kusması, şimdi birimde herkesin bildiği bir şey haline gelmiş ve Jane bunun peşinden gelecek eşek şakalarını tahmin etmişti. Noel'den sonraki gün, üzerine Kassovitz'in adı yazılarak etiketlenmiş devasa bir plastik kova, esrarengiz bir biçimde birimin kabul masası üzerinde belirmişti. Kadın gülüp geçmeli ya da belki de öfkeden deliye dönme-

liydi. Bunun yerine, sopayla dövülmüş bir fokbalığı kadar hırpalanmış ve bir şey söyleyemeyecek kadar moralsiz halde koltuğuna yığılmıştı. Eğer karşılık vermeyi öğrenmezse, Kassovitz'in bu oğlanlar kulübünde tutunmasının yolu yoktu.

"Öyleyse elimizde kurbanlarını sadece parçalarına ayırmakla kalmayan" dedi Zucker, "aynı zamanda da vücut parçalarını suç mahalleri arasında gezdiren bir katilimiz var. Eli gösteren bir fotoğraf var mı?"

"Birçok fotoğrafımız var" dedi Jane. Otopsi dosyasını Zucker'a uzattı. "Görüşünden, elin bir kadına ait olduğundan epeyce eminiz."

Resimler herhangi birinin midesini kaldırmaya yetecek kadar iğrençti, ancak fotoğraflara bakınırken adamın yüzü ne şaşkınlık, ne de tiksinti ifade ediyordu. Sadece şiddetli bir merak. Yoksa kadının, adamın gözlerinde gördüğü heves miydi? Genç bir kadının vücudunda ziyaret edilen canavarlık görüntüleri adamın hoşuna mı gidiyordu?

Adam, elin fotoğrafında durakladı. "Tırnak cilası yok, ancak kesinlikle manikür yapılmış. Evet, bir kadın eli gibi göründüğüne katılıyorum." Donuk gözlerle, tel çerçeveli gözlüklerinin üzerinden Jane'e baktı. "Bu parmak izlerinden ne buldunuz?"

"Bu elin sahibinin sabıkası yok. Askere gitmemiş. NCIC'de[12] hiçbir şey çıkmadı."

"Hiçbir veritabanında yok mu bu kadın?"

"Parmak izleri yok, en azından."

"Ve bu el tıbbi artık da değil? Belki de bir hastane amputasyonudur?"

Frost, "Boston büyükşehir bölgesindeki bütün tıbbi merkezleri kontrol ettim. Son iki haftada kesilen iki el olmuş, biri Mass Gen, diğeri de Pilgrim Hastanesi'nde" dedi. "Her ikisi de travma sonucuymuş. İlki bir elektrikli testere kazasıymış. İkincisi bir köpek saldırısı. Her iki vakada da eller öyle kötü parçalanmış ki, yerlerine dikilmeleri mümkün olmamış. Ve ilki de bir erkeğe aitmiş."

"Bu el hastane atıkları arasından çıkartılmamış" dedi Jane. "Ve parçalanmamış. Oldukça keskin, çentikli bir bıçakla kesilmiş. Aynı zamanda, herhangi bir özel cerrahi beceriyle de yapılmamış. Radius kemiğinin ucu, kan kaybını engellemeye yönelik belirgin bir çaba gösterilmeden kopartılmış. Bağlanmış damarlar yok, deri katmanlarının kesilerek ayrılması yok. Sadece dümdüz bir kesik."

"Buna uyabilecek herhangi bir kayıp kişi var mı elimizde?"

---

12. National Crime Information Center: Ulusal Suç Bilgi Merkezi. (ç.n.)

"Massachusetts'te yok" dedi Frost. "Arama alanını genişletiyoruz. Herhangi bir beyaz kadın. El oldukça canlı göründüğüne göre, çok uzun zaman önce kaybolmuş olamaz."

"Dondurulmuş olabilir" dedi Marquette.

"Hayır" dedi Jane. "Mikroskop altında hiçbir hücresel tahribat görünmüyor. Doktor Isles böyle söyledi. Dokuları dondurduğunuz zaman, suyun genleşmesi hücreleri parçalarmış, ancak böyle bir şeye rastlamadı. Belki de soğutulmuş ya da bir şeye sarılıp buzlu suda tutulmuş olabilir, tıpkı organları naklederken yaptıkları gibi. Ama dondurulmamış. Bu yüzden, elin sahibinin büyük ihtimalle en fazla son birkaç gün içerisinde öldürüldüğünü tahmin ediyoruz."

"Eğer öldürüldüyse" dedi Zucker.

Hepsi ona baktı. Adamın sözlerinin ima ettiği korkunç şey, hepsini duraklamasına neden olmuştu.

"Kadının hâlâ *hayatta* olabileceğini mi düşünüyorsun?" dedi Frost.

"Amputasyonlar kendi başlarına ölümcül değildir."

"Aman Tanrım" dedi Frost. "Kadını öldürmeden elini kesmek..."

Zucker, her birinin üzerinde lupundan bakan bir kuyumcu gibi duraklayarak, geri kalan otopsi fotoğraflarını gözden geçirdi. En sonunda fotoğrafları bıraktı. "Bir katilin cesedi parçalamasının iki olası nedeni vardır. Birincisi tamamen pratik oluşudur. Cesetten kurtulmaya mecburdur. Bunlar yaptığının bilincinde olan ve amaç odaklı katillerdir. Olay mahalli kanıtları ortadan kaldırmanın ve suçlarını gizlemenin gerekli olduğunu anlarlar."

"Organize katiller" dedi Frost.

"Eğer vücudun parçalanmasının ardından bedenin parçaları dağıtılır ya da gizlenirse, bu planlamayı işaret eder. Düşünerek hareket eden bir katil."

"Bu parçalar hiçbir şekilde gizlenmemişti" dedi Jane. "Evin sağında solunda, bulunacaklarını bildiği yerlerde bırakılmışlardı." Zucker'a başka bir fotoğraf yığını verdi. "Bunlar suç mahallinden."

Adam dosyayı açtı ve ilk resme bakarak durakladı. "Giderek daha da ilginçleşiyor" diye mırıldandı.

Bir yemek tabağında duran kesilmiş bir ele bakıyor ve aklına gelen kelime bu, öyle mi?

"Masayı kim hazırlamış?" Kafasını kaldırıp kadına baktı. "Tabakları, gümüşleri, şarap kadehlerini kim koymuş?"

"Katilin koyduğunu düşünüyoruz."

"Neden?"

"Neden böyle bir şey yaptığını nasıl bilebiliriz ki?"

"Masayı hazırlayanın *o* olduğunu düşünmenizin sebebi nedir, demek istiyorum."

"Çünkü tabakların birinin altında kan lekesi var, tabağı tuttuğu yerde."

"Parmak izi?"

"Ne yazık ki hayır. Eldiven takmış."

"Önceden planlamanın kanıtı. Önceden düşünmenin." Zucker bakışlarını bir kez daha fotoğrafın üzerine dikti. "Bu dört kişilik bir ayarlama. Bunun bir önemi var mı?"

"Biz de ancak senin bildiğin kadarını biliyoruz. Dolapta sekiz tabak vardı, yani daha fazlasını koyabilirdi. Ama o sadece dört tanesini kullanmaya karar vermiş."

Teğmen Marquette, "Neyle uğraştığımızı düşünüyorsunuz, Doktor Zucker?" diye sordu.

Psikolog yanıt vermedi. Banyo küvetindeki kesilmiş kolun görüntüsünde duraklayarak, yavaşça fotoğrafları gözden geçirdi. Sonra mutfağın olduğu fotoğrafı çevirdi ve durdu. Adam erimiş mumlara, yere çizilmiş çembere bakarken, epeyce uzun bir sessizlik oldu. O çemberin ortasında duran şeye.

"Bize bir tür garip ayin düzeni gibi göründü" dedi Frost. "Tebeşirle çizilmiş çember, yanmış mumlar."

"Bu kesinlikle ayinsel görünüyor." Zucker kafasını kaldırdı ve adamın gözlerindeki parıltı Jane'in boynunun arkasında bir ürperti dolaşmasına neden oldu. "Bu çemberi katil mi çizmiş?"

Adamın sorusuyla şaşıran Jane bir an tereddüt etti. "Kurban karşı çıkmasına rağmen mi demek istiyorsunuz?"

"Ben burada herhangi bir tahminde bulunmuyorum. Umarım sen de böyle yapmıyorsundur. Bu çemberi kurbanın çizmediğine bu kadar emin olmanızı sağlayan ne? Ayine gönüllü bir katılımcı olarak başlamadığını nereden biliyorsun?"

Jane kendini gülecek gibi hissediyordu. *Tamamdır, kafamın kesilmesine de gönüllü olurum.* "O çemberi çizen ve o mumları yakan katil olmalı. Çünkü evde tebeşir parçaları bulmadık. Bunu mutfak zeminine çizdikten sonra tebeşiri yanında götürdü."

Zucker düşünerek koltuğunun arkasına yaslandı. "O halde bu katil vücudu parçalarına ayırıyor, ama parçaları saklamıyor. Yüzün biçimini bozmuyor. Kanun uygulamasından haberdar olduğunu düşündürecek biçimde, arkasında olay mahalli kanıtları açı-

sından pek az şey bırakıyor. Buna rağmen elimize –güya– en önemli ipucunu veriyor; diğer kurbanın vücudundan bir parça."
Adam durakladı. "Geride meni bırakılmış mı?"
"Kurbanın vücuduna hiç bulunmadı."
"Peki suç mahallinde?"
"SMB o evin her tarafını UV ile kontrol etti. CrimeScope[13] sayılamayacak kadar saç teli buldu ancak hiç meni yoktu."
"Yine düşünerek hareket ettiğini gösteren davranış tarzı. Cinsel etkinliğe dair hiçbir kanıt bırakmıyor. Eğer gerçekten de bir cinsel katilse, o zaman boşalmasının tadını çıkarmanın güvenli olmasını bekleyebilecek kadar kontrol sahibi."
"Peki eğer bir cinsel katil değilse?" diye sordu Marquette.
"O zaman tüm bunların ne anlama geldiğine tamamen emin değilim" dedi Zucker. "Ancak vücudun parçalara ayrılması, vücut parçalarının teşhir edilmesi. Mumlar, tebeşir çember." Bakışlarını masanın etrafında dolandırdı. "Eminim hepimiz aynı şeyi düşünüyoruz. Satanik ayinler."
"Noel arifesiydi" diye ekledi Marquette. "Tüm gecelerin en kutsalı."
"Ve katilimiz de barışın prensini onurlandırmak için orada değildi" dedi Zucker. "Hayır, karanlıklar prensini çağırmaya çalışıyordu."
"Bakmanız gereken bir fotoğraf daha var" dedi Jane, Zucker'ın henüz görmediği fotoğraflar yığınını işaret ederek. "Duvarda bazı yazılar vardı. Kurbanın kanıyla çizilmiş."
Zucker fotoğrafı buldu. "Üç tane ters haç" dedi adam. "Bunların pekâlâ satanik anlamları olabilir. Ama haçların altındaki şu semboller de ne?"
"O bir kelime."
"Ben görmüyorum."
"Bu bir ters görüntü. Eğer bir ayna tutarsanız okuyabilirsiniz."
Zucker'ın kaşları kalktı. "Ayna yazısının anlamını biliyorsun, değil mi?"
"Hayır. Ne anlama geliyor?"
"Şeytan ruhunu satın almak için bir anlaşma yapınca, sözleşme ayna yazısıyla hazırlanır ve imzalanır." Kaşlarını çatarak kelimeye baktı. "Peki ne yazıyor?"
"*Peccavi*. Latince. 'Günah işledim' anlamına geliyor."
"Bir itiraf mı?" diye sordu Marquette.
"Ya da bir böbürlenme" dedi Zucker. "Şeytana, 'İsteğini gerçek-

---

13. Adli kanıtlar bulmak için olay yeri incelemesinde kullanılan bir tür ışık kaynağı. (ç.n.)

leştirdim, Usta' diye ilan ediyor." Masanın üzerine serilmiş tüm fotoğraflara göz gezdirdi. "Bu katili bir görüşme odasına alabilmek hoşuma giderdi. Burada çok fazla sembol var. Vücudun parçalarını neden tam olarak böyle yerleştirmiş? Tabaktaki elin anlamı ne? Yemek masasındaki dört kişilik dizilişin?"

"Mahşerin Dört Atlısı" dedi Dedektif Kassovitz usulca. Toplantı boyunca kadının konuştuğu ender zamanlardan biriydi bu.

"Neden böyle söyledin?" diye sordu Zucker.

"Şeytandan bahsediyoruz. Günahtan." Kassovitz boğazını temizledi, daha dik oturunca sesini geri kazanırmış gibi görünmüştü. "Bunlar İncil'e ilişkin temalar."

"Dört kişilik yer ayarlanmış olması, bir gece yarısı atıştırması için ona katılan üç görünmez arkadaşı olduğu anlamına da gelebilir" dedi Jane.

"İncil teması kafana yatmadı mı?" dedi Zucker.

"Satanizm gibi *göründüğünü* biliyorum" dedi Jane. "Demek istediğim, her şey burada var; çember ve mumlar. Ayna yazısı, ters haçlar. Sanki bu sonuca varmamız *gerekirmiş* gibi."

"Sen sadece böyle görünmesi için ayarlandığını mı düşünüyorsun?"

"Belki de Lori-Ann Tucker'ın gerçek cinayet nedenini gizlemek için."

"Başka ne gibi cinayet nedenleri olabilir ki? Kadının aşk hayatıyla ilgili sorunları mı varmış?"

"Boşanmış, ama eski kocası New Mexico'da yaşıyor. Görünüşe bakılırsa dostça ayrılmışlar. Kadın Boston'a üç ay önce taşınmış. Bir erkek arkadaşı da yokmuş gibi görünüyor."

"Bir işi var mıymış?"

Eve Kassovitz, "Ben Bilim Müzesi'ndeki amiriyle görüştüm. Lori-Ann hediyelik eşya mağazasında çalışıyormuş. Hiç kimse herhangi bir anlaşmazlık ya da herhangi bir problemden haberdar değil" dedi.

Zucker, "Bundan kesinlikle emin miyiz?" diye sordu. Sorusunu Kassovitz yerine Jane'e yöneltmişti, Kassovitz'in yüzünün kızarmasına neden olan bir küçümseme. Kadının zaten hasar görmüş kendine güvenine vurulmuş bir başka darbeydi bu.

"Dedektif Kassovitz az önce size bildiklerimizi söyledi" dedi Jane, takım arkadaşına arka çıkarak.

"Pekâlâ" dedi Zucker. "O zaman bu kadın neden öldürüldü? Eğer gerçekten öyle değilse, neden satanizm gibi *görünecek* şekilde ayarlandı?"

"İlginç hale getirmek için. Dikkat çekmek için."

Zucker güldü. "Sanki zaten dikkatimizi çekmezmiş gibi mi?"

"Bizimkini değil. Bu, katil için çok daha önemli birilerinin dikkatini çekmek için."

"Doktor O'Donnell'dan bahsediyorsun, değil mi?"

"Katilin onu aradığını biliyoruz, ancak O'Donnell evde olmadığını iddia ediyor."

"Ona inanmıyor musun?"

"Bütün telefon mesajlarını sildiği için teyit edemiyoruz. Arayanın konuşmadan kapattığını söylüyor."

"Bunun doğru olmadığını düşünmene neden olan ne?"

"Onun kim olduğunu biliyorsun, değil mi?"

Adam bir an için kadını değerlendirdi. "İkiniz arasında anlaşmazlıklar olduğunu biliyorum. Warren Hoyt'la olan arkadaşlığının seni rahatsız ettiğini."

"Bu ben ve O'Donnell'la ilgili değil..."

"Ama öyle. Seni neredeyse öldüren adamla devam eden bir arkadaşlığı var, en derin fantezisi o işi bitirmek olan adamla."

Jane, bütün kasları aniden gerilerek öne eğildi. "O konuya girme, Doktor Zucker" dedi sessizce.

Adam gözlerini dikerek kadına baktı, kadının gözlerinde gördüğü bir şeyler yavaşça geri çekilmesine neden olmuştu. "O'Donnell'ı bir şüpheli olarak mı görüyorsun?" dedi adam.

"Ona güvenmiyorum. Kadın kötü adamlar için bir silahşor. İfade vermesi için ona yeterli miktarda ödeme yap, mahkemeye gider ve herhangi bir katili savunur. Adamın nörolojik açıdan hasarlı olduğunu ve yaptıklarından sorumlu tutulamayacağını iddia edecektir. Yerinin hapishane değil bir hastane olduğunu."

Marquette, "Kanun uygulamasında çok sevilen biri değildir, Doktor Zucker" diye ekledi. "Hiçbir yerde."

"Bakın, eğer onu *sevseydik* bile" dedi Jane, "hâlâ cevapsız sorularla baş başa olacaktık. Katil neden suç mahallinden onu aradı? Neden evde değildi? Neden bize nerede olduğunu söylemiyor?"

"Çünkü sizin zaten düşman olduğunuzu biliyor."

Ne kadar düşmanca davranabileceğim hakkında en ufak bir fikri bile yok.

"Dedektif Rizzoli, Doktor O'Donnell'ın bu suçla herhangi bir şekilde ilişkili olabileceğini mi ima ediyorsunuz?"

"Hayır. Ama bunu istismar etmiyor da değil. Bundan besleniyor. Bilerek ya da bilmeyerek buna esin kaynağı oldu."

"Nasıl?"

"Bir ev kedisinin bazen fare avlayıp, nasıl da bir tür adak gibi eve, sahibine getirdiğini bilirsiniz. Bir bağlılık işareti olarak."

"Katilimizin O'Donnell'ı etkilemeye çalıştığını mı düşünüyorsun?"

"Onu bu yüzden aradı. Bu yüzden bu ayrıntılı ölüm sahnesini düzenledi, kadının ilgisini çekmek için. Sonra, eserinin fark edildiğinden emin olmak için dokuz yüz on biri aradı. Ve birkaç saat sonra, biz mutfakta dururken, sadece orada olduğumuzdan emin olmak için bir telefon kulübesinden kurbanın evine telefon etti. Bu katil hepimizi makaraya sarıyor. Kanun adamları. O'Donnell."

Marquette, "Kadın ne kadar büyük bir tehlike içinde olabileceğinin farkında mı? Bir katilin dikkatinin odağı olmak?"

"Fazla etkilenmiş görünmüyordu."

"Bu kadını korkutmak için ne gerekiyor?"

"Belki adam o küçük bağlılık işaretini ona gönderince korkar. Ölü bir farenin muadilini." Jane durakladı. "Bunu aklımızdan çıkartmayalım. Lori-Ann Tucker'ın eli hâlâ kayıp."

Mutfağında durmuş, bir gece atıştırması için soğuk tavuk etini dilimlerken, Jane o eli düşünmekten alamıyordu kendini. Eti masaya, genellikle kusursuz biçimde üstüne başına dikkat eden kocasının kolları sıvanmış halde, yakasında bebek salyasıyla oturduğu masaya götürdü. Sabırla kızının gazını çıkartmaya çalışan bir adamdan daha seksi bir şey olabilir miydi? Regina güçlü bir şekilde geğirdi ve Gabriel güldü. Ne kadar da tatlı ve mükemmel bir andı bu. Hepsi birlikte, güvende ve sağlıklı.

Sonra kadın dilimlenmiş tavuğa baktı ve başka bir yemek tabağında, başka bir kadının yemek masasında duran şeyi düşündü. Tabağı kenara itti.

Bizler sadece etiz. Tavuk gibi. Biftek gibi.

"Aç olduğunu sanmıştım" dedi Gabriel.

"Sanırım fikrimi değiştirdim. Birden çok iştah açıcı görünmedi."

"Şu cinayet, değil mi?"

"Keşke bunu düşünüp durmaktan alabilsem kendimi."

"Bu akşam eve getirdiğin dosyaları gördüm. Bir göz atmadan edemedim. Yerinde olsam benim de aklım takılırdı."

Jane kafasını salladı. "Senin tatil yapıyor olman gerek. Otopsi fotoğraflarıyla ne işin var?"

"Tam şurada, tezgâhın üzerinde duruyorlardı." Regina'yı ana kucağına yerleştirdi. "Bu konuda konuşmak ister misin? Aklından geçenleri bana anlatabilirsin, eğer istersen. Eğer yardımı olacağını düşünüyorsan."

Kadın dikkatli gözlerle onları izleyen Regina'ya baktı ve aniden bir kahkaha attı. "Tanrım, anlayabilecek kadar büyüyünce, bu *gerçekten* de münasebetsiz bir aile sohbeti olacak. *Söylesene, tatlım, bugün kaç tane başsız ceset gördün?*

"Bizi anlayamaz. Hadi konuş benimle."

Jane ayağa kalktı ve buzdolabına gitti, bir şişe Adam's Ale alarak bir pop sesiyle kapağını açtı.

"Jane?"

"Gerçekten de detayları duymak istiyor musun?"

"Seni bu kadar rahatsız edenin ne olduğunu bilmek istiyorum."

"Fotoğrafları gördün. Beni neyin rahatsız ettiğini biliyorsun."

Kadın tekrar oturdu ve bir yudum bira aldı. "Bazen" dedi kadın sessizce, kafasını eğip terleyen şişeye bakarak, "çocuk sahibi olmanın delilik olduğunu düşünüyorum. Onları seviyorsun, büyütüyorsun. Sonra da sadece zarar görecekleri bir dünyaya adım atmalarını izliyorsun. Karşılarına öyle insanlar çıkıyor ki..." Kadının aklında Warren Hoyt gibiler vardı, ancak bu ismi söylemedi; neredeyse hiçbir zaman adamın adını telaffuz etmezdi. Bunu yüksek sesle söylemek, sanki bizzat şeytanı çağırmak gibiydi.

Kapı zilinin aniden vızıldaması kadının olduğu yerde sıçramasına neden oldu. Duvardaki saate baktı. "Saat on buçuk."

"Kimmiş bakayım." Gabriel oturma odasına yürüdü ve diafonun düğmesine bastı. "Evet?"

Hoparlörden beklenmedik bir ses yanıt verdi. "Benim" dedi Jane'in annesi.

"Yukarı gelin, Bayan Rizzoli" dedi Gabriel ve otomatiğe basarak kadını içeri aldı. Jane'e şaşkın bir bakış attı.

"Bu saatte ne yapıyor burada?"

"Sormaya neredeyse korkuyorum."

Merdivenlerde Angela'nın yavaş ve her zamankinden daha hantal ayak seslerini duydular, sanki kadın ardında bir şeyi çekermiş gibi, aralıklı, tok bir ses duyuluyordu. Bunun ne olduğunu ancak kadın ikinci katın merdiven sahanlığına ulaştığında görebildiler.

Bir bavul.

"Anne?" dedi Jane, ancak bunu söylerken bile, çılgın saçları ve daha da çılgın gözleri olan bu kadının annesi olduğuna tam olarak inanamıyordu. Angela'nın paltosu düğmelenmemişti, yakası içine katlanmıştı ve pantolonu, sanki evin bulunduğu binaya ulaşmak için kar yığınlarının içinden zahmetli bir yürüyüş yapmış gibi, dizlerine kadar ıslanmıştı. Bavulu her iki eliyle kavramıştı ve birisine fırlatmaya hazır gibi görünüyordu. Herhangi birine.

Kadın tehlikeli görünüyordu.

"Bu gece sizinle kalmam gerek" dedi Angela.

"Ne?"

"Pekâlâ, içeri gelebilir miyim?"
"Tabii ki gelebilirsin, anne."
"Şunu almama izin verin, Bayan Rizzoli" dedi Gabriel, bavulu alarak.
"Görüyor musun?" dedi Angela, Gabriel'i işaret ederek. "İşte bir erkeğin *böyle* davranması gerekir! Bir kadının yardıma ihtiyacı olduğunu görüyor ve sorumluluğu alıyor. Bir *centilmenin* böyle hareket etmesi gerekir."
"Anne, ne oldu?"
"Ne mi oldu? Ne mi *oldu?* Nereden başlayacağımı bilemiyorum!"
Regina uzun süredir ihmal edildiği için bir itiraz feryadı koyverdi.
Angela bir çırpıda mutfağa koşuşturdu ve torununu ana kucağından kaldırdı. "Ah, bebeğim, zavallı küçük kız! Büyüdüğün zaman başına neler geleceği hakkında hiçbir fikrin yok." Masanın yanına oturdu ve bebeği sallamaya başladı, çocuğa öylesine sıkıca sarılıyordu ki, Regina kendisini boğan bu deli kadından kurtulmaya çabalayarak kıvranmaya başladı.
"Pekâlâ, anne" diyerek iç geçirdi Jane. "Babam ne yaptı?"
"Benden duymayacaksın."
"O zaman kimden duyacağım?"
"Çocuklarımı babalarına karşı zehirlemeyeceğim. Ebeveynlerin birbirleri hakkında kötü sözler söylemeleri doğru bir şey değil."
"Artık çocuk değilim ben. Neler olduğunu bilmem gerek."
Ancak Angela bir açıklama yapmadı. Bebeği kucaklayarak öne arkaya sallanmaya devam etti. Regina giderek daha da çaresiz görünüyordu.
"Aa... bizimle ne kadar kalacağını tahmin ediyorsun, anne?"
"Bilmiyorum."
Jane o ana kadar konuşmaya karışmayacak kadar bilgece davranan Gabriel'e baktı. Adamın gözlerinde de aynı panik parıltısını gördü.
"Yaşamak için yeni bir yer bulmam gerekebilir" dedi Angela. "Kendi dairem."
"Bir dakika, anne. *Asla* geri dönmeyeceğini söylemiyorsun, değil mi?"
"Tam olarak bunu söylüyorum. Yeni bir hayat kuracağım, Janie." Meydan okuyan tavırlarla çenesini kaldırarak kızına baktı. "Başka kadınlar bunu yapıyor. Kocalarını bırakıyorlar ve yaşayıp gidiyorlar. Onlara ihtiyacımız yok. Başımızın çaresine bakabiliriz."
"Anne, senin bir işin yok."

"Son otuz yedi yıldır ne yapıyor olduğumu sanıyorsun? *O adam* için yemek ve temizlik yaptığımı mı? Bir kez olsun takdir ettiğini sanıyor musun? Sadece eve geliyor ve önüne ne koyarsam tıkınıyor. Gösterilen ihtimamın tadını almıyor. Bana kaç kişi bir restoran açmamı söyledi biliyor musun?"

Gerçekten de, diye düşündü Jane, *muhteşem bir restoran olurdu.* Ancak bu çılgınlığı teşvik edecek herhangi bir şey söylemeyecekti.

"Bu yüzden de, asla bana, *Senin bir işin yok,* deme. Benim işim o adamla ilgilenmekti ve bunun karşılığında elime hiçbir şey geçmedi. Aynı işi pekâlâ yapabilir ve para kazanabilirim." Yenilenmiş bir kuvvetle Regina'yı kucakladı ve bebek bir itiraz viyaklaması koyverdi. "Sadece kısa bir süre için sizinle birlikte kalacağım. Bebeğin odasında uyurum. Yerde yatmanın benim için hiç sakıncası yok. Ve işe gittiğinizde ona ben bakarım. Biri gerekir, biliyorsun."[14]

"Pekâlâ, anne." Jane iç geçirdi ve telefonun yanına gitti. "Eğer neler olup bittiğini sen anlatmayacaksan, belki babam anlatır."

"Ne yapıyorsun?"

"Onu arıyorum. İddiaya girerim ki özür dilemeye hazırdır." *İddiaya girerim ki acıkmıştır ve özel aşçısını geri istiyordur.* Kadın ahizeyi kaldırdı ve numarayı çevirdi.

"Hiç zahmet etme" dedi Angela.

Telefon bir kez, iki kez çaldı.

"Sana söylüyorum, cevap vermez. Orada değil."

"Pekâlâ, nerede?" diye sordu Jane.

"*Kadının* evinde."

Ebeveynlerinin evindeki telefon kimse açmadan çalıp dururken, Jane dondu kaldı. Yavaşça telefonu kapattı ve annesiyle yüzleşmek için döndü. "Kimin evinde?"

"Kadının. Kaltağın."

"İsa aşkına, anne."

"İsa'nın bununla hiç alakası yok." Angela hızla nefes aldı ve boğazında bir hıçkırık düğümlendi. Göğsüne bastırdığı Regina'yla birlikte öne doğru sallandı.

"Babam başka bir kadınla mı beraber?"

Hiçbir şey söylemeden başıyla onayladı. Yüzünü silmek için elini kaldırdı.

"Kim? Kiminle beraber?" Jane annesinin gözlerine bakmak için oturdu. "Anne, kim o kadın?"

---

14. Yazar burada Türkçeye, 'Bir çocuk yetiştirmek için bir köy gerekir' olarak tercüme edilebilecek Afrika atasözüne gönderme yapıyor. (ç.n.)

"İşyerinden..." diye fısıldadı Angela.
"Ama bir grup yaşlı adamla birlikte çalışıyor."
"Kadın yeni. Kadın... kadın" Angela'nın sesi aniden çatlayıverdi *"daha genç."*
Telefon çaldı.
Angela kafasını kaldırdı. "Onunla konuşmuyorum. Ona bunu söyle."
Jane dijital ekranda görünen numaraya baktı, numarayı tanımıyordu. Belki de arayan babasıydı. Belki *onun* telefonundan arıyordu. Kaltağınkinden.
"Dedektif Rizzoli" diye ters ters açtı telefonu.
Bir duraklama, sonra, "Zor bir gece geçiriyorsun, öyle mi?"
Ve giderek daha kötü oluyor, diye düşündü kadın, Dedektif Darren Crowe'un sesini tanıyarak.
"Ne haber?" diye sordu.
"Kötü şeyler. Beacon Hill'deyiz. Sen ve Frost buraya gelmek isteyeceksiniz. Bunu sana söyleyen kişi olmaktan nefret ediyorum, ama..."
"Bu gece senin gecen değil mi?"
"Bu gece hepimize ait, Rizzoli." Crowe'un sesi kadının hiç duymadığı kadar ciddi geliyordu, adamın her zamanki alaycılığından eser yoktu. Sessizce, "Bizimkilerden biri" dedi.
Bizimkilerden biri. Bir polis.
"Kim?" diye sordu kadın.
"Eve Kassovitz."
Jane konuşamadı. Telefonun etrafındaki parmakları uyuşarak, *Onu sadece birkaç saat önce gördüm,* diye düşünürken öylece kalakalmıştı.
"Rizzoli?"
Kadın boğazını temizledi. "Bana adresi ver."
Telefonu kapattığında, Gabriel'in Regina'yı öteki odaya götürdüğünü ve Angela'nın çökmüş omuzlarla, kolları üzücü biçimde boş halde oturduğunu gördü. "Üzgünüm, anne" dedi Jane. "Gitmek zorundayım."
Angela moralsiz bir şekilde omuz silkti. "Tabii ki. Sen git."
"Geri döndüğümde konuşuruz." Annesinin yanağını öpmek için eğildi ve Angela'nın sarkmakta olan tenini yakından gördü, çöken gözlerini. *Annem ne zaman bu kadar yaşlandı?*
Silah kılıfının kopçasını kapattı ve dolaptan ceketini çıkarttı. Düğmelerini iliklerken, Gabriel'in, "Oldukça kötü bir zamanlama" dediğini duydu.

Adama bakmak için döndü. *Ben de annem gibi yaşlandığımda ne olacak? Sen de beni daha genç bir kadın için bırakacak mısın?* "Bir süre dönmeyebilirim" dedi. "Beni beklemeyin."

11

Maura Lexus'undan indi ve botları, cam kadar kırılgan buz üzerinde çatlaklar oluşturarak, kırağı ile parlayan kaldırımda katur kutur sesler çıkarttı. Sıcak gündüz saatlerinde erimiş karlar akşamüstü karanlığıyla birlikte çıkan acımasız rüzgârla bir anda donuvermişti ve devriye arabalarının yanıp sönen ışıkları altında, bütün yüzeyler kaygan ve tehlikeli bir şekilde parlamaktaydı. Bir polisin dengesini sağlamak için kollarını yel değirmeni gibi sallayarak kaldırım boyunca ilerlediğini ve fren yapan SMB minibüsünün park edilmiş bir devriye arabasının arka tamponunu öpmekten güç bela kurtularak yan yan kaydığını gördü.

"Adımınızı dikkatli atın, Doktor" diye seslendi bir polis memuru sokağın karşı tarafından. Buz yüzünden yeri boylayan bir memurumuz var şimdiden. Bileğini kırmış olabilir."

"Birileri bu yolu tuzlamalı."

"Evet." Adam homurdandı. "*Birileri* bunu yapmalı. Çünkü bu gece belediye kesinlikle bu işle başa çıkamayacak."

"Dedektif Crowe nerede?"

Polis memuru eldivenli elini zarif kasaba evlerinin oluşturduğu sıraya doğru salladı. "Kırk iki numara. Sokağın birkaç ev yukarısında. Sizinle oraya kadar yürüyebilirim."

"Hayır, gerek yok. Teşekkür ederim." Bir başka devriye arabası köşeyi dönüp kaldırıma doğru kaydığında kadın durakladı. Dar sokağı tıkayan en azından sekiz devriye arabası sayabiliyordu.

"Morg arabasının geçebilmesi için yere ihtiyacımız olacak" dedi kadın. "Tüm bu devriye arabalarının burada olmasına gerek var mı?"

"Evet, var" dedi polis. Ses tonu kadının adama bakmak için dönmesine neden olmuştu. Tepe lambalarının çakan flaşlarıyla aydınlanan yüzü, iç karartıcı gölgelerle yontulmuştu. "Hepimiz burada olmalıyız. Bunu ona borçluyuz."

Maura Noel arifesindeki ölüm sahnesini düşündü, Eve Kassovitz iki büklüm sokakta duruyor, bir kar yığınının üzerine kusmaya çalışıyordu. Devriye memurlarının kusan kadın dedektife nasıl da kıs kıs güldüklerini Maura da hatırlıyordu. Şimdi o dedektif ölüydü ve gülüşler kesilmiş, hayata veda eden her polis memuruna gösterilmesi gereken tatsız saygıyla yer değiştirmişti.

Polis öfkeli bir hamleyle nefes verdi. "Erkek arkadaşı da bizden biri."

"Başka bir polis memuru mu?"

"Evet. Bu katili yakalamamıza yardım edin, Doktor."

Kadın kafasıyla onayladı. "Yakalayacağız." Aniden tüm gözlerin ilerleyişini takip ettiğinin ve tüm memurların gelişini kesinlikle fark etmiş olduklarının bilincine vararak, kaldırımdan sokağın yukarısına doğru ilerlemeye başladı. Arabasını tanıyorlardı; hepsi kim olduğunu biliyordu. Bir araya toplanmış halde, nefesleri buhar çıkararak, kaçamak bir sigara tüttürmek için toplanmış tiryakiler gibi duran karanlık figürler arasında onu tanıyıp başıyla selamlayanları yapanlar gördü. Ziyaretinin korkunç sebebini biliyorlardı, tıpkı bir gün aralarından herhangi birinin, kadının ilgisinin talihsiz hedefi olabileceğini bildikleri gibi.

Rüzgâr aniden bir kar bulutu kaldırdı ve yüzündeki sızlamayla kafasını yere doğru indiren kadın, gözlerini kısarak baktı. Kafasını yeniden kaldırdığında, kendini burada olmasını beklemediği birine bakarken buldu. Peder Daniel Brophy sokağın karşı tarafındaydı ve yumuşak bir biçimde, sanki kendi ayakları üzerinde duramayacak kadar güçsüzmüş gibi arkasındaki Boston Polis Müdürlüğü devriye arabasına yaslanmış genç bir polis memuruyla konuşmaktaydı. Brophy yatıştırmak için kolunu diğer adamın omzuna doladı ve her iki koluyla adamı sararken, polis memuru hıçkırıklara boğularak pederin üzerine kapandı. Diğer polisler sıkıntılı bir sessizlik içinde, yakında durmaktaydı. Botlarını ileri geri sürüyor, uzun uzun yere bakıyorlardı, böylesine çiğ bir şekilde ifade edilen kederin onları rahatsız ettiği açıkça belliydi. Maura, Brophy'nin mırıldandığı sözleri duyamamasına rağmen, genç polisin başıyla onayladığını, yaşlara boğulmuş bir karşılık verdiğini işitti.

Daniel'ın yaptığını ben asla yapamazdım, diye düşündü kadın. Yaşayanların acılarıyla yüzleşmektense, cansız etleri kesip kemiklere delikler açmak çok daha kolaydı. Aniden Daniel kafasını kaldırdı ve kadını fark etti. Bir an için sadece birbirlerine baktılar. Sonra kadın döndü ve verandanın dökme demirden tırabzanlarında sarı renkli bir suç mahalli şeridinin titreyip durduğu eve doğru yürümeye devam etti. Adamın kendi işi vardı, kadının da öyle. Şimdi dikkatini toplama zamanıydı. Ancak bakışlarını önündeki kaldırımda tutarken bile, kadının aklı Daniel'daydı. Buradaki işi bittiğinde hâlâ orada olup olmayacağını düşünüyordu. Peki orada kalırsa ne olacaktı? Adamı bir fincan kahve içmek için bir yerlere davet etmeli miydi? Bu onu fazla istekli, fazla muhtaç gösterir miydi? Acaba her zaman yaptığı gibi sadece iyi geceler demeli ve kendi yoluna mı gitmeliydi?

Ne olmasını istiyorum?

Binaya ulaştı ve üç katlı büyük binaya bakarak kaldırımda durakladı. İçeride, bütün ışıklar parlamaktaydı. Tuğla basamaklar, pirinç bir kapı tokmağının dekoratif havagazı fenerlerinin parlaklığıyla ışıldadığı kocaman bir ön kapıya çıkmaktaydı. Noel mevsiminde olmalarına rağmen, bu verandada herhangi bir bayram süsü bulunmuyordu. Sokakta üzerine çelenk asılmamış yegâne ön kapı buydu. Büyük yuvarlak pencerelerden, kadın içerideki şöminede yanan bir ateşin titrek ışıklarını gördü, ancak Noel ağacı ışıklarının pırıltıları yoktu.

"Doktor Isles?"

Kadın metal menteşelerin gıcırtısını duydu ve tam da o sırada evin yanındaki işlemeli demir kapıyı aralayan dedektife baktı. Roland Tripp cinayet masasının daha yaşlı polislerinden biriydi ve bu gece kesinlikle yaşını gösteriyordu. Havagazı lambasının altında duruyordu ve lambanın parıltısı adamın tenini sarartıp, altlarında torbalar oluşmuş gözleri ile sarkmış gözkapaklarını vurguluyordu. Şişkin kaz tüyü ceketine rağmen adam üşümüş görünüyordu ve sanki dişlerinin takırdamasına mani olmaya çalışırmış gibi çenesini sıkarak konuştu.

"Kurban arka tarafta" dedi adam, kadını içeri almak için kapıyı açık tutarak.

Maura kapıdan geçti, kapı metalik bir ses çıkartarak arkalarından kapandı. Adam dar bir yan bahçeye doğru ilerledi, geçtikleri yol adamın el fenerinin titrek ışığıyla aydınlanıyordu. Yürüyüş yolu son fırtınadan sonra kürenmişti ve tuğlaların üzerinde sadece rüzgârla sürüklenmiş, ince bir kar tabakası vardı. Tripp, feneri yürüyüş yolunun kenarındaki alçak kar kümesine hedeflenmiş halde durdu. Kırmızı lekeye.

"Kâhyayı kaygılandıran bu olmuş. Bu kanı görmüş."

"Burada bir kâhya mı var?"

"Ya, evet. O tür bir paradan bahsediyoruz."

"Peki ne iş yapıyor bu evin sahibi?"

"Emekli bir tarih profesörü olduğunu söylüyor. Boston Üniversitesi'nde ders vermiş."

"Tarih profesörlerinin bu kadar kazandıklarını bilmiyordum."

"İçeri bir göz atmalısın. Bu asla bir profesör evine benziyor. Bu herifin parası var." Tripp fenerini yan kapıya doğrulttu. "Kâhya, elinde bir torba çöp taşıyarak şuradaki çıkıştan gelmiş. Kapının açık olduğunu gördüğünde şu çöp kutularına doğru yürüyormuş. Bir şeylerin yolunda olmadığını işte ilk o sırada sezmiş. Bu yüzden, yandaki bu bahçeye bakınarak geri gelmiş. Kanı görmüş ve bir şeylerin *gerçekten* de yolunda olmadığını anlamış. Ve şu tuğlalar boyunca, evin arkasına doğru izler oluşturan daha fazla kan görmüş.

Maura yere baktı. "Kurban bu yürüyüş yolu boyunca sürüklenmiş."

"Sana göstereceğim." Dedektif Tripp kasaba evinin arkasına, küçük bir avluya doğru ilerlemeye devam etti. Feneri buzla parlayan karo taşları ve şimdi çam dallarının kış koruması altındaki çiçek tarhları üzerinde gezindi. Bahçenin ortasında beyaz renkli bir kameriye vardı. Yaz zamanı, hiç şüphe yok ki burası oyalanmak, gölgede oturup kahve yudumlamak ve bahçenin kokularını teneffüs etmek için enfes bir yer olurdu.

Ancak o kameriyenin sakini nefes bile almıyordu şimdi.

Maura yün eldivenlerini çıkarttı ve bunların yerine lateks olanları taktı. Dosdoğru tenine işleyen dondurucu rüzgâr için herhangi bir koruma yoktu. Diz çökerek, darmadağın olmuş şeklin üzerine örtülmüş plastik tabakayı çekti.

Dedektif Eve Kassovitz sırtüstü, kolları iki yanında, sarı saçları kanla keçeleşmiş halde yatıyordu. Koyu renkli elbiseler giymişti; yün pantolon, bir ceket ve siyah botlar. Ceketinin düğmeleri iliklenmemişti ve süveteri kanla lekelenmiş çıplak tenini açığa çıkartacak şekilde, yarıya kadar yukarı toplanmıştı. Kadın silah kılıfını kuşanmıştı ve silahı, tokası kapalı halde yerli yerinde duruyordu. Ancak Maura'nın baktığı yer kurbanın yüzüydü ve gördüğü şey kadının dehşet içinde geri çekilmesine neden oldu. Kadının gözkapakları kesilip alınmış, gözleri sonsuz bir bakışta alabildiğince açık halde bırakılmıştı. Damla damla akan kan, kırmızı gözyaşları gibi şakaklarında kurumuştu.

"Onu sadece altı gün önce gördüm" dedi Maura. "Başka bir cinayet mahallinde." Kafasını kaldırıp Tripp'e baktı. Adamın yüzü gölgelerde gizliydi ve kadının gördüğü tek şey, üzerinde korkutucu bir şekilde büyüyen o iri siluetti. "Doğu Boston'daki şu cinayet mahallinde."

Adam kafasını salladı. "Eve birime sadece birkaç hafta önce katılmıştı. Narkotik ve Ahlak'tan gelmişti."

"Bu mahallede mi oturuyordu?"

"Hayır, Madam. Evi Mattapan'da."

"Peki burada, Beacon Hill'de ne yapıyormuş?"

"Erkek arkadaşı bile bilmiyor. Ama bazı teorilerimiz var."

Maura az önce Daniel'ın kollarında hıçkıra hıçkıra ağlarken gördüğü genç polisi düşündü. "O polis memuru erkek arkadaşı mı? Peder Brophy'nin yanındaki?"

"Ben fazlasıyla zorlanıyor. Haberi çok da tatsız bir şekilde almış. Telsizdeki gevezelikleri duyduğunda devriyedeymiş."

"Bu mahallede ne yapıyor olduğu hakkında hiçbir fikri yok mu? Siyahlar içinde ve silahını kuşanmış halde."

Tripp, sadece Maura'nın fark etmesine yetecek kadar bir süre için tereddüt etti.

"Dedektif Tripp?" dedi kadın.

Adam iç geçirdi. "Onu biraz zorladık. Noel arifesinde olanları biliyorsun. Belki de takılmalarımız bir parça kontrolden çıkmıştır."

"Cinayet mahallinde kötü olmasından mı bahsediyorsun?"

"Evet. Çocukça olduğunu biliyorum. Birimdeki herkesin birbirine yaptığı bir şey bu. Etrafımızdakilerle dalga geçer, birbirimizi aşağılarız. Ancak korkarım ki, Eve fazlasıyla alındı."

"Bu Beacon Hill'de ne yapıyor olduğunu hâlâ açıklamıyor."

"Ben, bütün o sataşmalardan sonra, onun kendini kanıtlamaya epeyce takmış olduğunu söylüyor. Burada dosya üzerinde çalışıyor olduğunu düşünüyoruz. Eğer öyleyse, birimdeki başka kimseye söyleme zahmetine girmemiş."

Maura kafasını eğdi ve yerde yatan Eve Kassovitz'in yüzüne baktı. Sabit biçimde bakan gözlere. Eldivenli ellerle, kanla sertleşmiş saç tellerini kenara çekerek kafatası derisinde bir yırtılma ortaya çıkarttı, ancak eliyle muayene ettiğinde herhangi bir kırık bulamadı. Kafatası derisinin o parçasını yerinden ayıran darbe, ölüme sebebiyet verecek kadar ciddi görünmüyordu. Daha sonra dikkatini bedene yöneltti. Süveteri yavaşça kaldırarak göğüs kafesini açığa çıkarttı ve kanla lekelenmiş sutyene baktı. Bıçak yarası deriyi imantahtasının hemen altından delmişti. Kan çoktan kurumuştu ve pıhtılaşmış kandan meydana gelen bir kabuk yaranın sınırlarını gizlemekteydi.

"Ne zaman bulunmuş?"

"Akşam on sularında. Kâhya daha erken saatte, akşam saat altı civarında bir çöp torbası getirmek için dışarı çıkmış ve o zaman onu görmemiş."

"Bu gece çöpü iki sefer mi çıkartmış?"

"Evin içinde beş kişilik yemekli bir davet varmış. Bir sürü yemek, bir sürü çöp."

"O halde akşam altı ila on arasında bir ölüm saati düşünüyoruz."

"Aynen öyle."

"Peki Dedektif Kassovitz erkek arkadaşı tarafından en son ne zaman görülmüş?"

"Bugün öğlenden sonra üç civarında. Vardiyası için ayrılmadan hemen önce."

"O halde nerede olduğunu kanıtlayacak şahitleri var."

"Son derece sağlam. Ortağı bütün gece boyunca onunla birlikteymiş." Tripp durakladı. "Vücut ısısı ya da herhangi bir şey alman gerekiyor mu? Çünkü ihtiyacın olur diye ortam ısısını çoktan aldık. On iki derece."

Maura cesedin kalın giysilerine baktı. "Burada rektal ısı almayacağım. Elbiselerini karanlıkta çıkartmak istemiyorum. Şahidiniz ölüm saati tahminini zaten daraltmış. Saatler hakkında yanılmadığını varsayarsak."

Tripp homurdandı. "Büyük ihtimalle saniyesi saniyesine. Kâhya denen şu herifle tanışmalısın, Jeremy. Kılı kırk yarmak ne demek artık biliyorum."

Bir ışık karanlığı yardı. Kadın kafasını kaldırıp bakınca, el fenerinin ışığı avluda gezinen bir siluetin yaklaşmakta olduğunu gördü.

"Merhaba, Doktor" dedi Jane. "Senin burada olduğunu bilmiyordum."

"Az önce geldim." Maura ayağa kalktı. Karanlıkta Jane'in yüzünü göremiyor, sadece saçlarının hacimli halesini seçebiliyordu. "Seni burada görmeyi beklemiyordum. Beni arayan Crowe'du."

"Beni de o aradı."

"O nerede?"

"İçeride, ev sahibiyle görüşüyor."

Tripp homurdandı. "Tabii ki öyle yapıyor. İçerisi sıcak. Dışarıda kıçını ayaza tutmak zorunda olan benim."

"Tanrı aşkına, Tripp" dedi Jane. "Crowe'u sen de benim kadar seviyor gibisin."

"Ah, evet, sevilebilir bir adam. Eski ortağının erken emekli olmasına şaşmamalı." Öfkeli bir nefes verdi ve ağzından çıkan buhar dönerek yükseldi. "Sanırım birimde Crowe'u dönüşümlü olarak almalıyız. Acıyı bir parça dağıtmak için. Sevimli çocuğa katlanarak her birimiz teker teker sıramızı savabiliriz."

"İnan bana, ona gerekenden fazla katlandım" dedi Jane. Dikkatini Eve Kassovitz'e yoğunlaştırdı ve kadının ses tonu yumuşadı. "Ona tam bir pislik gibi davranıyordu. Bu Crowe'un fikriydi, değil mi? Masadaki kusmuk kovası?"

"Evet" diyerek kabullendi Tripp. "Ama hepimiz sorumluyuz, bir bakıma. Belki de burada olmayacaktı, eğer..." İç geçirdi. "Haklısın. Hepimizi birer pisliğiz."

"Soruşturma üzerinde çalıştığı için buraya geldiğini söyledin" dedi Maura. "Bir ipucu mu vardı?"

"O'Donnell" dedi Jane. "Bu akşamki yemeğin konuklarından biri de o."

"Kassovitz onu mu takip ediyormuş?"

"Göz takibi üzerinde öylesine konuşmuştuk. Sadece bir düşünceydi. Takibe başlayacağını asla söylemedi bana."

"O'Donnell burada mı, bu evde?"

"Hâlâ içeride, sorgulanıyor. Jane'in bakışları bir kez daha cesedin üzerindeydi. "Bence O'Donnell'ın sadık hayranı ona bir adak daha bırakmış."

"Aynı katil olduğunu mu düşünüyorsun?"

"Öyle olduğunu biliyorum."

"Burada gözlerin tahrip edilmesi var, ancak uzuvlar parçalanmamış. Doğu Boston'daki gibi ayinsel semboller yok."

Jane, Tripp'e baktı. "Ona göstermedin mi?"

"Göstermek üzereydim."

"Neyi gösterecekti bana?" diye sordu Maura.

Jane fenerini kaldırdı ve ışığını evin arka kapısının üzerine tuttu. Gördüğü şey, Maura'nın omurgasında bir ürperti dolanmasına neden oldu. Kapının üzerinde üç ters haç vardı. Ve bunun altına, kırmızı tebeşirle bir göz çizilmişti.

"Bunun bizim oğlanın işi olduğunu söyleyebilirim" dedi Jane.

"Bir taklitçi de olabilir. Lori-Ann Tucker'ın yatak odasındaki o sembolleri görenler oldu. Ve polisler konuşur."

"Eğer hâlâ ikna edilmeye ihtiyacın varsa..." Jane fenerini kapının altına tuttu. Eve çıkan tek granit basamakta, kumaşla sarılmış küçük bir paket vardı. "Paketi sadece içine bakabilecek kadar açtık" dedi Jane. "Sanırım Lori-Ann Tucker'ın sol elini bulduk."

Ani bir rüzgâr dalgası Maura'nın gözlerine batan ve yanaklarını bir anda buz kestiren bir kar bulutu kaldırarak bahçeyi yalayıp geçti. Ölü yapraklar tıkırdayarak taraçanın bir ucundan diğerine savruldu ve üstlerindeki kameriye gıcırdayarak titredi.

"Bu geceki cinayetin" dedi Maura yumuşak bir ses tonuyla, "Joyce O'Donnell'la hiçbir şekilde alakalı olmayabileceği ihtimalini dikkate aldın mı?"

"Tabii ki alakalı. Kassovitz buraya O'Donnell'ın arkasından geliyor. Katil onu görüyor, bir sonraki kurbanı olarak seçiyor. İş dönüp dolaşıp O'Donnell'a bağlanıyor."

"Ya da katil Kassovitz'i Noel arifesinde görmüş olabilir. Eve de suç mahallindeydi. Adam Lori-Ann Tucker'ın evini gözetliyor olabilir."

"Yani olan bitenin tadını mı çıkartıyordu?" dedi Tripp.

"Evet. Tüm o koşuşturmanın, tüm o polislerin, *onun* yüzünden orada olduğu gerçeğinin keyfini sürüyordu. Az önce yapmış olduğu şey yüzünden. Ne büyük bir güç duygusu."

"Yani *Kassovitz*'i buraya kadar takip etti" dedi Tripp, "çünkü o gece adamın dikkatini çekmişti? Vay canına, bu her şeyi değiştirir."

Jane Maura'ya baktı. "Bu herhangi birimizi izliyor olabileceği anlamına gelir. Şimdiye kadar hepimizin yüzünü görmüş olmalı."

Maura eğildi ve örtüyü tekrar bedenin üzerine çekti. Lateks eldivenlerini çıkarıp yün eldivenlerini takarken elleri uyuşmuştu ve sakarca hareket ediyordu. "Donuyorum. Burada yapabileceğim başka bir şey yok. Onu hemen morga kaldırmalıyız. Ve ellerimin buzunu da çözmem lazım."

"Onu almaları için birilerine haber verdin mi?"

"Yoldalar. Eğer senin için sakıncası yoksa, sanırım onları arabamda bekleyeceğim. Şu rüzgârdan kurtulmak istiyorum."

"Sanırım *hepimiz* rüzgârdan kurtulsak iyi olur" dedi Tripp.

Yan bahçeden geri yürüdüler ve demir kapıdan geçip, gaz lambasının melankolik aydınlığına adım attılar. Caddenin karşısında, devriye arabalarının yanıp sönen tepe ışıkları önünde bir polis kalabalığının silueti vardı. Diğer adamlardan daha uzun olan Daniel, elleri paltosunun ceplerine gömülmüş halde onların arasında duruyordu.

"Bizimle birlikte içeri gelip bekleyebilirsin" dedi Jane.

"Hayır" dedi Maura, bakışlarını Daniel'dan ayırmadan. "Arabada oturacağım."

Jane bir an için sessiz kaldı. O da Daniel'ı fark etmişti ve muhtemelen Maura'nın neden dışarıda oyalanmakta olduğunu tahmin edebiliyordu.

"Eğer ısınmak istiyorsan, Doktor" dedi Jane, "bunu dışarıda bulamayacaksın. Ama sanırım bu seçim sana ait." Hafifçe Tripp'in omzuna vurdu. "Haydi. Tekrar içeri girsek iyi olur. Bakalım sevimli çocuk neler yapıyor." Merdivenleri çıkıp eve girdiler.

Bakışları Daniel'ın üzerinde olan Maura kaldırımda durakladı. Kadının orada olduğunu fark etmiş gibi değildi adam. Etrafını saran onca polis varken uygunsuz bir durumdu bu. Ama bunda utanacak ne vardı ki, sahiden de? Kadın da, adam da kendi işini yapmak için oradaydı. İki tanıdığın birbirlerini selamlaması dünyadaki en doğal şeydi.

Sokağın karşı tarafına, polislerin oluşturduğu halkaya doğru yürüdü. Daniel ancak o zaman gördü onu. Diğer adamlar da onu o zaman gördü ve kadın yaklaşırken sessiz kaldılar. Kadın her gün polis memurlarıyla çalışıyordu. Onları her suç mahallinde görüyor olmasına rağmen, kendini polislerin yanında asla rahat hissedememişti, aynısı polisler için de geçerliydi. Polislerin bakışlarını üzerinde hissettiği an, bu karşılıklı rahatsızlık asla olmadığı kadar bariz bir biçimde ortaya çıkmıştı. Hakkında ne düşündüklerini tahmin edebiliyordu. Buz gibi Dr. Isles, asla bir kahkaha fıçısı değil. Ya da belki de gözleri korkuyordu; belki de adının önündeki Doktor sıfatı onu tecrit ediyor, onu yaklaşılamaz kılıyordu.

Ya da belki de buna sadece ben neden oluyorumdur. Belki de benden korkuyorlardır.

"Morg minibüsü her an gelebilir" dedi kadın, tamamen işle ilgili bir sohbet açarak. "Eğer minibüsün geçmesi için sokakta yer açabilirseniz."

"Olmuş bilin, Doktor" dedi polislerden biri ve öksürdü.

Bunu bir başka sessizlik takip etti, polisler ayaklarını soğuk kaldırımda oynatıyor, kadından başka her yere bakıyorlardı.

"Teşekkür ederim" dedi kadın. "Ben arabamda bekliyor olacağım." Daniel'a bakmadı ve öylece dönüp yürümeye başladı.

"Maura?"

Adamın sesini duyunca arkasına döndü ve polislerin hâlâ izlemeye devam ettiklerini gördü. *Her zaman bizi izleyen birileri oluyor,* diye düşündü kadın. *Daniel ile ben asla yalnız olmuyoruz.*

"Şu ana kadar neler buldun?" diye sordu adam.

Tüm gözlerin bilincinde olan kadın tereddüt etti. "Bu aşamada, diğer herkesin bildiğinden pek fazlası değil."

"Bunun hakkında konuşabilir miyiz? Neler olduğu hakkında daha fazlasını bilirsem Memur Lyall'ı daha kolay rahatlatabilirim."

"Bu uygun olmaz. Emin değilim..."

"Açıklamak istemediğin herhangi bir şeyi bana anlatmak zorunda değilsin."

Kadın tereddüt etti. "Arabamda oturalım. Sokağın aşağısında." Elleri ceplerine sokulmuş, kafaları zaman zaman esen buz gibi rüzgâra karşı eğilmiş halde yürüdüler. Kadın, avluda tek başına, bedeni şimdiden buz kesmiş, kanı damarlarında donmakta olan Eve Kassovitz'i düşündü. Bu gecede, bu rüzgârda, hiç kimse ölülerle birlikte olmak istemiyordu. Kadının arabasına ulaşıp içeri girdiler. Kadın kaloriferi açmak için motoru çalıştırdı ancak havalandırma kanallarından arabaya üflenen hava herhangi bir sıcaklık vaat etmiyordu.

"Memur Lyall erkek arkadaşı mıymış?" diye sordu kadın.

"Çocuk harap olmuş. Onu pek rahatlatabildiğimi sanmıyorum."

"Senin yaptığını yapamazdım, Daniel. Hüzünle uğraşmakta iyi değilim."

"Ama uğraşıyorsun. Buna mecbursun."

"Senin uğraştığın seviyede, hâlâ öylesine ham, öylesine tazeyken değil. Ben tüm cevapları vermesi beklenen kişiyim, onları rahatlaması için yardıma çağırdıkları kişi değil." Adama baktı. Arabasının karanlığında adam sadece bir siluetti. "Boston polisinin son papazı sadece iki yıl dayanabildi. Eminim ki stres geçirdiği felce katkı yapmıştır."

"Peder Roy altmış beş yaşındaydı, biliyorsun."

"Onu son gördüğümde seksen yaşında gösteriyordu."

"Eh, gece çağrılarına cevap vermek kolay değil" diye kabul etti adam, nefesi camı buğulandırarak. "Polisler için de kolay değil bu. Ya da doktorlar veya itfaiyeciler için. Ama o kadar da kötü değil" diye ekledi adam hafifçe gülerek, "çünkü seni sadece cinayet mahallerine gittiğim zaman görebiliyorum."

Kadın gözlerini göremiyor olsa da, adamın bakışlarını yüzünde hissetti ve karanlık için minnettar kaldı.

"Beni ziyaret ederdin" dedi adam. "Neden vazgeçtin?"

"Gece yarısı ayini için geldim ama, değil mi?"

Adam yorgun bir şekilde güldü. "Noel'de herkes ortaya çıkar. Hatta inanmayanlar bile."

"Ama ben oradaydım. Senden kaçmıyordum."

"Bir süredir yaptığın bu muydu, Maura? Benden kaçıyor muydun?"

Kadın hiçbir şey söylemedi. Bir an için arabanın karanlığında birbirlerine baktılar. Havalandırma kanalından esen hava güç bela ısınmıştı ve parmakları hâlâ uyuşuk olmasına rağmen kadın yanaklarına doğru yükselen sıcaklığı hissedebiliyordu.

"Neler olduğunu biliyorum" dedi adam sessizce.

"Hiçbir fikrin yok."

"Ben de senin kadar insanım, Maura."

Kadın aniden güldü. Buruk bir sesti bu. "İşte, *bu* bir klişe. Rahip ve cemaatin kadın üyesi."

"Sadece buna indirgeme."

"Ama bu bir klişe. Muhtemelen daha önce binlerce kez olmuştur. Rahipler ve sıkılmış ev kadınları. Rahipler ve yalnız dullar. Senin başına ilk kez mi geliyor, Daniel? Çünkü bu benim için kesinlikle bir ilk." Aniden öfkesini adama yönelttiği için utanç duyan kadın başka tarafa baktı. Sahiden de, arkadaşlığını, ilgisini önermekten başka ne yapmıştı ki? *Kendi mutsuzluğumun mimarı benim.*

"Eğer kendini daha iyi hissetmene yarayacaksa" dedi adam sessizce, "acınacak halde olan yalnızca sen değilsin."

Kanallardan içeri tıslayarak hava dolarken, kadın hiç kıpırdamadan oturdu. Bakışlarını dosdoğru önünde, şimdi yoğuşmayla buğulanmış ön cam üzerine odaklanmış halde tuttu kadın, ancak diğer tüm duyuları acı verici bir şekilde adama yoğunlaşmıştı. Varlığının her haliyle öylesine bir uyum içerisindeydi ki, kör ve sağır olsa bile, adamın hâlâ orada olduğunu bilecekti. Aynı şekilde, kendi kalbinin çarpışının da, sinirlerinin zıplamış olduğunun da farkındaydı. Adamın kendi mutsuzluğunu ilan etmesinden sapıkça bir heyecan duymuştu. En azından acı çeken, geceleri uyuyamadan yatan bir tek kendisi değildi. Kalp meselelerinde, ıstırap refakat bulmaya can atar.

Kadının penceresine gürültülü bir şekilde vuruldu. İrkilerek dönen kadın, buğulanmış camın arkasından içeri bakmaya çalışan hayalet gibi bir siluet gördü. Camını indirdi ve bir Boston polisinin yüzüne baktı.

"Doktor Isles? Morg minibüsü az önce geldi."

"Teşekkür ederim. Hemen geliyorum." Uğultulu bir ses çıkartan pencere, camın üzerinde sulu çizgilerden damarlar bırakarak yeniden kapandı. Kadın arabanın motorunu kapattı ve Daniel'a baktı. "Bir tercih yapabiliriz" dedi. "Her ikimiz de sefil olabiliriz. Ya da hayatımıza devam edebiliriz. Ben devam etmeyi seçiyorum." Arabadan indi ve kapıyı kapattı. Ciğerlerine öylesine soğuk bir hava doldurdu ki, boğazı dağlandı sanki. Ancak aynı zamanda herhangi bir kararsızlığı da silip atmış, geriye daha berrak ve yapmak zorunda olduğu şey için lazer kadar keskin bir şekilde odaklanmış bir beyin bırakmıştı. Arabasının yanından ayrıldı ve arkaya bakmadı. Bir kez daha, sokak lambalarının altından yürüdükçe bir ışık havuzundan diğerine geçerek kaldırımda ilerledi. Daniel kadının arkasında kalmıştı şimdi; önünde onu bekleyen ölü bir kadın vardı. Ve etrafta duran tüm bu polisler. Neyi bekliyorlardı ki? Onlara vermeyi beceremeyebileceği cevapları mı?

Noel gecesini ve bir başka cinayet mahallini düşünen kadın, sanki bakışlarını savuşturmak istermiş gibi ceketine daha sıkıca sarındı. O gece sokaktan ayrılamayan, midesini kar yığınları üzerine boşaltan Eve Kassovitz'i düşündü. Acaba Kassovitz, Maura'nın ihtimamının bir sonraki hedefi olacağına dair en ufak bir önsezi tecrübe etmiş miydi?

Morg ekibi sedyedeki Kassovitz'i yan bahçeden çıkartırken, tüm polisler sessizce evin yanında toplandı. Üzeri örtüyle kapatılmış cesedi taşıyan sedye demir kapıda belirdiğinde, buz gibi rüzgârda şapkalarını çıkararak durdular, aralarından birini şereflendiren vakur, mavi bir sıra. Sedye minibüsün içinde gözden kaybolduktan ve kapılar kapatıldıktan sonra bile adamlar sıralarını bozmadı. Şapkalar ancak minibüsün arka lambalarının parıltıları karanlığın içine karıştıktan sonra tekrar giyildi ve adamlar yavaş yavaş devriye arabalarına doğru dağılmaya başladı.

Evin ön kapısı açıldığında Maura da arabasına doğru yürümek üzereydi. Işığın aydınlığı dışarı dökülürken kadın kafasını kaldırdı ve orada durmuş, ona bakan bir adamın siluetini gördü.

"Affedersiniz, Doktor Isles siz misiniz?" diye sordu adam.

"Evet?"

"Bay Sansone sizi eve davet ediyor. Orası çok daha sıcak ve az önce yeni bir demlik kahve hazırladım."

Kafasını kaldırıp uşağı çevreleyen ılık parlaklığa bakan kadın basamakların dibinde tereddüt etti. Adam dimdik duruyor, kadının bir zamanlar bir şaka dükkânında gördüğü gerçek boyutta bir heykeli, sahte içeceklerle dolu tepsiyi tutan, kâğıt hamurundan yapılma bir kâhyayı düşünmesine neden olan ürkütücü bir hareketsizlikle kadını izliyordu. Kadın sokağın aşağısına, arabasına doğru bakındı. Daniel çoktan gitmişti; evine yapacağı yalnız bir araba yolculuğu ve boş bir evden başka bekleyen hiçbir şeyi yoktu.

"Teşekkür ederim" dedi kadın ve merdivenleri tırmanmaya başladı. "Bir fincan kahve fena olmaz."

12

Kadın ön taraftaki misafir salonunun sıcaklığına adım attı. Yüzü, donduran rüzgâr nedeniyle hâlâ hissizdi. Duyularının yavaş yavaş yanaklarına dönmesi, ancak şöminenin karşısında kâhyanın Bay Sansone'ye haber vermesini beklerken oldu; kızaran teninin, yeniden uyanan sinirlerin tatlı batışını hissetti. Bir başka odadaki konuşmaların mırıltılarını duyabiliyordu; sorular soran Dedektif Crowe'un, zar zor duyulabilen bir sesle, daha yumuşak bir karşılıkla yanıtlanan iğneli sesi. Bir kadının sesi. Şöminede kıvılcımlar saçılıyor, duman tütüyordu ve kadın bunun ilk başta farz ettiği gibi bir gaz şöminesi değil gerçek bir şömine olduğunu fark etti. Şöminenin üzerinde asılı olan Ortaçağ dönemi yağlıboya resim de pekâlâ orijinal olabilirdi. Boynunun etrafında, üzerinde İsa'nın heykeli olan altın renkli bir haç bulunan, şarap kırmızısı ipekten bir cübbe giymiş bir adamın portresiydi bu. Genç olmamasına ve koyu renkli saçları gümüş tellerle sarılmış olmasına rağmen, gözleri gençlere özgü bir ateşle yanıyordu. Odanın titrek ışığında, gözleri delici bir canlılığa sahip gibiydiler.

Kadın ürperdi ve uzun zamandır ölü olduğu neredeyse kesin adamın bakışından garip bir şekilde korkarak arkasını döndü. Odada başka antikalar da vardı, incelenecek başka hazineler. Çizgili ipekle döşenmiş koltuklar gördü kadın, yüzyılların cilasıyla parlayan bir Çin vazosu, üzerinde bir puro kutusu ve kristal bir konyak şişesi bulunduran gül ağacından bir masa. Kadının ayakları altındaki halı, yaşının ve üzerinde yürümüş sayısız ayakkabının kanıtı olan, ortasına doğru giden son derece yıpranmış bir iz taşımaktaydı, ancak halının nispeten dokunulmamış kenarları kalın yünün kalitesini ve dokumacının ustalığını gözler önüne seriyordu. Kadın kafasını eğip ayaklarına, karmakarışık asmaların, ağaçların meydana getirdiği bir kameriyenin altında boylu boyunca uzanmış tek boynuzlu bir atı çerçeveleyerek, bir uçtan diğerine kıvrıldığı kırmızı şarap rengi bir goblene baktı. Aniden böyle bir şaheserin üzerinde durduğu için kendini suçlu hissetti. Halının üzerinden çekilip tahta zemine geçti ve şömineye doğru biraz daha yaklaştı.

Bir kez daha şömine çerçevesinin üzerine asılmış portreye bakıyordu. Bir kez daha, bakışları rahibin delici gözlerine yükseldi, dosdoğru ona bakarmış gibi görünen gözler.

"Kuşaklardan bu yana benim ailemde. Şaşırtıcı, değil mi, renklerin hâlâ bu kadar canlı oluşu? Dört yüzyıldan sonra bile."

Maura bir anda odaya giren adama bakmak için arkasını döndü. Adam odaya o kadar sessizce girmişti ki, sanki bir anda kadının arkasında belirivermiş ve kadın ne söyleyeceğini bilemeyecek kadar gafil avlanmıştı. Adamın üzerinde, gümüş rengi saçlarını çok daha dikkat çekici yapan koyu renkli bir balıkçı yaka kazak vardı. Buna rağmen yüzü elliden fazla görünmüyordu. Sokakta öylece birbirlerinin yanından geçmiş olsalar, kadın gözlerini dikip adama bakardı çünkü yüz hatları çok dikkat çekici ve akıldan çıkmayacak kadar tanıdıktı. Yüksek bir alın, aristokratik bir duruş gördü kadın. Koyu renkli gözleri, sanki içeriden aydınlanırmış gibi görünmelerine neden olacak şekilde ateşin parlaklığını yakaladı. Adam portreden bir aile yadigârı olarak bahsetmişti ve kadın, portre ile karşısındaki adam arasındaki benzerliği hemen gördü. Gözleri aynıydı.

Adam elini uzattı. "Merhaba, Doktor Isles. Ben Anthony Sansone." Bakışları kadının yüzüne öyle odaklanmıştı ki, kadın daha önce karşılaşıp karşılaşmadıklarını merak etti.

Hayır, bu kadar çekici bir adamı kesinlikle hatırlardım.

"Sonunda sizinle tanıştığımıza sevindim" dedi adam, kadının elini sıkarak. "Sizin hakkınızda duyduğum onca şeyden sonra."

"Kimden?"

"Doktor O'Donnell."

Maura adamın kavradığı elinin buz kestiğini hissetti ve elini çekti. "Ne tür bir sohbete konu olabileceğimi tahmin edemiyorum."

"Sizin hakkınızda söylediği şeyler sadece iyi şeylerdi. İnanın bana."

"Şaşırtıcı."

"Neden?"

"Çünkü ben onun hakkında aynı şeyi söyleyemem" dedi kadın.

Adam bildik bir şekilde başıyla onayladı. "Can sıkıcı olabiliyor. Onu tanıma şansını bulana kadar. Sezgilerine değer verene kadar."

Kapı öyle sessiz bir şekilde açılmıştı ki, Maura duymadı. İçinde fincanlar ve demlik bulunan tepsiyi taşıyan kâhyanın odaya girdiğini fark etmesine neden olan, sadece porselenlerin hafif şıngırtısıydı. Kâhya tepsiyi ve fincanları bir sehpanın üzerine bıraktı, sorgulayan bir bakışla Sansone'ye baktı ve sonra odadan ayrıldı. Aralarında tek bir kelime dahi geçmemişti; tek iletişim o bakış ve bu bakışa baş sallayarak verilen karşılıktı; birbirlerini gereksiz kelimeleri bir yana bırakabilecek kadar iyi tanıdığı aşikâr olan iki adam arasında ihtiyaç duyulan tüm kelime dağarcığı.

Sansone oturması için kadına işaret etti ve Maura çizgili ipekle kaplı ampir tarz[15] bir koltuğa gömüldü.

"Sizi girişteki misafir salonuna kapattığım için özür dilerim" dedi adam. "Ama Boston Polis Müdürlüğü ifadeleri almayı bitirene kadar diğer odalara el koymuş gibi görünüyor." Kahve doldurdu ve fincanı kadına verdi. "Sanırım kurbanı incelediniz."

"Onu gördüm."

"Ne düşünüyorsunuz?"

"Yorum yapamayacağımı biliyorsunuz."

Adam sandalyesinin arkasına yaslandı, mavi ve altın renkli brokar kumaşların üzerinde son derece rahat görünüyordu. "Bedenin kendisinden bahsetmiyorum" dedi. "Tıbbi bulgularınız hakkında konuşmamamızı kesinlikle anlıyorum. Benim ima ettiği cinayet mahalliydi. Suçun geştaltı."[16]

"Bunu soruşturmanın başındaki kişiye sormalısınız, Dedektif Rizzoli'ye."

"Ben daha çok sizin izlenimlerinizle ilgileniyorum."

"Ben bir doktorum. Bir dedektif değil."

"Ama ben sizin bu gece bahçemde olanlar hakkında özel bir kavrayışa sahip olduğunuzu tahmin ediyorum." Kömür karası gözlerini kadının gözlerine perçinleyerek öne eğildi. "Arka kapıma çizilmiş sembolleri gördünüz."

"Bu konuda konuşamam..."

"Doktor Isles, herhangi bir şeyi açık edecek değilsiniz. Bedeni gördüm. Doktor O'Donnell da gördü. Jeremy kadını bulduğunda bize haber vermek için dosdoğru eve geldi."

---

15. Fransız imparatoru Napolyon dönemi (1804-1815); bu döneme ait olan ya da o zaman revaçta olan mobilya tarzı. (ç.n.)

16. Tüm parçalarından farklı olan ve parçalarının hiçbirinde yer almayan özelliklere sahip bütün. (ç.n.)

"Ve sonra sen ve O'Donnell şöyle bir bakmak için turistler gibi dışarıda mı gezindiniz?"

"Turist olmaya en uzak kimseleriz biz."

"Tahrip etmiş olabileceğiniz ayak izlerini düşünmek için durdunuz mu? Kirletmiş olduğunuz olay yeri kanıtlarını?"

"Ne yaptığımızı kesinlikle biliyorduk. Suç mahallini görmeye mecburduk."

"Mecbur muydunuz?"

"Burası sadece benim evim değil. Aynı zamanda tüm dünyadan meslektaşlarımla bir buluşma noktası. Şiddetin bu kadar yakınımıza yaklaştığı gerçeği bizi telaşlandırıyor."

"Bahçesinde ölü bir vücut bulmak herkesi telaşlandırır. Ama bu insanların çoğu akşam yemeğine gelen misafirleriyle birlikte ona bakmak için dışarıda dolanmaz."

"Sadece rasgele bir şiddet fiili olup olmadığını bilmemiz gerekiyordu."

"Başka ne olabilir ki?"

"Bizim için yapılmış bir uyarı mesela." Kahve fincanını bıraktı ve dikkatini kadının üzerinde öyle bir yoğunlaştırdı ki, kadın kendini ipek kaplı koltuğa çivilenmiş hissetti. "Kapıya tebeşirle çizilmiş sembolleri siz de gördünüz. Göz. Üç ters haç?"

"Evet."

"Noel arifesinde işlenmiş diğer cinayetten de haberim var. Diğer bir kadın. Yatak odası duvarına üç ters haçın çizildiği bir diğer suç mahalli."

Kadının bunu teyit etmesine gerek yoktu; bu adam cevabı kesinlikle yüzünde okumuştu. Adamın bakışlarının derinlemesine incelediğini ve çok fazla şey gördüğünü neredeyse hissedebiliyordu.

"Bu konuda da konuşabiliriz" dedi adam. "Bununla ilgili detayları da zaten biliyorum."

"Nasıl oluyor da bunları biliyorsunuz? Size anlatan kim?"

"Güvendiğim insanlar."

Kadın inanmaz bir kahkaha attı. "Doktor O'Donnell bunlardan biri mi?"

"Onu sevseniz de sevmeseniz de, kendi alanında bir otoritedir. Seri katiller hakkında yaptığı çalışmalara bakın. O yaratıkları anlıyor."

"Bazıları kendini onlarla özdeşleştirdiğini söylüyor."

"Bazı hallerde öyle yapmanız gerek. Yavaş yavaş onların kafalarına girmeyi istiyor. Her kıvrımı incelemeyi."

Çok kısa süre önce, Sansone'nin bakışları altında Maura'nın kendini incelenirmiş hissettiği gibi.

"Bir canavarı tanımak için canavar olmak gerek" dedi Maura.

"Buna gerçekten inanıyor musunuz?"

"Joyce O'Donnell evet. Buna gerçekten inanıyorum."

Adam daha da yaklaştı ve sesi azalarak samimi bir fısıltıya dönüştü. "Acaba Joyce'u sevmemeniz kişisel nedenlerden kaynaklanıyor olabilir mi?"

"Kişisel mi?"

"Sizin hakkınızda çok fazla şey bildiği için? Aileniz hakkında?"

Maura afallayıp sessizleşerek adama baktı.

"Bize Amalthea'dan bahsetti" dedi adam.

"Buna hakkı yok."

"Annenizin hapsedilmesi kamuoyunun haberdar olduğu bir mesele. Hepimiz Amalthea'nın ne yaptığını biliyoruz."

"Bu benim özel hayatım..."

"Evet, ve o sizin şahsi iblislerinizden biri. Bunu anlıyorum."

"Bu sizi neden ilgilendiriyor ki?"

"Çünkü *sen* ilgimi çekiyorsun. Çünkü sen dosdoğru kötülüğün gözüne baktın. Onu kendi annenin yüzünde gördün. Orada olduğunu biliyorsun, kendi soyunda. Beni büyüleyen bu, Doktor Isles... Böylesine haşin bir nesilden geliyorsunuz, ama işte burada, meleklerin tarafında çalışıyorsunuz."

"Ben bilim ve aklın tarafında çalışıyorum, Bay Sansone. Bu işin meleklerle alakası yok."

"Pekâlâ, öyleyse meleklere inanmıyorsunuz. Peki onların karşıtlarına inanıyor musunuz?"

"*İblisler* mi demek istiyorsunuz." Kadın bir kahkaha attı. "Tabii ki hayır."

Adam belli belirsiz bir hayal kırıklığıyla bir an için kadını süzdü. "Dininiz bilim ve akılmış gibi göründüğüne göre, sizin ifadenizle, bilim bu gece bahçemde olanları nasıl açıklıyor? Noel arifesinde o kadının başına gelen şeyi?"

"Benden kötülüğü açıklamamı mı istiyorsunuz?"

"Evet."

"Açıklayamam. Bilim de açıklayamaz. *Öyle.*"

Adam başıyla onayladı. "Bu kesinlikle doğru. Öyle ve her zaman da bizimle birlikte. Aramızda yaşayan, sessizce peşimizden gelip bizi avlayan gerçek bir varlık. Beslenmek için şans bulmayı bekleyen. Çoğu insan onun farkında değildir ve sokakta yanlarından geçerken hafifçe sürtünse bile onu tanımazlar." Adamın sesi bir fısıltıya dönüşmüştü. Bir anlık sessizlik esnasında, kadın şöminedeki alevlerin çatırtısını, diğer odadaki seslerin mırıltısını duydu. "Ama *sen* onu tanıyorsun" dedi adam. "Onu kendi gözlerinle gördün."

"Ben sadece her cinayet masası polisinin gördüğünü gördüm."

"Ben her gün yaşanan suçlardan bahsetmiyorum. Eşini öldürenler rakiplerini vuran uyuşturucu satıcıları. Ben, annenin gözlerinde gördüğün şeyden bahsediyorum. Parıltı. Kıvılcım. İlahi olmayan, melun bir şeyler."

Bir hava akımı, baca deliğinden aşağıya doğru inleyip külleri ateş siperliğine doğru savurdu. Alevler görünmez bir davetsiz misafirin önünde sinerek titredi. Sanki tüm sıcaklık, tüm ışık bir anda emilip gitmiş gibi, oda aniden soğuk geldi.

"Benimle Amalthea hakkında konuşmak istememeni" dedi adam, "kesinlikle anlıyorum. Vârisi olmak için korkunç bir soy."

"Kim olduğumun onunla hiçbir alakası yok" dedi Maura. "Beni o yetiştirmedi. Birkaç ay öncesine kadar onun varlığından bile haberdar değildim."

"Yine de bu konu hakkında hassassın."

Adamın bakışlarına karşılık verdi. "Gerçekten de aldırmıyorum."

"Aldırmıyor olman bana garip geliyor."

"Anne babalarımızın günahlarının mirasçısı değiliz. Ya da erdemlerinin."

"Bazı miraslar görmezden gelemeyecek kadar güçlüdür." Şöminenin üzerindeki resmi işaret etti. "Benim ile o adam arasında on altı kuşak var. Yine de onun mirasından kurtulamam. Onun yaptığı şeylerden asla temize çıkamam."

Maura portreye baktı. Yanında oturan adamla tuvalin üzerindeki yüz arasındaki benzerlik bir kez daha şaşkına çevirdi onu. "Resmin bir aile yadigârı olduğunu söylemiştiniz."

"Miras kalmasından mutlu olduklarımdan biri değil."

"Kimdi o?"

"Monsenyör Antonino Sansone. Bu portre 1561 yılında Venedik'te yapıldı. Gücünün doruklarındayken. Ya da, ahlak bozukluğunun dibindeyken de diyebilirsiniz."

"Antonino Sansone mi? Sizin isminiz?"

"Doğrudan onun soyundan geliyorum."

Kadın kaşlarını çatarak resme baktı. "Ama o..."

"O bir rahipti. Söylemek üzere olduğunuz buydu, değil mi?"

"Evet."

"Bütün hikâyeyi anlatmak sabaha kadar sürer. Başka zaman, belki de. İsterseniz sadece Antonino Tanrı korkusu olan bir adam değildi diyelim. Diğer insanlara öyle şeyler yaptı ki..." Adam durdu. "O benim gurur duyduğum atalarımdan biri değil."

"Yine de, portesini hâlâ duvarınıza asılı tutuyorsunuz."

"Anımsatması için."

"Neyi anımsatması için?"

"Ona bakın, Doktor Isles. Bana benziyor, siz de öyle düşünmüyor musunuz?"

"İnsanı ürkütecek kadar."

"Aslında, kardeş olabilirdik. Burada asılı olmasının nedeni işte bu. Bana kötülüğün insan yüzüne, hatta belki de hoş bir yüze sahip olduğunu hatırlatmak için. Bu adamın yanından geçebilir, size gülümsediğini görebilir ve sizin hakkınızda ne düşündüğünü asla tahmin edemezsiniz. Bir yüzü istediğiniz kadar inceleyebilir, ancak maskenin ardında ne olduğunu asla bilemezsiniz." Saçları ateşin ışığını gümüşten bir miğfer gibi yansıtarak kadına doğru eğildi. "Onlar da tıpkı bizim gibi görünür, Doktor Isles" dedi adam usulca.

"Onlar mı? Sanki başka bir türden bahsedermiş gibisiniz."

"Belki de öyledir. Geçmişi antik dönemlere kadar uzanan bir tür. Tüm bildiğim, bizim gibi olmadıkları. Ve onları teşhis etmenin yegâne yolu da yaptıklarının izini sürmek. Kanlı izleri takip etmek, çığlıkları duymaya çalışmak. Polis merkezlerinin çoğu fazlasıyla işe boğulmuş olduğu için fark edemedikleri şeyi aramak; şablonlar. Dikkat çekici noktaları görmek için, her gün işlenen suçların arkasındaki gürültünün, düzenli bir şekilde dökülen kanın alışılmış düzeninin ötesine bakarız. Biz canavarların ayak izlerini gözleriz."

"*Biz* diyerek kimi kastediyorsunuz?"

"Bu gece burada olan insanları."

"Akşam yemeğindeki misafirlerinizi."

"Biz kötülüğün sadece bir kavram olmadığı inancını paylaşıyoruz. Kötülük gerçek ve fiziksel bir varlığa sahip. Kötülüğün bir *yüzü* var." Durakladı. "Hayatımızın bir anında, hepimiz onu kanlı canlı görmüşüzdür."

Maura'nın kaşları kalktı. "Şeytan mı?"

"Hangi ismi kullanmak isterseniz." Omuz silkti. "Eski zamanlardan bu yana öyle çok isim kullanılmış ki. Lucifer, Abigor, Samael, Mastema. Her kültürün kötülük için ismi var. Arkadaşlarım ve ben, her birimiz onunla daha önce karşılaştık. Gücünü gördük ve itiraf ediyorum, Doktor Isles. Korkuyoruz." Adamın bakışları kadının bakışlarıyla karşılaştı. "Bu gece, hiç olmadığı kadar çok."

"Sizce bahçenizdeki bu cinayet..."

"Bizimle ilgisi var. Burada yaptığımız şeyle."

"Bu da?"

"Canavarların yaptıklarını izliyoruz. Tüm ülke çapında, tüm dünyada."

"Tecrübeye dayanmadan sadece teoriyle iş gören bir dedektifler kulübü mü? Bana böyle bir şeymiş gibi geldi." Kadının bakışları bir kez daha Antonino Sansone'nin portresine kaydı, hiç şüphe yok ki bir servet değerindeydi. Bu salona şöyle bir bakmak, kadına bu adamın gereksiz şeylere harcayacak kadar büyük miktarda parası olduğunu söylüyordu. Ve tuhaf ilgilere harcayacak vakti olduğunu.

"O kadın neden benim bahçemde öldürüldü, Doktor Isles?" dedi adam. "Neden benim evimi seçsin, neden özellikle de bu akşam?"

"Bunların siz ve kulübünüzle ilgili olduğunu mu düşünüyorsunuz?"

"Kapıma çizilmiş sembolleri gördünüz. Noel arifesi katliamındaki çizimleri de."

"Ve bunlardan bir tekinin bile ne anlama geldiği konusunda fikrim yok."

"Üç ters haç yaygın satanik sembollerdir. Ama beni asıl ilgilendiren, Lori-Ann Tucker'ın evindeki tebeşirle çizilmiş çember. Mutfak zeminine çizilmiş olan."

Gerçekleri inkâr etmenin bir anlamı yoktu; bu adam detayları zaten biliyordu. "Peki bu çember ne anlama geliyor?"

"Bir korunma halkası olabilir. Satanik ayinlerden alınma bir başka sembol. O çemberi çizerek, Lori-Ann kendini korumaya çalışmış olabilir. Karanlığın içinden çağırdığı güçlerin ta kendisini kontrol altına almaya çalışıyor olabilir."

"Durun. Bunu *kurbanın* çizdiğini mi düşünüyorsunuz, şeytanı savuşturmak için?" Ses tonu, kadının bu teori hakkında ne düşündüğünü hiç şüphe bırakmayacak biçimde açık ediyordu; *deli saçması.*

"Eğer o çizdiyse, kimi ya da neyi çağırdığı hakkında hiçbir fikri yokmuş."

Ateş aniden titredi, alevler parlak bir pençe halinde yukarı uzandı. İçeriye açılan kapı aralanınca Maura döndü ve Doktor Joyce O'Donnell kapıda belirdi. Maura'yı gördüğü için şaşırdığı apaçık ortada olan kadın durakladı. Sonra dikkati Sansone'nin üzerine yöneldi.

"Ne şanslıyım. İki saatlik soruların ardından, Boston'un en iyileri sonunda eve gitmeme izin verdi. Muhteşem bir akşam yemeği oldu, Anthony. Bundan daha iyisini becermene imkân yok."

"Bunun asla olmamasını umalım" dedi Sansone. "Paltonu getireyim." Adam ayağa kalktı ve tahta bir paneli itip gizli bir dolabı ortaya çıkardı. O'Donnell'ın kürkle süslü paltosunu tuttu ve kadın, sarı saçları adamın ellerine hafifçe sürtünerek, bir kedi zarafetiyle kollarını paltonun kollarına kaydırdı. O temasta Maura bir aşinalık gördü, birbirlerini iyi tanıyan iki insan arasındaki uyumlu dans.

Belki de birbirlerini fazla iyi tanıyan iki insan.

Düğmelerini iliklerken, O'Donnell'ın bakışları Maura'nın üzerine döndü. "Epey zaman oldu, Doktor Isles" dedi kadın. "Anneniz nasıl?"

Her zaman en can alıcı noktaya saldırıyor. Kan akıttığını görmesine izin verme.

"Hiçbir fikrim yok" dedi Maura.

"Onu görmeye gitmediniz mi?"

"Hayır. Ama büyük ihtimalle bunu çoktan biliyordunuz."

"Ah, Amalthea ile görüşmelerim biteli bir aydan fazla oldu. Onu o günden bu yana görmedim." Yavaşça, uzun, zarif parmakları üzerine yün eldivenlerini çekti O'Donnell. "Onu son gördüğümde iyiydi, eğer merak ediyorsanız."

"Etmiyorum."

"Şimdi onu hapishane kütüphanesinde çalıştırıyorlar. Tam bir kitap kurdu oldu. Eline geçirebildiği bütün psikoloji ders kitaplarını okuyor." O'Donnell eldivenini son bir kez çekmek için durakladı. "Eğer üniversiteye gitme şansı bulabilse, okulun yıldızı olabilirdi."

Bunun yerine annem farklı bir yol seçti. Yırtıcı. Kasap. Kendini ne kadar uzak tutmaya çalışırsa çalışsın, Amalthea ile ilgili herhangi bir düşünceyi ne kadar derine gömerse gömsün, Maura annesinin gözlerini, annesinin çenesini görmeden kendi yansımasına bakamıyordu. Canavar aynadan dikkatle onu izliyordu.

"Onun geçmişiyle ilgili bilgiler bir sonraki kitabımda bütün bir bölümü kaplayacak" dedi O'Donnell. "Eğer herhangi bir zaman oturmak ve benimle konuşmak isterseniz, hikâyesine büyük katkısı olacaktır."

"Kesinlikle ekleyecek hiçbir şeyim yok."

O'Donnell gülümsemekle yetindi, belli ki baştan savılmayı bekliyordu. "Her zaman sormaya değer" dedi kadın ve Sansone'ye baktı. Sanki söyleyecek başka bir şeyleri varmış da, Maura oradayken söyleyemiyormuş gibi, kolay kolay sona ermeyen bir bakış. "İyi geceler, Anthony."

"Jeremy'nin seni eve bırakmasına gerek var mı, sadece emin olmak için?"

"Kesinlikle yok." Adam Maura'ya belirgin bir şekilde işveliymiş gibi gelen ani bir gülücükle baktı. "Kendi başımın çaresine bakabilirim."

"Koşullar farklı, Joyce."

"Korkuyor musun?"

"Korkmamak için deli olmamız lazım."

Kadın, bilhassa korku gibi önemsiz bir şeyin kendisini yavaşlatmasına izin vermeyeceğini vurgulamak için yapılan gösterişli bir hareketle eşarbını boynunun etrafına savurdu. "Seni yarın ararım."

Adam kapıyı açtı ve soğuk havanın ıslık çalarak içeri dolmasına ve bir kar taneleri fırtınasının parıltılar gibi antika halı üzerine saçılmasına neden oldu. "Dikkatli ol" dedi adam. O'Donnell'ın arabasına yürümesini izleyerek kapının ağzında kaldı. Kapıyı ancak kadın gittikten sonra kapattı. Bir kez daha Maura'ya döndü.

"Demek siz ve arkadaşlarınız meleklerin tarafında olduğunuzu düşünüyorsunuz" dedi Maura.

"Öyle olduğumuza inanıyorum."

"*O'Donnell* kimin tarafında?"

"O'Donnell ve kanun adamlarının birbirlerini sevmediklerini biliyorum. Bir savunma tanığı olarak onu işi iddia makamıyla çatışıyor olmak. Ama ben, Joyce'u üç yıldır tanıyorum. Nerede durduğunu biliyorum."

"Gerçekten de emin olabilir misiniz?" Maura bir kanepenin üzerine bıraktığı paltosunu aldı. Adam, Maura'nın paltosunu giymesine yardım etmek için herhangi bir teşebbüste bulunmamıştı; belki de, O'Donnell'ın aksine, kadının şımartılmaya uygun bir ruh halinde olmadığını hissetmişti. Paltosunun düğmelerini iliklerken, iki çift göz tarafından izlendiğini hissediyordu kadın. Antonino Sansone'nin portresi de kadını izlemekteydi, bakışları dört yüzyılın sisini delip geçiyordu. Kadın kendini portrenin bulunduğu tarafa, nice kuşaklar önceki hareketleri, adını taşıyan kişiyi hâlâ ürpertebilen adama doğru bir bakış atmaktan alamadı.

"Kötülükle bizzat karşılaştığınızı söylüyorsunuz" dedi kadın, ev sahibine dönerek.

"Her ikimiz de karşılaştık."

"O halde" dedi "şimdiye kadar son derece iyi bir maske taktığını da öğrenmiş olmalısınız."

Evden dışarı çıktı ve donmuş sisle ışıldayan havayı ciğerlerine doldurdu. Kaldırım karanlık bir nehir gibi önünde uzanıyordu; sokak lambaları solgun ışık adacıkları oluşturuyordu. Yalnız bir Boston Polis Müdürlüğü devriye arabası, motoru açık halde, sokağın karşısına park edilmişti ve kadın, şoför koltuğunda oturan polis memurunun siluetini gördü. Elini kaldırdı ve salladı.

Adam da elini sallayarak karşılık verdi.

Gergin olmak için bir neden yok, diye düşündü kadın, yürümeye başladığında. *Arabam sokağın az aşağısında ve yakında bir polis var.* Sansone de yakındaydı. Kadın arkasına baktı ve adamın hâlâ ön taraftaki basamaklarda durduğunu, kendisini izlediğini gördü. Buna rağmen araba anahtarlarını çıkarttı ve başparmağını alarm düğmesi üzerinde hazır tuttu. Kaldırımdan aşağı yürürken bile gölgeleri tarıyor, en ufak bir hareket kıpırtısı arıyordu. Ancak arabasına binip kapıları kilitledikten sonra omuzlarındaki gerilimin hafiflediğini hissetti.

Eve gitme vakti. Sert bir içki zamanı.

Evine girdiğinde telesekreterinde iki mesaj buldu. Önce kendine bir kadeh konyak doldurmak için mutfağa girdi, içkisini yudumlayarak tekrar oturma odasına döndü ve çal düğmesine dokundu.

"Ben Daniel. *Bunu duyduğunda saatin kaç olduğunun önemi yok. Beni muhakkak ara...*" Bir duraklama. "*Konuşmamız lazım, Maura. Beni ara.*"

Kadın kıpırdamadı. Öylece konyağını kavrayarak durdu, ikinci mesaj duyulduğunda bardağın etrafındaki parmakları uyuşmuştu.

"*Doktor Isles, ben Anthony Sansone. Sadece sağ salim eve vardığınızdan emin olmak istemiştim. Beni arar ve haber verirsiniz, değil mi?*"

Makinenin sesi kesilmişti. Derin bir nefes aldı, telefona uzandı ve numarayı çevirdi.

"Sansone konutu. Ben Jeremy."

"Ben Doktor Isles. Acaba..."

"Merhaba, Doktor Isles. Kendisini çağırayım."

"Sadece eve vardığımı haber verin."

"Sizinle bizzat konuşmanın çok hoşuna gideceğini biliyorum."

"Rahatsız etmeye gerek yok. İyi geceler."

"İyi geceler, Doktor."

Telefonu kapattı ve ikinci konuşma konusunda kararsız kalarak ahizenin üzerinde dikilip durdu.

Verandasındaki ani bir gümbürtü kadının olduğu yerde sıçramasına neden oldu. Ön kapıya gitti ve veranda ışığını açtı. Dışarıda, rüzgâr toz parçacıkları kadar ince kar tanelerinden girdaplar oluşturuyordu. Verandanın üzerinde, parıldayan kırık bir hançer gibi duran bir buz sarkıtı vardı. Kadın ışığı kapattı ancak pencerenin önünde oyalanmaya devam etti ve bir belediye kamyonunun gürleyerek buzlu yol üzerine kum saçarak geçişini izledi.

Kanepeye döndü ve kalan konyağı içerken telefona baktı.

Konuşmamız lazım, Maura. Beni ara.

Kadın bardağını bıraktı, lambayı kapattı ve yatağa gitti.

22 temmuz. Ayın evresi: Yarımay.

Amy Yenge ocağın başında durmuş bir kap yahniyi karıştırıyor, yüzü bir ineğin yüzü kadar hoşnut. Batı göğünde toplanan karanlık bulutlarla kasvetli bu günde, gök gürültülerinin gümbürtüsüne kayıtsız gibi görünüyor. Yengemin dünyasında her gün güneşli. Hiçbir kötülük görmüyor, hiçbir kötülükten korkmuyor. Yolun aşağısındaki çiftlikte yoncalarla semiren büyükbaş hayvanlara benziyor, mezbaha hakkında hiçbir şey bilmeyen sığırlar gibi. Kendi mutluluğunun parlaklığından ötesini, tam da ayaklarının dibindeki uçurumu göremiyor.

Annemle hiç alakası yok.

Amy Yenge ocağın başından dönüyor ve "Akşam yemeği neredeyse hazır" diyor.

"Masayı ben kurarım" diyorum, bana minnettar bir gülücükle bakıyor. Çok küçük şeyler onu mutlu etmeye yetiyor. Tabakları ve peçeteleri masaya yerleştirir ve çatalları dişleri aşağı bakacak şekilde Fransız usulü koyarken, sevgi dolu bakışlarını hissediyorum. Sadece sessiz ve tatlı bir oğlan çocuğu görüyor; gerçekte kim olduğumu bilmiyor.

Sadece annem biliyor. Annem, soyumuzu Savaş Tanrısı'nın kutsal olduğu çağlarda, Mısır'ı kuzeyden hükmü altına almış Hyksoslara kadar sürebiliyor. "Senin damarlarında kadim avcıların kanı dolaşıyor" demişti annem bana. "Ama bundan bahsetmemek en iyisi, çünkü insanlar anlamayacaklardır."

Yemeğe oturduğumuzda pek az şey söylüyorum. Aile her sessizliği dolduracak kadar gevezelik ediyor. Teddy'nin bugün gölde yaptığından konuşuyorlar, Lily'nin Lori-Ann'in evindeyken duyduğu şeyden. Ağustosta ne de güzel bir doma-

tes mahsulü hasat edecekler.

Yemeğimizi bitirdiğimizde, Peter Amca, "Kim dondurma yemek için kasabaya gitmek ister?" diyor.

Evde kalmayı seçen tek kişi ben oluyorum.

Arabaları uzaklaşırken ön kapıdan seyrediyorum. Araba tepenin aşağısında gözden kaybolur kaybolmaz merdivenleri çıkıyor, yengemin ve amcamın yatak odasına giriyorum. Burayı keşfetmek için elime fırsat geçmesini bekliyordum. Oda limon aromalı mobilya cilası kokuyor. Yatak düzgün bir şekilde toplanmış, ama bu odada gerçek insanların yaşadığını teyit eden ufak tefek düzensizlikler var; amcamın bir sandalyenin üzerinden sarkan kot pantolonu, komodinin üzerindeki birkaç dergi.

Banyolarında, ilaç dolabını açıyor ve her zamanki baş ağrısı hapları ve soğuk algınlığı kapsüllerinin yanı sıra, Doktor Peter Saul için yazılmış, iki yıllık bir reçete buluyorum: "Valium, 5 mg. Sırt spazmları için gerektiği şekilde, günde üç kez bir tablet alın."

Şişede hâlâ en azından bir düzine hap var.

Yatak odasına dönüyorum. Tuvalet masasının çekmecelerini açıyor ve yengemin sutyen ölçüsünün 36B, iç çamaşırlarının pamuklu olduğunu ve amcamın medium beden, kısa paçalı erkek donu giydiğini öğreniyorum. Alt çekmecede bir de anahtar buluyorum. Bir kapı anahtarı olamayacak kadar küçük. Sanırım nereyi açtığını biliyorum.

Alt katta, amcamın çalışma odasında, anahtarı kilide uyduruyorum ve dolabın kapısı açılıyor. İçerideki rafta bir tabanca var. Babasından miras kalan eski bir tabanca bu, bundan şimdiye kadar kurtulmamış olmasının yegâne nedeni de bu. Asla dışarı çıkarmıyor; sanırım ondan biraz korkuyor.

Dolabı kilitliyor ve anahtarı çekmecesine geri koyuyorum.

Bir saat sonra, arabalarının evin yoluna girişini duyuyor ve onları karşılamak üzere alt kata iniyorum.

Amy Yenge beni görünce gülümsüyor. "Bizimle gelmediğin için çok üzüldüm. Sıkıldın mı?"

14

Kamyonun havalı frenlerinin haykırışları Lily Saul'un sıçrayarak uyanmasına neden oldu. Boynundaki ağrı nedeniyle inleyerek kafasını kaldırdı ve uykulu gözlerini gelip geçen kırlara bakarak kırpıştırdı. Şafak henüz söküyordu ve sabah sisleri, eğimli üzüm bağları ve çiğle yüklü meyve bahçeleri üzerinde altın renkli ince bir duman gibiydi. Zavallı Paolo ile Giorgio'nun da böylesine güzel bir yere göçtüklerini umut etti kadın; eğer cenneti hak eden birileri varsa, bunlar Paolo ile Giorgio'ydu.

Ama onları orada görüyor olmayacağım ben. Benim cennetteki tek şansım bu. Burada, şimdi. Bir anlık huzur, sonsuz derecede tatlı, çünkü sürmeyeceğini biliyorum.

"En sonunda uyandın" dedi sürücü İtalyanca, koyu gözlerle kadına değer biçerek. Önceki gece, Floransa'nın hemen dışında onu almak için yolun kenarında durduğunda, adamı pek de iyi görememişti. Şimdi, kamyonun şoför mahalline dolan eğimli sabah ışığında, kaba yüz hatları, çıkıntılı kaşlar ve çenesinde koyu renkli, hafif uzamış bir günlük sakal görüyordu. Ah, adamın bu bakışının ne anlama geldiğini biliyordu kadın. *Yapacak mıyız, yapmayacak mıyız, Signorina?* Amerikan kızları kolaydı. Onları kamyona al, kalacak bir yer öner ve seninle yatsınlar.

Cehennem buz kestiğinde, diye düşündü Lily. Bir ya da iki yabancıyla yatmamış *olduğu* için değil. Veya üç, çaresiz durumlarda. Ancak o adamlar da cazibeden yoksun değildi; o sırada kadının fena halde ihtiyaç duyduğu şeyi sunuyorlardı –sığınak değil, bir erkeğin kollarının rahatlığı. Birilerinin onu koruyabileceğine dair kısa ancak tatlı hayalin tadını çıkartabilme şansı.

"Eğer kalacak bir yere ihtiyacın varsa" dedi şoför, "şehirde bir evim var."

"Teşekkürler, ama hayır."
"Gidecek bir yerin var mı?"
"Benim... arkadaşlarım var. Onlarda kalabileceğimi söylediler."
"Neredeler? Seni oraya atarım."
Adamın yalan söylediğini biliyordu. Onu deniyordu.
"Gerçekten" dedi adam. "Hiç sorun değil."
"Beni tren istasyonunda bıraksan yeter. Oraya yakın oturuyorlar."

Bir kez daha bakışları kadının yüzünü baştan başa taradı. Adamın gözlerinden hoşlanmamıştı. Kadın o gözlerde adilik görmüştü; çöreklenmiş, her an saldırabilecek bir yılanın gözlerinin parıltısı.

Aniden, sanki onun için zerre kadar fark etmezmiş gibi sırıtarak omuz silkti adam.

"Roma'ya daha önce geldin mi?"
"Evet."
"İtalyancan çok iyi."
Ama yeterince iyi değil, diye düşündü kadın. *Ağzımı açıyorum ve bir yabancı olduğumu anlıyorlar.*
"Şehirde ne kadar kalacaksın?"
"Bilmiyorum." *Artık güvenli olmadığı zamana kadar. Bir sonraki hareketimi planlamayı becerene kadar.*
"Eğer herhangi bir yardıma ihtiyacın olursa beni arayabilirsin." Gömleğinin cebinden bir kartvizit çıkarttı ve kadına uzattı. "Cep telefonum."

"Seni bir ara ararım" dedi kadın kartviziti sırt çantasının içine atarak. Bırak fantezisini sürdürsün. Ayrılırken başını daha az ağrıtırdı.

Roma Stazione Termine'sinde kamyondan indi ve el sallayarak adama veda etti. Karşıdaki tren istasyonuna doğru caddeyi geçerken adamın bakışlarını hissedebiliyordu. Dönüp arkasına bakmadı, dosdoğru binaya yürüdü. Orada, pencerelerin ardında adamın kamyonuna bakmak için döndü. Öylece orada durduğunu, beklediğini gördü. *Yoluna git*, diye düşündü. *Bırak yakamı artık.*

Kamyonun arkasındaki taksi korna çaldı, kamyon ancak o zaman hareket etti.

Kadın istasyondan çıktı ve amaçsızca gezinerek, kalabalıklar, sıcak, gürültü ve egzoz dumanlarıyla sersemleyip durakladığı Piazza della Republica'ya doğru ilerledi. Floransa'dan ayrılmadan hemen önce bir ATM'ye uğrama şansı bulmuş ve üç yüz euro çekmişti, bu yüzden kendini zengin hissediyordu. Eğer dikkatli olursa, cebindeki nakit parayla iki hafta idare edebilirdi. Ekmek, peynir ve kahve ile yaşa, en ucuz turist otellerinde kal. Barınmak için ucuz oteller ve ucuz restoranlar bulabileceği bir mahalleydi burası. Ve tren istasyonuna giren çıkan yabancı turist yığınına karışabilirdi kolaylıkla.

Ama dikkatli olması gerekiyordu.

Bir öteberi dükkânının önünde durakladı, görünüşünü en kolay nasıl değiştireceğini düşündü. Saçları boyatmak? Hayır. Koyu saçlı güzeller diyarında esmer kalmak en iyisiydi. Kıyafetlerde bir değişiklik, belki de. Bu kadar Amerikan görünmeyi bırak. Kot pantolonundan kurtul ve ucuz bir elbise bul. Tozlu bir dükkâna girdi ve yarım saat sonra mavi bir elbiseyle dışarı çıktı.

Bir müsriflik kriziyle, daha sonra kendisine tepeleme dolu bir tabak spagetti bolognese ikram etti, son iki gündür ilk sıcak yemeği. Sosu vasattı, erişteler sırılsıklam ve fazla pişmişti, ancak bayat ekmeği her et zerresine bandırarak, hepsini hırsla mideye indirdi. Sonra, dolu mideyle, omuzlarından bastıran sıcak altında, uykulu bir halde ucuz bir otel arayarak uzun ve zahmetli bir yürüyüşe koyuldu. Pis bir arka sokakta bir tane buldu. Köpekler kokulu hatıralarını ön kapının yakınında bırakmıştı. Pencerelerden sarkan çamaşırlar ve sineklerin vızıldandığı, çöp ve kırık camlarla taşan bir çöp kovası.

Mükemmel.

Kadının tuttuğu oda loş bir iç avluya bakıyordu. Elbisesinin düğmelerini çözerken, aşağıya bakarak göremeyeceği kadar küçük bir şeyin üzerine saldıran sıska bir kediyi izledi uzun uzun. Bir ip parçası mı? Ölüm hükmü verilmiş bir fare mi?

İç çamaşırlarıyla kalana dek soyunarak yamru yumru yatağa yığıldı ve pencere klimalarının takırtılarını, korna seslerini ve Sonsuz Şehir'in[17] gürleyen otobüslerini dinledi. *Dört milyonluk bir şehir bir süre saklanmak için iyi bir yer,* diye düşündü kadın. *Kimse beni kolayca bulamaz burada.*

Şeytan bile.

---

[17]. Roma için kullanılan, Dünya'nın Başkenti, Yedi Tepenin Şehri gibi isimlerden biri. (ç.n.)

15

Edwina Felway'in evi Newton'un dış mahallelerindeydi. Karla kaplı Braeburn Country Club'ın yanında duruyor, şimdi parlayan buzdan bir kurdele olan Cheesecake Brook'un doğu şubesine tepeden bakıyordu. Heybetli meskenlerin yer aldığı bu yoldaki en büyük ev, cazibeli eksantriklikleriyle görkemli komşularından ayrılıyordu. Kalın asma salkımları evin taş duvarlarından yukarı güçlükle tırmanmış ve romatizmalı parmaklar gibi tutunmuşlardı, pürtüklü eklemlerini ısıtması ve yeni çiçekler açmaya ikna etmesi için ilkbaharı bekliyorlardı. Üçgen bir pencere tepeliğiyle çerçevelenmiş büyük bir vitraylı pencere, çok renkli bir göz gibi bakmaktaydı. Sivri, arduvaz çatının altında, buzdan sarkıtlar keskin ve sivri uçlu dişler gibi parlamaktaydı. Ön bahçede, heykeller sanki kar altında kalmış bir kış uykusundan çıkarmış gibi, buzla kaplı başlarını havaya kaldırmışlardı; kanatlı bir melek, uçmaya devam ederken bir anda donmuş halde. Bir ejderha, alevli soluğu geçici olarak söndürülmüş. Narin bir bakirenin, kafasındaki çiçek tacı kış tarafından kardelenlerden bir taca dönüştürülmüş.

"Ne düşünüyorsun?" diye sordu Jane arabanın camından eve bakarken. "İki milyon? İki buçuk?"

"Bu mahallede, tam da golf sahasında mı? Ben daha çok dört gibi bir şey tahmin ediyorum" dedi Barry Frost.

"Şu tuhaf eski ev için mi?"

"Ben o kadar da eski olduğunu düşünmüyorum."

"Eh, birileri eski görünmesi için epey zahmete girmiş gibi görünüyor."

"Esrarlı bir güzellik. Ben böyle ifade ederdim."

"Doğru. Yedi cücelerin evi." Jane arabayı evin garajına giden yola sürdü ve bir minibüsün yanına park etti. Arabadan inip, iyice kumlanmış kaldırım taşları üzerine adım attıklarında, Jane minibüsün önündeki engelli levhasını fark etti. Arka camdan içeri göz attığında bir tekerlekli sandalye asansörü gördü.

"Merhaba! Dedektifler siz misiniz?" diye sordu gürleyen bir ses. Verandada durup onlara el sallayan kadının sapasağlam olduğu açıkça görülüyordu.

"Bayan Felway?" dedi Jane.

"Evet. Siz de Dedektif Rizzoli olmalısınız."

"Ve bu da ortağım, Dedektif Frost."

"O taşlara dikkat edin, kayganlar. Yolu ziyaretçiler için kumlu tutmaya çalışıyorum, ama aslında hiçbir şey makul ayakkabılardan daha çok işe yaramıyor." Kadının elini sıkmak için merdivenlerden çıkarken, Jane *makul* kelimesinin Bayan Felway'in gardırobu için kesinlikle uygun olduğunu fark etti. Edwina, taşralı bir İngiliz kadının kıyafetleri olan bol bir tüvit ceket, yün pantolon ve lastik Wellington'lar giymişti, aksanından yeşil bahçe botlarına kadar kadının kesinlikle hakkını verir gibi göründüğü bir rol. Altmış yaşlarında olmalıydı, buna rağmen bir ağaç kadar dik ve sağlam görünüyordu, zarif olmaktan çok iri ve sağlam görünen yüzü soğuktan kızarmıştı, omuzları bir adamınki kadar genişti. Bir komininki gibi muntazam kesilmiş gri saçları, bağa saç tokalarıyla arkaya tutturulmuş, çıkıntılı elmacıkkemikleri ve mavi gözlere sahip bir yüzü tümüyle ortaya çıkartmıştı. Makyaja ihtiyacı yoktu; onsuz da yeterince dikkat çekiciydi.

"Çaydanlığı ateşe koymuştum" dedi Edwina, onları eve alırken. "Şayet çay içmek istersiniz diye." Kapıyı kapattı, botlarını çıkarttı ve naylon çorap içindeki ayaklarını eskimiş terliklerin içine soktu. Üst kattan köpeklerin heyecanlı havlamaları geldi. Seslerine bakılırsa büyük köpeklerdi bunlar. "Onları yatak odasına kapattım. Yabancıların yanında hiç de uslu durmuyorlar. Ve epey korkutucular."

"Ayakkabılarımızı çıkartmamızı ister misiniz?" diye sordu Frost.

"Tanrı aşkına, unutun bunu. Köpekler sürekli girip çıkıyor zaten, kumda iz sürüyorlar. Yer pislenecek diye endişelenecek değilim. Paltolarınızı alayım."

Jane paltosunu çıkarırken kafasını kaldırıp üzerlerinde kemer yapan tavana bakmaktan alamadı kendini. Açık çatı kirişleri bir Ortaçağ salonunun kirişleri gibiydi. Dışarıdayken fark ettiği vitraylı pencere, içeri şekerleme renklerinde dairesel bir ışık saçmaktaydı. Baktığı her yerde, bütün duvarlarda tuhaflıklar görüyordu. Altın renkli yapraklar ve rengârenk camlarla süslenmiş, içinde tahta bir Madonna'nın yer aldığı bir niş. Mücevher tonlarında boyanmış bir Rus Ortodoks üçkanatlı resmi.[18] Oyma hayvan heykeller, Tibet dua şalları ve bir dizi Ortaçağ meşe kilise sırası. Bir Kızılderili totem direği duvarlardan birine yaslanmıştı ve iki kat yüksekliğindeki tavanın sonuna dek uzanıyordu.

"Vay" dedi Frost. "Burada gerçekten de ilginç bir yeriniz var, Hanımefendi."

"Kocam bir antropologdu. Ve bir koleksiyoncu, her şeyi koyacak yerimiz tükenene dek." Totem direğinin tepesinden ters ters aşağı bakan kartal kafasını işaret etti. "Şu şey onun gözdesiydi. Depoda bu zımbırtılardan daha da bir sürü var. Büyük ihtimalle bir servet değerinde, ama ben bu iğrenç parçaların her birine bağlandım ve hiçbirinin gitmesine gönlüm elvermiyor."

"Ve kocanız..."

"Öldü." Kadın bunu hiçbir tereddüt olmadan söylemişti. Sadece hayatın bir gerçeği. "Benden epey yaşlıydı. Yıllardır dulum. Ancak birlikte güzel bir on beş yılımız oldu." Kadın paltolarını astı ve bir an için karmakarışık dolabın içi Jane'in gözüne ilişti, tepesinde bir insan kafatası bulunan kemik bir baston görmüştü. *Bu ucubeyi*, diye düşündü kadın, *çok uzun zaman önce atardım.*

Edwina dolabın kapısını kapattı ve onlara baktı. "Eminim ki bu soruşturma siz dedektifleri fazlasıyla meşgul ediyordur. Bu yüzden de işleri sizin için kolaylaştırabiliriz diye düşündük."

"Kolaylaştırmak mı?"

Çaydanlığın artan ciyaklaması Edwina'nın koridora bakmasına neden oldu. "Haydi gidip mutfakta oturalım" dedi kadın ve eskimiş terlikleri yorgun meşe zemin üzerinde sürtünerek, koridor boyunca yol gösterdi. "Anthony bizi bir sürü sorunuz olacağı konusunda uyardı, bu yüzden biz de sizin için eksiksiz bir zaman çizelgesi çıkarttık. Dün geceden hatırladığımız her şey."

"Bay Sansone bu konuda sizinle görüştü mü?"

"Ben ayrıldıktan sonra olanları anlatmak için dün gece aradı."

"Keşke aramasaydı. Bu konuda onunla konuşmamış olsaydınız daha iyi olurdu."

Edwina koridorda durakladı. "Neden ki? Buna kör adamlar gibi yaklaşalım diye mi? Eğer polise yardımcı olmak istiyorsak, gerçeklerden emin olmalıyız."

---

18. Yandaki levhalar ortadakinin üzerine kapanabilecek biçimde içe doğru katlanabilen, yan yana tutturulmuş üç levha üzerine yapılmış, genellikle dinsel içerikli oyma veya resim. (ç.n.)

"Şahitlerimizden bağımsız ifadeler almayı tercih ederim."

"Grubumuzun her üyesi *epeyce* bağımsızdır, inanın bana. Her birimiz kendi fikirlerimizi savunuruz. Anthony başka türlü olmasını istemez. Bu kadar uyumlu çalışmamızın nedeni bu işte."

Çaydanlığın çığlıkları aniden kesiliverdi ve Edwina mutfağa doğru bakındı. "Ah, sanırım ilgilendi."

O mu? Evde başka kim vardı ki?

Edwina telaşla mutfağa koşturdu ve "Geldim, bırak ben yapayım" dedi.

"Sorun değil, Winnie, çayı demledim bile. İrlanda kahvaltı çayı istiyordunuz, değil mi?"

Adam, sırtı ziyaretçilere dönük biçimde bir tekerlekli sandalyede oturuyordu. Garaj yolundaki minibüsün sahibi işte buradaydı. Adam onları selamlamak için sandalyesini kendi etrafında döndürdü ve Jane zayıf kahverengi bir saç yığını ve kalın, bağa çerçeveli gözlükler gördü. Kadının bakışlarıyla karşılaşan gri gözleri dikkatli ve meraklıydı. Edwina'nın oğlu olabilecek kadar genç görünüyordu; en fazla yirmili yaşların ortalarındaydı. Ancak Amerikan aksanıyla konuşuyordu ve turp gibi sağlıklı olan Edwina ile bu solgun genç adam arasında herhangi bir aile benzerliği görünmüyordu.

"Sizi tanıştırayım" dedi Edwina. "Dedektif Frost ve Dedektif Rizzoli. Ve bu da Oliver Stark."

Jane kaşlarını çatarak genç adama baktı. "Siz de dün geceki yemeğin konuklarından biriydiniz. Sansone'nin evinde."

"Evet." Oliver kadının yüzündeki ifadeyi görünce durakladı. "Bir sorun mu var?"

"Sizinle ayrı ayrı konuşmayı umuyorduk."

"Durumu çoktan aramızda konuşmuş olmamız hoşlarına gitmedi" diye anlattı Edwina adama.

"Bunu söyleyeceklerini tahmin etmemiş miydim, Edwina?"

"Ama detayları bu şekilde sağlama bağlamak çok daha verimli. Herkese zaman kazandırıyor." Edwina mutfak masasına doğru gitti ve *Bangkok Post*'tan *The İrish Times*'a kadar tüm gazeteleri içeren, koca bir yığın toparladı. Bunları bir mutfak tezgâhın üzerine taşıdı, sonra da iki sandalye çekti. "Haydi, herkes otursun. Ben yukarı gidip dosyayı getireceğim."

"Dosya mı?" diye sordu Jane.

"Çoktan bir dosya oluşturmaya başladık. Anthony sizin de bir kopyasını almak isteyeceğinizi düşündü." Kadın uzun adımlarla mutfaktan çıktı. Yukarıdaki merdivenleri döven sert adımlarını duydular.

"Aynı kudretli bir sekoya gibi, değil mi?" dedi Oliver. "İngiltere'de bu kadar büyüdüklerini asla bilmezdim." Sandalyesini mutfak masasına sürdü ve kendisine katılmaları için onlara işaret etti. "Her şeyin siz polislerin güvenilir bulmadığı şekilde gittiğini biliyorum. Tanıkların ayrı ayrı sorgulanması ve tüm diğer şeyler. Ama bu gerçekten de daha verimli. Ayrıca, bu sabah Gottfried'le bir konferans görüşme yaptık, o yüzden bir seferde üç tanığın ifadesini almış olacaksınız."

"Bahsettiğiniz kişi Gottfried Baum, değil mi?" diye sordu Jane. "Yemekteki dördüncü konuk."

"Evet. Dün gece Brüksel'e dönmek için uçağa yetişmek zorundaydı, o ve Edwina bu yüzden yemekten erken ayrıldı. Birkaç saat önce notlarımızı karşılaştırmak için onu aradık. Bütün hatırladıklarımız çok büyük oranda birbirini tutuyor." Jane'e bitkin bir şekilde gülümsedi. "Bu, tarih boyunca herhangi bir şey konusunda hepimizin mutabık olduğu *eşsiz* zamanlardan biri olabilir."

Jane iç geçirdi. "Bay Stark, biliyorsunuz..."

"Kimse bana bu şekilde hitap etmez. Ben Ollie'yim."

Jane bakışlarını adamın bakışlarıyla aynı hizaya getirmek için oturdu. Adam, kadının bakışlarını tatlı bir keyifle dolu gözlerle karşılamaktaydı ve bu da Jane'i sinirlendiriyordu. Adamın bakışları, *Ben zekiyim ve bunun da farkındayım. Kesinlikle bir kadın polisten daha zeki*, diyordu. Adamın muhtemelen haklı olması da kadını kızdırıyordu; matematik sınıfında yanına oturmaktan her zaman korktuğunuz, tipik dâhi oğlanlardan biri gibi *görünüyordu*. Herkes hâlâ birinci problemle boğuşurken cebir sınavını teslim eden çocuklardan biri gibi.

"Olağan yöntemlerinizi karıştırmaya çalışmıyoruz" dedi Oliver. "Sadece faydalı olmak istiyoruz. Ve eğer birlikte çalışırsak, olabiliriz de."

Yukarıda köpekler havlıyor, Edwina onları sustururken köpeklerin tırnakları oda zemini boyunca ileri geri tıkırdıyordu. Bir kapı tok bir gümbürtüyle kapandı.

"Bize sorularımıza yanıt vererek yardımcı olabilirsiniz" dedi Jane.

"Sanırım yanlış anladınız."

"Anlamadığım nedir?"

"Size ne kadar yararlı olabileceğimizi. Grubumuz."

"Doğru. Bay Sansone bana suçla mücadele grubumuzdan bahsetti."

"Bu bir kulüp, grup değil."

"Aradaki fark ne?" diye sordu Frost.

Oliver adama baktı. "Ciddiyet, Dedektif. Tüm dünyadan üyelerimiz var. Ve bizler amatör değiliz."

"Sen profesyonel bir kanun adamı mısın, Ollie?" diye sordu Jane.

"Aslında ben bir matematikçiyim. Ama asıl ilgi alanım sembol bilimdir."

"Pardon?"

"Sembolleri yorumlarım. Kökenleri ve anlamları, hem açık hem de saklı."

"Hı hı. Peki Bayan Felway?"

"O bir antropolog. Bize kısa süre önce katıldı. Londra şubemizin şiddetli tavsiyeleriyle geldi."

"Ya Bay Sansone? O kesinlikle bir kanun adamı değil."

"Pekâlâ olabilirdi."

"Bize emekli bir akademisyen olduğunu söyledi. Boston Üniversitesi'nden bir tarih profesörü. Bu bana bir polismiş gibi gelmiyor."

Oliver güldü. "Anthony kendini olduğundan daha önemsiz gösterecektir. Bu tam ona göre."

Edwina elinde bir klasörle mutfağa geri dönmüştü. "Kime göre, Ollie?"

"Anthony'den bahsediyorduk. Polis onun sadece emekli bir tarih profesörü olduğunu sanıyor."

"Tam da onun hoşuna gidecek şekilde." Edwina oturdu. "Reklam yapmanın faydası olmuyor."

"Onun hakkında bilmemiz gereken ne var?" diye sordu Frost.

"Eh, onun epeyce zengin olduğunu biliyorsunuz" dedi Edwina.

"Bu oldukça barizdi."

"*Ciddi* anlamda zengin, demek istiyorum. Beacon Hill'deki o ev, Floransa'daki malikânesiyle karşılaştırıldığında hiçbir şey sayılmaz."

"Ya da Londra'daki eviyle" dedi Oliver.

"Bundan etkilenmemiz mi gerekiyor?" dedi Jane.

Edwina'nın yanıtı soğuk bir bakış oldu. "Sadece para bir erkeği nadiren etkileyici yapar. Etkileyici olan parayla ne yaptığıdır." Dosyayı masaya, Jane'in önüne koydu. "Bu sizin için, Dedektif Jane."

Jane klasörün ilk sayfasını açtı. Dün geceki olayların, yemekteki konukların üçü tarafından, Edwina, Oliver ve gizemli Gottfried Baum, hatırlandığı haliyle, tertipli bir şekilde daktilo edilmiş kronolojisiydi.

(Tüm saatler yaklaşıktır.)
18:00: Edwina ile Gottfried gelir.
18:15: Oliver gelir.
18:20: Joyce O'Donnell gelir.
18:40: İlk tabaklar Jeremy tarafından servis edilir...
Tüm mönü listelenmişti. Konsomenin ardından somon peltesi ve körpe marul salatası. Patatesli kıtır ekmekle birlikte biftek tornedoları. İnce ince dilimlenmiş Reblochon peynirine eşlik etmesi için tadımlık Porto şarabı. Ve son olarak, kahveyle birlikte, Sacher turtası ve koyu krema.

Edwina ile Gottfried, saat dokuz buçukta Edwina'nın Gottfried'i Brüksel uçuşu için bırakacağı Logan Havaalanı'na gitmek için birlikte ayrılmışlardı.

Oliver, ona çeyrek kala Beacon Hill'den ayrılmış ve arabasını dosdoğru evine sürmüştü.

"Ve bu da zaman çizelgesinden bizim hatırladıklarımız" dedi Edwina. "Mümkün olduğunca kesin olmaya çalıştık."

Konsomeye varıncaya kadar, diye düşündü Jane, kronolojiyi gözden geçirerek. Burada özellikle yardımcı olabilecek hiçbir şey yoktu; yemekle ilgili detaylar haricinde, Sansone ve kâhyasının zaten vermiş olduğu bilgileri aynen tekrar etmekteydi. Genel görünüm aynıydı: Bir kış gecesi. Dört konuk, yirmi dakika içerisinde Beacon Hill'deki eve gelirler. Konuklar ve ev sahipleri mükemmel bir akşam yemeğini paylaşır ve hemen dışarıda, binanın arkasındaki buz gibi bahçede, bir kadının cinayete kurban gittiğini asla fark etmeden günün suçlarını tartışarak şaraplarını yudumlarlar.

Bir suçla mücadele kulübü. Bu amatörler işe yaramaktan bile uzaklar.

Klasördeki bir sonraki sayfa, tepesinde sadece bir tek harfin basılı olduğu antetli bir mektup kâğıdıydı; gotik fontla, "M". Ve bunun altına da el yazısıyla: *"Oliver, senin analizin? A. S."* diye bir not düşülmüştü. Anthony Sansone? Jane bir sonraki sayfaya geçti ve hemen tanıdığı bir fotoğrafa baktı: Sansone'nin bahçe kapısına çizilmiş semboller.

"Bu dün geceki suç mahallinden" dedi Jane. "Bunu nasıl aldınız?"

"Anthony bu sabah yolladı. Dün gece çektiği fotoğraflardan biri."

"Bunun herkese dağıtılmaması gerekiyor" dedi Jane. "Bunlar kanıt."

"Çok ilginç kanıtlar" dedi Oliver. "Anlamını biliyorsunuz, değil mi? Bu sembollerin?"

"Bunlar satanik semboller."

"Ah, bu otomatik cevaptır. Bir suç mahallinde garip semboller görürsünüz ve hemen hınzır bir satanik mezhebin işi olduğunu farz edersiniz. Herkesin gözde canileri."

Frost, "Bunun başka bir şey olduğunu mu düşünüyorsunuz?" dedi.

"Ben bunun bir mezhep *olamayacağını* söylemiyorum. Satanistler ters haçı Deccal sembolü olarak kullanırlar. Ve Noel arifesindeki o katledişte –hani şu kafanın kesildiği– orada da kurbanın kafası etrafına yere çizilmiş çember vardı. Ve yanmış mumlar. Bu insanın aklına kesinlikle satanik bir ayini getiriyor."

"Tüm bunları nereden öğrendiniz?"

Oliver Edwina'ya baktı. "Gerçekten de bizim ahmak olduğumuzu düşünüyorlar, değil mi?"

"Detayları nasıl öğrendiğimizin önemi yok" dedi Edwina. "Gerçek şu ki, soruşturma hakkında bilgimiz var."

"Peki bu sembol hakkında ne düşünüyorsunuz?" diye sordu Frost, fotoğrafı işaret ederek. "Bir göz gibi görünen? Bu da satanik bir sembol mü?"

"Değişir" dedi Oliver. "Öncelikle, Noel arifesindeki cinayet mahallinde gördüklerinizi gözden geçirelim. Adamın kurbanın kesilmiş kafasını yerleştirdiği yerde kırmızı tebeşirle çizilmiş bir çember vardı. Ve çevresinde beş mum yakılmıştı."

"Yani?"

"Valla, çemberler kendi başlarına ilkel sembollerdir ve evrenseldirler. Bir sürü anlama gelebilirler. Güneş, ay. Korunma. Sonsuzluk. Yeniden doğuş, hayat döngüsü. Ve evet, çemberler kadın cinsel organını temsil etmek için satanik mezhepler tarafından da kullanılırlar. O gece bunu çizen kişi için ne anlama geldiğini gerçekten de bilmiyoruz."

"Ama satanik bir anlamı olabilir" dedi Frost.

"Tabii ki. Ve beş mum da beş köşeli yıldızın köşelerini temsil ediyor olabilir. Şimdi, dün gece Anthony'nin bahçe kapısına çizilenin ne olduğuna bakalım." Fotoğrafı işaret etti. "Ne görüyorsunuz?"

"Bir göz."

"Bana bu gözle ilgili başka ne söyleyebilirsiniz?"

"Sanki bir gözyaşı damlası gibi. Ve altından uzanan bir kirpik."

Oliver gömleğinin cebinden bir kalem çıkarttı ve mektup kâğıdının boş tarafını çevirdi. "İzin verin daha açık seçik bir şekilde çizeyim; böylece bu semboldeki değişik öğelerin neler olduğunu tam olarak görebilirsiniz." Kâğıdın üzerine çizimin bir kopyasını yaptı.

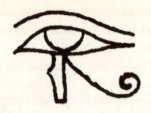

"Hâlâ bir göz gibi görünüyor" dedi Frost.

"Evet, ama bütün bu özellikler –kirpik, gözyaşı damlası– bunu çok özel bir göz yapıyor. Bu sembole Udjat denilir. Satanik mezhep uzmanları size bunun Lucifer'in her şeyi gören gözü olduğunu söyleyeceklerdir. Gözyaşı damlası ise etkisi altında olmayan ruhlar yüzünden kederlendiğini gösteriyor. Bazı komplo teorisyenleri ABD paralarının tepesinde basılı olanla aynı göz olduğunu iddia ederler."

"Piramidin tepesindekini mi kastediyorsunuz?"

"Doğru. Dünyanın mali işlerinin şeytana tapanlar tarafından yönetildiğine dair sözde kanıtları."

"O halde yine satanik sembollere döndük" dedi Jane.

"Yorumlardan bir tanesi bu."

"Başka hangileri var?"

"Bu aynı zamanda Hür Masonların kadim kardeşliklerince de kullanılan bir sembol. Bu durumda oldukça merhametli bir anlamı var. Onlar için aydınlanmayı, karanlıktan kurtuluşu sembolize ediyor."

"Bilgi arayışı" dedi Edwina. "Kendi zanaatlarının sırlarını öğrenmekle ilgili."

Jane, "Bu cinayetin bir Hür Mason tarafından işlendiğini mi söylüyorsunuz?" dedi.

"Vay canına, hayır!" dedi Oliver. "Söylediğimin bununla hiç alakası yok. Zavallı Hür Masonlar kötü niyetli öyle çok suçlamanın hedefi oldular ki, ben tekrar etmeyeceğim. Ben sadece size hızlı bir tarih dersi veriyorum. Bu benim alanım, biliyorsunuz, sembollerin yorumlanması. Ben bu sembolün, Udjat'ın, son derece eski bir sembol olduğunu açıklamaya çalışıyorum. Tarih boyunca çeşitli sebeplerle kullanıldı. Bazı insanlar için anlamı dinle ilgilidir. Diğerleri için korkutucudur, kötülüğe ait bir sembol. Ancak asıl anlamı, Eski Mısır zamanlarında, çok daha az tehditkârdı ve çok daha pratik bir anlamı vardı."

"O zamanlar ne anlama geliyordu?"

"Horus'un gözünü temsil ediyordu, güneş tanrısı. Horus resimlerde ya da heykellerde genellikle insan vücudunda bir şahin kafası olarak tasvir edilirdi. Firavun, Horus'u yeryüzü üzerinde cisimleştiren kişiydi."

Jane iç geçirdi. "O halde satanik bir sembol, ya da bir aydınlanma sembolü olabilir. Veya kuş kafalı bir Mısır tanrısının gözü."

"Bir ihtimal daha var yine de."

"Bunu söyleyeceğinizi tahmin etmiştim."

Oliver kalemi tekrar eline aldı ve gözün bir başka varyasyonunu çizdi. "Bu sembol" dedi adam, "Mısır'da milattan önce 1200'ler civarında kullanılmaya başlanılmıştır. Hiyeratik[19] metinlerde bulunmuştur."

"Bu hâlâ Horus'un gözü mü?" diye sordu Frost.

"Evet ama gözün farklı bölümlerden meydana geldiğine dikkat edin. İris bu daire tarafından temsil ediliyor, skelaranın[20] iki yarısının ortasında. Sonra gözyaşı damlası ve sizin deyiminizle, kıvrılan kirpik var. Sadece Udjat'ın stilize edilmiş bir türü gibi görünüyor, ancak bir matematik sembolü olarak aslında oldukça pratik bir kullanımı var. Gözün her parçası bir kesri temsil ediyor."

Eskizin üzerine sayılar yazmaya başlamıştı.

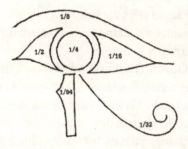

"Bu kesirler sayıların peş peşe ikiye bölünmesiyle ortaya çıkıyor. Gözün tümü tam sayıyı temsil ediyor, yani bir. Skleranın sol yarısı bir bölü iki kesrini gösteriyor. Kirpik ise otuz ikide bir."

"Bunun sonunda bir yerlere varacak mıyız?" diye sordu Jane.

"Tabii ki."

"Ve bu da?"

"Bu gözde özel bir *mesaj* olabileceği. İlk cinayet mahallinde,

---

19. Eski Mısır'da hiyeroglif yazılarıyla birlikte gelişmiş bir yazı sistemidir. Esas olarak kamış bir fırça kullanılarak papirüsler üzerine mürekkeple yazılır, bu sayede kâtiplerin zaman alıcı hiyeroglifle uğraşmadan, hızlıca yazmalarına olanak tanırdı. (ç.n.)

20. Önde kornea, arkada optik sinirin dura kılıfıyla sınırlı, gözün sert dış tabakası; göz akı. (ç.n.)

kesilmiş kafa bir çemberin içine konulmuştu. İkinci cinayet mahallinde ise, kapıda bir Udjat çizimi vardı. Peki ya eğer bunlar, bu iki sembol birbirleriyle bağlantılıysa? Ya sembollerden biri diğerini yorumlamanın anahtarı olarak düşünüldüyse?"

"Matematiksel bir anahtar mı demek istiyorsunuz?"

"Evet. Ve çember, ilk cinayette, Udjat'ın unsurlarından birini temsil ediyordu."

Jane kaşlarını çatarak Oliver'ın eskizlerine, her şeyi gören gözün çeşitli kısımlarına not ettiği rakamlara baktı. "İlk cinayetteki çemberin gerçekten de iris olarak farz edildiğini mi söylüyorsun?"

"Evet. Ve bir değeri de var."

"Yani bir sayıyı temsil ettiğini mi söylüyorsun? Bir kesri." Kafasını kaldırıp Oliver'a baktı ve adamın heyecanla kızarmış yanaklarla kendisine doğru eğildiğini gördü.

"Kesinlikle" dedi adam. "Ve bu kesir de ne olacaktır?"

"Dörtte bir" dedi kadın.

"Doğru." Adam gülümsedi. "*Doğru.*"

"Neyin dörtte biri?" diye sordu Frost.

"Ah, bunu henüz bilmiyoruz. Ayın dört evresinden biri kastediliyor olabilir. Ya da dört mevsimden biri."

"Veya işinin sadece dörtte birini tamamladığı anlamına geliyor olabilir" dedi Edwina.

"Evet" dedi Oliver. "Belki de adam bize başka cinayetlerin de olacağını söylüyordur. Toplamda dört cinayet planladığını."

Jane, Frost'a baktı. "Yemek masasında dört kişilik yer vardı."

Bunu takip eden duraklama anında, Jane'in cep telefonu herkesi sıçratacak kadar yüksek bir sesle çaldı. Kadın suç mahalli laboratuarının numarasını tanıyıp hemen telefonu açtı.

"Rizzoli."

"Merhaba, Dedektif. Ben İz Delilleri'nden Erin. Mutfak zeminine çizilen şu kırmızı çemberi biliyor musunuz?"

"Evet. Biz de tam da ondan bahsediyorduk."

"O pigmentleri Beacon Hill suç mahallindeki sembollerle karşılaştırdım. Kapıdaki çizimlerle. Pigmentler birbirlerini tutuyor."

"Demek bizim katil her iki suç mahallinde de aynı tebeşiri kullanmış."

"Sizi aramamın nedeni de bu. Kullanılan şey tebeşir değil."

"Neymiş?"

"Çok daha ilginç bir şey."

Suç laboratuvarı, Boston Polis Müdürlüğü'ne ait Schroeder Plaza'nın güney kanadında, tam da cinayet masası birimlerine ait ofislerin bulunduğu koridorun ilerisindeydi. Yürüyüş Jane ile Frost'u yorgun ve kırk dökük Roxbury Mahallesi'ne tepeden bakan pencerelerin önünden geçirdi. Bugün, bir kar perdesi altında, her şey arınmış ve beyazdı; gökyüzü bile temizlenmişti, berrak bir hava vardı. Ama kentin bu parıltılı silueti Jane'in sadece şöyle bir bakmasına neden oldu; onun dikkati numaralı oda S269 üzerine odaklanmıştı; olay yeri kanıtları laboratuvarı.

Suç delillerini toplama ve inceleme uzmanı Erin Volchko onları beklemekteydi. Jane ile Frost odaya girer girmez, kadın üzerine eğilmiş olduğu mikroskoptan kafasını kaldırdı ve kendi etrafında dönerek tezgâhın üzerinde duran bir dosyayı aldı. "Bunun için verdiğim onca emekten sonra" dedi kadın, "ikiniz bana sert bir içki borçlusunuz."

"Her zaman söylersin bunu" dedi Frost.

"Bu sefer ciddiyim. İlk suç mahallinden gelen onca delil arasında, başımızı en az ağrıtanın bu olacağını düşünmüştüm. Oysa, şu çemberin neyle çizildiğini bulmak için bir sürü uğraş vermek zorunda kaldım."

"Ve bildiğimiz sıradan tebeşir değil" dedi Jane.

"Yok." Erin dosyayı kadına verdi. "Bir bak."

Jane dosyayı açtı. En üstte üzerinde bir dizi görüntü bulunan bir fotoğraf kâğıdı vardı. Bulanık bir arka plan üzerinde kırmızı kabarcıklar.

"Yüksek büyütmeli ışık mikroskopisiyle başladım" dedi Erin. "Yaklaşık 600X'ten 1000X'e kadar. Gördüğünüz o kabarcıklar, mutfak zeminine çizilmiş çemberden alınan pigment parçacıkları."

"Peki ne anlama geliyor bu?"

"Birkaç anlamı var. Burada değişik renk tonlarının olduğunu görebilirsiniz. Parçacıklar homojen değil. Kırılma indisi de değişiklikler gösteriyor, 2.5'ten 3.01'e kadar ve bu parçacıkları büyük kısmı çift kırılgan."

"Yani?"

"Bunlar bileşiminde su olmayan demir oksit parçacıkları. Tüm dünyada bulunan oldukça yaygın bir madde. Kile ayırt edici renk tonlarını veren madde bu. Sanatçı boyalarında kırmızı, sarı ve kahverengini oluşturmak için kullanılıyor."

"Bu kulağa pek de özel bir şeymiş gibi gelmiyor."

"Daha derinlemesine inceleyene kadar ben de böyle düşünmüştüm. Bir tebeşir parçasından ya da pastel boyadan geldiğini farz etmiştim, bu yüzden iki yerel sanat malzemeleri dükkânından aldığımız örneklerle karşılaştırmalar yaptım."

"Herhangi biri uydu mu?"

"Hayır. Farklılık mikroskop altında hemen belli oldu. Öncelikle, pastel boyalardaki kırmızı pigment tanecikleri renk ve kırılma indisi açısından çok daha az değişkenlik gösteriyordu. Bunun nedeni bugün pigmentlerde kullanılan su içermeyen demir oksidin büyük kısmının sentetik oluşu; üretilmiş, topraktan çıkartılmamış. Genellikle hepsi Mars kırmızısı denilen bir bileşik kullanıyor, demir ve alüminyum oksitlerinin karışımı."

"O halde buradaki pigment tanecikleri, fotoğraftakiler, sentetik değiller mi?"

"Hayır, bu doğal yolla meydana gelen susuz demir oksit. Buna hematit de deniyor, kan anlamına gelen Yunanca *heima* kelimesinden türetilmiş. Çünkü bazen kırmızı oluyor."

"Sanat malzemelerinde doğal zımbırtıları kullanıyorlar mı?"

"Pigment olarak doğal hematit kullanılmış az miktarda özel tebeşir ve pastel boya bulduk aslında. Ancak tebeşirlerde kalsiyum karbonat vardı. Ve imal edilmiş pastel boyalarda, pigmentleri birbirlerine bağlamak için genellikle doğal bir yapıştırıcı kullanılıyordu. Bir tür kola, metil selüloz ya da ağaçsakızı gibi bir şey. Hepsi karıştırılıp bir macun haline getiriliyor, sonra da pastel boya haline getirilmek için kalıptan geçiriliyor. Suç mahallinden alınan örneklerde ağaçsakızı ya da bir bağlama kolasına ait herhangi bir iz bulmadık. Tıpkı, bunun renkli tebeşirlerden geldiğini işaret etmeye yetecek kadar kalsiyum karbonat bulamadığımız gibi."

"Öyleyse sanat malzemeleri satan bir dükkânda bulamayacağımız türden bir şeyle uğraşıyoruz."

"Bu çevrede yok."

"Öyleyse bu kırmızı zımbırtı nereden *geldi?*"

"Şey, önce bu kırmızı şeyden bahsedelim isterseniz. Bu şey ne, tam olarak?"

"Hematit olduğunu söylemiştin."

"Doğru. Susuz demir oksit. Ama renkli kil içerisinde bulunduğunda, başka bir ismi daha var; aşıboyası."

Frost, "Bu, Amerikan yerlilerinin yüzlerini boyamak için kullandıkları şey gibi, değil mi?" dedi.

"Aşıboyası insanoğlu tarafından en azından üç yüz bin yıldır kullanılıyor. Mağara adamlarının mezarlarında bile bulundu. Özellikle kırmızı aşıboyası tüm dünyadaki ölüm merasimlerinde belli bir kıymete sahipmiş gibi görünüyor, muhtemelen kanla benzerliği yüzünden. Taş devri mağara resimlerinde ve Pompei'deki duvarlarda bulundu. Çok eskiden yaşamış insanlar tarafından vücutlarını süslemek amacıyla veya savaş boyası olarak kullanılmışlar. Ve büyü ayinlerinde de kullanılmış."

"Bu ayinler arasında satanik ayinler de var mı?"

"Kanın rengi. Dinin ne olursa olsun, bu rengin sembolik gücü var." Erin durakladı. "Bu katil epeyce sıradışı seçimler yapıyor."

"Sanırım bunu zaten biliyoruz" dedi Jane.

"Demek istediğim, tarihle temas halinde. Ayinsel çizimler için sıradan tebeşir kullanmıyor. Bunun yerine yontma taş devrinde kullanılan aynı ilkel pigmenti kullanıyor. Ve bunu kendi arka bahçesini kazarak çıkartmıyor."

"Ama sen kırmızı aşıboyasının sıradan kilde bulunduğunu söylemiştin" dedi Frost. "O halde belki de gerçekten kazıp çıkartmıştır."

"Eğer arka bahçesi buralarda bir yerdeyse olmaz." Erin başıyla Jane'in elinde tuttuğu dosyayı işaret etti. "Kimyasal analizlere bak. Gaz kromatografisi ve Raman spektroskopisinde bulduklarımız."

Jane bir sonraki sayfayı çevirdi ve bir bilgisayar çıktısı gördü. Birden çok sivri ucun görüldüğü bir grafik. "Bunun anlamını bizim için açıklamayı düşünür müsün?"

"Tabii ki. Önce, Raman spektroskopisi."

"Hiç duymadım."

"Bu, tarihi eserleri analiz etmek için arkeologların kullandığı tekniktir. Maddenin özelliklerini belirlemek için ışık spektrumunu kullanır. Arkeologlar için en büyük avantajı esere zarar vermemesidir. Mumya sargılarından Torino Kefeni'ne[21] kadar her şeyin üzerindeki pigmentleri analiz edebilirsin ve esere hiçbir şekilde zarar vermemiş olursun. Harvard Arkeoloji Bölümü'nden Doktor Ian MacAvoy'dan Raman ışık tayfı sonuçlarını analiz etmesini istedim ve o da örnekte demir oksit, artı kil, artı silikat bulunduğunu teyit etti."

"Bu kırmızı aşıboyası değil mi?"

"Evet. Kırmızı aşıboyası."

"Ama bunu zaten biliyordun."

"Yine de, onun da teyit etmiş olması iyi oldu. Sonra Doktor MacAvoy bunun kaynağını belirlemek için bana yardım etmeyi önerdi. Özellikle de bu kırmızı aşıboyasının dünyanın neresinden geldiğini öğrenmek için."

"Bunu gerçekten de yapabilir misin?"

"Bu teknik hâlâ araştırma safhasında. Muhtemelen mahkemede kanıt olarak kabul görmez. Ama Doktor MacAvoy, dünyanın dört bir yanından topladığı aşıboyası profilleri kütüphanesinde bir karşılaştırma yapacak kadar meraklanmıştı. Örneklerdeki diğer on bir elementin de yoğunluklarını belirliyor, örneğin magnezyum, titanyum ve toryum. Teori, belirli bir coğrafi konumun ayırt edici bir element profiline sahip olacağına dayanıyor. Bir araba lastiğindeki toprak örneklerine bakıp, Missouri'deki bir maden bölgesinin kurşun-çinko profiline uygun olduğunu söylemek gibi. Bu vakada, bu aşıboyasıyla, örneği on bir bağımsız değişkene göre kontrol ediyoruz."

"Şu diğer iz elementleri."

"Doğru. Ve arkeologlar aşıboyası kaynaklarına dair bir bilgi bankası oluşturmuşlar."

"Neden?"

"Çünkü bu bir tarihi eserin menşeini belirlemede onlara yardımcı oluyor. Örneğin, Torino Kefeni'ndeki pigment nereden gelmiş? Fransa mı, yoksa İsrail mi? Yanıt kefenin kökenlerini saptayabilir. Ya da kadim bir mağara resmi – sanatçı aşıboyasını nereden bulmuş? Eğer boya bin millik bir uzaklıktan geliyorsa, size sanatçının bu mesafeyi kendi başına kat ettiğini ya da bir tür tarih öncesi ticaretin varlığını anlatabilir. Aşıboyası köken kütüphanesi bu yüzden bu kadar değerli. Bize eski insanların hayatla-

---

21. İsa'nın çarmıhtan indirildikten sonra sarıldığı iddia edilen, üzerinde sakallı bir adama ait önden ve arkadan siluetlerin bulunduğu keten kumaş. 1988 yılında bir kısmı karbon-14 yaş belirleme testine tâbi tutulduktan ve 700 yaşındaki keten bitkilerinden yapıldığı belirlendikten sonra 1260-1390 arası bir tarihe ait olduğu belirlenmiş ve gözden düşmüştür. Yine de, bu kumaş dini çevrelerde değerini korumaya devam etmektedir. (ç.n.)

rına açılan bir pencere sunuyor."

"Bizim pigment örneğimiz hakkında ne biliyoruz?" diye sordu Frost.

"Pekâlâ." Erin gülümsedi. "Öncelikle, büyük oranda manganez dioksit içeriyor. Yüzde on beş, bu da ona daha derin, daha zengin bir renk tonu veriyor. Ortaçağ'da İtalya'da kullanılan kırmızı aşıboyalarında bulunanla aynı oran bu."

"İtalyan mı?"

"Hayır. Venedikliler bunu başka bir yerden getirtmiş. Doktor MacAvoy bütün element profilini karşılaştırdığında, özellikle bir yerle uyumlu olduğunu buldu, kırmızı aşıboyasının bugün bile çıkarıldığı bir yer. Kıbrıs."

Jane, "Bir dünya haritasına bakmam lazım" dedi.

Erin dosyayı işaret etti. "Nasıl olduysa internetten bir tane alıvermişim."

Jane sayfayı çevirdi. "Tamam, gördüm. Akdeniz'de, Türkiye'nin hemen güneyinde."

"Bana kırmızı tebeşir kullanmak çok daha kolay olurmuş gibi görünüyor" dedi Frost.

"Ve çok daha ucuz. Katiliniz gözden uzak bir kaynaktan gelen tuhaf bir pigment seçmiş. Belki de Kıbrıs'la bağlantıları vardır."

"Ya da sadece oyun oynuyor olabilir" dedi Frost. "Garip semboller çiziyor. Garip pigmentler kullanıyor. Sanki bizimle oyun oynuyor."

Jane hâlâ haritayı incelemekteydi. Anthony Sansone'nin bahçesindeki kapıya çizilmiş sembolü düşünüyordu. Udjat, her şeyi gören göz. Frost'a baktı. "Mısır, Kıbrıs'ın tam güneyinde."

"Horus'un gözünü mü düşünüyorsun?"

"O nedir?" diye sordu Erin.

"Beacon Hill'deki suç mahallinde bıraktığı sembol" dedi Jane. "Horus, Mısır güneş tanrısı."

"Bu bir satanik sembol mü?"

"Katil için ne anlama geldiğini bilmiyoruz" dedi Frost. "Herkesin bir teorisi var. Bu adam bir satanist. Bu adam bir tarih tutkunu. Ya da sıradan, eski moda bir delilik olabilir."

Erin başıyla onayladı. "Sam'in oğlu gibi. Polisin esrarengiz Sam'in kim olduğunu bulmaya çalışarak epey zaman kaybettiğini hatırlıyorum. Katilin işitsel halüsinasyonundan başka bir şey olmadığı ortaya çıkmıştı. Bir konuşan köpek."

Jane dosyayı kapattı. "Biliyor musun, bizim katilin de çatlak olmasını umuyorum galiba."

"Neden ki?" diye sordu Erin.

"Çünkü diğer olasılık beni çok daha fazla korkutuyor. Bu katilin aklı başında olması."

* * *

Motor ısınır ve buğu çözücü ön camdaki buğuyu dağıtırken, Jane ile Frost arabada oturdu. Keşke katilin etrafını saran sisi dağıtmak da böylesine kolay olsaydı. Kadın kafasında katilin resmini oluşturamıyordu; adamın nasıl göründüğünü hayalinde canlandırmaya başlayamıyordu. Bir mistik miydi? Bir sanatçı mı? Bir tarihçi? *Tek bildiğim bir kasap olduğu.*

Frost arabayı vitese geçirdi ve buzla kayganlaşan yollarda her zamankinden çok daha yavaş ilerleyen trafiğe karıştılar. Berrak gökyüzü altında hava sıcaklığı düşmekteydi ve bu geceki soğuk, kışın bu zamana kadarki en ısırıcı soğuğu olacaktı. Evde kalınacak ve yahni yenecek bir geceydi bu; kadının, kötülüğün sokaklardan uzak duracağını umduğu bir gece.

Frost arabayı Colombus Bulvarı'ndan doğuya doğru sürdü, sonra da suç mahalline bir kez daha bakmayı planladıkları Beacon Hill'e doğru yöneldi. Araba en sonunda ısınmıştı ve kadın bir kez daha dışarıya, rüzgâra, Sansone'nin donmuş kanla lekeli avlusuna çıkmaya korkuyordu.

Kadın Massachusetts Bulvarı'na yaklaştıklarını fark etti ve aniden, "Sağa dönebilir misin?" dedi.

"Sansone'nin yerine gitmiyor muyuz?"

"Sadece dön şuradan."

"Peki öyle diyorsan." Adam sağa döndü.

"Devam et. Albany Caddesi'ne doğru."

"Adli tıpa mı gidiyoruz?"

"Hayır."

"Peki, nereye gidiyoruz?"

"Tam şurada. Sadece birkaç blok daha." Kadın blokların geçişini takip etti ve "Dur. Tam şurada" dedi. Caddenin karşısına baktı.

Frost arabayı kaldırımın kenarına çekti ve kaşlarını çatarak kadına baktı. "Kinko's mu?"

"Babam orada çalışıyor." Saatine baktı. "Ve neredeyse öğle yemeği vakti."

"Ne yapıyoruz?"

"Bekliyoruz."

"Hadi ama, Rizzoli. Bunun annenle ilgili olmadığını söyle."

"Şu an tüm hayatımı mahvetmekle meşgul."

"Anne baban birbirleriyle atışıyor. Olur bunlar."

"Annem *senin* yanına taşınana kadar bekle. Bakalım Alice'in ne kadar hoşuna gidecek."

"Eminim sorun hallolur ve annen eve döner."

"Eğer işin içinde bir başka kadın varsa dönmez." Kadın doğruldu. "İşte orada."

Frank Rizzoli Kinko's'un ön kapısından çıktı ve montunun fermuarını kapattı. Gökyüzüne baktı, görünür bir şekilde titredi ve soğuk havada kıvrılan bembeyaz bir nefes verdi.

"Öğle tatiline çıkmış gibi görünüyor" dedi Frost. "Sorun olan ne ki?"

"Şu" dedi Jane usulca. "Sorun olan o."

Kapıdan bir de kadın çıkmıştı, tenini sıkıca saran bir kot pantolon üzerine siyah bir deri ceket giymiş, kabarık saçlı bir sarışın. Frank sırıttı ve kolunu kadının beline doladı. Jane ile Frost'tan uzaklaşarak, kolları birbirlerine dolanmış halde caddenin aşağısına doğru yürümeye başladılar.

"Lanet olsun" dedi Jane. "Doğruymuş."

"Biliyor musun, sanırım gitsek iyi olacak."

"Şunlara bak. Şunlara *bak*!"

Frost motoru çalıştırdı. "Fena halde acıktım. Ne dersin, yemeği..."

Jane hışımla kapıyı açtı ve dışarı çıktı.

"Tanrım, Rizzoli! Hadi ama."

Kadın hızla caddenin karşı tarafına fırladı ve tehditkâr tavırlarla, tam da babasının arkasından kaldırımda yürümeye başladı. "Hey!" diye bağırdı. "*Hey!*"

Frank'in kolu kadının belinden ayrıldı ve adam durdu. Kızı yaklaşırken, şaşkınlıktan ağzı açık halde, bakmak için döndü. Sarışın, adamı hâlâ bırakmamıştı ve adam kendini kurtarmak için nafile girişimlerde bulunurken bile, sıkıca Frank'e sarılmaya devam ediyordu. Belli bir mesafeden, kadın gerçek bir bomba gibi görünmüştü, ancak yaklaştıkça kadının gözlerinden yelpaze gibi açılan, ağır makyajın bile gizleyemeyeceği kadar derin çatlaklar gördü Jane ve sigara kokusu aldı. Frank'in annesine tercih ettiği göt parçası demek buydu, kabarık saçlı bir sürtük. Bir golden retriever'ın[22] insan eşdeğeri?

"Janie" dedi Frank. "Bunun zamanı değil..."

"Zamanı ne zaman gelecek?"

---

22. Bol tüylü, genellikle sarı renkli bir köpek cinsi. (ç.n.)

"Seni ararım, tamam mı? Bu gece konuşuruz."

"Frankie tatlım, neler oluyor?" diye sordu sarışın.

Ona Frankie deme! Jane *ters ters* kadına baktı. "*Senin* ismin ne?"

Kadının çenesini kaldırdı. "Öğrenmek isteyen kim?"

"Sadece lanet olasıca soruya cevap ver."

"Peki, baş üstüne!" Sarışın Frank'e baktı. "Bu da kim oluyor?"

Frank bir elini kafasına kaldırdı ve sanki acı çekiyormuş gibi inledi. "Ah, kahretsin."

"Boston polisi" dedi Jane. Kimliğini çıkarttı ve kadının yüzüne doğru dürttü. "Şimdi bana ismini söyle."

Sarışın kimliğe bakmadı bile; ürkek bakışları Jane'in üzerindeydi. "Sandie" diye mırıldandı.

"Sandie ne?"

"Huffington."

"Kimlik" diye emretti Jane.

"Janie" dedi babası. "Bu kadar yeter."

Sandie, sürücü belgesini göstermek için itaatkâr bir şekilde cüzdanını çıkarttı. "Ne suçumuz var bizim?" Frank'e şüphe dolu bir bakış attı. "Ne yaptın *sen*?"

"Tüm bunlar saçmalık" dedi adam.

"Peki bu saçmalık ne zaman sona erecek, ha?" diye karşılık verdi Jane. "Ne zaman büyüyeceksin?"

"Özel hayatım seni ilgilendirmez."

"Ah, öyle mi? Karın tam şu an evimde oturuyor, muhtemelen hüngür hüngür ağlamakla meşgul. Hepsi kahrolasıca pantolonunun fermuarını kapalı tutamaman yüzünden."

"Karın mı?" dedi Sandie. "Kimden bahsediyoruz?"

"Otuz yedi yıllık evlilikten sonra kadını şuradaki bom bom için mi terk ediyorsun?"

"Anlamıyorsun" dedi Frank.

"Ah, hem de çok iyi anlıyorum."

"Nasıl olduğu hakkında hiçbir fikrin yok. Sadece kahrolasıca bir işçi arı, işte ben bundan ibaretim. Eve ekmek getirecek bir robot. Altmış bir yaşındayım ve çabalarımın karşılığı olarak ne var elimde? Hayatımda bir kez olsun eğlenceyi hak ettiğimi düşünmüyor musun?"

"Sence annem eğleniyor mu?"

"Bu *onun* problemi."

"Benim de problemim."

"Valla, bunun için beni sorumlu tutamazsın."

"Hey" dedi Sandie. "Bu senin kızın mı?" Jane'e baktı. "Polis olduğunu söylemiştin."
Frank iç geçirdi. "O bir polis."
"Kalbini kırıyorsun, bunu biliyor muydun?" dedi Jane. "Bir parça olsun umurunda mı?"
"Peki ya *benim* kalbim?" diyerek araya girdi Sandie.
Jane sürtüğü dikkate almadı ve bakışlarını Frank'in üzerinde tuttu. "Seni artık tanıyamıyorum bile, baba. Sana saygı duyardım. Şu haline bak! Acıklı, sadece acıklı. Şu sarışın kıçını sallıyor ve sen de dangalak bir it gibi gidiyorsun peşinden. Ah, evet, hadi baba, düdükle onu."
Frost bir parmağıyla kızı dürttü. "Bu kadar yeter, bırak artık!"
"Hasta olduğunda şuradaki bom bomun sana bakacağını mı sanıyorsun, ha? Yanında kalacağını mı sanıyorsun? Lanet olsun, acaba yemek pişirmeyi biliyor mu?"
"Bunu söylemeye nasıl cüret edersin?" dedi Sandie. "Beni korkutmak için rozetini kullandın."
"Annem seni tekrar kabul eder, baba. Edeceğini biliyorum. Git konuş onunla."
"Senin yaptığına karşı bir kanun var" dedi Sandie. "Olması lazım! Bu polis tacizi!"
"Sana polis tacizinin ne olduğunu gösteririm" diye karşılık verdi Jane. "Beni zorlamaya devam et yeter."
"Ne yapacaksın ki, beni tutuklayacak mısın?" Sandie, gözleri rimelden yarıklar haline gelene dek kısılmış halde Jane'e doğru eğildi. "Hadi durma." Kadın parmağının Jane'in göğsüne bastırdı ve sertçe itti. "Hodri meydan!"
Bundan sonra olanlar tamamen istemdışıydı. Jane düşünmek için bile durmadı, sadece harekete geçti. Elinin bir savruluşuyla Sandie'nin bileğini yakaladı, kadını kendi etrafında döndürdü. Kan beynine hücum ederken, Sandie'nin küfürler savurduğunu duydu. Babasının, "Kes şunu! Tanrı aşkına dur!" diye haykırdığını işitti. Ancak düşünmeden hareket ediyordu, Sandie'yi herhangi bir katile davranacağı şekilde dizleri üzerine iterlerken, tüm sinirleri tam güçle sinyaller göndermekteydi. Ancak bu sefer öfkesi onu kışkırtıyor, gereğinden fazla kıvırmasına ve kadına zarar vermeyi istemesine neden oluyordu. Onu küçük düşürmeyi istemesine.
"Rizzoli! Tanrım, Rizzoli, bu kadar yeter!"
Frost'un sesi kadının kalp atışlarının sesini bastırabilmişti sonunda. Aniden kadını bıraktı ve nefes nefese geri çekildi. Kaldırımda diz çökmüş halde sızlanan kadına baktı. Frank de San-

die'nin yanına diz çöktü ve ayağa kalkmasına yardım etti.

"Şimdi ne yapacaksın?" Frank kafasını kaldırıp kızına baktı. "Onu tutuklayacak mısın?"

"Gördün. Beni itti."

"Sinirlenmişti."

"İlk *o* dokundu."

"Rizzoli" dedi Frost usulca. "Daha fazla uzatmayalım, tamam mı?"

"Onu *tutuklayabilirdim*" dedi Jane. "Kahretsin, *yapabilirdim.*"

"Evet, tamam" dedi Frost. "Tutuklayabilirdin. Bunu yapmayı istiyor musun peki?"

Kadın bir nefes verdi. "Yapacak daha iyi şeylerim var" diye mırıldandı. Sonra döndü ve arabaya yürüdü. Arabaya bindiğinde babası ve sarışın çoktan kaybolmuştu.

Frost kadının yanına oturdu ve kapısını çekti. "Bu" dedi, "akıllıca bir şey değildi."

"Sadece sür."

"Kavga çıkarmaya gittin."

"Onu gördün mü? Babam lanet olasıca bir sürtükle çıkıyor!"

"Ondan yüz mil ötede durman için bir başka sebep daha. Siz ikiniz birbirinizi öldürecektiniz."

Jane iç geçirdi ve kafasını eline yasladı. "Anneme ne diyeceğim?"

"Hiçbir şey." Frost arabayı çalıştırdı ve kaldırımın kenarından ayrıldı. "Evlilikleri seni ilgilendirmez."

"Eve gitmek ve yüzüne bakmak zorunda kalacağım. O yüzdeki bütün acıları göreceğim. Bu yüzden de evlilikleri beni *ilgilendiriyor.*"

"O zaman iyi bir kız ol. Ona ağlayacak bir omuz ver" dedi adam. "Çünkü buna ihtiyacı olacak."

* * *

Anneme ne söyleyeceğim?

Jane arabayı apartmanının dışındaki park yerine çekti ve bundan sonra olacaklardan korkarak, bir an için oturdu. Belki ona bugün olanları anlatmamalıydı. Angela zaten babası ile Bayan Golden Retriever'ı biliyordu. Neden bunu bir kez daha yüzüne vuracaktı ki? Neden onu daha da küçük düşürecekti?

Çünkü eğer annemin yerinde olsaydım, söylenmesini ister-

dim. Ne kadar acı verici olursa olsun, kızımın benden sır saklamasını istemezdim.

Jane ne söylemesi gerektiğine karar vermeye çabalayarak arabadan indi, neye karar verirse versin bunun berbat bir akşam olacağını biliyordu ve annesinin acısını dindirebilmek için yapabileceği ya da söyleyebileceği pek az şey olduğunun da farkındaydı. İyi bir kız ol, demişti Frost; ona ağlamak için bir omuz ver. Pekâlâ, bu kadarını yapabilirdi.

İkinci kata çıkan merdivenleri tırmandı, tüm hayatlarını mahveden Bayan Sandie Huffington'a sessizce lanet ederek çıktığı her basamakla birlikte ayaklarının daha da ağırlaştığını hissediyordu. *Gözüm üstünde. Işıklara aldırmadan karşıdan karşıya geç sürtük ve ben tam da orada olacağım. Ödenmemiş park cezaları? Senin için kötü haber. Annem sana karşılık veremez, ama ben kesinlikle veririm.* Anahtarı kapı kilidine soktu ve annesinin sesini duyunca kaşlarını çatarak durakladı. Kahkahalarının sesini.

Anne?

Kapıyı itip açtığında, tarçın ve vanilya kokusu soludu. Şimdi farklı bir kahkaha duyuyordu, şaşırtıcı biçimde tanıdık bir kahkaha. Bir adamın kahkahası. Mutfağa yürüdü ve masanın başında elinde bir fincan kahveyle oturan emekli dedektif Korsak'a baktı. Adamın önünde şekerli kurabiyelerle dolu koca bir tabak vardı.

"Merhaba" dedi adam, selamlamak için kahve fincanını kaldırarak. Adamın hemen yanında anakucağında oturan bebek Regina da, sanki taklit edermiş gibi minik elini kaldırmıştı.

"Ee... burada ne yapıyorsun?"

"Janie!" diye çıkıştı Angela, bir tepsi yeni pişmiş kurabiyeyi soğuması için ocağın üzerine koyarken. "Vince'e söylenecek şey mi bu."

Vince mi? Ona Vince mi diyor?

"Gabriel'le seni bir partiye davet etmek için aradı" dedi Angela.

"Ve sizi de, Bayan Rizzoli" dedi Korsak, Angela'ya göz kırparak. "Ne kadar fazla piliç gelirse, o kadar iyi olur!"

Angela'nın yanakları kızardı; bunun nedeni fırının sıcaklığı değildi.

"Ve iddiaya girerim ki kurabiyelerin kokusunu telefondan almıştır" dedi Jane.

"Tam da bir şeyler pişiriyordum. Eğer hemen uğrarsa onun için de bir tepsi kurabiye hazırlayabileceğimi söyledim."

"Böyle bir teklifi kaçırmam asla mümkün değildi" diye güldü Korsak. "Hey, annenin burada olması ne kadar da hoş olmuş, ha?"

Jane adamın kırış kırış gömleğinin her tarafına dökülmüş kırıntılara baktı. "Görüyorum ki diyetini bozmuşsun."

"Ve ben de senin iyi bir ruh halinde olduğunu görüyorum." Adam kahvesinden sarsak bir yudum aldı ve tombul eliyle ağzının kenarını sildi. "Kendine kahrolası bir manyak bulduğunu duydum." Durdu, Angela'ya baktı. "Kabalığımı bağışlayın, Bayan Rizzoli."

"İstediğinizi söyleyin" dedi Angela. "Kendinizi evinizde gibi hissetmenizi isterim."

Lütfen ona cesaret verme.

"Bir tür satanik tarikat" dedi adam.

"Bunu duydun mu?"

"Emeklilik beni sağır yapmadı."

Ya da dilsiz. Her ne kadar kaba şakaları ve dehşet verici hijyeniyle kadını rahatsız ediyor olsa da, Korsak Jane'in bildiği en açıkgözlü tahkikatçılardan biriydi. Geçen sene geçirdiği kalp krizinden sonra emekli olmasına rağmen, adam rozetini asla tam olarak bırakmamıştı. Bir hafta sonu gecesinde, Jane hâlâ adamı Boston Polis Müdürlüğü'nün en gözde barlarından biri olan JP Doyle's'a takılır ve en son savaş hikâyelerini dinlerken bulabilirdi. Emekli olsa da olmasa da, Vince Korsak bir polis olarak ölecekti.

"Başka ne duydun?" diye sordu Jane masaya oturarak.

"Senin katilin bir sanatçı olduğunu. Arkasında küçük sevimli çizimler bıraktığını ve..." Korsak durakladı ve kurabiyeleri tepsiden almakta olan Angela'ya baktı "dilimlemeyi ve doğramayı sevdiğini duydum. Sıcak mıyım?"

"Biraz fazla sıcak."

Angela kurabiyelerin sonuncusunu da tepsiden aldı ve kurabiyeleri bir torbanın içine yerleştirip ağzını kapattı. Fiyakalı tavırlarla kurabiyeleri Korsak'ın önüne koydu. Jane'in eve geldiğinde bulmayı beklediği Angela bu değildi. Annesi şimdi mutfakta koşuşturup duruyordu, tepsileri ve kâseleri toparlıyor, bulaşıkları yıkarken sabun köpüklerini etrafa sıçratıyordu. Acınacak halde, terk edilmiş ya da depresyonda gibi değildi; on yaş gençleşmiş görünüyordu. *Kocan seni terk ettiğinde böyle mi oluyor?*

"Jane'e partinden bahsetsene" dedi Angela, Korsak'ın kahve fincanını yeniden doldurarak.

"Ah, evet." Adam gürültülü bir yudum aldı. "İşte, geçen hafta boşanma evraklarımı imzaladım. Para konusunda neredeyse bir yıl süren bir münakaşanın ardından en sonunda bitti. Özgür bir adam olarak yeni durumumu kutlama zamanının geldiğini fark ettim. Tüm dairemi yeni baştan dekore ettirdim. Hoş bir deri kanepe, büyük ekran televizyon. Birkaç kasa bira alacağım, arkadaşları bir araya getireceğim ve hep birlikte parti yapacağız!"

Göbek salmış, saçlarını kelini kapatmak için bir yandan diğerine tarayan elli beş yaşında bir yeniyetmeye dönüşmüştü. Bundan daha acıklı hale gelebilir miydi?

"Öyleyse geliyorsunuz, değil mi?" diye sordu Jane'e. "Ocak ayının ikinci cumartesisi."

"Gabriel'in müsait olup olmadığını kontrol etmeliyim."

"Tek başına da gelebilirsin. Sadece ablanı da getirmeyi ihmal etme." Angela'ya göz kırptı ve kadın kıkırdadı.

Bu her dakika daha da eziyetli hale geliyordu. Cep telefonunun boğuk çalışını duymak Jane'in neredeyse rahatlamasına neden olmuştu. Çantasını bıraktığı oturma odasına gitti ve telefonunu çıkarttı.

"Rizzoli" dedi kadın.

Teğmen Marquette hoşbeşle vakit harcamadı. "Anthony Sansone'ye karşı daha saygılı olmalısın" dedi adam.

Korsak'ın mutfakta güldüğünü duyabiliyordu ve bu ses Jane'in aniden rahatsız olmasına neden oldu. *Eğer annemle oynaşacaksan, Tanrı aşkına, bunu başka bir yerde yap.*

"Onun ve arkadaşlarının anasını ağlatıyormuşsun diye duydum" dedi Marquette.

"*Anasını ağlatmak* derken neyi kastettiğini tarif edebilir misin?"

"Onu neredeyse iki saat sorguya çekmişsin. Kâhyasını, akşam yemeğindeki misafirlerini sorgulamışsın. Sonra bu akşamüstü tekrar onu görmeye gitmişsin. Kendini tahkikat altında olan oymuş gibi hissetmesine neden oluyorsun."

"Eğer duygularını incittiysem üzgünüm. Her zaman yaptığımız şeyi yapıyoruz."

"Rizzoli, bu adamın bir şüpheli olmadığını aklında tutmaya çalış."

"Ben o sonuca varmadım henüz. O'Donnell onun evindeydi. Eve Kassovitz onun bahçesinde öldürüldü. Peki kâhyası cesedi bulduğunda Sansone ne yaptı? Fotoğraf çekti. Fotoğrafları arkadaşlarına dağıttı. Gerçeği bilmek istiyor musun? Bu insanlar normal değil. Kesinlikle değil."

"O bir şüpheli değil."

"Ben onu şüpheliler arasından elemedim."

"Bu konuda bana güvenebilirsin. Onun peşini bırak."

Kadın durakladı. "Bana söylemek istediğiniz başka bir şeyler var mı, Teğmen?" diye sordu kadın sessizce. "Anthony Sansone hakkında bilmediğim ne var?"

"Karşımıza almak isteyeceğimiz bir adam değil."

"Onu tanıyor musunuz?"

"Şahsen değil. Ben sadece yukarıdan gelen mesajı aktarıyorum. Ona saygılı davranmamız söylendi."

Kadın telefonu kapattı. Pencerenin kenarına ilerleyerek, artık mavi olmayan ikindi göğüne baktı. Büyük ihtimalle yine kar geliyordu. *Bir an sonsuza dek görebileceğini düşünüyorsun, sonra bulutlar geliyor ve her şeyi örtüyor*, diye düşündü.

Tekrar cep telefonuna uzandı ve numarayı çevirmeye koyuldu.

17

Maura, izleme penceresinden, kurşun bir göğüslük giyen Yoshima'nın kolimatörü[23] karın boşluğunun üzerine yerleştirişini izledi. Bazı insanların pazartesi sabahları işlerine gelirken korktuğu en kötü şey, onları bekleyen bir yığın yeni evrak ya da mesaj kâğıtlarından başka bir şey değildir. Bu pazartesi sabahında, Maura'yı bekleyen şey bu masanın üzerinde çırılçıplak yatan kadındı. Maura, Yoshima'nın kurşun paravanın arkasından tekrar ortaya çıktığını ve işlemden geçirilmesi için film kasetini aldığını gördü. Adam kafasını kaldırdı ve başıyla işaret etti.

Maura kapıları itti ve yeniden otopsi laboratuvarına girdi.

Anthony Sansone'nin bahçesinde titreyerek yere çömeldiği gece, bu bedeni sadece el fenerlerinin ışıkları altında görmüştü. Bugün, bütün gölgeleri ortadan kaldıran fazlaca kuvvetli aydınlatmanın altında, Dedektif Eve Kassovitz tamamen göz önüne serilmiş halde yatmaktaydı. Kan yıkanmış, açık, pembe yaralar meydana çıkmıştı. Bir neşter kesiği. Göğüste, imantahtasının altında bir bıçak yarası. Ve korunmasız kaldığı için artık bulanıklaşmış kornealarla, gözkapakları olmayan gözler. Maura'nın kendini bakmaktan alamadığı buydu işte; gözkapakları kesilerek sakat bırakılmış gözler.

Kapının açılma seni Jane'in gelişini ilan ediyordu. "Hâlâ başlamadınız mı?" diye sordu Jane.

"Hayır. Bize katılacak başka herhangi biri var mı?"

"Bugün sadece ben varım." Jane önlüğünü giymeye çalışırken, bakışları aniden masanın üzerine sabitlenerek durakladı. Ölü iş arkadaşının yüzüne. "Ona destek olmalıydım" dedi sessizce. "Bi-

---

23. Röntgen çekilirken, radyasyonun sadece istenilen bölgeye yöneltilmesini sağlayan, cihazın radyasyon soğuran materyalden yapılmış parçası. (ç.n.)

rimdeki o hödükler aptalca şakalar yapmaya başladıklarında, hemen orada buna bir son vermeliydim."

"Suçluluk duyması gereken onlar, Jane. Sen değilsin."

"Ama aynı şeyler benim de başıma gelmişti. Nasıl olduğunu bilirim." Jane açıkta bırakılmış kornealara bakmaya devam ediyordu. "Cenaze için bu gözleri güzelleştirmeyi beceremeyecekler."

"Kapalı bir tabut olması gerekecek."

"Horus'un gözü" dedi Jane usulca.

"Ne?"

"Sansone'nin kapısındaki şu çizim. Geçmişi Mısırlılara kadar uzanan antik bir sembol. Ona Udjat deniyor, her şeyi gören göz."

"Bunları kim anlattı sana?"

"Sansone'nin akşam yemeğindeki konuklardan biri." Maura'ya baktı. "O insanlar –Sansone ve arkadaşları– tuhaflar. Onlarla ilgili daha fazla şey öğrendikçe ürpertim artıyor. Özellikle de *o adam.*"

Yoshima, yeni basılmış filmlerden bir deste taşıyarak karanlık odadan çıkmıştı. "O gece beni aradı, biliyor musun?" dedi kadın, kafasını kaldırmadan. "Eve sağ salim döndüğümden emin olmak için."

"*Sansone* mi?"

Maura kafasını kaldırdı. "Onu bir şüpheli olarak mı görüyorsun?"

"Şunu bir düşün: Vücudu bulduktan sonra, Sansone'nin ne yaptığını biliyor musun? Polisi bile aramadan önce? Fotoğraf makinesini almış ve bazı fotoğraflar çekmiş. Bir sonraki sabah fotoğrafları kâhyasıyla arkadaşlarına göndermiş. Bana bunun tuhaf olmadığını söyle."

"Peki onu bir şüpheli olarak görüyor musun?"

Bir anlık duraklamanın ardından, Jane kabul etti. "Hayır. Eğer görseydim, bu bazı problemlere neden olurdu."

"Ne demek istiyorsun?"

"Gabriel benim için ufak bir araştırma yapmaya çalıştı. Herif hakkında daha fazla şey öğrenmek için birilerini aradı. Tek yaptığı birkaç soru sormaktı ve aniden kapılar sımsıkı kapandı. FBI, İnterpol, hiçbiri Sansone hakkında konuşmak istemedi. Belli ki yüksek yerlerde onu korumaya hazır arkadaşları var."

Maura, Beacon Hill'deki evi düşündü. Kâhya, antikalar. "Bunun servetiyle alakası olabilir."

"Hepsi miras kalmış. Servetini Boston Üniversitesi'nde Ortaçağ tarihi öğreterek yapmadığı kesin."

"Bahsettiğimiz ne kadar büyük bir servet ki?"
"Beacon Hill'deki o ev var ya? Onun için gecekondu mahallesinde gezmek gibi bir şey. Londra ve Paris'te de evleri varmış, ayrıca İtalya'da da bir aile malikânesi. Herif gözde bir bekâr, çok zengin ve yakışıklı. Ama sosyete sayfalarında asla boy göstermiyor. Ne hayır baloları, ne de kaynak bulan smokinliler. Tam bir münzevi gibi."
"Her gece bir başka partide göreceğin türden bir adam gibi gelmedi bana."
"Onun hakkında başka ne düşünüyorsun?"
"O kadar uzun konuşmadık."
"O gece konuştunuz."
"Dışarısı çok soğuktu ve beni kahve içmek için içeri davet etti."
"Bu sana biraz garip gelmedi mi?"
"Ne?"
"Seni içeri davet etmek için özel bir çaba göstermiş olması?"
"Jestinden dolayı minnettar kaldım. Ve bilesin diye söylüyorum, beni almak için dışarı çıkan kâhyaydı."
"Özellikle senin için mi? Kim olduğunu biliyor muydu?"
Maura tereddüt etti. "Evet."
"Senden ne istiyordu, Doktor?"
Maura cesedin yanına yürümüştü ve şimdi göğsündeki bıçak yarasını ölçüyor, sonuçları elindeki kâğıda not ediyordu. Sorular fazlasıyla sivri olmaya başlamıştı ve kadın imalardan da hoşnut değildi: Anthony Sansone'nin onu kullanmasına izin verdiği konusundaki imalar. "Soruşturmayla ilgili hiçbir önemli bilgiyi açık etmedim, Jane. Eğer sorduğun buysa."
"Ama soruşturma hakkında konuştun..."
"Birçok şey hakkında konuştuk. Ve evet, ne düşündüğümü bilmek istedi. Ceset onun bahçesinde bulunduğu için bu hiç de şaşırtıcı değil. Merak etmesi anlaşılabilir bir şey. Ve belki de bir parça tuhaftı." Kadın Jane'in bakışlarına karşılık verdi ve rahatsız edecek kadar meraklı olduklarını gördü. Dikkatini tekrar cesede yöneltti, onu katiyen Jane'in soruları kadar rahatsız etmeyen yaralara.
"Tuhaf mı? Aklına gelen tek kelime bu mu?"
Kadın o gece Sansone'nin kendisini nasıl da incelediğini, gözlerinin ateşin ışığını nasıl da yansıttığını düşündü ve aklına başka kelimeler de geldi. *Zeki. Çekici. Korkutucu.*
"Sen de biraz ürpertici olduğunu düşünmüyor musun?" diye

sordu Jane. "Çünkü ben kesinlikle öyle olduğunu düşünüyorum."

"Neden ki?"

"Evini gördün. Bir zaman kapsülüne girmek gibi. Ve sen duvarlardan bakan tüm o portrelerin bulunduğu diğer odaları görmedin. Sanki Drakula'nın şatosunda dolaşmak gibi bir şey."

"O bir tarih profesörü."

"Profesörüymüş. Artık ders vermiyor."

"Büyük ihtimalle aile yadigârlarıdır ve paha biçilemez şeylerdir. Adamın aile mirasının değerini bildiği açıkça görülüyor."

"Ah, evet, aile mirası. Şanslı olduğu yer orası. Adam dört kuşaktır devam eden bir vakfın başında."

"Buna rağmen başarılı bir akademik kariyerin peşine düşmüş. Bunun için onu bir parça da olsa takdir etmelisin. Sadece aylak bir playboya dönüşmemiş."

"İşte ilginç gelişme de bu noktada ortaya çıkıyor. Ailenin kulüp fonu 1905 yılında oluşturulmuş, büyük büyükbabası tarafından. Bu vakfın isminin ne olduğunu tahmin et?"

"Hiçbir fikrim yok."

"Mefisto"

Maura şaşırarak kafasını kaldırdı. "Mefisto mu?" diye mırıldandı.

"Böyle bir isimle" dedi Jane, "ne tür bir aile mirasından söz ettiğimizi merak ediyor olmalısın?"

Yoshima, "Bu ismin önemi ne ki? Mefisto?" diye sordu.

"Ben baktım" dedi Jane. "Mefistofeles'in kısaltılmışı. Doktorumuz büyük ihtimalle kim olduğunu biliyordur."

"Bu isim Doktor Faustus efsanesinden geliyor" dedi Maura.

"Kim?" diye sordu Yoshima.

"Doktor Faustus bir büyücüydü" dedi Maura. "Şeytanı çağırmak için gizli semboller çizerdi. Mefistofeles isimli bir kötü ruh ortaya çıktı ve ona bir anlaşma önerdi."

"Ne tür bir anlaşma?"

"Büyüyle ilgili bütün bilgiler karşılığında, Doktor Faustus ruhunu şeytana sattı."

"Öyleyse Mefisto..."

"Şeytan'ın bir hizmetkârı."

Aniden diafondan konuşan bir ses duyuldu. "Doktor Isles" dedi Louise, Maura'nın sekreteri. "Sizi arayan biri var. Bay Sansone diye biri. Konuşmak istiyor musunuz, yoksa not mu alayım?"

İti an çomağı hazırla.

Maura, Jane'in bakışlarıyla karşılaştı ve kadının başıyla hızlı bir onay verdiğini gördü.

"Konuşacağım" dedi Maura. Eldivenlerini çıkartarak odanın diğer tarafındaki duvar telefonuna doğru yürüdü ve ahizeyi eline aldı. "Bay Sansone?"

"Umarım işinizi bölmüyorumdur" dedi adam.

Kadın masada duran bedene baktı. *Eve Kassovitz buna aldırmaz*, diye düşündü. *Ölüler kadar sabırlı olanı yoktur.* "Bir dakikalığına konuşabilirim."

"Bu cumartesi evimde bir akşam yemeği veriyorum. Bize katılmanızı çok isterim."

Jane'in kendisini izlediğinin fazlasıyla farkında olan Maura durakladı. "Bunu düşünmem gerek" dedi kadın.

"Eminim neyle ilgili olduğunu merak ediyorsunuzdur."

"Aslına bakarsanız, evet."

"Soruşturma hakkında aklınızı çelmeye çalışmayacağıma söz veriyorum."

"Soruşturma hakkında konuşamam zaten. Bunu biliyorsunuz."

"Anlaşıldı. Sizi davet etmemin nedeni bu değil."

"O halde?" Ters, kaba saba bir soruydu bu, ama sormaya mecburdu.

"Ortak ilgi alanlarını paylaşıyoruz. Ortak endişeleri."

"Ne demek istediğinizi anladığıma emin değilim."

"Cumartesi bize katılın, saat yedi civarında. O zaman konuşabiliriz."

"Önce programımı kontrol etmeme izin verin. Size haber veririm." Kadın telefonu kapattı.

"Ne istiyormuş?" diye sordu Jane.

"Beni akşam yemeğine davet ediyor."

"Senden bir şey istiyor."

"Hiçbir şey istemediğini iddia ediyor." Maura bir çift yeni eldiven almak için dolabın yanına gitti. Eldivenleri takarken elleri titremiyor olsa da, yüzünün kızardığını, nabzının parmak uçlarında attığını hissedebiliyordu.

"Buna inanıyor musun?"

"Tabii ki hayır. Bu yüzden gitmiyorum."

Jane usulca, "Belki de gitmelisin" dedi.

Maura kadına bakmak için döndü. "Ciddi olamazsın."

"Mefisto Kulübü'yle ilgili daha fazla bilgi sahibi olmak isterim. Kim bunlar ve küçük gizli toplantılarında neler yapıyorlar? Bu bilgiyi başka hiçbir şekilde elde edemeyebilirim."

"Yani senin yerine benim yapmamı istiyorsun?"

"Tüm söylediğim, eğer gidersen bunu ille de kötü bir fikir olarak görecek olmadığım. Dikkatli olduğun sürece."

Maura masanın yanına ilerledi. Kafasını eğip Eve Kassovitz'e bakarken, *Bu kadın bir polisti ve silahlıydı. Yine de yeterince dikkatli değildi,* diye düşünüyordu. Maura bıçağı eline aldı ve kesmeye başladı.

Bıçak bedenin üzerinde bir Y şekli izledi, her iki omuzdan başlayan iki kesik, imantahtasının her zamankinden daha aşağı bir noktasında birleşiyorlardı; bıçak yarasına zarar vermemek için. Kaburga kemikleri kesilmeden, göğüs açılmadan önce bile, kadın göğüs kafesinin içinde neyle karşılaşacağını biliyordu. Bunu şimdi ışıklı panoda asılı duran göğüs filmlerinde görebiliyordu; kalbin, sağlıklı bir genç kadında olması gerekenden çok daha büyük, küresel ana hatları. Göğüs kemiğini ve kaburgalardan meydana gelen kalkanı kaldırarak, dikkatle göğsün içine baktı ve elini kalbi taşıyan şişmiş keseye doğru kaydırdı.

Sanki kanla dolu bir torba gibiydi.

"Pericardial tamponade"[24] dedi kadın ve kafasını kaldırıp Jane'e baktı. "Kan kalbi barındıran kesenin içine dolmuş. Kapalı bir alan olduğu için, kese öyle gergin hale gelmiş ki, kalp kan pompalayamaz olmuş. Ya da bıçak ölümcül bir ritim bozukluğuna neden olmuş olabilir. Her iki şekilde de, bu hızlı ve etkili bir cinayet. Ama adamın bıçağı hedefleyeceği yeri biliyor olması gerek."

"Ne yaptığını biliyormuş."

"Ya da şansı yaver gitmiş." Yarayı işaret etti. "Bıçağın ksifoit[25] çıkıntının tam altından girmiş olduğunu görebilirsin. Bunun üzerinde herhangi bir yerde, kalp imantahtası ve kaburgalar tarafından oldukça iyi bir şekilde korunur. Ama buradan, bu yaranın bulunduğu yerden girer ve bıçağı doğru açıyla tutarsan..."

"Kalbe mi saplarsın?"

"Zor değildir. Stajyerken yapmıştım, acil servis rotasyonumda. Bir iğneyle tabii ki."

"Ölü bir insan üzerinde, umarım."

"Hayır, kadın hayattaydı. Ama kalp atışlarını duyamıyorduk, kan basıncı düşüyordu ve röntgen filmi küresel bir kalp gösteriyordu. Bir şey yapmak zorundaydım."

"Bu yüzden onu *bıçakladın* mı?"

"Bir kardiyak iğneyle. Ameliyata girene kadar hayatta kalmasını sağlayacak miktarda kanı keseden çıkarttım."

"Bir casus romanı gibi, *İğnenin Gözü*" dedi Yoshima. "Katil

---

24. Kalp zarı çevresinde sıvı birikimi. (ç.n.)

25. İmantahtasının alt ucu. (ç.n.)

kurbanlarını dosdoğru kalplerinden bıçaklar; öyle hızlı ölürler ki neredeyse hiç kan akmaz. Bu da oldukça temiz bir cinayet olur."

"Bu faydalı ipucu için teşekkür ederim" dedi Jane.

"Aslında, Yoshima iyi bir noktaya temas etti" dedi Maura. "Bizim katil Eve Kassovitz'i öldürmek için hızlı bir yöntem seçmiş. Ama Lori-Ann Tucker'da, eli kesmek, kolu, kafayı yerinden ayırmak için acele etmemişti. Ve sonra o sembolleri çizdi. Bu kurbanda çok fazla vakit harcamadı. Bu da Eve'in çok daha pratik bir amaç için öldürüldüğünü düşündürüyor. Belki de onu şaşırttı ve adam da oracıkta, basit bir biçimde ondan kurtulmak zorunda kaldı. Bu yüzden cinayeti olabildiğince çabuk işledi. Kafaya bir darbe. Ve sonra da hızlıca kalbe saplanan bir bıçak."

"Kapıya o sembolleri çizmek için zaman harcadı."

"Onları Eve'i öldürmeden önce çizmediğini nereden biliyoruz? Kapı eşiğine henüz teslim ettiği paketle uyumlu olsun diye."

"Eli kastediyorsun."

Maura başıyla onayladı. "Adağı."

Kadının bıçağı yeniden işe koyulmuştu, kesiyor, organları kesip alıyordu. Ciğerler dışarı çıktı, kadın bunları çelik bir leğene bıraktı, ciğerler de leğende süngerimsi bir kütle meydana getirdi. Pembe yüzeye bir bakış ve lobların her ikisine de açtığı birkaç küçük kesik, kadına bunların sigara içmeyen birine ait, sahiplerine geç yaşlara kadar hizmet etmek için tasarlanmış sağlıklı ciğerler olduğunu söyledi. Maura ellerini karın boşluğuna uzatarak mide, pankreas ve karaciğeri çıkartmak için karın zarı boşluğuna geçti. Eve Kassovitz'in karnı gıpta edilebilecek kadar düzdü, hiç kuşkusuz mekik çekme ve karın sıkıştırmayla geçen birçok saatin ödülü. Tüm bu emekler bedeninde geçen neşter sayesinde heba oluyordu. Leğen yavaş yavaş organlarla doldu, düğümlenmiş yılanbalıkları gibi ıslaklıkla parıldayan incebağırsak halkaları, kanlı bir yığının içerisine yerleşen karaciğer ve dalak. Her şey sağlıklıydı, öylesine sağlıklı. Karın zarının altındaki bölgeye ulaştı, kadife gibi yumuşak böbrekleri çıkardı, örnek kavanozuna attığı minik topaklar kesti. Peşlerinden kanlı anaforlar yaratarak formol dolu kavanozun dibine düştüler.

Doğrularak Yoshima'ya baktı kadın. "Şimdi kafatası filmlerini koyabilir misin lütfen? Bakalım elimizde ne var."

Adam gövdenin röntgenlerini indirdi ve kadının henüz incelemediği yeni bir set yerleştirmeye başladı. İnceleme kutusunda şimdi kafa filmleri parlamaktaydı. Kadın, dikkatini kafatasının neşter kesiğinin hemen altındaki kısmına yoğunlaştırmıştı, elle muayene sırasında fark edemediği bazı kırık çizgilerini ya da bir çöküntüyü gösterecek izler arayarak kafatasının etrafını inceledi, ama hiçbir şey bulamadı. Bir kırık olmasa bile, bu darbe yine de kurbanı, katilin ceketini açıvermesine ve süveterini yukarı toplamasına yetecek kadar sersemletmiş olabilirdi.

Bıçağı kadının kalbine saplamasına yetecek kadar.

İlk başta, Maura'nın ilgisini çeken kafatasıydı. Sonra yan görüntüye geçti ve bakışları hiyoit kemik[26] üzerinde kalarak, dikkatini boyuna yoğunlaştırdı. Kemiğin arkasında, kadının daha önce gördüğü hiçbir şeye benzemeyen koni şekilli bir matlık vardı. Kaşlarını çatarak, ışıklı kutunun daha da yakınına geldi ve anomaliye bakarak durdu. Ön görünümde, daha yoğun olan boyun omurlarının arkasında neredeyse gizli durumdaydı. Ancak yan görüntüde açıkça görünüyordu ve iskelet yapısının parçası da değildi.

"Bu da ne böyle?" diye mırıldandı kadın.

Jane kadının yanına ilerledi. "Neye bakıyorsun?"

"Şuradaki şey. Bu kemik değil. Boynun normal parçalarından biri değil."

"Boğazındaki bir şey mi?"

Maura tekrar masaya döndü ve Yoshima'ya, "Laringoskopu getirebilir misin?" dedi.

Masanın başında dururken, Maura çenesini kaldırdı. Laringoskopu dördüncü sınıf öğrencisiyken kullanmıştı ilk defa, nefes alamayan bir adama endotrakeal[27] tüp takmaya çalışırken. Koşullar kontrolden çıkmış durumdaydı, hasta kalp krizi geçirmekteydi. Başasistan entübasyon[28] yapması için Maura'ya sadece tek bir deneme şansı tanımıştı. "On saniyen var" demişti adam, "eğer yapamazsan ben devam edeceğim." Kadın laringoskopu içeri kaydırmış ve ses tellerini arayarak boğazın içine bakmıştı, ancak görebildiği sadece dil ve mukozaydı. Saniyeler geçtikçe, bir hemşire göğsü pompalar ve Mavi Kod ekibi onu izlerken, Maura her saniyeyle birlikte hastanın oksijenden mahrum kaldığını, daha fazla beyin hücresinin ölebileceğini bilerek elindeki aletle boğuşup durmuştu. Başasistan en sonunda aleti kadının ellerinden almış ve işi kendisi yapmak için onu kenara itmişti. Yetersizliğinin küçük düşürücü bir sergilenişi olmuştu bu.

Ölüler bu tür hızlı müdahalelere ihtiyaç duymazdı. Şimdi, larin-

---

26. Dil kemiği; dilin kökünde bulunan U şeklindeki kemik. (ç.n.)

27. Solunumu sağlamak için nefes borusuna takılan tüp. (ç.n.)

28. Nefes borusuna tüp yerleştirilmesi işlemi. (ç.n.)

goskopun ucunu ağzın içine kaydırırken, ne ciyaklayan kalp monitörü, ne gözlerini dikerek onu izleyen Mavi Kod ekibi, ne de dengede salınan bir hayat vardı. Maura laringoskopun ucunu eğip dili yolun üzerinden çekerken, Eve Kassovitz sabırlı bir denekti. Kadın eğildi ve dikkatle gırtlağa baktı. Boyun uzun ve zayıftı. Maura, ilk denemesinde ses tellerini kolaylıkla ayırt etti, sanki hava yolunu sınırlayan pembe şeritler gibi. Bunların arasında kadına doğru ıslaklıkla parlayan bir nesne vardı.

"Forseps" dedi kadın, elini uzatarak. Yoshima aleti kadının avuç içine koydu.

"Görüyor musun?" diye sordu Jane.

"Evet."

Maura nesneyi yakaladı ve nazikçe gırtlaktan çekti. Onu bir örnek tepsisine koydu. Tepsiye koyduğu nesne paslanmaz çeliğin üzerinde takırdadı.

"Bu şey, düşündüğüm şey mi?"

Maura örneği ters çevirdi ve tepsinin üzerindeki şey, parlak ışıklar altında bir inci gibi parladı.

Bir deniz kabuğu.

Jane, arabasını Harvard Üniversitesi kampusuna sürüp Conant Hall'un arkasına park ettiğinde, ikindinin aydınlığı yerini kasvetli bir griliğe bırakmıştı. Park yeri neredeyse boştu ve keskin bir rüzgâra adım atarken, kadın terk edilmiş gibi görünen eski tuğla binalara, donmuş kaldırımlar üzerinde girdaplar oluşturan karın ince kanatlarına baktı ve buradaki işini bitirdiğinde, havanın kararmış olacağını fark etti.

Eve Kassovitz de bir polisti. Yine de ölümün geldiğini asla görmedi.

Jane paltosunun yakasını düğmeledi ve üniversitenin müze binalarına doğru yürümeye koyuldu. Birkaç gün içerisinde, öğrenciler kış tatilinden döndüklerinde kampus tekrar canlanacaktı. Oysa bu soğuk ikindide gözleri dondurucu rüzgâra karşı kısılmış halde Jane tek başına yürümekteydi. Müzenin yan girişine ulaştı, kapı kilitliydi. Şaşıracak bir şey değildi bu; bir pazar öğlenden sonrasıydı. Binanın etrafından, kirli kar yığınları arasında kürenmiş bir yoldan zahmetli bir yürüyüşle ön kapıya dolandı. Oxford Caddesi girişinde, kafasını kaldırıp devasa tuğla binaya bakmak için durakladı. Kapının üzerindeki kelimelerde, KARŞILAŞTIRMALI ZOOLOJİ MÜZESİ yazıyordu.

Granit merdivenleri tırmandı, binaya ve farklı bir çağa adım attı. Tahta zemin ayaklarının altında gıcırdıyordu. Birçok on yılların tozunu ve eski zaman radyatörlerinin sıcaklığını koklayıp, sıra sıra tahta teşhir dolapları gördü.

Ancak kimsecikler yoktu. Giriş salonu terk edilmişti.

Binanın içlerine doğru yürüdü, camla çevrelenmiş örnek kutularının yanından geçti ve iğnelerle tutturulmuş bir böcek koleksiyonuna bakmak için durakladı. Kıskaçlarına yumuşak teni kıstıracak şekilde poz verdirilmiş kocaman siyah böcekler ve kabukları parıldayan kanatlı hamamböcekleri gördü. Bir ürpertiyle yürümeye devam etti, mücevherler kadar parlak kelebeklerin, asla içinden civciv çıkamayacak kuş yumurtaları ve asla tekrar şakıyamayacak sabitlenmiş ispinozların bulunduğu dolabın yanından geçti.

Bir adımın gıcırtısı kadına yalnız olmadığını söyledi.

Kadın döndü ve iki uzun dolabın arasındaki dar koridora bakındı. Pencereden parlayan kış ışığıyla arkadan aydınlanan adam, kadına doğru ayak sürüyerek gelen kambur ve yüzsüz bir siluetten ibaretti. Ancak en sonunda tozlu saklanma yerinden çıkıp daha yakına geldiğinde, kırışıklıklar içindeki yüzünü ve tel çerçeveli gözlüklerini gördü. Biçimi bozulmuş mavi gözler, kalın merceklerin arkasından sanki iyi göremiyormuş gibi dikkatle kadına bakmaktaydı.

"Siz polisten arayan şu kadın olamazsınız, değil mi?" diye sordu adam.

"Doktor Von Schiller? Ben, Dedektif Rizzoli."

"O olduğunuzu biliyordum. Günün bu kadar geç bir saatinde kimse dolanmaz burada. Kapılar normalde şimdiye kadar kitlenmiş olur, yani burada bir tür özel gezi yapıyorsunuz sayılır." Adam, sanki bu özel ikram aralarında bir sır olarak kalmalıymış gibi göz kırptı. Kalabalıkların sıkıştırması olmadan, büyük bir ilgiyle ölü böceklere ve doldurulmuş kuşlara bakabilmek için nadiren ele geçen bir fırsat. "Pekâlâ, getirdiniz mi?" diye sordu adam.

"İşte burada." Kadın kanıt poşetini cebinden çıkarttı ve poşetin içinde görünen şey karşısında adamın gözleri parladı.

"Gelin o halde! Yukarıdaki ofisime gidelim de şuna büyüteçle iyice bakabileyim. Artık gözlerim o kadar iyi değil. Yukarıdaki floresan lambadan nefret ediyorum, ama böyle bir şey için ona ihtiyacım var."

Kadın adımlarını adamın ıstırap verecek kadar yavaş olan ayak sürümesine uydurarak, merdiven boşluğuna doğru ilerledi. Bu herif hâlâ ders veriyor olabilir miydi? Merdivenlerden çıkabilmek için bile fazlasıyla yaşlı görünüyordu. Ama karşılaştırmalı zooloji departmanını aradığında kendisine tavsiye edilen isim Von Schiller olmuştu ve kadının cebinde getirdiği şeyin ne olduğunu gördüğünde adamın gözlerindeki heyecan parıltısını başka bir şeyle karıştırmaya imkân yoktu. Adam deniz kabuğunu bir an önce incelemek için can atıyordu.

"Deniz kabuklarıyla ilgili çok şey biliyor musunuz, Dedektif?" diye sordu Von Schiller, boğum boğum elleriyle oymalı tırabzanları tutarak, yavaşça merdivenleri tırmanırken.

"Sadece midye yiyerek öğrendiğim kadarını."

"Yani hiç deniz kabuğu toplamadınız mı?" Dönüp arkasına baktı. "Bir zamanlar Robert Louis Stevenson'un[29] 'Deniz kabuklarını toplamaktan zevk almak, belki de bir milyoner olarak doğmaktan daha mutlu bir alın yazısıdır' dediğini biliyor muydunuz?"

"Öyle mi demiş?" *Sanırım bir milyoner olmayı tercih ederim.*

"Çocukluk günlerimden bu yana sahip olduğum bir tutkudur bu. Anne babamız bizi her yıl Amalfi sahiline götürürdü. Yatak odamda deniz kabuklarıyla dolu öyle çok kutu vardı ki, kendi etrafımda güç bela dönebilirdim. Hepsi hâlâ bendeler, anlarsınız ya. Çok güzel bir *Epitonium celesti* örneği de dahil olmak üzere. Epeyce nadir. Onu on iki yaşımdayken satın almıştım ve epey de ciddi bir bedel ödemiştim. Ama kabuklar üzerine para harcamanın bir yatırım olduğunu düşündüm. Tabiat ananın en zarif eseri."

"Size e-postayla gönderdiğim fotoğraflara bakabildiniz mi?"

"Ah, evet. Fotoğrafı Stefano Rufini'ye ilettim, eski bir arkadaşım. Medshells isimli bir firmaya danışmanlık yapıyor. Tüm dünyadan nadir örneklerin yerlerini saptıyor ve onları zengin koleksiyonculara satıyorlar. Sizin kabuğun olası kökenleri hakkında ikimiz de aynı şeyi düşünüyoruz."

"O halde nedir bu kabuk?"

Von Schiller gülümseyerek arkasındaki kadına baktı. "Bilfiil incelemeden size nihai cevabımı vereceğimi mi düşünüyorsunuz?"

"Zaten biliyormuş gibisiniz."

"Size söyleyebileceğim tek şey, çerçeveyi daraltmış olduğum." Merdivenleri tırmanmaya devam etti. "Gastropoda sınıfından" dedi adam. Bir basamak daha tırmandı. "Takım: Caenogastropoda." Bir başka basamak, bir başka terane. "Üst Familya: Buccinacea."

"Affedersiniz. Tüm bunlar ne anlama geliyor?"

"Anlamı, öncelikle şu küçük deniz kabuğunuzun bir gastropod olduğu, bunu da *mide* besini şeklinde tercüme edilebiliriz. Bu bir kara salyangozu ya da denizde taşlara sıkı sıkı tutunmasıyla tanınan deniz minareleriyle aynı genel sınıftır. Bunlar, kaslı bir ayağı olan, tek kabuklulardır."

"Kabuğun ismi bu mu?"

---

29. 1850-1894 yılları arasında yaşamış İskoç romancı, şair, gezi yazarı. (ç.n.)

"Hayır, bu sadece filogenetik sınıfı. Tüm dünyada gastropodların en azından elli bin değişik varyasyonu vardır ve bunların hepsi de okyanuslarda yaşamaz. Sıradan kara sümüklüböceği, örneğin, bir kabuğu olmamasına rağmen gastropoddur." Adam merdivenlerin tepesine ulaştı ve içinde, cam gibi gözleri onaylamaz bakışlarla Jane'in bakışlarına karşılık veren yaratıklardan oluşan sessiz bir hayvanat bahçesi barındıran, başkaca teşhir dolaplarının bulunduğu bir koridor boyunca yol gösterdi. Kadının edindiği izleniyor olma hissi öylesine kuvvetliydi ki, durdu ve arkasına dönüp gözlerini dikerek ıssız koridoru, örnekleri barındıran dolapları teker teker inceledi.

Burada katledilmiş hayvanlardan başka hiç kimse yok.
Von Schiller'i takip etmek için döndü.
Adam kaybolmuştu.

Bir an için o upuzun koridorda tek başına durdu; sadece kendi kalbinin atışını duyuyor, camın ardında kapana kısılmış o sayısız yaratığın düşmanca bakışlarını hissediyordu. "Doktor Von Schiller?" diye seslendi ve sesi bir koridordan diğerine yankılanırmış gibi oldu.

Adamın kafası bir dolabın ardından çıkıverdi. "Hadi, gelmiyor musunuz?" diye sordu. "Ofisim burada."

Ofis, adamın işgal ettiği alan için fazlaca büyük bir kelimeydi. Üzerinde bir levha –Dr. HENRY VON SCHILLER, FAHRİ PROFESÖR– bulunan kapı, bir süpürge dolabından biraz daha büyük olan, penceresiz bir kuytuluğa açılıyordu. İçeriye bir masa, iki sandalye ve diğer pek az şey tıkıştırılmıştı. Duvardaki anahtarı kaldırdı ve floresanın fazlaca kuvvetli ışığı altında gözlerini kıstı.

"Görelim bakalım o halde" dedi ve hevesle kadının kendisine uzattığı ziploc torbasını kaptı. "Bunu bir suç mahallinde bulduğunuzu mu söylüyorsunuz?"

Kadın tereddüt etti, sonra da sadece, evet, dedi. *Ölü bir kadının boğazına tıkıştırılmış halde*, dememişti.

"Neden önemli olduğunu düşünüyorsunuz?"
"Bunu bana sizin söyleyeceğinizi umuyordum."
"Elime alabilir miyim?"
"Eğer gerçekten almanız gerekiyorsa."

Adam torbayı açtı ve romatizmalı parmaklarla deniz kabuğunu çıkarttı. Masasının ardına tıkışır ve gıcırdayan bir sandalyeye yerleşirken, "Ah evet" diye mırıldandı. Masa lambasını açtı, bir cetvel ve bir büyüteç çıkarttı. "Evet, bu düşündüğüm şey. Yaklaşık, ah, yirmi bir milimetre uzunluğunda gibi görünüyor. Özellikle iyi bir örnek değil. Bu şeritler o kadar da güzel değil ve şurada bir miktar çentiği var, görüyor musunuz? Bir meraklının koleksiyon kutusunda harap olmuş eski bir kabuk olabilir." Kafasını kaldırıp gözlüklerin ardında yaşarmış gözlerle baktı. *"Pisania maculosa."*

"İsmi bu mu?"

"Evet."

"Emin misiniz?"

Elindeki büyüteci gürültülü bir şekilde masaya bıraktı ve ayağa kalktı. "Bana güvenmiyor musunuz?" dedi canı sıkkın ve öfkeli bir şekilde. "Gelin o halde."

"Güvenmediğimi söylemiyor..."

"Tabii ki söylediğin buydu." Von Schiller, Jane'in muktedir olduğunu bilmediği bir hızla hareket ederek ofisinden dışarı fırladı. Kızgın ve kendini savunmakta acele eden adam bir koridordan diğerine ayak sürüyerek, Jane'i örnek dolaplarından oluşan kasvetli bir labirentin derinliklerine sürükleyip, sayısız ölü gözün bakışları önünden geçirdi ve binanın en uzak köşesine tıkıştırılmış bir sıra teşhir dolabının önüne kadar götürdü. Buranın müzenin sıkça ziyaret edilen bir bölümü olmadığı açıkça belliydi. Daktilo edilmiş teşhir etiketleri geçen yıllarla sararmış ve cam kasaların üzeri tozla kaplanmıştı. Von Schiller dolaplar arasındaki dar bir boşluğa sıkıştı, bir çekmeceyi açtı ve bir örnek kutusu çıkarttı.

"İşte" dedi kutuyu açarak. Bir avuç dolusu kabuk çıkardı ve bunları teker teker cam dolabın üzerine yerleştirdi. *"Pisania maculosa.* Ve işte bir başkası ve bir diğeri. Ve *sizinki* de burada." Kadına hor görülmüş bir akademisyenin haksızlığa karşı duyduğu öfkeyle bakmaktaydı. "Evet?"

Jane adamın sıraladığı kabukları inceledi, hepsi aynı zarif kıvrımlara, halkalar yapan aynı çizgilere sahipti. "Birbirlerine benziyorlar."

"Tabii ki benziyorlar!" Aynı türdenler! Ne söylediğimi biliyorum ben. Bu benim alanım, Dedektif."

Ve gerçekten ne kadar da faydalı bir alan, diye düşündü kadın, not defterini çıkartırken. "Türün ismini tekrar söyler misiniz?"

"Verin onu bana." Adam kadının not defterini elinden kaptı ve Jane surat asarak adamın ismi deftere yazışını izledi. Bu herif tatlı bir ihtiyar değildi. Onu bir süpürge dolabına saklamalarının nedenini anladı.

Adam defteri geri verdi. "İşte. Doğru şekilde yazılmış."

"Peki bu ne anlama geliyor?"

"Bu bir isim."

"Hayır, demek istediğim, özellikle bu kabuğun ne gibi bir önemi var?"

"Bir anlam taşıması mı gerekiyor? Sen bir *Homo sapiens sapiens*sin, o da bir *Pisania maculosa*. Her ne ise o işte."

"Bu kabuk, nadir bulunur bir şey midir?"

"Hiç de değil. İnternet üzerinden kolayca satın alabilirsin, bu işle uğraşan herhangi bir satıcıdan."

Bu da kabuğu katilin izini sürmek için işe yaramaz hale getiriyordu. İç geçirerek not defterini kaldırdı kadın.

"Akdeniz'de oldukça yaygındırlar" dedi adam.

Kadın kafasını kaldırıp adama baktı. "Akdeniz mi?"

"Ve Azur Adaları'nda."

"Özür dilerim. Azur Adaları'nın nerede olduğundan tam olarak emin değilim."

Adam huysuz bir inanmazlıkla baktı kadına. Sonra elini soluk bir Akdeniz haritasıyla birlikte yüzlerce kabuğun sergilendiği dolaplardan birine doğru salladı. "Orada" dedi işaret ederek. "Azur Adaları şuradaki adalardır, İspanya'nın batısına doğru. *Pisania maculosa* bu bölgede bulunur, Azur Adaları'ndan Akdeniz'e."

"Ve başka hiçbir yerde yok mudur? Amerika kıtasında?"

"Nerelerde bulunduğunu az önce söyledim. Size göstermek için çıkarttığım bu kabuklar – bunların hepsi İtalya'da toplanmışlar."

Bakışlarını kasanın üzerinde tutmaya devam ederek, bir an için sessiz kaldı kadın. Bir Akdeniz haritasını en son ne zaman incelediğini hatırlayamıyordu. Onun dünyası, ne de olsa Boston'du; eyalet sınırını geçmek yabancı bir ülkeyi ziyaret etmekle aynı şeydi. Neden bir deniz kabuğu? Neden özellikle *bu* deniz kabuğu?

Sonra gözleri Akdeniz'in doğu köşesine odaklandı. Kıbrıs'a.

Kırmızı aşıboyası. Deniz kabukları. Katil bize ne anlatmaya çalışıyor?

"Ah" dedi Von Schiller. "Burada başka biri olduğunu bilmiyordum."

Jane herhangi bir ayak sesi duymamıştı, gıcırdayan tahta zeminde bile. Geriye döndüğünde tam da arkasında belirivermiş genç bir adam gördü. Kırışmış gömleğine ve kot pantolonuna bakılırsa, büyük ihtimalle bir lisans öğrencisiydi. Kalın çerçeveli siyah gözlükleri, kış mevsimine özgü solgunlukla, rengi uçmuş yüzüyle kesinlikle bir bilgin gibi görünüyordu. Öyle sessizce duruyordu ki, Jane adamın konuşup konuşamadığını merak etti.

Sonra kelimeler çıktı, kekelerken öyle bir işkence çekiyordu ki, bunu duymak insanın içini sızlatıyordu. "P-p-profesör Von

Schiller. K-k-kapatma z-z-zamanı."

"İşimiz bitmek üzere, Malcolm. Dedektif Rizzoli'ye bazı *Pisania* örnekleri göstermek istedim." Von Schiller kabukları kutularına geri kaldırdı. "Ben kilitlerim."

"A-a-ama bu b-b-benim..."

"Biliyorum, biliyorum. Geçip giden yıllarım yüzünden, artık kimse basit bir anahtarı çevirmek için bile güvenemiyor bana. Bak hâlâ masamda düzenlemem gereken evraklar var. Neden sen dedektife çıkışı göstermiyorsun? Söz veriyorum, çıkarken kapıyı kilitleyeceğim."

Genç adam sanki itiraz edebilmek için ne söyleyeceğini bulmaya çalışırmış gibi tereddüt etti. Sonra da omuz silkmekle yetinip kafa salladı.

Jane kanıt poşetini tekrar cebine attı. "Yardımlarınız için teşekkür ederim, Doktor Von Schiller" dedi. Ancak yaşlı adam kabuk kutusunu çekmecedeki yerine koymak üzere çoktan ayaklarını sürüyerek uzaklaşmaya başlamıştı.

Genç adam Jane'i kasvetli sergi salonlarından, camın ardında kapana kısılmış hayvanların önlerinden geçirip yolu gösterirken hiçbir şey söylemedi. Lastik tabanlı pabuçları, tahta zeminde güç bela işitilecek gıcırtılar çıkartıyordu. *Burası hiç de genç bir adamın pazar akşamüstünü geçireceği yer değil*, diye düşündü Jane. *Fosillere ve delinmiş kelebeklere arkadaşlık ederek.*

Dışarıya çıkınca, akşamın erken saatlerinin kasveti arasından, ayakkabılarıyla kumlu karları gürültülü biçimde ezerek tekrar park yerine doğru yorucu bir yürüyüşe koyuldu. Yarı yola vardığında yavaşlayıp durdu. Arkasına dönerek karartılmış binaları, sokak lambalarının ışığıyla oluşan ışık havuzlarını taradı. Hiç kimse, hiçbir şey hareket etmiyordu.

Öldüğü gece, Eve Kassovitz katilinin geldiğini görmüş müydü?

Adımlarını hızlandırdı, anahtarları çoktan elindeydi ve şimdi park yerinde tek başına duran arabasına doğru ilerledi. Ancak içeriye girdikten ve kapıyı kilitledikten sonra gardını indirdi kadın. *Bu soruşturma beni fazlasıyla korkutuyor*, diye düşündü. *Sanki şeytanı arkamda hissetmeden park yerinden bile geçemiyorum.*

Ve yaklaşıyor.

1 ağustos. Ayın evresi: Dolunay.
Dün gece annem rüyamda benimle konuştu. Bir azarlama. Disiplinsiz olduğum için bir uyarı. "Sana tüm kadim ritüelleri öğrettim, peki ne için?" diye sordu. "Onları görmezden gelesin diye mi? Kim olduğunu hatırla. Sen seçilmiş olansın."
Unutmadım. Nasıl unutabilirdim ki? İlk yıllarımdan bu yana annem atalarımızın hikâyelerini anlatmıştı, İkinci Ptolemy zamanında, "Köylerimizi ateşe verdiler. İnsanların her türlü zalimliğin acısını çekmesine neden oldular. Neslimizi yok etmeyi isteyerek savaşa devam ettiler" yazan Sebennytonlu Manetho'nun kim olduğunu.
Damarlarımda avcıların kutsal kanı dolaşıyor.
Bunlar kafası dağınık ve unutkan babamın bile bilmediği sırlar. Annem ile babam arasındaki bağlar, sadece pratik oldukları için varlardı. Oysa annem ile benim aramdaki bağlar, zamanın, kıtaların ötesinden benim rüyalarıma uzanıyor. Benden memnun değil.
Ve böylece, bu gece bir keçiyi ormana sürüyorum.
İsteyerek geliyor çünkü insan gaddarlığının kokusunu daha önce hiç almamış. Ay o kadar parlak ki yolumu görmek için fener ışığına ihtiyacım yok. Arkamda az önce çiftçinin ahırından saldığım diğer keçilerin şaşırmış melemelerini duyuyorum, ama peşinden gitmiyorlar. Ormanın derinliklerine doğru yürüdükçe bağırışları şiddetini yitiriyor ve şimdi tek duyduğum, ayaklarımın ve keçinin toynaklarının orman zemi-nindeki sesleri.
Yeterince uzağa yürüyünce, keçiyi bir ağaca bağlıyorum. Hayvan başına gelecek olanı hissediyor ve giysilerimi çıkar-

tıp, çırılçıplak kalırken tedirgin bir şekilde melemeye başlıyor. Yosunların üzerine diz çöküyorum. Gece serin, ancak benim titremem beklentiden kaynaklanıyor. Bıçağı kaldırıyorum ve ayin kelimeleri, daha önce her zaman olduğu kadar kolaylıkla dudaklarımdan dökülüyor. Efendimiz Seth'e şükürler olsun, atalarımın tanrısına. Ölüm ve yıkımın tanrısı. Sayısız bin yıl boyunca ellerimize rehberlik etti, Levant'tan Fenike ve Roma topraklarına, dünyanın her köşesinde bize yol gösterdi. Biz her yerdeyiz.

Kan sıcak bir pınar gibi fışkırıyor.

Sona erdiğinde, ayakkabılarım hariç çıplak bir şekilde göle yürüyorum. Ayın parlaklığı altında kendimi gölün sularına atıyor ve keçinin kanlarını üzerimden temizliyorum. Temizlenmiş ve canlanmış olarak yeniden ortaya çıkıyorum. Kalp atışlarım, ancak en sonunda elbiselerimi üzerime geçirdiğimde yavaşlıyor ve yorgunluk aniden ağır kolunu omuzlarımın etrafından sarkıtıyor. Neredeyse çimlerin üzerinde uyuyakalabilirim, ancak yatmaya cesaret edemiyorum; öylesine yorgunum ki, gün ışıyana kadar uyanmayabilirim.

Ağır adımlarla eve doğru yola koyuluyorum. Tepenin üstüne vardığımda onu görüyorum. Lily çimenliğin ucunda duruyor, ay ışığı altına parlayan saçlarla ince bir siluet. Bana bakıyor.

"Neredeydin?" diye soruyor.

"Yüzmeye gittim."

"Karanlıkta mı?"

"En iyi zaman." Yavaşça ona doğru yürüyorum. Ona dokunabilecek kadar yaklaştığımda bile en ufak bir şekilde kıpırdamadan duruyor. "Su sıcak. Çıplak yüzerken kimse göremez." Elim gölden dolayı soğuk, yanağını okşadığımda ürperiyor. Korkudan mı, cazibeden mi? Bilmiyorum. Bildiğim şey şu ki, geçen son haftalarda beni izliyordu, tıpkı benim onu izlediğim gibi ve aramızda bir şeyler oluyor. Cehennem, cehennem çağırır derler. İçinde bir yerlerde, karanlık benim çağrımı duydu ve hayata dönüyor.

Daha da yaklaşıyorum. Benden daha büyük olmasına rağmen ben daha uzunum ve ona doğru eğildiğimde, kolum kolayca belinin etrafına dolanıyor. Kalçalarımız buluşurken.

Attığı tokat geriye doğru sendelememe neden oluyor.

"Bana bir daha dokunayım deme sakın" diyor. Dönüyor ve eve yürüyor.

Yüzüm hâlâ sızlıyor. Karanlıkta oyalanıyor, vurduğu darbenin izinin yanağımdan silinip gitmesini bekliyorum. Gerçekten kim olduğum, az önce kimi küçük düşürdüğü hakkında hiçbir fikri yok. Sonuçlarının ne olacağı konusunda hiçbir fikri yok.

O gece uyumuyorum.

Bunun yerine sabırlı olmak ve uygun anı kollamak hakkında annemin bana öğrettiği tüm dersleri düşünerek, uyanık halde yatakta yatıyorum. "En tatmin edici ödül" demişti annem, "beklemeye mecbur kaldığındır." Sonraki sabah güneş doğduğunda, ben hâlâ yatakta, annemin sözlerini düşünüyorum. O küçük düşürücü tokadı da düşünüyorum. Lily ve arkadaşlarının tüm saygısızlıklarını.

Aşağıda, Amy Yenge mutfakta kahvaltı hazırlıyor. Demlenen kahvenin ve kızartma tavasında gevrekleşen domuz pastırmasının kokusunu alıyorum. Ve yengemin, "Peter? Et bıçağımı gördün mü?" diye seslendiğini duyuyorum.

20

Her sıcak yaz gününde olduğu gibi, Piazza di Spagna bir terli turistler deniziydi. Boyunlarından sarkan pahalı fotoğraf makineleri, güneşten bez şapkalar ve beysbol kepleriyle korunduğu kızarmış yüzleriyle, bir girdap halinde dirsek dirseğe dönüp durmaktaydılar. Meydana tepeden bakan İspanyol merdivenlerindeki tüneğinden, Lily satıcıların arabaları etrafında dönen girdapları, birbirleriyle yarışan tur gruplarının yarattığı ters akıntıları fark ederek kalabalığın hareketlerini inceledi. Yankesicilerden sakınıp sinekler gibi üzerine üşüşen, kaçınılması imkânsız seyyar incik boncukçuları eliyle savuşturarak, basamakları inmeye başladı. Birçok erkeğin ona doğru baktığını gördü, ancak ilgileri sadece anlık olmaktan ibaretti. Bir bakış, şehvet dolu bir düşünce pırıltısı ve sonra gözleri bir sonraki dişiye dönüyordu. Merdivenlerde birbirlerine sarılmış bir çiftin yanından kendine yol açıp, bir kitabın üzerine eğilmiş çalışkan bir öğrenciyi geçip piazzaya doğru inerken, Lily bu bakışları hemen hemen hiç düşünmedi. İzdihamın içine daldı. Kalabalığın içinde kendini güvende ve tecrit edilmiş hissediyordu. Bu sadece bir yanılsamaydı tabii ki; gerçekten de güvenli hiçbir yer yoktu. Fotoğraf çeken turistlerin ve gelatolarını[30] şapır şupur yalayan çocukların arasından sağa sola döne döne piazzayı geçerken, fark edilmesinin fazlasıyla kolay olduğunu biliyordu. Kalabalıklar av için korunma sağlarken, avcıyı da gizlemekteydi.

Piazzanın uzak ucuna ulaştı ve bu hayatta asla satın alamayacağı kadar pahalı ayakkabılar ve çantalar satan bir mağazanın yanından yürüdü. Dükkânın ilerisinde ATM'si olan bir banka ve para makinesini kullanmak için bekleyen üç kişi vardı. Sıraya girdi.

30. Süt, şeker ve çeşitli tat vericilerle yapılan İtalyan dondurması. (ç.n.)

Onun sırası gelene kadar, kadın etrafta duran herkesi iyice incelemiş ve aniden üzerine çullanmaya hazır herhangi bir hırsız fark etmemişti. Yüklü miktarda para çekmenin zamanıydı şimdi. Dört haftadır Roma'daydı ve hâlâ herhangi bir işe girmemişti. Akıcı İtalyancasına rağmen, tek bir kahve tezgâhında, tek bir hediyelik eşya dükkânında ona uygun bir iş yoktu ve cebinde sadece beş euro kalmıştı.

Banka kartını makineye soktu, üç yüz euro talep etti ve paranın çıkmasını bekledi. Yanında makbuzla birlikte kartı dışarı çıkmıştı. Ama hiç nakit yoktu. Aniden midesine saplanan bir sancıyla makbuza baktı. Makbuzda yazanı anlamak için herhangi bir çeviriye ihtiyacı yoktu.

Yetersiz bakiye.

Pekâlâ, diye düşündü kadın, *belki sadece bir seferde çok fazla istedim. Sakin ol.* Kartını tekrar makineye soktu, şifresini tuşladı, iki yüz euro istedi.

Yetersiz bakiye.

Arkasında duran kadın şimdiden *acele et!* iç geçirmelerine başlamıştı. Lily üçüncü kez kartını itti. Yüz euro istedi.

Yetersiz bakiye.

"Hey, yakın bir zamanda işin bitecek gibi mi? Mesela, *bugün?*" diye sordu arkasındaki kadın.

Lily kadına bakmak için döndü. Kor gibi bir öfkeyle dolu o tek bakış kadını panik içinde geriletmeye yetmişti. Lily kadını iterek geçti ve yeniden piazzaya yöneldi, körlemesine hareket ediyor, onu kimin izlediğine, kimin peşinde olduğuna aldırmıyordu. İspanyol merdivenlerine ulaştığında bacaklarında derman kalmamıştı. Merdivenlere çöktü ve başını elleri arasına gömdü.

Parası gitmişti. Hesabındaki paranın azaldığını, önünde sonunda tükeneceğini biliyordu, ama en azından bir ay daha yetecek parası olduğunu düşünmüştü. Belki iki yemeğe daha yetecek nakit vardı yanında ama hepsi buydu. Ne bu gece bir otel, ne de yatak. Ama hey, bu merdivenler de yeterince konforluydu ve bu manzaradan daha iyisini bulamazdı. Acıktığında turistlerden kalma yarım sandviçleri aramak için çöp kutularını karıştırmaya ne zaman isterse gidebilirdi.

Kimi kandırıyorum ben? Biraz para bulmaya mecburum.

Kafasını kaldırdı, piazzaya bakındı ve birçok yalnız erkek gördü. *Merhaba, dostlar, akşamüstünü şehvetli ve umutsuz bir piliçle geçirmek için para ödemeye hevesli olanınız var mı?* Sonra meydanın çevresinde dolanan üç polis gördü ve buranın umutlara olta atmak için iyi bir yer olmadığına karar verdi. Tutuklanmak uygunsuz olurdu; ayrıca ölümcül sonuçlar da doğurabilirdi.

Sırt çantasının fermuarını açtı ve hararetli bir şekilde çantayı karıştırdı. Belki de bir köşeye ayırıp unuttuğu paralar vardı, ya da çantanın dibine tıngırdayan birkaç bozukluk. Düşük ihtimal. Sanki her kuruşun hesabını tutmamış gibi. Bir paket nane şekeri, bir tükenmezkalem buldu. Hiç para yoktu.

Ancak, üzerinde Filippo Cavalli ismi basılı bir kartvizit bulmuştu. Bir anda adamın yüzünü hatırladı. Yiyecek gibi bakan gözleri olan kamyon şoförü. "Eğer kalacak bir yer istersen" demişti adam, "şehirde bir dairem var."

İşte, tahmin et bakalım ne oldu? Kalacak bir yerim yok.

Merdivenlere oturdu, kırılmasına ve katlanmasına aldırmadan parmaklarına sürtüp durdu. Filippo Cavalli'yi, adilik dolu gözlerini ve tıraşsız yüzünü düşündü. Ne kadar kötü olabilirdi ki? Hayatta daha kötü şeyler de yapmıştı. Çok daha kötü şeyler.

Ve hâlâ bunun cezasını çekiyorum.

Sırt çantasının fermuarını kapattı ve bir telefon bulabilmek için etrafına bakındı. Gözleri adilikle dolu ya da değil, diye düşündü, bu kızın yemek yemesi lazım.

* * *

4-G numaralı dairenin önündeki koridorda durmuş, sinirli hareketlerle bluzunu düzeltip saçlarına şekil vermekle meşguldü. Derken son karşılaşmalarında adamın ne kadar da derbeder göründüğünü düşünerek, neden zahmet ettiğini merak etti. *Tanrım, hiç değilse en azından nefesi kokuyor olmasın,* diye düşündü kadın. Şişman ya da çirkin adamlarla başa çıkabilirdi. Gözlerini kapatabilir ve bakmazdı. Ama nefesi kokan bir adam...

Kapı açıldı. "İçeri gel" dedi Filippo.

Adamı görür görmez kadın dönüp kaçmak istedi. Tam olarak kadının hatırladığı gibiydi, çenesi ekinin tarlada kalan dibi gibi dalayıcıydı, aç bakışları yüzünü çoktan silip süpürmeye koyulmuştu. Güzel giysiler giymeye bile zahmet etmemişti, üzerinde bir atlet ve bol bir pantolon vardı. Neden temizlenmeye zahmet etsin ki? Kızı buraya getirenin ne olduğunu elbette biliyordu ve bu da şekle sokulmuş vücudu ya da ışıltılar saçan zekâsı değildi.

Kadın, sarımsak ile sigara kokularının hâkimiyet kurmak için savaştığı daireye adım attı. Bunun dışında, çok korkunç bir yer değildi. Kadın bir kanepe ve sandalyeler gördü, derli toplu bir gazeteler yığını, bir orta sehpası. Balkon penceresi karşıdaki apartmana bakmaktaydı. Duvarlardan, bir komşunun bas bas bağıran televizyonun sesini duydu.

"Biraz şarap, Carol?"

Carol. Neredeyse adama hangi ismi verdiğini unutmuştu. "Evet, lütfen" diye cevap verdi. "Ve... yiyecek bir şeyler de var mı acaba?"

"Yemek mi? Tabii ki." Adam gülümsedi, ama gözleri yiyecekmiş gibi bakmaktan asla vazgeçmemişti. Bunların sadece işlemden önceki latifeler olduğunu biliyordu. Adam ekmek, peynir ve küçük bir tabak salamura mantar çıkardı. Bir ziyafet sayılmazdı; daha çok bir atıştırma gibiydi. Demek değeri bu kadardı. Şarap ucuz, keskin ve buruktu, ancak her şeye rağmen, kadın yemekle birlikte iki kadeh içti. Bundan sonra gelecek şey için ayık olmak yerine sarhoş olmak daha iyiydi. Şarap kadehinden bir yudum daha alırken, adam mutfak masasının karşı tarafında oturdu ve kadını izledi. Acaba kaç kadın bu daireye gelmiş, yatak odası için duygularından arınmaya çalışarak bu mutfak masasında oturmuşlardı? Kesinlikle hiçbiri kendi rızasıyla gelmemişti. Tıpkı Lily gibi, onlar da işe koyulmadan önce bir, iki ya da üç kadeh içkiye ihtiyaç duymuşlardı.

Adam masanın üzerinden uzandı. Bluzunun üst iki düğmesini çözerken kadın kaskatı kesildi. Sonra adam kadının göğüs çatalı manzarasının tadını çıkartarak arkasına yaslandı.

Kadın görmezden gelmeye çabaladı ve yeni bir ekmek parçasına uzandı, sonra kadehindeki şarabı bitirip kendine yeni bir kadeh doldurdu.

Adam ayağa kalktı ve kadının arkasına geçti. Bluzunun düğmelerini açmayı bitirdi, omuzlarından kaydırdı ve sonra da kadının sutyenini çözdü.

Kadın ağzına bir parça peynir tıkıştırdı, çiğnedi ve yuttu. Adamın elleri göğüsleri üzerine kapanırken, neredeyse öksürüp peyniri geri çıkartıyordu. Arkasına dönüp adama sıkı bir yumruk patlatma içgüdüsünü bastırarak, yumrukları sıkılı halde kaskatı oturdu. Bunu yapmak yerine adamın kolunu dolayıp önüne uzanmasına ve kotunun düğmesini çözmesine izin verdi. Sonra adam hızla çekiştirdi ve kadın, adamın geri kalan giysilerini çıkartabilmesi içim itaatkâr bir şekilde ayağa kalktı. En sonunda kadın mutfakta çırılçıplak kaldığında, tahrik olduğu açıkça görülen adam manzaranın tadını çıkartmak için geri çekildi. Kendi giysilerini çıkartmaya zahmet bile etmeden kadını mutfak tezgâhına yasladı, pantolonunu açtı ve ona ayakta sahip oldu. Ona öylesine şiddetle sahip oldu ki dolaplar titredi ve çekmecelerdeki gümüş çatal bıçaklar tangırdadı.

Acele et. Bitir işini, kahrolasıca.

Ama o henüz yeni başlıyordu. Onu kendi etrafında çevirdi, dizleri üzerine çöktürdü ve kadına karo kaplı mutfak zemininde sahip oldu. Sonra oturma odasına geçtiler, tam da balkon penceresinin görüş alanı önüne, sanki dünyaya kendisinin, Filippo'nun, bir kadını her pozisyonda ve her odada becerebileceğini göstermek istiyormuş gibiydi. Kadın gözlerini kapattı ve dikkatini yan kapıdaki televizyondan gelen seslere yoğunlaştırdı. Güm güm vuran şov müziği, kolay heyecanlanan bir İtalyan sunucu. Televizyona konsantre oldu çünkü üzerine kuvvetle vurup duran Filippo'nun nefes nefese kalışını ve hırıltılarını duymak istemiyordu. Doyuma ulaşırken.

Kadının üzerine yığıldı adam, kadını boğmakla tehdit eden, gevşek etli kıpırtısız bir ağırlık. Kadın kendini adamın altından kurtardı ve vücudu terden kayganlaşmış halde sırtüstü yere uzandı.

Bir süre sonra adam horlamaya başlamıştı.

Kadın onu orada, oturma odasının zemininde bıraktı ve bir duş almak için banyoya geçti. Adamın izlerini üzerinden çıkartmaya çalışarak, suyun altında en azından yirmi dakika geçirdi. Saçlarından sular damlayarak, hâlâ uyuduğundan emin olmak için oturma odasına döndü. Uyuyordu. Sessizce adamın yatak odasına geçti ve elbise dolabının çekmecelerini karıştırdı. Bir çorap öbeğinin altında, bir deste nakit para buldu; en azından altı yüz euro. *Bir yüzlüğün yokluğunu fark etmez,* diye düşündü kadın, kâğıt banknotları sayarken. Zaten bu parayı hak etmişti.

Üstünü giyindi. Arkasında ayak sesleri duyduğunda tam da sırt çantasını alıyordu.

"Bu kadar erken mi gidiyorsun?" diye sordu adam. "Sadece bir seferle nasıl tatmin olmuş olabilirsin ki?"

Adama bakmak için yavaşça döndü ve kendini gülümsemeye zorladı. "Seninle sadece bir kez, Filippo, başka herhangi bir adamla on kez gibi."

Adam sırıttı. "Kadınlar bana bunu söyleyip duruyor."

O halde hepsi yalan söylüyor.

"Kal. Sana akşam yemeği hazırlarım." Kadına doğru geldi ve saçıyla oynadı. "Kal ve belki de..."

Kadın iki saniye için bunu düşündü. Burası geceyi geçirecek bir yer olsa da, çok yüksek bir bedeli vardı. "Gitmem lazım" dedi dönerek.

"Kal lütfen." Adam durdu, sonra da çaresiz bir ses tonuyla ekledi, "sana para veririm."

Kadın durdu ve adama baktı.

"Hepsi bu, değil mi?" dedi adam usulca. Gülüşü soldu, yüzüne yavaş yavaş yorgun bir maske düştü. Artık o çalımlı âşık değil, üzgün, koca göbekli ve hayatında bir kadın olmayan orta yaşlı bir adamdı. Bir zamanlar, adamın gözlerinin adilikle dolu göründüğünü düşünmüştü kadın; şimdi o gözler sadece yorgun, yenik düşmüş görünüyordu. "Biliyorum." İç geçirdi. "Benim için gelmedin. İstediğin paraydı."

İlk kez adama bakmak kadının midesini bulandırmadı. Yine ilk kez adama karşı dürüst olmaya karar verdi.

"Evet" diyerek kabul etti kadın. "Paraya ihtiyacım var. Meteliksizim ve Roma'da bir iş bulamıyorum."

"Ama sen Amerikalısın. Evine dönebilirsin."

"Eve gidemem."

"Neden ki?"

Kadın başka tarafa baktı. "Gidemem işte. Orada beni bekleyen herhangi bir şey de yok zaten."

Adam bir an için kadının sözlerini değerlendirdi ve mantıklı bir sonuca vardı. "Polis mi peşinde?"

"Hayır. Polis değil..."

"O halde kimden kaçıyorsun?"

Şeytanın kendisinden kaçıyorum, diye düşündü kadın. Ama bunu söyleyemezdi, çünkü adam deli olduğunu düşünürdü. Basitçe, "Bir adam. Beni korkutan birisi" diyerek yanıt verdi.

Adamın düşündüğü, büyük ihtimalle *kaba bir erkek arkadaştı.* Anlayışla kafa salladı. "Öyleyse paraya ihtiyacın var. Gel o halde. Sana biraz para verebilirim." Döndü ve yatak odasına doğru ilerlemeye başladı.

"Bekle. Filippo." Şimdi kendini suçlu hisseden kadın, cebine uzandı ve adamın çorap çekmecesinden aldığı yüz euroyu çıkarttı. Böylesine çaresizce arkadaş hasreti çeken bir adamdan nasıl çalabilirdi ki? "Üzgünüm" dedi kadın. "Bu senin. Gerçekten de ihtiyacım vardı, ama almamalıydım." Filippo'nun eline uzandı ve gözlerinin içine bakmayı güç bela becererek parayı adamın avucuna bastırdı. "Başımın çaresine bakarım." Ayrılmak için döndü.

"Carol? Gerçek ismin bu mu?"

Eli kapının kolunda durakladı kadın. "Herhangi bir isim kadar iyi."

"Bir işe ihtiyacın olduğunu söyledin. Ne yapabilirsin?"

Adama baktı. "Her şeyi yaparım. Ev temizleyebilirim, garsonluk yapabilirim. Ama ücretimi nakit almam gerek."

"İtalyancan oldukça iyi." Düşünceli bir şekilde kadını baştan aşağı süzdü. "Bir kuzenim var burada, şehirde" dedi en sonunda. "Turlar düzenliyor."

"Ne tür turlar?"

"Forum'a,[31] bazilikaya." Omuz silkti. "Bilirsin işte, turistlerin Roma'da her zaman gittiği yerlere. Bazen İngilizce konuşan rehberlere ihtiyacı oluyor. Ama bir eğitimleri olması gerek."

"Benim eğitimim var! Üniversitede Antik Yunan ve Roma uygarlıkları üzerine eğitim aldım." Taze umutlar kalbinin aniden daha hızlı çarpmasına neden olmuştu. "Tarihle ilgili oldukça fazla şey bilirim, aslında. Antik dünyayla ilgili."

"Peki Roma hakkında bilgin var mı?"

Lily aniden bir kahkaha attı ve sırt çantasını yere bıraktı. "Aslına bakarsan" dedi, "var."

---

31. Eski Roma'nın etrafında geliştiği, ticaret, ibadet, adalet ya da şehir yönetimi gibi işlerin yürütüldüğü şehir merkezi. (ç.n.)

21

Maura buzla parlayan kaldırımda durdu, kafasını kaldırarak pencereleri davetkâr biçimde parlayan Beacon Hill evine baktı. Ön taraftaki misafir salonunda, dans eden alevlerin cazibesine kapılarak bir fincan kahve sözüyle ilk kez içeri girdiği gecede olduğu gibi, ateşin ışıkları titreşmekteydi. Bu gece basamakları çıkmasına neden olansa meraktı, hem ilgisini çeken, hem de, kabul etmeliydi ki, onu bir parça korkutan bir adama karşı duyulan merak. Kadın kapıyı çaldı ve içeride, henüz görmediği odalarda yankılanan çanları duydu. Kapıya kâhyanın bakmasını bekliyordu. Anthony Sansone kapıyı bizzat açınca kadın birden irkildi.

"Gerçekten de geleceğinizden emin değildim" dedi adam, kadın içeri adım atarken.

"Ben de" diyerek kabullendi kadın.

"Diğerleri daha sonra gelecek. Önce bizim konuşmamızın daha iyi olacağını düşündüm, yalnız." Kadının paltosunu çıkartmasına yardımcı oldu ve gizli bir paneli iterek elbise dolabını ortaya çıkarttı. Bu adamın evindeki duvarlar sürprizler gizlemekteydi. "O halde her şeye rağmen neden gelmeye karar verdiniz?"

"Ortak ilgi alanlarımız olduğunu söylemiştiniz. Bununla ne kastettiğinizi öğrenmek istiyorum."

Adam kadının paltosunu astı ve döndü, siyahlar giyinmiş, yüzü alevlerin ışığıyla altın renginde parlayan, olduğundan daha büyük ve korkunç gözüken bir figür. "Kötülük" dedi adam. "Ortak noktamız bu. Her ikimiz de onu yakından gördük. Yüzüne baktık, soluğunu kokladık. Ve gözlerini dikip bize baktığını hissettik."

"Bir sürü insan görmüştür onu."

"Ama sen onu fazlasıyla kişisel bir düzeyde tanıdın."

"Yine annemden bahsediyorsunuz."

"Joyce bana henüz hiç kimsenin Amalthea'nın tüm kurbanlarının çetelesini tutamadığını söylüyor."

"O soruşturmayı takip etmedim ben. Karışmadım. Amalthea'yı en son temmuzda gördüm ve onu bir daha ziyaret etmeyi de planlamıyorum."

"Kötülüğü görmezden gelmek onu ortadan kaldırmaz. Hâlâ orada, hâlâ hayatının bir parçası..."

"Benim parçam değil."

"DNA'na kadar."

"Bir doğum kazası. Bizler, ebeveynlerimiz değiliz."

"Ancak bir şekilde Maura, annenin işlediği suçların ağırlığı üzerine çöküyor olmalı. Sorgulamana neden oluyor olmalı."

"Benim de bir canavar olup olmadığımı mı..."

"Bunu merak ediyor *musun*?"

Kadın durakladı, adamın dikkatli bir şekilde kendisini izlediğinin kesinlikle farkındaydı. "Annemle en ufak bir benzerliğim yok benim. Onunla zıt kutuplarız. Yaptığım işe, seçtiğim kariyere bak."

"Bir tür özür dileme olabilir mi?"

"Özür dileyecek hiçbir şeyim yok benim."

"Buna rağmen kurbanların namına çalışmayı seçmişsin. Ve adaletin. Bu seçimi herkes yapmaz, ya da senin yaptığın kadar iyi ve ateşli bir şekilde yapmaz. Bu gece seni bu yüzden davet ettim." Bir sonraki odanın kapısını açtı. "Sana bir şey göstermek istiyorum."

Kadın, adamın peşinden ahşap panellerle kaplı, yemek için hazırlanmış kocaman bir masanın bulunduğu yemek odasına girdi. İnce ayaklı kristalleri, kobalt ve altın rengi porselenleri inceleyen kadın, masanın beş kişilik olduğunu fark etti. Burada, içinde alevlerin dans ettiği bir başka şömine daha vardı, ancak on iki ayak yüksekliğindeki tavanıyla bir mağarayı andıran bu oda soğuk taraftaydı ve kadın kaşmir süveterini çıkartmamış olduğu için memnundu.

"Önce bir kadeh şarap?" diye sordu adam, elinde bir şişe Cabernet tutarak.

"Evet. Teşekkür ederim."

Adam şarabı doldurdu ve kadehi kadına verdi, ancak kadın kadehe neredeyse hiç bakmadı; dikkatini duvarda asılı portrelere yoğunlaştırmıştı; yüzyılların ardından sabit gözlerle bakan bir sergi, hem erkekler, hem kadınlar.

"Bunlar sadece küçük bir kısmı" dedi adam. "Yıllar içinde ailemin toplamayı başardığı portreler. Bazıları yakın zamanda yapıl-

mış kopyalar, bazıları ise sadece nasıl göründüklerine dair düşüncelerimizin tasvirleri. Ama bu portrelerden birkaç tanesi orijinal. Bu insanların yaşadıkları zamanki gerçek görünüşleriyle."
Özellikle bir portrenin önünde durmak için odanın diğer tarafına geçti. Bu portre parlak, koyu renkli gözleri olan, siyah saçları zarifçe boynunun arkasında toplanmış genç bir kadına aitti. Yüzü solgundu, bu loş ve ateşin ışığıyla aydınlanan odada, teni şeffaf ve öylesine canlı görünüyordu ki, Maura o beyaz boyundaki kalp atışlarının kuvvetli vuruşlarını neredeyse gözünde canlandırabiliyordu. Genç kadın kısmen ressama doğru dönmüştü, bordo elbisesi altın rengi işlemelerle parıldıyordu, sabit bakışları dimdik ve korkusuzdu.

"İsmi Isabella'ymış" dedi Sansone. "Bu resim evliliğinden bir ay önce yapılmış. Portrenin epey bir restorasyon geçirmesi gerekti. Tuvalin üzerinde yanık izleri vardı. Kadının evini yok eden o yangında tahrip olmaması büyük şans."

"Güzel bir kadınmış."

"Evet, öyleymiş. Onun için büyük talihsizlik."

Maura kaşlarını çatarak adama baktı. "Neden?"

"Nicolo Contini ile evliymiş, Venedikli bir soylu. Herkese göre oldukça mutlu bir evlilikmiş, ta ki" durakladı "ta ki Antonino Sansone hayatlarını mahvedene kadar."

Kadın şaşırarak adama baktı. "Bu, portredeki adam değil mi? Diğer odadaki?"

Adam başıyla onayladı. "Benim saygıdeğer atam. Ah, şeytanın kökünü kazımak bahanesiyle yaptıklarının tümünden temize çıkmayı başardı. Kilise tümünü tasvip etti; işkence, kan alma, kazığın ucunda yakmalar. Venedikliler özellikle işkence konusunda uzmandı ve itiraf ettirmek için daha önce hiç olmadığı kadar merhametsiz araçlar tasarlamakta daima yaratıcı olmuşlardı. Suçlamalar ne kadar acayip olursa olsun, Monsenyör Sansone ile birlikte zindanda geçecek birkaç saat, neredeyse herkesin suçunu kabul etmesi için yeterli olurdu. Suçlama ister büyücülük tatbik etmek, ister komşularınıza karşı büyüler yapmak, ister şeytanla birlik olmak olsun, acıyı durdurmanın tek yolu, ölümün merhametinin bahşedilmesi için bu suçlamaların birini ya da hepsini teyit etmekti. Bu da, kendi içinde o kadar da merhametli değildi, çünkü büyük kısmı canlı canlı yakılıyorlardı." Bakışlarını odanın duvarlarına asılı portrelerde gezdirdi. Ölülerin yüzleri. "Burada gördüğünüz bütün insanlar onun elinde acı çekti. Erkekler, kadınlar, çocuklar; hiçbir ayrım yapmadı. Her gün, görevi için hevesli bir şekilde uyandığı, ekmek ve etten oluşan bir kahvaltıyı neşe içinde yiyerek kendini kuvvetlendirdiği söylenir. Sonra kan sıçramış cübbesini giyip işe gider ve farklı inançlara sahip kişilerin kökünü kazırmış. Kalın taş duvarlara rağmen, dışarıdaki sokaktan gelip geçenler çığlıkları duyabilirlermiş."

Maura'nın bakışları acı bir sona mahkûm edilmişlerin yüzlerini iyice anlamaya çalışarak odayı dolaştı ve aynı yüzleri berelenmiş, acıyla burulmuş halde hayal etti. Ne kadar direnmişlerdi? Acaba bir kaçma ümidine, bir yaşama şansına ne kadar süre sarılmışlardı?

"Antonino hepsini mağlup etti" dedi adam. "Biri dışında." Bakışları parlak gözleri olan kadına dönmüştü.

"Isabella kurtuldu mu?"

"Ah, hayır. Onun ilgisinden hiç kimse kurtulamadı. Tıpkı diğerleri gibi o da öldü. Ama asla yenilmedi."

"İtiraf etmeyi kabul etmedi mi?"

"Ne de boyun eğmeyi. Sadece kocasını bulaştırması yeterli olacaktı. Onu reddetse ve büyücülükle suçlasa, yaşamaya devam edebilirdi. Çünkü Antonino'nun asıl istediği kadının itiraf etmesi değildi. O Isabella'nın kendisini istiyordu."

Onun için büyük talihsizlik. Adamın anlatmak istediği buydu.

"Bir yıl bir ay" dedi adam. "Isıtması ve ışığı olmayan bir hücrede bu kadar dayanmış. Her gün işkencecisiyle yeni bir seans geçirerek." Maura'ya baktı. "O zamanlardan kalma aletleri gördüm. Bundan daha kötü bir cehennem hayal edemiyorum."

"Ve onu asla yenememiş?"

"Sonuna kadar direnmiş. Yeni doğan çocuğunu aldıkları zaman bile. Ellerini ezdikleri, sırtının derisini yüzdükleri, eklemlerini burkarak parçaladıkları zaman bile. Her türlü gaddarlık Antonino'nun kişisel güncelerine titizlikle kaydedilmiş."

"Bu günceleri kendi gözlerinizle gördünüz mü?"

"Evet. Bunlar ailemizde kuşaktan kuşağa aktarılmış. Şimdi bir kasada saklı, o çağdan kalan diğer nahoş aile yadigârlarıyla birlikte."

"Ne korkunç bir miras."

"Size ortak ilgilerimiz, ortak kaygılarımız olduğunu söylerken kastettiğim buydu. Her ikimize de zehirli kanlar miras kaldı."

Kadının bakışları tekrar Isabella'nın yüzüne dönmüştü ve aniden adamın sadece birkaç dakika önce söylediği bir şeyi anlayıverdi. *Yeni doğmuş çocuğunu aldılar.*

Adama baktı. "Hapisteyken anne olduğunu söylediniz."

"Evet. Bir oğlan."

"Ona ne oldu?"

"O bölgedeki bir rahibe manastırının bakımına verildi, orada büyütüldü."

"Ama farklı inançları olan birinin çocuğuydu. Yaşamasına neden izin verdiler?"

"Babasının kimliği yüzünden."

Kadın şaşkın bir kavrayışla adama baktı. "Antonino Sansone mi?"

Adam başını sallayarak onayladı. "Oğlan annesinin hapiste geçirdiği on birinci ayda dünyaya geldi."

Bir tecavüz çocuğu, diye düşündü kadın. *Demek Sansone soyu bu. Ölüm hükmü verilmiş bir kadının çocuğuna kadar uzanıyor.*

Ve bir canavara.

Kadın odadaki diğer portreleri inceledi. "Sanırım ben bu portrelerin evimde asılı olmasını istemezdim."

"Sapkınca olduğunu düşünüyorsunuz."

"Her gün hatırlamama neden olurlardı. Nasıl öldükleri aklımdan çıkmazdı."

"Onları bir dolaba mı saklardınız? Onlara bakmaktan kaçınır mıydınız, tıpkı anneniz hakkında düşünmekten kaçındığınız gibi?"

Kadın kaskatı kesilmişti. "Onun hakkında düşünmem için hiçbir neden yok. Onun benim hayatımda yeri yok."

"Ama var. Onu düşünüyorsunuz, değil mi? Bundan kaçmanıza imkân yok."

"Kesinlikle oturma odama portresini asmam ben." Şarap kadehini masaya bıraktı. "Burada yaptığınız atalarınıza saygı göstermenin acayip bir şekli. Sanki bir tür simgeymiş, gurur duyduğunuz biriymiş gibi, aile işkencecisini misafir salonunda sergilemek. Ve burada, yemek odasında, kurbanlarından oluşan bir sergi bulundurmak. Size bakan tüm bu suratlar, sanki bir ödül koleksiyonu gibi. Öyle bir şey ki, bunu ancak..."

Bir avcı sergiler.

Evdeki sessizliğin farkında olan kadın, boş kadehine bakarak durakladı. Masada beş kişilik yer hazırlanmıştı, yine de gelen tek konuk oydu, belki de davet edilmiş tek konuk.

Adam koluna hafifçe temas ederek kadının boş kadehine uzandığında kadın geri çekildi. Adam kadehi yeniden doldurmak için döndüğünde, kadın da adamın sırtına, siyah balıkçı yaka giysisinin altından hatları belli olan kaslarına baktı. Sonra adam kadehi uzatarak kadına döndü. Kadın kadehi aldı, ancak boğazı aniden kurumuş olmasına rağmen yudumlamadı.

"Bu portreler neden burada, biliyor musunuz?" diye sordu adam usulca.

"Sadece... bana garip geliyor."

"Onlarla birlikte büyüdüm. Babamın evinde asılıydılar ve *onun* babasının evinde. Tıpkı Antonino'nun portesinin de asılı olduğu gibi, ancak her zaman ayrı bir odada. Her zaman dikkat çekici bir yerde."

"Bir sunak masası gibi."

"Bir anlamda."

"Bu adamı onurlandırıyor musunuz? İşkenceciyi?"

"Hatırasını canlı tutuyoruz. Asla onun kim –ve ne– olduğunu unutmamamıza izin vermiyoruz."

"Neden?"

"Çünkü bu bizim sorumluluğumuz. Sansone'lerin, Isabella'nın oğlundan başlayarak, kuşaklar önce kabul ettiği kutsal bir sorumluluk."

"Hapishanede doğan çocuk."

Adam kafasını salladı. "Vittorio yetişkin olduğunda Monsenyör Sansone ölmüştü. Ancak bir canavar olarak namı yayılmıştı ve Sansone ismi artık bir avantaj değildi, daha ziyade bir lanet haline gelmişti. Vittorio kendi isminden kaçabilir, kendi soyunu reddedebilirdi. Böyle yapmak yerine tam aksi şekilde hareket etti. Sansone ismini, tüm ağırlığıyla birlikte kucakladı."

"Kutsal bir görevden bahsettiniz. Ne tür bir görev?"

"Vittorio babasının yaptıklarını telafi etmek için ant içti. Eğer aile armamıza bakarsanız, şu sözcükleri görürsünüz: *Sed libera nos a malo.*"

Kadın kaşlarını çatarak adama baktı. "Bizi kötülükten kurtar."

"Doğru."

"Sansone'lerin tam olarak ne yapması bekleniyor?"

"Şeytanı avlamak, Doktor Isles. Yaptığımız şey bu."

Bir an için karşılık vermedi kadın. *Ciddi olmasına imkân yok,* diye düşünüyordu, ama adamın bakışları son derece kararlıydı.

"Mecazi anlamda demek istiyorsunuz, tabii ki" dedi kadın en sonunda.

"Gerçekte var olduğuna inanmadığınızı biliyorum."

"Şeytan mı?" Kadın kendini gülmekten alamadı.

"İnsanlar Tanrı'nın var olduğuna inanmakta güçlük çekmiyor" dedi adam.

"Bu yüzden buna *inanç* deniyor. Kanıta ihtiyaç duymuyor, çünkü bir kanıt yok."

"Eğer biri ışığa inanıyorsa, karanlığa da inanmalıdır."

"Ama siz doğaüstü bir varlıktan söz ediyorsunuz."

"Ben kötülükten bahsediyorum, en saf haline damıtılmış biçimiyle. Kanlı canlı gerçek varlıkların şeklinde açıkça kendini gösteren, aramızda yürüyen. Kendini kaybeden kıskanç bir koca ya da silahsız düşmanını yere seren korku içindeki asker gibi, sonuçlarını hesap etmeksizin öldürmeyle alakalı bir şey değil bu. Ben tamamen farklı bir şeyden söz ediyorum. İnsan gibi *görünen*, ancak buna en uzak şey olanlar."

"İblisler mi?"

"Eğer böyle demek istiyorsanız."

"Ve siz bu canavar, iblis ya da adına her ne derseniz diyin, onların gerçekten de var olduğuna inanıyor musunuz?"

"Var olduklarını biliyorum" dedi adam sessizce.

Çalınan kapı zili kadının sıçramasına neden oldu. Ön taraftaki misafir salonuna doğru baktı, ancak Sansone kapıyı açmak için herhangi bir harekette bulunmamıştı. Kadın ayak sesleri, sonra da girişte konuşan kâhyanın sesini duydu.

"İyi akşamlar, Bayan Felway. Paltonuzu alabilir miyim?"

"Bir parça geciktim, Jeremy. Üzgünüm."

"Bay Stark ve Doktor O'Donnell da henüz gelmedi."

"Hâlâ gelmediler mi? Eh, o halde kendimi biraz daha iyi hissediyorum."

"Bay Sansone ile Doktor Isles yemek odasında, eğer onlara katılmak isterseniz."

"Tanrım, bir içki gerçekten de iyi olurdu."

Hızla ve güçlü bir şekilde odaya giren kadın bir erkek kadar uzundu ve deri apoletli tüvit bir ceketle vurgulanmış köşeli omuzlarıyla, bir o kadar da heybetli görünüyordu. Saçlarında gümüş renkli çizgiler olmasına rağmen, gençliğe has bir dinçlik ve otoritenin verdiği kendine güvenle yürümekteydi. Kadın hiç tereddüt etmeden dosdoğru Maura'ya doğru yürüdü.

"Siz Doktor Isles olmalısınız" dedi kadın ve alelade bir şekilde kadının elini sıktı. "Edwina Felway."

Sansone kadına bir kadeh şarap verdi. "Dışarıda yollar nasıl, Winnie?"

"Tehlikeli." Şarabından bir yudum aldı. "Ollie'nin gelmemiş olmasına şaşırdım."

"Saat daha yeni sekiz oldu. Joyce'la birlikte geliyor."

Edwina'nın bakışları Maura'nın üzerindeydi. Gözleri dolaysız, hatta mütecavizdi. "Soruşturmada herhangi bir gelişme oldu mu?"

"Bu konuda konuşmadık" dedi Sansone.

"Gerçekten mi? Ama hepimizin aklındaki şey buydu."

"Bu konuda konuşamam" dedi Maura. "Eminim bunun nedenini anlarsınız."

Edwina, Sansone'ye baktı. "Hâlâ razı olmadı mı demek istiyorsun?"

"Neye razı olmadı mı?" diye sordu Maura.

"Kulübümüze katılmaya, Doktor Isles."

"Winnie, biraz acele ediyorsun. Ona her şeyi anlatmadım..."

"Mefisto Kulübü mü?" dedi Maura. "Bahsettiğiniz bu mu?"

Bir sessizlik oldu. Diğer odadaki telefon çalmaya başladı.

Edwina aniden güldü. "Senden bir adım önde, Anthony."

"Kulübü nereden biliyorsun?" diye sordu adam, Maura'ya bakarak. Sonra anlayarak iç geçirdi. "Dedektif Rizzoli tabii ki. Sorular sorduğunu duyuyordum."

"Soru sormak için para alıyor" dedi Maura.

"Sonunda bizim şüpheli olmadığımıza ikna oldu mu?"

"Sadece gizemlerden hoşlanmıyor. Ve sizin gurubunuz da oldukça gizemli."

"Ve davetimi de bu yüzden kabul ettiniz. Kim olduğumuzu anlamak için."

"Sanırım anladım" dedi Maura. "Ve bir karara varmaya yetecek kadarını duyduğumu düşünüyorum." Bardağını bıraktı. "Metafizik benim ilgimi çekmiyor. Dünyada kötülük olduğunu biliyorum ve her zaman da var olduğunu. Ama bunu açıklamak için şeytana ya da iblislere inanmaya gerek yok. İnsanoğlu kendi başına da kötülük yapmayı mükemmel bir şekilde başarıyor."

"Vakfa katılmak bir parça olsun ilginizi çekmiyor mu?" diye sordu Edwina.

"Buraya ait olamam ben. Ve artık gitmeliyim diye düşünüyorum." Kadın döndü ve Jeremy'nin kapının ağzında durduğunu gördü.

"Bay Sansone?" Kâhyanın elinde bir telsiz telefon vardı. "Az önce Bay Stark aradı. Oldukça endişeliydi."

"Ne hakkında?"

"Doktor O'Donnell'ın onu alması gerekiyormuş, ancak hâlâ ortalıkta yokmuş."

"Ne zaman onun evinde olması gerekiyormuş?"

"Kırk beş dakika önce. Bay Stark arayıp duruyormuş ancak

Bayan O'Donnell ne ev telefonuna, ne de cep telefonuna yanıt veriyormuş."

"Bir de ben deneyeyim." Sansone telefonu aldı ve numarayı tuşladı, beklerken parmaklarıyla masaya vuruyordu. Telefonu kapattı, tekrar çevirdi, parmakların vuruşu hızlanmıştı. Odada hiç kimse konuşmuyordu; hepsi adamı izlemekte, parmaklarının hızlanan ritmini dinlemekteydi. Eve Kassovitz'in öldüğü gece, bu insanlar ölümün hemen dışarıda olduğunu fark etmeden, tam da bu odada oturmuşlardı; bahçelerine girmenin yolunu bulduğunu ve kapılarında tuhaf sembollerini bıraktığını bilmeden. Bu ev mimlenmişti.

Belki de evin içindekiler de mimlenmişti.

Sansone telefonu kapattı.

"Polisi aramanız gerekmez mi?" diye sordu Maura.

"Sadece unutmuş olabilir" dedi Edwina. "Polisi işe karıştırmak için biraz erken gibi görünüyor."

Jeremy, "Oraya gitmemi ve Doktor O'Donnell'ın evini kontrol etmemi ister misiniz?" dedi.

Sansone bir an için telefona baktı. "Hayır" dedi en sonunda. "Ben giderim. Sen burada kalsan iyi olur, Joyce ararsa diye."

Maura adamın peşinden dolaptan paltosunu aldığı ön taraftaki misafir salonuna gitti. O da paltosunu aldı.

"Lütfen kalın ve yemeğinizi yiyin" dedi adam, arabasının anahtarlarına uzanırken. "Eve koşturmanız için bir sebep yok."

"Eve gitmiyorum" dedi kadın. "Sizinle geliyorum."

22

Joyce O'Donnell'ın veranda ışığı yanıyordu, ancak kapıyı açan kimse olmadı.

Sansone kapı kolunu denedi. "Kilitli" dedi ve cep telefonunu çıkarttı. "Bir kez daha arayalım."

Adam numarayı çevirirken, Maura verandadan uzaklaştı ve kaldırımda kafasını kaldırıp O'Donnell'ın evine, neşeli parlaklığını geceye saçan birinci kat penceresine baktı. İçeride çalan bir telefonun zayıf sesini duydu. Sonra, bir kez daha sessizlik.

Sansone telefonu kapattı. "Telesekreteri devreye girdi."

"Sanırım artık Rizzoli'yi aramalıyız."

"Henüz değil." Adam bir fener çıkarttı ve üzerine kum atılmış yürüyüş yolundan evin yan tarafına doğru yöneldi.

"Nereye gidiyorsun?"

Adam siyah paltosu karanlıklara karışarak, garaja giden araba yoluna doğru yürümeye devam etti. Fenerin ışığı karo taşlarını taradı ve köşenin ardında kayboldu.

Kadın tepesindeki ölü yaprakların ve dalların hışırtılarını dinleyerek, ön bahçede tek başına duruyordu. "Sansone?" diye seslendi. Adam cevap vermedi. Sadece kalbinin hızlı hızlı atışını duydu. Köşenin etrafından adamı takip etti. Orada, karşısında olduğundan daha büyük ve tehditkâr görünen garajın gölgesiyle terk edilmiş araba yolunda durdu. Bir kez daha adamın ismini seslenmeye niyetlendi, ancak bir şeyler kadını susturdu; onu izleyen başka birinin, tüyler ürpertici farkındalığı. Kadın döndü ve hızlıca sokağı taradı. Rüzgârda uçuşan bir kâğıt parçasının, sanki telaşlı bir hayaletmiş gibi sokaktan aşağı yuvarlanıp durduğunu gördü.

Bir el kadının kolu etrafına kapandı.

Nefesi kesilen kadın sendeleyerek uzaklaştı. Kendini aniden

arkasında belirivermiş Sansone'ye bakarken bulmuştu.
"Arabası hâlâ garajda" dedi adam.
"Peki kendisi nerede?"
"Arka tarafa bakacağım."

Kadın adamın gözünün önünden ayrılmasına izin vermedi ve ağır adımlarla garajın yanından, yan bahçedeki derin ve bozulmamış karın içinden ilerlerken hemen arkasından takip etti. Onlar arka bahçeye ulaşana kadar kadının pantolonu ıslanmıştı; erimiş kar ayakkabılarının içine sızıyor, kadının ayaklarını donduruyordu. Adamın elindeki fenerin ışığı, hepsi ipeksi bir beyaz battaniyenin altında kalmış çalıların ve şezlongların üzerinden kayarcasına ilerliyordu. Ne ayak izi, ne bozulmuş karlar. Üzüm asmalarıyla kaplı bir duvar bahçeyi çevrelemişti, komşulardan tamamıyla gizli, özel bir alan. Ve kadın burada tek başınaydı, hemen hemen hiç tanımadığı bir adamla.

Ancak adamın dikkati kadının üzerinde değildi. Adam açmayı başaramadığı mutfak kapısına yoğunlaşmıştı. Bir an için, bir sonraki hamlesine karar vermeye çalışarak kapıya baktı. Sonra Maura'ya döndü.

"Dedektif Rizzoli'nin numarasını biliyor musunuz?" diye sordu. "Arayın onu."

Kadın cep telefonunu çıkarttı ve daha fazla ışık için mutfak kapısına doğru yürüdü. Tam numarayı çevirmek üzereydi ki, bakışları aniden pencerenin hemen önündeki mutfak lavabosuna takıldı.

"Sansone?" diye fısıldadı.

"Ne?"

"Şurada kan var, su giderinin yanında."

Adam bir kez baktı ve bir sonraki hareketi kadını şoke etti. Şezlonglardan birini kaptı ve pencereye doğru savurdu. Cam paramparça oldu, kırık cam parçaları mutfağa doğru saçıldı. Adam çabucak içeri tırmandı ve saniyeler sonra kapı açılıverdi.

"Yerde de kan var" dedi adam.

Kadın kafasını eğdi ve krem rengi karolardaki kırmızı lekelere baktı. Adam, siyah paltosu ardında bir pelerin gibi kanat çırparak koşa koşa mutfaktan çıktı, öyle hızlı hareket ediyordu ki, kadın merdivenlerin başına ulaştığında adam çoktan birinci katın sahanlığına varmıştı. Kadın yere baktı ve sanki vücut yukarı çekilirken parçalanmış bir kol ya da bacak duvara sürtünmüş gibi, meşe ağacından basamaklarda, süpürgelikler boyunca daha fazla kan lekesi gördü.

"*Maura!*" diye bağırdı Sansone.

Kadın merdivenlerden yukarı koşturdu, birinci katın sahanlığına ulaştı ve hol boyunca daha fazla kan gördü, parıldayan kayak izleri gibi. Ve sonra sesi duydu, bir şnorkelde lıkırdayan suyun sesine benzer bir ses. Yatak odasına girmeden önce neyle yüzleşmek üzere olduğunu biliyordu kadın; ölmemiş, ancak yaşamak için çaresizce savaşan bir kurban.

Joyce O'Donnell, gözleri ölümcül bir panikle açılmış halde, boynundan kırmızı damlalar fışkırarak yerde sırtüstü yatıyordu. Hırıltılı bir nefes aldı, ciğerlerine hızla kan doldu ve öksürdü. Boğazından parlak kırmızı bir kan serpintisi patladı, kadının üzerine eğilmekte olan Sansone'nin yüzüne sıçradı.

"Bana bırak! Dokuz yüz on biri ara!" diye emretti Maura, dizlerinin üzerine çöküp çıplak parmaklarını kesiğin üzerine bastırırken. Kadın ölü etlere temas etmeye alışkındı, canlı olanlara değil ve ellerinin üzerine damlayan kan şaşılacak derecede ılıktı. *İlkyardımın ABC'si*, diye düşündü kadın. Bunlar hayat desteğinin ilk kurallarıydı; hava yolu, teneffüs, dolaşım. Ancak gırtlağı boydan boya yaran acımasız bir kesikle, saldırgan bunların üçünü de tehlikeye atmıştı. *Ben bir doktorum, ama onu kurtarmak için yapabileceğim pek az şey var.*

Sansone konuşmasını bitirmişti. "Ambulans yolda. Ne yapabilirim?"

"Bana biraz havlu getir. Kanamayı durdurmam lazım!"

O'Donnell'ın eli, paniğin verdiği güçle sıkarak aniden Maura'nın bileği etrafına kapandı. Deri öylesine kaygandı ki, Maura'nın parmakları yeni bir fışkırmayı serbest bırakarak yaranın üzerinden kaydı. Bir başka hırıltı, bir başka öksürük, yarılmış soluk borusundan serpintiler fırlattı. O'Donnell boğuluyordu. Her nefesle birlikte, kendi kanını ciğerlerine dolduruyordu. Kan, kadının hava yolunda lıkırdıyor, hava kesesinde köpürüyordu. Maura boğazları yarılmış başka kurbanların kesilmiş ciğerlerini incelemişti; ölüm mekanizmasını biliyordu.

Şimdi gerçekleşmesini izliyorum ve bunu durdurmak için hiçbir şey yapamıyorum.

Sansone havlular taşıyarak hızla yatak odasına daldı ve Maura tampon yapılmış bir elbezini boyuna bastırdı. Beyaz havlu kumaş büyülü bir şekilde kırmızıya dönüştü. O'Donnell'ın eli kadının bileğini daha da sıkı kavradı. Dudakları hareket etti, ancak kelimeler oluşturamamıştı, sadece kanın içerisinde kabarcıklar oluşturan havanın hırıltısı.

"Bir şey yok, bir şey yok" dedi Maura. "Ambulans gelmek üzere."

O'Donnell titremeye başlamıştı, kolları ve bacakları nöbet geçiriyormuş gibi sarsılmaktaydı. Ancak gözleri olan bitenin farkındaydı ve Maura üzerinde sabitlenmişlerdi. *Bakışlarımda görüyor mu? Öldüğünü bildiğimi?*

Maura uzak bir sirenin feryadıyla başını kaldırdı.

"İşte geliyor" dedi Sansone.

"Ön kapı kilitli!"

"Aşağı inip onları karşılarım." Adam hızla ayağa fırladı ve kadın, adamın gürültülü adımlarla merdivenlerden aşağı, zemin kata doğru koşturduğunu duydu.

O'Donnell'ın gözleri hâlâ bilinçli bir şekilde bakmaktaydı. Dudakları şimdi daha hızlı hareket ediyordu ve parmakları bir pençe gibi kasıldı. Dışarıda, sirenin figanları giderek yaklaşıyordu, ancak o odadaki tek ses ölen bir kadının gurultulu soluk alışverişleriydi.

"Benimle kal, Joyce!" diye ısrar etti Maura. "Dayanabileceğini biliyorum!"

O'Donnell şiddetle Maura'nın bileğine asıldı, bükerek Maura'nın elini yaradan çekmekle tehdit eden panik dolu silkinişler. Her nefesle birlikte, parlak zerrecikler boğazından patlayıcı boşalmalar halinde püskürüyordu. Gözleri, sanki önünde alabildiğince açılan karanlığı bir an için görürmüş gibi genişledi. *Hayır*, diye oynattı ağzını. *Hayır.*

O anda Maura kadının ona değil, *arkasındaki* bir şeye baktığını fark etti. Ancak o zaman döşeme tahtasını gıcırtısını duydu.

Saldırgan evden hiç ayrılmadı. Hâlâ burada. Bu odada.

Kadın, darbe tam da hızla ona doğru gelirken arkasına döndü. Karanlığın bir yarasının kanatları gibi aniden üzerine çullanışını gördü ve sereserpe yere yığıldı. Yüzü zemine çarptı ve gözleri karararak, sersemlemiş halde yerde kaldı. Ama kaçan adımların çıkarttığı, döşemeler tarafından iletilen tok seslerin, sanki evin kalp atışlarıymış gibi yanağında vurduğunu hissedebiliyordu. Acı hızla kafasına ulaştı ve kafatasına çiviler çakarmış gibi gelen sürekli bir çekiçlemeye dönüştü.

Joyce O'Donnell'ın son nefesini alışını duymadı.

Bir el omzunu kavradı. Hayatı için dövüşerek, yaşadığı ani panikle gelişigüzel darbeler savuruyor, saldırganına doğru körlemesine sallıyordu.

"Maura, dur. Maura!"

Elleri şimdi adamın ellerinde kapana kısılmış olan kadın, ancak birkaç kez zayıfça çırpınmayı becerebildi. Sonra görüşü aydınlandı ve kendisine bakan Sansone'yi gördü. Başka sesler duydu ve gözüne bir sedyenin metalik parıltısı ilişti. Dönerek dikkatini Joyce O'Donnell'ın vücudu üzerine çömelmiş iki sağlık görevlisine yoğunlaştırdı.

"Nabız alamıyorum. Solunum yok."
"Bu damarda büyük bir kesik var."
"Tanrım, tüm şu kana bak."
"Diğer kadın nasıl?" Sağlık görevlisi Maura'ya baktı.
Sansone, "İyi görünüyor. Sanırım sadece bayılmış" dedi.
"Hayır" diye fısıldadı Maura. Adamın kolunu yakaladı. "Buradaydı."
"Ne?"
"Adam *buradaydı*. Odada!"

Aniden kadının söylediğinin farkına vardı ve adam sarsılmış bir ifadeyle geri çekilip ayağa fırladı.

"Hayır! Polisi bekle!"

Ama Sansone çoktan kapıdan çıkmıştı.

Kadın doğrulmaya çabaladı ve yalpaladı. Gözleri sulanmıştı ve tamamen kararmakla tehdit etmekteydiler. Oda en sonunda aydınlandığında, kadın Joyce O'Donnell'ın kanında diz çökmüş iki sağlık görevlisini, çevrelerine yayılmış aletleri ve atılmış paketleri gördü. Bir EKG osiloskopun üzerinde iz bırakmaktaydı.

Düz bir çizgiydi.

* * *

Jane, devriye arabasının arka koltuğundaki Maura'nın yanına oturdu ve kapıyı kapattı. Islık gibi bir ses çıkararak içeri dolan soğuk hava araçtaki tüm sıcaklığı alıp götürmüş ve Maura yeniden titremeye başlamıştı.

"İyi olduğuna emin misin?" dedi Jane. "Seni acil servise götürsek iyi olur."

"Eve gitmek istiyorum" dedi Maura. "Artık eve gidemez miyim?"

"Hatırladığın başka herhangi bir şey var mı?" Sonradan aklına gelen başka detaylar?"

"Sana söyledim, yüzünü görmedim."
"Sadece siyah giysilerini."
"Siyah *bir şey*."
"Bir şey mi? Bir adamdan mı, bir hayvandan mı bahsediyoruz?"

"Her şey çok çabuk oldu."

"Anthony Sansone de siyah giyiyor."

"O değildi. Odadan ayrılmıştı. Ambulansı karşılamak için aşağı inmişti."

"Tabii, o da bunu söylüyor."

Jane'in yüzü, sokağın karşı tarafında park etmiş devriye arabalarının ışıkları önünde bir siluetten ibaretti. Resmi araçların oluşturduğu her zamanki konvoy gelmişti; suç mahalli bantları ön bahçeye dikilmiş kazıklar arasında sallanmaktaydı. Maura bu arabada öyle uzun süre oturmuştu ki, paltosundaki kan kurumuş, kumaşı bir parşömen kadar sert bir hale getirmişti. Bu paltoyu atması gerekecekti; onu bir daha giymeyi asla istemezdi.

Kadın, şimdi tüm ışıkların yandığı eve baktı. "Buraya geldiğimizde kapılar kilitliydi. İçeri nasıl girdi?"

"Kapılarda zorlama izi yok. Sadece kırık mutfak penceresi."

"Pencereyi biz kırmak zorunda kaldık. Lavaboda kan gördük."

"Sansone bütün bu zaman boyunca seninle birlikte miydi?"

"Bütün akşam birlikteydik, Jane."

"Adamın peşine düştüğü zaman hariç. Dışarıda kimseyi görmediğini iddia ediyor. Ve evin etrafını araştırmaya gittiğinde karları epeyce altüst etmiş. İşimize yarayabilecek bütün ayak izlerinin içine etmiş."

"O bir şüpheli değil."

"Olduğunu söylemiyorum."

Aniden Jane'in az önce söylediği şeyi düşünerek durakladı Maura. *Kapılarda zorlanma izi yok.* "Onu Joyce O'Donnell içeri aldı." Jane'e baktı. "Katilin evine girmesine izin verdi."

"Ya da kapıyı kilitlemeyi unutmuştu."

"Kapısını tabii ki kilitlemiştir. Kadın aptal değildi."

"Yeterince dikkatli davranmamış. Canavarlarla çalışıyorsan, hangisinin peşinden evine geleceğini asla bilemezsin. Bu cinayetler baştan beri onunla alakalıydı, Doktor. Daha ilk cinayetle birlikte ona telefon ederek kadının dikkatini çekti. İkinci cinayet tam da kadının akşam yemeğini yediği evin arkasındaydı. Her şey buna hazırlıktı. Esas olaya."

"Adamı neden evine almış olsun ki?"

"Onu kontrol edebileceğini düşündüğü için belki de. Kaç tane hapishaneye girip çıktığını, Warren Hoyt ve Amalthea Lank gibi kaç kişiyle konuştuğunu düşünsene. Hepsiyle yakınlaşıp kişisel ilişkiler kuruyordu."

Annesinin adı geçince Maura irkildi, ancak hiçbir şey söylemedi.

"Sirklerdeki şu aslan terbiyecilerinden biri gibiydi. Hayvanlarla her gün çalışırsın ve kontrolü elinde tuttuğunu düşünmeye başlarsın. Kırbacı her şaklatışında, uslu minik kedi yavruları gibi zıplayacaklarını sanırsın. Sonra bir gün arkanı dönersin ve dişlerini boynuna geçirirler."

"Ondan asla hoşlanmadığını biliyorum" dedi Maura. "Ama orada olsaydın, eğer ölmesini izleseydin" Jane'e baktı "korkmuştu."

"Sadece öldü diye onu sevmeye başlayacak değilim. Artık o bir kurban, bu yüzden de ona elimden gelenin en iyisini borçluyum. Ama başına bunun gelmesine kendisinin sebep olduğunu düşünmekten de alamıyorum kendimi."

Cama hafifçe vuruldu ve Jane camı indirdi. Bir polis memuru onlara baktı. "Bay Sansone onu sorgulamanızın bitip bitmediğini öğrenmek istiyor."

"Hayır, bitmedi. Ona beklemesini söyle."

"Ve adli tıp uzmanları eşyalarını topluyor. Sormak istediğiniz başka şeyler var mı?"

"Eğer olursa onları ararım."

Pencereden Maura meslektaşı Doktor Abe Bristol'un evin kapısından çıktığını gördü. O'Donnell'ın otopsisini Abe yapacaktı. Eğer içeride az önce gördüğü şey onu rahatsız ettiyse bile, bunu göstermiyordu adam. Verandada durakladı, sakince paltosunun düğmelerini ilikler ve eline sıcak tutan eldivenler geçirirken, bir polis memuruyla çene çalıyordu. *Abe onun ölümünü izlemek zorunda kalmadı,* diye düşündü Maura. *Paltosunda onun kanını taşımıyor.*

Jane arabanın kapısını açtı ve taze bir soğuk hava dalgası bir ıslık sesiyle içeri doldu. "Haydi, Doktor" dedi kadın, dışarıya çıkarak. "Seni eve götürelim."

"Arabam hâlâ Beacon Hill'de duruyor."

"Arabanı daha sonra düşünürsün. Seni bırakacak biri var." Jane döndü ve "Peder Brophy" diye seslendi. "Artık gitmeye hazır."

Maura, sokağın karşısındaki gölgelerde duran adamı ancak o zaman fark etti. Adam onlara doğru yürüdü, yüzü ancak devriye arabalarının dans eden ışıklarına çıktığı zaman titrek hatlara kavuşan, uzun bir siluet. "Yeterince iyi olduğuna emin misin?" diye sordu adam ve kadının arabadan inmesine yardım etti. "Hastaneye gitmek istemez misin?"

"Lütfen, sadece eve götür beni."

Destek olmak için kolunu uzatmasına rağmen kadın bunu kabul etmedi ve adamın arabasına yürürlerken ellerini ceplerinde

tuttu. Onları izleyen polis memurlarının bakışlarını hissedebiliyordu. İşte Doktor Isles ve rahip gidiyor, yine birlikte. İkisini fark etmemiş, neler olup bittiğini merak etmemiş birisi var mıydı acaba? *Merak etmeye değer hiçbir lanet olasıca şey yok ki.*
Arabasının ön koltuğuna yerleşti ve adam motoru çalıştırırken dosdoğru önüne baktı. "Teşekkür ederim" dedi.
"Senin için bunu her zaman yapacağımı biliyorsun."
"Seni Jane mi aradı?"
"İyi ki aramış. Bu gece seni eve bırakacak bir arkadaşa ihtiyacın var. Güç bela tanıdığın herhangi bir polise değil." Kaldırımın kenarından ayrıldı ve acil yardım araçlarının gösterişli ışıkları arkalarında yavaş yavaş soldu. "Bu gece fazla yaklaştın" dedi adam usulca.
"İnan bana, bunu yapmaya çalışmıyordum."
"O eve girmemeliydin. Polis çağırmalıydın."
"Bunu konuşmasak olur mu?"
"Hâlâ konuşabileceğimiz *herhangi bir şey* var mı, Maura? Yoksa bundan sonra hep böyle mi olacak? Beni ziyaret etmeyeceksin, telefonlarıma cevap vermeyeceksin, öyle mi?"
En sonunda adama baktı kadın. "Gençleşmiyorum, Daniel. Kırk bir yaşındayım, tek evliliğim gösterişli bir felaketti ve umutsuz ilişkilere girmek konusunda özel bir yeteneğim var. Evli olmak *istiyorum*. Mutlu olmak *istiyorum*. Hiçbir yere gitmeyecek ilişkilerde harcayacak zamanım yok benim."
"Arkadaşlık, duygular, gerçek olsa bile mi?"
"Arkadaşlıklar hep bozulur. Tıpkı daima kırılan kalpler gibi."
"Evet" dedi adam ve iç geçirdi. "Bu doğru." Bir süre sessizlik içinde yol aldılar. "Asla kalbini kırmak istemedim" dedi adam sonra.
"Kırmadın."
"Ama seni incittim. Bunu biliyorum."
"Birbirimizi incittik. Buna mecburduk." Kadın durakladı ve acı bir şekilde, "Senin her şeye gücü yeten Tanrı'nın istediği bu, değil mi?" dedi. Kelimeleri yaralamak amacını taşıyordu ve adamın ani sessizliği, kadının hedefini vurduğunu anlamasını sağladı. Kadının evine yaklaşırken, arabayı garaj yoluna çekerken ve motoru kapatırken adam hiçbir şey söylemedi. Bir an için öylece oturdu, sonra da kadına döndü.
"Haklısın" dedi adam. "Tanrım gerçekten çok fazla şey istiyor." Ve kadını kendine çekti.
Karşı koymalıydı kadın; adamı kendinden uzaklaştırmalı ve ara-

badan inmeliydi. Ama böyle yapmadı, çünkü bu sarılışı, bu öpüşü çok uzun zamandır istiyordu. Ve fazlasını, çok daha fazlasını. Bu deliceydi; bunun iyi sonuçlanması asla mümkün değildi. Ancak ne sağduyu, ne de adamın Tanrı'sı o an aralarına girebiliyordu.

Denenmemize izin verme. Arabadan evin kapısına kadar olan yolu öpüşerek geçtiler. *Bizi kötü olandan kurtar.* Boş sözler, acımasız gelgite karşı tek başına duran kumdan bir kale. Eve girdiler. Kadın ışığı yakmadı ve loş giriş holünde dururlarken, karanlık, soluk alışverişlerinin haşin seslerini, yünün hışırtılarını yükseltirmiş gibiydi. Kadın kanla lekelenmiş paltosundan kurtuldu ve palto siyah renkli bir yığın halinde yere düştü. Giriş holünü sadece pencerelerden yayılan cansız parlaklık aydınlatıyordu. Ne günahlarını aydınlatacak herhangi bir ışık, ne de Tanrı'nın gözünden düşmelerine şahitlik edecek başka gözler vardı.

Kadın yatak odasına giden yolu gösterdi. Yatağına.

Bir yıldır, her adım onları milim milim bu ana yaklaştırarak, bu dansta dönüp duruyorlardı. Kadın adamın, adam da kadının kalbini biliyordu, ancak adamın teni, bir yabancının daha önce hiç dokunmadığı, tadına hiç varmadığı bir şeydi. Kadının parmakları hafifçe ılık tene temas etti ve adamın omurga kıvrımını takip ederek, kadının keşfetmeye hevesli olduğu hepsi yeni bölgelere doğru indi.

Giysilerinin son kısmı da üzerlerinden kayıp gitmişti; son geri dönüş şansı da kaçmıştı. "Maura" diye fısıldadı adam, kadının boynuna, göğüslerine öpücükler kondururken. "Maura'm." Kelimeleri dua kelimeleri kadar yumuşaktı, ancak Tanrı'sına değil, kadına edilmiş bir duaydı bu. Adamı kollarına kabul ederken, kadın en ufak bir suçluluk duymadı. Bozulan onun yemini değildi, onun vicdanı ıstırap çekmeyecekti. *Bu gece, Tanrı, bu an için, o benim,* diye düşündü kadın, bacaklarını adamın bedenine dolayıp ona işkence ederek devam etmeye zorlar ve Daniel üzerinde inlerken zaferinden büyük haz duyarken. *Bende Tanrı, senin ona asla veremeyeceğin bir şey var. Onu senden alıyorum. Onun sahibi benim. Hadi durma, yardıma çağır tüm iblislerini; umurumda değil.*

Bu gece, Daniel'ın da umursadığı yoktu.

Sonunda vücutları rahatladığında, adam kadının kollarına yığıldı. Uzun bir zaman boyunca sessizce yattılar. Pencerelerinden gelen ışığın parlaklığında, adamın karanlığa bakan gözlerinin soluk parlaklığını görebiliyordu kadın. Uyumuyor, düşünüyordu. Belki de pişmanlık duyuyordu. Zaman geçtikçe kadın sessizliğe daha fazla dayanamadı.

"Üzgün müsün?" diye sordu en sonunda.

"Hayır" diye fısıldadı adam. Parmakları kadının kolu boyunca kaydı.

"Neden ikna olmadım?"

"Buna gerek var mı?"

"Senin hoşnut olmanı istiyorum. Yaptığımız doğal bir şeydi. *İnsani* bir şey." Durakladı ve iç geçirerek, "Ama belki de bu günah için zayıf bir mazerettir" dedi.

"Şu an düşündüğümün bununla hiç alakası yok."

"Ne düşünüyorsun?"

Kadının alnına, nefesi saçlarını ısıtarak bir öpücük kondurdu. "Bundan sonra ne olacağını düşünüyorum."

"Ne olmasını istiyorsun?"

"Seni kaybetmek istemiyorum."

"Buna mecbur değilsin. Senin seçimin."

"Benim seçimim" dedi adam usulca. "Nefes almak ve nefes vermek arasında seçim yapmaya mecbur olmak gibi bir şey bu." Sırtüstü döndü. Bir an için sessiz kaldı. "Sanırım bir seferinde" dedi, "yemin etmeye nasıl karar verdiğimi anlatmıştım sana."

"Kız kardeşinin ölmekte olduğunu anlatmıştın. Lösemi."

"Ve bir anlaşma yaptım. Tanrı'yla bir pazarlık. O sözünü tuttu ve Sophie şimdi hayatta. Ben de anlaşmanın bana düşen kısmına uydum."

"Sadece on dört yaşındaymışsın. Hayatının geri kalanını bağlayacak bir söz vermek için çok küçük bir yaş."

"Ama o sözü verdim. Ve onun yolunda öyle çok iyilik yapabiliyorum ki, Maura. Bu sözü tutmak beni mutlu ediyordu."

"Ve sonra benimle karşılaştın."

Adam iç geçirdi. "Ve sonra seninle karşılaştım."

"Gerçekten de bir seçim yapmak zorundasın, Daniel."

"Ya da hayatımdan çıkıp gideceksin. Biliyorum."

"Gitmek istemiyorum."

Kadına baktı. "O zaman gitme, Maura! Lütfen. Sensiz geçen şu son birkaç ay ıssızlığın ortasında kaybolmuştum. Seni istediğim için kendimi öyle suçlu hissediyordum ki. Yine de düşündüğüm tek şey sendin."

"Peki bu beni nereye koyacak, eğer hayatında kalırsam? Sen kilisenle ilgilenmeye devam edeceksin, peki benim elime ne geçecek?" Gözlerini yukarı dikip karanlığa baktı. "Hiçbir şey gerçekten değişmedi, değil mi?"

"Her şey değişti." Kadının eline uzandı adam. "Seni seviyorum."

Ama yeterince değil. Tanrı'nı sevdiğin kadar çok sevmiyorsun.

Yine de adamın bir kez daha kendisini kollarına çekmesine izin verdi. Öpücüklerine karşılık verdi. Bu seferki sevişmeleri şefkatli bir birleşme değildi; bu çiftleşme ateşliydi, vücutlar birbirlerine çarptı. Aşk değil, ceza. Bu gece birbirlerini kullanacaklardı. Eğer sevgiye sahip olamıyorsa, o zaman ihtiras olacaktı. Ona hatırlanacak bir şeyler ver, Tanrı'nın yeterli olmadığı o gecelerde yakasını bırakmayacak şeyler. *Beni bıraktığında vazgeçeceğin şey bu işte. Bırakıp gideceğin cennet işte bu.*

Şafaktan önce adam gerçekten de gitti. Yanındaki adamın uyandığını, sonra yavaşça yatağın kenarında oturduğunu ve giyinmeye başladığını hissetti kadın. Ama tabii ki; pazar sabahıydı ve cemaate mukayyet olunması lazımdı.

Adam saçlarını öpmek için eğildi. "Gitmem gerek" diye fısıldadı.

"Biliyorum."

"Seni seviyorum, Maura. Bir kadına bunu söyleyeceğimi asla düşünmezdim. Ama şimdi söylüyorum." Kadının yüzünü okşadı ve kadın gözlerinde toplanan yaşları görmemesi için öte tarafa döndü.

"Dur da sana kahve yapayım" dedi kadın doğrulmaya başlayarak.

"Hayır, sen sıcak yataktan çıkma. Ben yolu bulurum." Bir öpücük daha ve adam ayağa kalktı. Kadın adamın koridorda yürüdüğünü duydu ve ön kapı kapandı.

İşte en sonunda olmuştu. Sadece bir başka klişe haline gelmişti. Elmasıyla Havva. Bir din adamını günaha teşvik eden yosma. Bu sefer onları ayartan yılan şeytan değil, kendi yalnız kalpleriydi. *Şeytanı bulmak mı istiyorsunuz, Bay Sansone? Bana bir bakın yeter. Herhangi birimize şöyle bir bakın.*

Dışarıda gökyüzü yavaş yavaş soğuk, parlak bir şafağa doğru aydınlanıyordu. Çarşafları kenara itti ve sıcak keten kumaşlardan sevişmelerinin kokusu yükseldi; günahın sarhoş edici kokusu. Duşa girip bu kokuyu silmek yerine üzerine bir gecelik geçiriverdi, terliklerini giydi ve kahve yapmak için mutfağa gitti. Lavaboda durup kahve sürahisini suyla doldururken, buzla billurlaşan Meryem Ana asmalarına,[32] buruşmuş yapraklarla bir araya toplanmış rododendronlara[33] baktı ve o günkü soğuğun merhametsiz olacağını anlamak için termometreye bakmaya gerek duymadı. Arabalarından inip Peder Brophy'nin manevi duyguları

---

32. Ak asma, yaban asması, Meryemana asması, filbahar, filbahari; demetler halinde beyaz, sarı veya mor çiçekleri olan, asma türünden tırmanıcı bir bitki. (ç.n.)

33. Fundagiller familyasından, açalyaya benzeyen, iri ve parlak, pembe, beyaz ve mor renkli çiçekler açan ve kışın yapraklarını dökmeyen bir bitki; pembecik. (ç.n.)

coşturan sözleri için bu pazar soğuğuna cesaretle karşı koyarak Kutsal Işığın Hanımefendisi Kilisesi'ne doğru yürüyen cemaatin paltolarına sıkı sıkı sarılışlarını hayal etti. Acaba onlara bu sabah ne söyleyecekti? Cemaatine kendisinin, yol göstericilerinin bile yolunu kaybettiğini itiraf eder miydi?

Kahve makinesini çalıştırdı ve gazetesini almak için ön kapıya gitti. Dışarı adım atınca soğuktan sersemledi. Boğazını yakıyor, burun deliklerini ısırıyordu. Hiç oyalanmadan ön taraftaki kaldırıma inip gazeteyi aldı, sonra döndü ve aceleyle tekrar verandanın basmaklarına doğru koşturdu. Tam kapının koluna uzanırken aniden donup kaldı, bakışları kapının üzerine sabitlenmişti.

Oraya karalanmış kelimelerin, sembollerin üzerine.

Çılgınca sokağı tarayarak kendi etrafında hızla döndü. Buzlu kaldırımlardan parlayan güneş ışığını gördü, sadece bir pazar sabahının sessizliğini duydu.

Hızla eve koşturdu, kapıyı çarparak kapattı ve zorlayarak kapı kilidini yerine oturttu. Sonra da telefona koşup Jane Rizzoli'yi aradı.

"Dün gece herhangi bir şey duymadığına emin misin? Verandada ayak sesleri, sıradışı herhangi bir şey?" diye sordu Jane.

Maura kanepede oturmuş, üzerindeki süvetere ve yünlü pantolonuna rağmen titriyordu. Kahvaltı yapmamış, kendine bir fincan kahve dahi doldurmamıştı, buna rağmen en ufak bir açlık kıpırtısı hissetmiyordu. Jane ile Frost'un gelişinden önceki yarım saat boyunca, Maura sokağı izleyerek oturma odası penceresinde kalmış, her sese dikkat kesilerek geçen her arabayı takip etmişti. *Katil nerede yaşadığımı biliyor. Dün gece yatak odamda ne olduğunu biliyor.*

"Doktor?"

Maura kafasını kaldırdı. "Hiçbir şey duymadım. Kalktığımda yazılar orada, kapımdaydı. Gazetemi almak için dışarı..." Kadın irkildi, kalbi aniden güm güm atmaya başlamıştı.

Telefonu çalıyordu.

Frost ahizeyi kaldırdı. "Isles konutu. Ben Dedektif Frost. Üzgünüm, Bay Sansone, ama şu an ilgilenmemiz gereken bir mesele var ve onunla konuşmanız için uygun bir zaman değil. Aradığınızı kendisine söylerim."

Jane'in bakışları tekrar Maura'ya döndü. "Dün gece eve geldiğinde o yazıların kapıda olmadığına emin misin?"

"O zaman görmedim."

"Eve girmek için ön kapıyı mı kullandın?"

"Evet. Normalde garaj kapısından girerim. Ama arabam hâlâ Beacon Hill'de."

"Peder Brophy seni kapıya kadar geçirdi mi?"

"Karanlıktı, Jane. Yazıyı göremezdik." *Sadece birbirimize konsantre olmuştuk. Aklımızdaki tek şey yatak odama ulaşmaktı.*

Frost, "Sanırım dışarıyı kontrol etsem iyi olur" dedi. "Bakalım dışarıda hiç ayak izi var mı?" Ön kapıyı kullanarak dışarı çıktı. Evin hemen dibinde dolanıyor olmasına rağmen ayak sesleri çift camlı pencereleri aşamıyordu. Dün geceki davetsiz misafir tam da kadının yatak odasının önünden geçmiş ve kadın hiçbir şey duymamış olabilirdi.

"Dün gece seni eve kadar takip etmiş olabilir mi?" diye sordu Jane. "O'Donnell'ın evinden."

"Bilmiyorum. Olabilir. Ama diğer üç cinayet mahallinde de vardım. Lori-Ann Tucker'ın. Eve Kassovitz'in. O gecelerden herhangi birinde beni görmüş olabilir."

"Ve eve kadar peşinden gelmiştir."

Kadın titremesini bastırmaya çalışarak kollarını sıkıca kendi bedenine doladı. "Asla fark etmedim. İzleniyor olduğumu hiçbir şekilde anlamadım."

"Bir alarm düzeneğin var. Dün gece kullandın mı?"

"Hayır."

"Neden kullanmadın."

"Ben... ben kurmayı unuttum." *Aklımda başka şeyler vardı.*

Jane kadının karşısındaki sandalyeye oturdu. "Neden bu sembolleri senin kapına çizsin ki? Sence ne anlama geliyor?"

"Nasıl bilebilirim ki?"

"Ve bıraktığı mesaj... Lori-Ann Tucker'ın yatak odasındakiyle aynı. Yalnız bu sefer, Latince yazmaya zahmet etmemiş. Bu sefer ne demek istediğini tam olarak anlamamızı istemiş. *Günah işledim.*" Jane durakladı. "Bu sözleri neden sana yöneltmiş olsun ki?"

Maura hiçbir şey söylemedi.

"Sence bunlar senin için mi yazılmış?" Jane'in bakışları aniden yoklamaya başlamış, dikkat kesilmişti.

Beni fazla iyi tanıyor, diye düşündü Maura. *Ona tüm hikâyeyi anlatmadığımı görebiliyor. Belki de tenimdeki ihtiras kokusunu aldı. Onlar gelmeden duş almalıydım; Daniel'ın kokusunu üzerimden temizlemeliydim.*

Maura aniden ayağa kalktı. "Dikkatimi toplayamıyorum" dedi kadın. "Bir fincan kahveye ihtiyacım var." Döndü ve mutfağa doğru yürüdü. Kendini bir şeylerle meşgul etti, kupalara kahve doldurdu, kremayı almak için buzdolabına uzandı. Jane peşinden mutfağa gelmişti ancak Maura ona bakmaktan kaçındı. Buharları tüten bir kupayı kadının önüne itti ve kadın kahvesinden bir yudum alırken, utancının ortaya çıkmasını elinden geldiğince geciktirerek pencereye doğru döndü.

"Bana söylemek istediğin bir şey mi var?" dedi Jane.

"Sana her şeyi anlattım. Bu sabah uyandım ve kapımda o yazıları buldum. Başka ne söyleyebilirim bilmiyorum."

"O'Donnell'ın evinden ayrıldıktan sonra, Peder Brophy seni dosdoğru eve mi getirdi?"

"Evet."

"Ve peşinize takılmış herhangi bir araba görmediniz?"

"Hayır."

"Pekâlâ, belki de Peder Brophy bir şeyler fark etmiştir. Bakalım ne hatırlıyor."

Maura araya girdi. "Onunla konuşmana gerek yok. Demek istiyorum ki, eğer dün gece bir şey fark etmiş olsa bana söylerdi."

"Yine de sormalıyım."

Maura, Jane'le yüzleşmek için döndü. "Bugün pazar, biliyorsun."

"Evet biliyorum."

"Bugün ayin var."

Jane gözlerini kısarak dik dik baktı ve Maura yanaklarının sıcaktan alev aldığını hissetti.

"Dün gece ne oldu?" diye sordu Jane.

"Sana söyledim. O'Donnell'ın evinden doğruca buraya geldim."

"Ve sabaha kadar evden çıkmadın?"

"Evden ayrılmadım."

"Peder Brophy ayrıldı mı?"

Öylesine sorulmuş bu soru, Maura'yı sarsıp sessizliğe sürüklemişti. Bir an sonra, mutfak masasındaki bir sandalyeye çöktü kadın, fakat hiçbir şey söylemedi, sadece elindeki kahveye bakıyordu.

"Ne kadar kaldı?" diye sordu Jane. Hâlâ sesinde duygudan eser olmayan bir polisti, buna rağmen, Maura bu sorunun ardında onaylamama olduğunu biliyordu, suçluluk kadının boğazı etrafındaki elini sıktı.

"Gecenin büyük kısmında buradaydı."

"Saat kaça kadar?"

"Bilmiyorum. Gittiğinde hâlâ karanlıktı."

"O buradayken siz ikiniz ne yaptınız?"

"Bunun konuyla alakası yok."

"Olduğunu biliyorsun. Katilin senin pencerelerinden gördüklerinin neler olabileceğinden bahsediyoruz. O kelimeleri kapına yazmak için ona neyin ilham vermiş olabileceğinden. Oturma odası ışıkların, bütün gece açık mıydı? Sen ve Brophy orada oturmuş konuşuyor muydunuz?"

Maura bir nefes verdi. "Hayır. Işıklar... ışıklar kapalıydı."

"Ev karanlıktı."

"Evet."

"Ve dışarıda durup pencerelerini izleyen birinin aklına..."

"Hangi kahrolasıca düşüncelerin geleceğini biliyorsun."

"Peki haklı olur muydu düşüncelerinde?"

Maura kadının dik bakışlarına karşılık verdi. "Dün gece çok korkmuştum, Jane! Daniel bana destek oldu. Bana her zaman destek oldu. Bunun olmasını planlamadık. Bir kez olsun... ilk kez..." Sesi yavaş yavaş gücünü kaybetti. "Yalnız olmak istemedim."

Jane de mutfak masasına oturdu. "Biliyor musun, o sözcükler yeni bir anlam kazanıyor. *Günah işledim.*"

"Hepimiz günah işledik" diye atıldı Maura. "Lanet olasıca her birimiz."

"Seni yargılamıyorum, tamam mı?"

"Evet yargılıyorsun. Bunu sesinden anlamadığımı mı sanıyorsun?"

"Eğer kendini suçlu hissediyorsan, Doktor, bunun nedeni benim söylediğim herhangi bir şey değil."

Maura, Jane'in amansız bakışlarına karşılık verdi. *Haklı,* tabii *ki,* diye düşündü. *Bütün suç bende.*

"Peder Brophy'yle bu konuyu konuşmamız gerekecek, biliyorsun. Dün gece olanları."

Maura teslimiyetle iç geçirdi. "Lütfen, onunla konuşurken sağduyulu davranmaya çalış."

"Televizyon kameralarını kesinlikle çağırmayaağım oldu mu?"

"Dedektif Frost'un bunu öğrenmesine gerek yok."

"Tabii ki öğrenmeli. O benim ortağım."

Maura kafasını ellerinin arasına gömdü. "Ah, Tanrım."

"Bu soruşturmayla alakalı, sen de biliyorsun bunu. Eğer Frost'a söylemezsem, bana ağzına geleni saymakta her türlü hakkı olur."

Demek suçumun yansımasını görmeden bir daha Frost'un yüzüne bakamayacağım, diye düşündü Maura, Frost'un tepkisini düşününce canı sıkılarak. İtibar kırılgan bir şeydir; bir ince çatlak onu paramparça eder. İki yıldır, onu ölülerin kraliçesi kabul etmişlerdi, en tecrübeli soruşturmacıların bile midelerini altüst eden görüntülere irkilmeden uzun uzun bakabilen, soğukkanlı bir adli tıp uzmanı. Şimdi ona bakacak ve yalnız bir kadının zayıflıklarını, kusurlarını göreceklerdi.

Ön verandada ayak sesleri duyuldu. Frost eve dönüyordu. Bayağı gerçeği öğrendiği sırada orada olmak istemiyordu kadın. Katı biçimde geleneklere bağlı, dürüst Barry Frost. Kadının yatağında kimin uyuduğunu öğrenince şok olacaktı.

Ancak Frost o sırada eve adım atan tek kişi değildi. Maura konuşma sesleri duydu ve ani bir hareketle kafasını kaldırıp baktığında, Frost tarafından takip edilen Anthony Sansone'nin hızla mutfağa daldığını gördü.

"İyi misin?" diye sordu Sansone kadına.

Jane, "Ziyaret için gerçekten de iyi bir zaman değil, Bay Sansone" dedi. "Lütfen dışarı çıkar mısınız?"

Adam Jane'i dikkate almadı; bakışları Maura'nın üzerinde kaldı. Bugün siyahlar giymek yerine gri tonlarını tercih etmişti. Tüvit bir ceket, kül rengi bir tişört. *Daniel'dan ne kadar da farklı*, diye düşündü kadın. *Bu adamı anlayamıyorum ve bu da beni rahatsız ediyor.*

"Az önce kapındaki işaretleri gördüm" dedi adam. "Bu ne zaman oldu?"

"Bilmiyorum" dedi kadın. "Dün gece."

"Seni eve bizzat ben bırakmalıydım."

Jane araya girdi. "Gerçekten de artık gitmeniz gerek diye düşünüyorum."

"Bekle" dedi Frost. "Söylediklerini duyman lazım, kapıdaki şey hakkında. Ne anlama gelebileceği konusunda."

"*Günah işledim* mi? Bence anlamı oldukça aşikâr."

"Kelimeler değil" dedi Sansone. "Altındaki semboller."

"Her şeyi gören gözü zaten biliyoruz. Arkadaşınız Oliver Stark bize açıkladı."

"Yanılmış olabilir."

"Bunun Horus'un gözü olduğuna katılmıyor musunuz?"

"Tamamen farklı bir şeyi temsil ediyor olabilir." Maura'ya baktı. "Dışarı gel de sana açıklayayım."

Maura kapısındaki o suçlayıcı kelimelerle bir kez daha yüzleşmek için hiçbir istek duymuyordu, ancak adamın aceleciliği kadını peşinden gitmeye zorladı. Verandaya çıkınca, güneşin parlaklığı karşısında gözlerini kırpıştırarak durakladı. Güzel bir pazar sabahıydı, kahve ve gazeteyle oyalanarak geçirilecek bir sabah. Bunun yerine kendi evinde oturmaya, kendi ön kapısına bakmaya korkuyordu.

Bir nefes aldı ve kurumuş kan rengi aşıboyasıyla çizilmiş şeyle yüzleşmek için döndü. *Günah işledim* kelimeleri kadına haykırıyordu, suçlu yüzünü gizlemek için büzülmeyi istemesine neden olan bir suçlama.

Ancak Sansone'nin yoğunlaştığı şey kelimeler değildi. Onların altına çizilmiş iki sembolü işaret etti. Büyük olanını daha önce görmüşlerdi, adamın bahçe kapısında.

"Bu her şeyi gören gözle tamamen aynı bence" dedi Jane.

"Ama şu diğer sembole bakın" dedi Sansone, kapının alt tarafına yakın bir yere çizilmiş şekli göstererek. Öyle küçüktü ki, neredeyse sonradan eklenen bir şeymiş gibi görünüyordu. "Aşıboyasıyla çizilmiş, tıpkı diğer suç mahallerinde olduğu gibi."

Jane, "Aşıboyasını nereden biliyorsunuz?" diye sordu.

"Çalışma arkadaşlarımın bunu görmesi gerek. Temsil ettiğini düşündüğüm şeyi teyit etmeleri için."

"Bir saniye" dedi Jane. "Bu halka açık bir sergi değil."

"Bunu nasıl yorumlayacağınızı *biliyor musunuz*, Dedektif? Nereden başlayacağınız hakkında herhangi bir fikriniz var mı? Eğer bu katili bulmak istiyorsanız, düşünce tarzını anlasanız iyi olur. Sembollerini." Numarayı çevirmeye başladı. Jane adama engel olmadı.

Maura alttaki eskizi inceleyebilmek için diz çöktü. Kavis çizen boynuzlara, üçgen bir kafaya ve kısılmış gözlere baktı. "Bir keçi gibi görünüyor" dedi kadın. "Peki ama ne anlama geliyor?" Gözlerini kaldırıp Sansone'ye baktı. Sabahın parlaklığıyla arkadan aydınlanan adam, kule gibi bir figürdü, siyah ve yüzü olmayan.

"Azazel'i temsil ediyor" dedi adam. "Bu İzleyenler'e ait bir sembol."

* * *

"Azazel Se'irimlerin şefiydi" dedi Oliver Stark. "Bunlar Musa'dan, firavunlardan önce kadim çölleri düzenli olarak ziyaret eden keçi iblislerdi. Ta Lilith'in zamanı kadar eskilerde."

"Lilith kim?" diye sordu Frost.

Edwina Felway şaşkınlık içinde Frost'a baktı. "Bilmiyor musun?"

Frost mahcup bir şekilde omuz silkti. "Kabul etmeliyim ki, İncil hakkında o kadar da bilgili değilim."

"Ah, Lilith'i İncil'de bulamazsın" dedi Edwina. "Kabul edilmiş Hıristiyan doktrininden uzun zaman önce çıkartıldı, yine de Yahudi efsanelerinde yeri vardır. Âdem'in ilk karısıdır."

"Âdem'in başka bir karısı mı vardı?"

"Evet, Havva'dan önce." Edwina adamın şaşkın yüzüne karşı gülümsedi. "Ne yani, İncil'in bütün hikâyeyi anlattığını mı sanıyordun?"

Maura'nın salonunda orta sehpasının etrafına toplanmışlardı ve Oliver'ın eskiz defteri boş fincanların ve tabakların ortasında duruyordu. Sansone'nin telefonundan sonraki yarım saat içerisinde, hem Edwina, hem de Oliver kapıdaki sembolleri incelemeye gelmişti. Soğuk onları sıcak bir kahve ve teoriler için içeri sürmeden önce, verandada birkaç dakika görüş alışverişinde bulunmuşlardı. Maura'ya entelektüel görünen teoriler. Evi bir katil tarafından işaretlenmişti ve bu insanlar sakin sakin salonunda oturmuş, tuhaf teolojilerini tartışıyorlardı. Kadın, yüzünde apaçık görünen ve *bunların hepsi kaçık* ifadesi taşıyan Jane'e baktı. Ancak Frost açık seçik bir şekilde büyülenmişti.

"Âdem'in başka bir karısı olduğunu hiç duymamıştım" dedi adam.

"İncil'de asla yer almayan bütün bir tarih var, Dedektif" dedi Edwina, "sadece Kenan ya da Yahudi efsanelerinde bulabileceğiniz gizli bir tarih. Âdem ve özgür ruhlu bir kadının evliliğinden bahsederler, kocasına itaat etmeyi ya da yumuşak başlı kadının yapması gerektiği gibi kocasının altına yatmayı reddeden kurnaz bir yosma. Bunları yapmak yerine her pozisyonda vahşi seks talep eder ve kendisini tatmin edemediğinde onunla alay edermiş. Dünyanın gerçekten özgür ilk dişisiymiş ve bedensel zevkleri aramaktan korkmazmış."

"Kulağa sanki Havva'dan çok daha eğlenceli biriymiş gibi geliyor" dedi Frost.

"Ama kilisenin gözünde, Lilith nefret edilecek bir şeydi, erkeklerin kontrolünün ötesinde bir kadın, cinsel açıdan öylesine açtı ki, en sonunda sıkıcı kocasını, Âdem'i terk etti ve iblislerle çılgınca âlemler yapmak için kaçtı." Edwina durakladı. "Ve sonuç olarak, tüm iblislerin en kudretlisini doğurdu, o günden bu yana insanoğlunun başına bela olanı."

"Şeytanı mı demek istiyorsunuz?"

Sansone, "Ortaçağ'da yaygın bir şekilde kabul gören bir inanış bu: Lilith, Lucifer'in annesiydi."

Edwina homurdandı. "Tarihin kendine fazla güvenen bir kadına nasıl muamele ettiğini görüyor musunuz? Köle gibi boyun eğmeyi reddederseniz, seksten biraz fazla hoşlanırsanız, o zaman kilise sizi bir canavara dönüştürür. Şeytanın annesi olarak tanınırsınız."

"Ya da tarihten tamamen kaybolursunuz" dedi Frost. "Çünkü ben Lilith'i ilk kez duyuyorum. Ya da şu keçi kişiyi."

"Azazel" dedi Oliver. En son çizdiği eskizi koparttı ve herkesin görebilmesi için sehpanın ortasına koydu. Maura'nın kapısına çizilmiş yüzün daha detaylı bir versiyonuydu bu; kısık gözleri ve kafasının üzerinde yanan tek bir alev olan, boynuzlu bir keçi. "Keçi iblislerden Levililer ve İşaya'da bahsedilir. Lilith gibi vahşi varlıklarla gününü gün eden tehlikeli yaratıklardır. Azazel ismi Kenanlıların zamanlarına kadar uzanır, muhtemelen kadim tanrılardan birinin isminden türetilmiş olmalı."

"Kapıdaki sembolün gönderme yaptığı da bu kişi mi?"

"Ben böyle olduğunu tahmin ediyorum."

Kuşkuculuğunu kontrol altında tutamayan Jane güldü. "Bir tahmin mi? Ah, burada hakikaten de gerçekleri çözümlüyoruz, değil mi?"

Edwina, "Bu tartışmanın bir zaman kaybı olduğunu mu düşünüyorsunuz?" dedi.

"Bence bir sembol, ona ne anlam vermek istersen o anlama gelir. Siz insanlar bunun bir keçi iblis olduğunu düşünüyorsunuz. Ama bunu çizen tuhaf herif için, tamamen farklı bir anlam ifade ediyor olabilir. Sen ve Oliver'ın Horus'un gözü hakkında ezbere söylediğiniz tüm o şeyleri hatırlayın. Kesirler, ayın evresi? Yani şimdi tüm bunlar bir deste martavala mı dönüştü?"

"Size gözün bir dizi farklı şeyi temsil edebileceğini anlatmıştım" dedi Oliver. "Mısır tanrısı. Lucifer'in her şeyi gören gözü. Ya da aydınlanma, bilgelik için kullanılan Masonik sembol."

"Bunlar son derece zıt anlamlar" dedi Frost. "Şeytana karşı bilgelik."

"Bu ikisi hiç de zıt anlamlar değil. *Lucifer* kelimesinin ne anlama geldiğini aklınızdan çıkartmamalısınız. Tercüme edersek, bu kelime 'ışık getiren' anlamına gelir."

"Bu kulağa pek de kötü gelmiyor."

"Bazıları Lucifer'in kötü olmadığını iddia edeceklerdir" dedi Edwina, "sorgulayan aklı, bağımsız düşünceyi, bir zamanlar kiliseyi tehdit eden şeyleri temsil ettiğini."

Jane homurdandı. "Yani şimdi Lucifer o kadar da kötü bir herif değil mi? Sadece çok fazla soru mu sormuş?"

"Kime şeytan dediğin, bakış açına göre değişir" dedi Edwina. "Son kocam bir antropologdu. Dünyanın her yerini, iblislerin çakallar, kediler ya da yılanlar gibi görünen resimlerini toplayarak dolaştım. Ya da güzel kadınlar. Her kültürün şeytanının nasıl göründüğüne dair fikri var. Tarihin en eski kabilelerine varıncaya kadar, neredeyse tüm kültürler bir tek şey üzerinde uzlaşıyor: Şeytan gerçekten de *vardır*."

Maura dün gece O'Donnell'ın yatak odasında bir anlığına görebildiği o yüzsüz siyah savruluşu düşündü ve bir ürperti boynunun arkasını karıncalandırdı. Şeytana inanmıyordu. Ancak kötülüğe inanırdı. *Ve dün gece, kesinlikle huzurundaydım.* Kadının bakışları Oliver'ın boynuzlu keçi eskizine döndü. "Bu şey –şu Azazel– aynı zamanda şeytanın da sembolü mü?"

"Hayır" dedi Oliver. "Azazel genellikle İzleyenler için bir sembol olarak kullanılır."

"Konuşup durduğunuz şu İzleyenler de kim?" diye sordu Frost.

Edwina Maura'ya baktı. "Bir İnciliniz var mı, Doktor Isles?"

Maura kaşlarını çatarak kadına baktı. "Evet."

"Getirebilir misiniz, lütfen?"

Maura kitap rafına gitti ve bildik yıpranmış cildi bulmak için en üst rafı taradı. Bu babasının İncil'iydi ve Maura yıllardır kapağını açmamıştı. İncil'i raftan aldı ve Edwina'ya verdi, Edwina sayfaları karıştırdıkça ortaya ufak toz bulutları çıkmasına neden oluyordu.

"İşte burada. Tekvin, altıncı bap. Birinci ve ikinci ayetler: 'Ve vaki oldu ki, toprağın yüzü üzerinde adamlar çoğalmaya başladı, ve onların kızları doğduğu zaman, Allah oğulları adam kızlarının güzel olduklarını gördüler, ve bütün seçtiklerinden kendilerine karılar aldılar.'"

"Allah oğulları mı?" diye sordu Frost.

"O pasaj, neredeyse hiç kuşku yok ki meleklerden bahsediyor" diye açıkladı Edwina. "Meleklerin dünya üzerindeki kadınlara karşı şehvet duydukları, bu yüzden de onlarla evlendiklerini söylüyor. İlahi olan ile ölümlü olan arasında bir evlilik." Kadın tekrar İncil'e baktı. "Ve bu da dördüncü ayet: 'Allah oğulları insan kızlarına vardıkları, ve bu kızlar onlara çocuk doğurdukları zaman, o günlerde, hem de ondan sonra, yeryüzünde Nefilim[34] vardı; bunlar eski zamanlardan zorbalar, şöhretli adamlardı.'" Edwina kitabı kapattı.

"Tüm bunlar ne demek oluyor?"

"Çocukları olduğunu söylüyor" dedi Edwina. "İncil'de bu çocukların anıldığı tek yer burasıdır. İnsanlar ve meleklerin birleşmesi sonucunda doğan çocuklar. Bunlar Nefilim denen, iki farklı cinsin birleşiminden gelen bir iblisler ırkıydı."

"Aynı zamanda İzleyenler olarak da bilinirler" dedi Sansone.

"İncil'den eski diğer kaynaklarda da onlara dair atıflar bulabi-

---

34. Düşmüş kişiler anlamına gelen İbranice sözcük. Kitabı Mukaddes'te Nefilim olarak yazılmış, "iri adamlar" olarak açıklanmış, bazı başka kaynaklarda da "devler" olarak tercüme edilmiştir. (ç.n.)

lirsiniz. Hanok'un Kitabı'nda. Jubileler Kitabı'nda. Bunlar, insan kadınlarıyla ilişkiye giren, cennetten kovulmuş melekler tarafından meydana getirilmiş canavarlar olarak tarif edilmişlerdir. Sonuç, hâlâ aramızda dolaştığına inanılan gizli bir melezler nesliydi. Bu yaratıkların sıradışı çekicilikleri ve yetenekleri olduğu, az bulunur bir güzelliğe sahip oldukları söylenir. Çoğunlukla oldukça uzun, oldukça karizmatiktirler. Ancak her şeye rağmen onlar iblistir ve karanlığa hizmet ederler."

"Sizler buna gerçekten de inanıyor musunuz?"

"Ben sadece size kutsal metinlerde bulunanları anlatıyorum, Dedektif. Antik zamanlarda yaşayanlar insanoğlunun bu dünyada yalnız olmadığına inanırlardı, diğerlerinin bizden önce de var olduklarına ve bazılarının bugün hâlâ bu canavarların soyunu devam ettirdiklerine."

"Ama onlara meleklerin çocukları dediniz."

"Cennetten kovulmuş melekler. Kusurlu ve kötü."

"Yani bu şeyler, şu İzleyenler, mutantlar[35] gibi" dedi Frost, "melezler."

Edwina adama baktı. "Bir alttür. Haşin ve yırtıcı. Geriye kalanlar avdan başka bir şey değil."

"Armageddon[36] geldiğinde" dedi Oliver, "dünya bildiğimiz haliyle sona erdiğinde, bizzat Deccal'in de Nefilimlerden biri olacağı yazılıdır. Bir İzleyen."

Ve işaretleri kapımda. Maura keçinin kafasına ait eskize baktı. Bu sembol bir uyarı amacı mı taşıyordu?

Yoksa bir davet mi?

"Pekâlâ" dedi Jane ve imalı bir şekilde saatine baktı. "Vaktimizi gerçekten de yararlı bir şekilde kullanmış olduk."

"Öneminin hâlâ farkında değilsin değil mi?" diye sordu Sansone.

"Kamp ateşi başında anlatmak için muhteşem bir hikâye ama beni hiçbir şekilde katilimize yaklaştırmıyor."

"Seni onun aklına götürüyor. Bize onun neye inandığını anlatıyor."

"Melekler ve keçi iblisler. Tamam. Ya da belki de bizim katil sadece polislerle oyun oynamaktan hoşlanıyordur. Böylece aşıbo-

---

35. Değişmiş organizma; değişikliğe uğramış canlı varlık; özellikleri anne babasının özelliklerinin hiçbirine benzemeyen ve hücrelerinin yapısındaki bir değişim (mutasyon) sonucu ortaya çıkmış olan canlı. (ç.n.)

36. Kutsal Kitap'ta geçen ölüm kalım savaşı, her şeyi yok edecek güçte, dünyanın sonunu getirecek savaş; kıyamet günü savaşı, mahşer günü savaşı; bu savaşın yapılacağı yer. (ç.n.)

yası ve deniz kabukları peşinden koşarak zamanımızı boşa harcamamıza neden oluyor." Jane ayağa kalktı. "Suç mahalli ekibi her an gelebilir. Hepiniz artık evlerinize gidebilirsiniz, böylece biz de kendi işimize bakarız."

"Bekle" diyerek araya girdi Sansone. "Az önce deniz kabukları hakkında ne söylemiştiniz?"

Jane adamı dikkate almadı ve Frost'a baktı. "SMB'yi arayıp gelmelerinin neden bu kadar uzun sürdüğünü öğrenebilir misin?"

"Dedektif Rizzoli" dedi Sansone, "bize deniz kabuklarından bahsedin."

"Kendi kaynaklarınız var gibi görünüyor. Neden onlara sormuyorsunuz?"

"Bu çok önemli olabilir. Neden bizi bu zahmetten kurtarmıyor ve anlatmıyorsunuz?"

"Önce siz bana anlatın. Bir deniz kabuğunun önemi nedir?"

"Ne tür bir kabuk? Çift kabuklu mu, koni mi?"

"Fark eder mi?"

"Evet."

Jane durakladı. "Bir tür sarmal gibi. Bir koni sanırım."

"Cinayet mahallinde mi bırakılmıştı?"

"Böyle denilebilir."

"Kabuğu tarif edin."

"Bakın, herhangi bir özelliği yok. Konuştuğum herif Akdeniz'in her tarafında bulunan sıradan bir tür olduğunu söylüyor." Cep telefonu çalınca kadın durdu. "İzninizle" dedi ve odadan çıktı. Bir an için hiç kimse konuşmadı. Mefisto Kulübü'nün üç üyesi birbirlerine baktı.

"Valla" dedi Edwina usulca, "bu neredeyse kesinleştiriyor diyebilirim."

"Neyi kesinleştiriyor?" dedi Frost.

"Deniz kabuğu" dedi Oliver, "Anthony'nin aile armasında var."

Sansone sandalyesinden kalktı ve pencerenin yanına gitti. Orada, geniş sırtı siyahla çevrelenmiş halde, sokağa göz gezdirerek durdu. "Bu semboller, Kıbrıs'ta topraktan çıkarılmış kırmızı aşıboyasıyla çizilmiş" dedi. "Bunun ehemmiyetini biliyor musunuz, Dedektif Frost?"

"Hiçbir fikrimiz yok" diyerek kabullendi Frost.

"Katil polisle oyunlar oynamıyor. *Benimle* oynuyor. Mefisto Kulübü'yle." Onlara bakmak için döndü, ancak sabahın göz kamaştırıcı aydınlığı adamın yüz ifadesini okumayı imkânsız kılıyordu. "Noel arifesinde, bir kadını öldürüyor ve olay yerinde satanik semboller bırakıyor; mumlar, aşıboyasıyla çizilmiş çember. Ama o gece yaptığı şeylerin en önemlisi O'Donnell'a, kulübümüzün bir üyesine telefon etmek. Dikkatimizi çekmek için yapılmıştı."

"Dikkatinizi mi? Bana bu en başından beri O'Donnell'la ilgiliymiş gibi geliyor."

"Sonra Eve Kassovitz benim bahçemde öldürüldü. Bir araya geldiğimiz bir gece."

"Aynı zamanda O'Donnell'ın sizin misafirlerinizden biri olduğu geceydi bu. Peşinde olduğu *O'Donnell*'dı, gözüne kestirdiği kişi."

"Dün gece olsa aynı fikri paylaşırdım. Tüm işaretler, o ana kadar hedef olarak Joyce'u gösteriyordu. Ama Maura'nın kapısındaki bu semboller bize katilin işini tamamlamadığını söylüyor. Hâlâ avlanıyor."

"Bizim hakkımızda bilgi sahibi, Anthony" dedi Edwina. "Kulübümüzün üyelerini öldürüyor. İlk kişi Joyce'du. Soru, sıradakinin kim olduğu."

Sansone, Maura'ya baktı. "Korkarım senin de bizlerden biri olduğunu düşünüyor."

"Ama değilim" dedi kadın. "Sizin kulüp kuruntularınızla en ufak bir alakam olsun istemiyorum."

"Doktor?" dedi Jane. Maura onun odaya döndüğünü duymamıştı. Jane elinde cep telefonuyla kapının ağzında duruyordu. "Mutfağa gelebilir misin? Baş başa konuşmamız lazım."

Maura ayağa kalktı ve koridor boyunca kadını takip etti. "Ne var?" diye sordu mutfağa girdiklerinde.

"Yarın izin almayı ayarlayabilir misin? Çünkü bu gece seninle birlikte şehir dışına gitmemiz gerekiyor. Şimdi eve gidip çanta hazırlayacağım. Öğle saatlerinde seni almak için geri gelirim."

"Bana kaçıp saklanmam gerektiğini mi söylüyorsun? Sadece birileri kapıma bir şeyler yazdı diye mi?"

"Bunun senin kapınla hiç ilgisi yok. Az önce New York'un kuzey bölgesinden bir polis aradı. Dün gece bir kadın vücudu bulmuşlar. Bir cinayet olduğu barizmiş."

"New Yok'taki bir cinayet neden bizi ilgilendirsin ki?"

"Sol eli yerinde değilmiş."

8 ağustos. Ayın evresi: Sondördün.
Her gün, Teddy aşağıdaki göle gidiyor.
Sabah, kapı sinekliğinin gıcırtısını ve hızla çarpışını duyuyorum, ve sonra da verandanın basamaklarına güm güm vuran ayakkabılarının sesini. Penceremden, evden uzaklaşmasını ve ince omzuna dayanmış oltası ve elinde takım çantasıyla suya doğru yürüyüşünü izliyorum. Garip bir ritüel bu bence ve işe yaramaz, çünkü eve asla çabalarının karşılığını getirerek dönmüyor. Her öğlenden sonra boş ellerle, ancak neşeli bir şekilde geri geliyor.
Bugün, onu takip ediyorum.
Ormanın içinden geçerek göle doğru avare avare giderken beni görmüyor. Yeterince geride kalıyorum, bu yüzden ayak seslerimi duyamıyor. Zaten o da, tiz ve çocuksu sesiyle şarkı söylüyor, "Gülen Balıkçıl" şarkısının detone bir versiyonu ve izlendiği gerçeğinden habersiz. Suyun kenarına ulaşıyor, iğnesine yem takıyor ve oltayı suya fırlatıyor. Dakikalar geçtikçe, çimenlik kıyıya yerleşiyor ve ayna gibi yüzeyini en ufak bir esintinin dahi hareket ettirmediği suya bakınıyor.
Oltanın kamışı aniden, hızla çekiliyor.
Teddy yakaladığı şeyi sudan çekerken, ben daha da yaklaşıyorum. Bu kahverengimsi bir balık ve misinanın ucunda, her kası ölümcül bir dehşetle seğirerek kıvranıyor. Ben ölümcül darbeyi, ilahi kıvılcımın söndüğü, zamandaki o kutsal anı bekliyorum. Ancak beni şaşırtacak şekilde, Teddy avını eline alıyor, iğneyi ağzından çıkartıyor ve balığı nazik hareketlerle tekrar suya bırakıyor. Mırıldanarak, sanki sabahını güçleştirdiği için bir özür dilermiş gibi, balığı bıraktığı yerde diz çöküyor.

"Neden bıraktın?" diye soruyorum.

Sesimle irkilen Teddy hemen doğruluyor. "Ah" diyor. "Sensin."

"Gitmesine izin verdin."

"Onları öldürmeyi sevmiyorum. Sadece bir levrek zaten."

"Yani hepsini geri mi atıyorsun?"

"Hıhı." Teddy iğnesine bir kez daha yem takıyor ve suya fırlatıyor.

"Öyleyse onları yakalamanın ne anlamı var?"

"Eğlence. Aramızdaki bir oyun bu. Ben ve balıklar."

Kıyıda onun yanına oturuyorum. Kafamızın etrafında tatarcıklar uçuşuyor ve Teddy onları eliyle uzaklaştırıyor. On bir yaşına henüz bastı, ancak hâlâ bir çocuğun mükemmel derecede pürüzsüz tenine sahip ve yüzündeki altın renkli bebek tüyleri güneşin parlaklığını yakalıyor. Nefes alışverişlerini duyabilecek, nabzının ince boynunda atışını görebilecek kadar yakındayım. Varlığımdan rahatsız olmuşa benzemiyor; hatta bana utangaç bir şekilde gülümsüyor, sanki hareketten uzak sabahı büyük kuzeniyle birlikte geçirmek özel bir zevkmiş gibi.

"Denemek ister misin?" diyor bana oltayı önererek.

Alıyorum. Ama dikkatim Teddy üzerinde kalmaya devam ediyor, alnındaki terlerin zar zor fark edilen parıltılarında, kirpiklerinin düşürdüğü gölgelerde.

Kamış çekiştiriliyor.

"Yakaladın!"

Çekmeye başlıyorum ve balığın çırpınışları ellerimin beklentiyle terlemesine neden oluyor. Kamış tarafından iletilen şiddetli çırpınışlarını, yaşamak için çaresizliğini hissedebiliyorum. En sonunda sudan çıkıyor, ben kıyının üzerinde sallarken kuyruğu kanat çırpıyor. Kaygan pulları tutuyorum.

"Şimdi iğneyi çıkar" diyor Teddy. "Ama onu yaralamamaya dikkat et."

Açık alet çantasına bakıyor ve bir bıçak görüyorum.

"Suyun dışında yaşayamaz. Acele et" diye sıkıştırıyor Teddy.

Ben bıçağa uzanmayı, kıvranıp duran balığı çimenlerin üzerinde tutmayı ve solungaçlarının arkasından deşmeyi düşünüyorum. Karnına kadar yararak açmayı. Balığın son kez seğirmesini, yaşam gücünün canlandırıcı bir sarsıntıyla dosdoğru bana sıçrayışını hissetmek istiyorum; on yaşındayken Herem yeminini ettiğimde hissettiğim aynı sarsıntı. Annem en sonunda beni çembere getirdiğinde ve bıçağı bana verdiğinde, "Yeterince büyüdün" demişti. "Bizden biri olmanın zamanı geldi." Kurbanlık keçinin son titreyişini düşünüyor, annemin gözlerindeki gururu ve cübbeli adamlar halkasından yükselen onaylama mırıltılarını hatırlıyorum. O heyecanı yeniden yaşamak istiyorum.

Bir balık işe yaramaz.

İğneyi çıkarıyor ve kıvranıp duran levreği tekrar göle atıyorum. Kuyruğuyla su sıçratıyor ve hızla uzaklaşıyor. Bir esintinin fısıltısı suyu hareketlendiriyor ve sazlıklarda yusufçuklar titreşiyor. Teddy'ye dönüyorum.

"Bana neden öyle bakıyorsun?" diye soruyor.

25

Bahşişlerden kırk iki euro – aralık ayında buz gibi bir pazar günü için hiç de fena bir ganimet sayılmaz. Az önce Roman Forum'unda gezirdiği turist grubuna el sallayarak veda ederken, buz gibi bir yağmur damlasının yüzüne düştüğünü hissetti kadın. Kafasını kaldırıp meşum bir şekilde alçakta duran koyu renkli bulutlara baktı ve titredi. Yarın kesinlikle bir yağmurluğa ihtiyacı olacaktı.

Cebindeki bu yeni nakit destesiyle, Roma'daki her pinti öğrencinin gözde alışveriş mekânına doğru yöneldi: Trastevere'deki liman pazarı Porta Portese. Saat şimdiden bir olmuştu ve satıcılar tezgâhlarını topluyor olmalıydı, ancak kelepir bir şeyler bulmak için kadının hâlâ vakti olabilirdi. Pazaryerine ulaştığında, ince bir yağmur çiselemeye başlamıştı. Piazza di Porta Portese toplanan sandıkların takırtısıyla yankılanmaktaydı. Hiç zaman harcamadan, sadece üç euro'ya kullanılmış bir yün süveter kaptı. Sigara dumanı kokuyordu, ama iyi bir yıkama bunun icabına bakardı. İki euro daha ödeyip, sadece tek bir siyah yağ iziyle lekelenmiş, başlıklı bir muşamba yağmurluk satın aldı. Şimdi yeni satın aldığı giysilerle soğuktan korunmuş ve parası hâlâ cebinde olan kadın, kendisini boş boş gezinme lüksüyle ödüllendirdi.

Kovalar dolusu taklit mücevher ve sahte Roma sikkelerinden seçmek için duraklayarak, amaçsızca tezgâhlar arasındaki dar aralıktan ilerledi ve Piazza Ippolito Nievo'ya ve antika tezgâhlarına doğru yürümeye devam etti. Her pazar günü, kendini pazaryerinin bu köşesinde bulur gibiydi, çünkü onun ilgisini gerçekten çeken tek şey eski, antik şeylerdi. Ortaçağ'a ait bir goblen parçası ya da sadece bir parça bronz kalbinin hızla atmasına neden olabilirdi. Antikalar alanına ulaştığında, satıcıların çoğu mallarını taşımaya koyulmuştu ve kadın sadece birkaç tezgâhın açık olduğunu, tezgâhlardaki malların çiseleyen yağmura maruz kaldığını gördü. Zayıf tekliflerin, bezgin, asık suratlı satıcıların yanından geçerek dolaştı. Bakışları küçük bir tahta kutunun üzerine takıldığında piazzadan ayrılmak üzereydi. Sabit gözlerle bakarak durakladı.

Kutunun üzerine üç ters haç oyulmuştu.

Havanın pusuyla nemlenmiş yüzünü aniden buzla kaplanmış gibi hissetti. Sonra menteşelerin ondan tarafa dönük olduğunu fark etti ve şaşkın bir gülümsemeyle kutuyu doğru pozisyonuna çevirdi. Haçlar doğru tarafları yukarı gelecek şekilde durdu. Kötülüğü çok fazla aradığınızda, onu her yerde görürsünüz. *Orada olmasa bile.*

"Dini parçalar mı arıyorsunuz?" diye sordu satıcı İtalyanca.

Kafasını kaldırdı ve bir adamın kırışıklıklar içindeki yüzünü gördü adamın gözleri kat kat deriler altında neredeyse kaybolmuştu. "Sadece bakıyorum, teşekkür ederim."

"İşte. Burada başka şeyler de var." Kadının önüne bir kutu kaydırdı ve kadın birbirine dolanmış tespih boncukları, tahtadan yontulmuş bir Meryemana ve sayfaları nemden kıvrılan eski kitaplar gördü. "Bakın, bakın! Acele etmeyin."

İlk bakışta kadın o kutuda ilgisini çekecek hiçbir şey görmemişti. Sonra dikkatini kitaplardan birinin sırtına yoğunlaştırdı. İsmi derinin üzerine altın renginde damgalanmıştı: *Hanok'un Kitabı.*

Kitabı aldı ve künye sayfasını açtı. R. H. Charles tarafından yapılmış bir İngilizce tercümeydi, Oxford University Press tarafından 1912 yılında yayınlanmış bir nüsha. İki yıl önce, bir Paris müzesinde, kadın bir Habeş versiyonunun yüzyıllarca yıllık parçasını incelemişti. *Hanok'un Kitabı* kadim bir metindi, apokrif[37] edebiyatın bir parçası.

"Oldukça eski" dedi satıcı.

"Evet" diye mırıldandı kadın, "öyle."

"1912 diyor."

Ve bu sözler daha bile eski, diye düşündü kadın, parmaklarını sararmış sayfalar üzerinde dolaştırırken. Bu metin İsa'nın doğumundan iki yüz yıl öncesine aitti. Bunlar Nuh ve gemisinden, Metuşelah'tan[38] önceki bir çağdan öykülerdi. Kadın sayfaları çevir-

---

37. Din adamları tarafından imha edildiği ve halktan gizlendiği ileri sürülen kutsal metinleri belirtmek için kullanılır ve özellikle Eski Ahit ve Yeni Ahit döneminde kaleme alınan, fakat Kitabı Mukaddes dışında tutulan metinleri ifade eder. (ç.n.)

38. İncil'e göre 969 yıl yaşamış bir peygamber. (ç.n.)

di ve mürekkeple altı çizilmiş bir pasajda durakladı.

Kötü ruhlar onların vücutlarından hasıl oldu, çünkü onlar erkeklerden ve ilk başlangıçları ve asıl kökenleri olan kutsal İzleyenlerden doğmuşlardı; dünya yüzünde kötü ruhlar olacaklardı ve kötü ruhlar olarak anılacaklardı.

"Bende ona ait başka şeyler de var" dedi satıcı.

Kadın kafasını kaldırdı. "Kime?"

"Bu kitabın sahibi olan adama. Bunların hepsi onun." Ellini kutulara doğru salladı. "Geçen ay öldü ve şimdi her şeyin satılması lazım. Eğer bu tür parçalarla ilgileniyorsanız, bunun gibi bir tane daha var bende." Bir başka kutuyu karıştırmak için eğildi ve cildi hırpalanmış ve lekeli, deri kaplı ince bir kitap çıkarttı. "Aynı yazar" dedi adam. "R. H. Charles."

Aynı yazar değil, diye düşündü kadın, ama aynı tercüman. Bu *Jubileler Kitabı*'nın 1913 baskısıydı, Hıristiyanlık döneminin öncesine dayanan bir başka kutsal metin daha. *Jubileler* ismine yabancı olmamasına rağmen, bu dikkate değer kitabı hiç okumamıştı. Kapağı kaldırdı ve sayfalar onuncu bölüm, beşinci bapta açıldı, mürekkeple altı çizilmiş başka bir pasaj:

Ve sen, senin İzleyenlerinin, bu ruhların babaları, benim zamanımda neler yaptıklarını biliyorsun: ve bu ruhların yaşayanlarına gelince, onları hapset ve mahkûm oldukları yerde onları sıkıca tut, ve senin hizmetkârlarının çocuklarına yıkım getirmelerine izin verme, Tanrım; çünkü onlar habistirler, ve yok etmek için yaratılmışlardır.

Sayfa kenarına, aynı mürekkeple, *Şit'in oğulları, Kabil'in kızları* kelimeleri yazılmıştı.

Lily kitabı kapattı ve aniden deri cildin üzerindeki kahverengi lekeleri fark etti. *Kan?*

"Satın almak ister misiniz?"

Kadın kafasını kaldırıp baktı. "Bu adama ne olmuş? Bu kitapların sahibine?"

"Sana söyledim. Öldü."

"Nasıl."

Bir omuz silkme. "Yalnız yaşardı. Çok yaşlıydı, çok tuhaf. Dairesinin içinde kilitli halde, kapının önüne yığılmış bütün bu kitaplarla buldular onu. Bu yüzden dışarı bile çıkamamış. Çatlak, ha?"

Ya da korkmuş, diye düşündü kadın, *içeri girebilecek olan şeyden.*

"Sana iyi bir fiyat vereceğim. İstiyor musun?"

Karmakarışık olmuş dairesinde, cansız ve siper almış halde yatan sahibini düşünerek, ikinci kitaba baktı kadın. Çürüyen etlerinin sayfalardan yayılan kokusunu neredeyse duyabiliyordu. Derinin üzerindeki lekeler nedeniyle tiksinti duymuş olsa da bu kitabı istiyordu. Kitabın sahibinin sayfa kenarlarına neden o kelimeleri karaladığını ve başka herhangi bir şey yazıp yazmadığını bilmek istiyordu.

"Beş euro" dedi satıcı.

Bir kez olsun pazarlık etmek yerine istenen ücreti ödedi kadın ve kitapla birlikte uzaklaştı.

Lily dairesine çıkan rutubetli merdiven boşluğunu tırmanırken şiddetli bir yağmur yağıyordu. Penceresinden gelen gri renkli ve solgun ışıkta oturmuş okurken, yağmur tüm öğlenden sonra boyunca devam etti. Kadın Şit'le ilgili bölümü okudu. Âdem'in üçüncü oğlu Şit, Kenan'ın babası olan Enoş'un babası olmuştu. İnsanlığın daha sonraki tufan öncesi ataları Yared ve Hanok'un, Metuşelah ve Nuh'un türediği aynı yüce soydu bu. Ancak aynı soydan, çürük oğlanlar da türemişti, ölüm saçan bir atanın kızlarıyla çiftleşen melun oğlanlar.

Kabil'in kızları.

Lily altı çizili başka bir pasajda durakladı, sırlarını paylaşmak, uyarılarını fısıldamak için sabırsızlanan hayaletimsi varlığı, şimdi kadının omzunun üstünde dolanıp durumuş gibi olan bir adam tarafından, uzun zaman önce işaretlenmiş kelimeler.

Ve zorbalık yeryüzünde arttı ve bütün beşer yolunu bozdu, insanlar ve sığırlar ve hayvanlar ve kuşlar ve yeryüzünde yürüyen her şey aynı, hepsi yollarını ve düzenlerini bozdular, ve birbirlerini oburca yemeğe koyuldular, ve yeryüzünde zorbalık arttı ve tüm insanların düşüncelerinin her hayali böylece kötü olmaya devam etti.

Gün ışığı yavaş yavaş soluyordu. Çok uzun bir zamandır oturuyordu kadın, eklemlerindeki tüm hissi kaybetmişti. Dışarıda, yağmur pencereye hafifçe vurmaya devam ediyor ve Roma'nın caddelerinde trafik gürlüyor ve kornalar çalıyordu. Ancak orada, odasında, kadın uyuşmuş bir sessizlikle oturmaktaydı. İsa'dan bir yüzyıl önce, Havarilerden önce, bu sözler çoktan eskiydiler, bugün insanoğlunun artık hatırlamadığı, artık varlığına dikkat etmediği kadar kadim bir dehşet üzerine yazılmışlardı.

Kafasını eğdi, bir kez daha Jubileler Kitabı'na, Nuh'un, oğullarına söylediği, meşum sözlerine baktı.

Çünkü görüyorum, ve izliyorum ki iblisler size ve sizin çocuklarınıza karşı ayartmalarına başlamışlar ve şimdi kendi adıma korkuyorum ki, ölümümden sonra sen insanların kanını yeryüzü üstüne saçacaksın ve sen de, yeryüzünden yok edileceksin.

İblisler hâlâ aramızda, diye düşündü kadın. *Ve kan dökme çoktan başladı.*

26

Jane ile Maura Massachusetts turnikelerinden batıya ilerlediler, kar ve çıplak ağaçlardan oluşan yalın bir manzarada hızla hareket ederlerken direksiyonda Jane vardı. Bu pazar ikindisinde bile, otoyolu Jane'in Subaru'sunu cüceleştiren bir canavar kamyonlar konvoyuyla paylaşıyorlar ve kadın kamyonların arasından gözüpek bir sivrisinek gibi hızla geçiyordu. Bakmamak daha iyiydi. Yolu izlemek yerine Maura dikkatini Jane'in notlarına yoğunlaştırdı. El yazısı aceleli bir karalama olmasına rağmen, Maura'nın şifresini çözmeyi çok önceleri öğrenmiş olduğu doktor yazılarından daha az okunaklı değildi.

Sarah Parmley, 28 yaşında. En son 23:12'de Oakmont Oteli'nden ayrılırken görülmüş.

"İki hafta önce kaybolmuş" dedi Maura. "Ve bedenini daha yeni mi bulmuşlar?"

"Boş bir evde bulunmuş. Görünüşe göre, ev izole bir yerdeymiş. Evle ilgilenen kişi kadının evin önünde park edilmiş arabasını fark etmiş. Evin ön kapısının kilitli olmadığını da görünce bir bakmak için içeri girmiş. Cesedi bu adam bulmuş."

"Kurban boş bir evde ne yapıyormuş ki?"

"Kimse bilmiyor. Sarah kasabaya aralık ayının yirmisinde halasının cenazesine katılmak için gelmiş. Herkes cenazeden hemen sonra Kaliforniya'daki evine döndüğünü düşünmüş. Ama sonra San Diego'daki patronu onu bulmak için telefon etmeye başlamış. O zaman bile, şehirdeki hiç kimse Sarah'ın kasabadan hiç ayrılmamış olduğu ihtimalini aklına getirmemiş."

"Haritaya bak, Jane. New York'un kuzey bölgesinden Boston'a

suç mahalleri arasında üç yüz millik bir mesafe var. Neden katil kadının elini bu kadar uzak bir mesafeye taşısın ki? Belki de onun eli değildir."

"Onun eli. Öyle olduğunu *biliyorum*. İnan bana, röntgenler bir yapbozun parçaları gibi uyacak birbirine."

"Nasıl bu kadar emin olabilirsin ki?"

"Sarah'ın vücudunun bulunduğu kasabanın ismine bak."

"Purity,[39] New York. Antika bir isim, ama bana herhangi bir şey ifade etmiyor."

"Sarah Parmley, Purity'de büyümüş. Buradaki liseden mezun olmuş."

"Yani?"

"Bil bakalım Lori-Ann Tucker liseyi nerede okumuş?"

Maura şaşkınlık içinde kadına baktı. "Aynı kasabada mı yaşamışlar?"

"Tam üstüne bastın. Ve Lori-Ann Tucker da yirmi sekiz yaşındaymış. On bir yıl önce, liseyi beraber bitirmiş olmalılar."

"Aynı kasabada büyümüş, aynı lisede okumuş iki kurban. Birbirlerini tanıyor olmalılar."

"Ve belki de katilin onlarla karşılaştığı yer de burasıdır. Onları böyle seçti. Belki de liseden bu yana onlara kafayı takmıştır. Belki onu terslemişlerdir ve o da son on bir yılı onlardan intikam almanın yollarını düşünerek geçirmiştir. Sonra aniden, Sarah halasının cenazesi için Purity'de ortaya çıkar ve adam da onu görür. Tekrar öfkeden deliye döner. Onu öldürür ve bir hatıra olarak elini keser. Bunu yaparken öyle çok zevk alır ki tekrar yapmaya karar verir."

"Yani Lori-Ann'i öldürmek için ta Boston'a kadar gidiyor mu? Biraz heyecan için çok uzun bir yol."

"Ama eski tarz, esaslı bir intikam için değil."

Maura düşünerek yola baktı. "Eğer tüm bunlar sadece bir intikamsa, neden o gece Joyce O'Donnell'ı aradı? Neden öfkesini kadına yöneltti?"

"Bunun yanıtını sadece O'Donnell biliyordu. Ve bu sırrı bizimle paylaşmayı reddetti."

"Ve neden benim kapıma yazılar yazdı? Oradaki mesaj ne ki?"

"*Günah işledim*'i mi kastediyorsun?"

Maura kızardı. Dosyayı kapattı, sıkılı ellerini dosyanın üzerine bastırarak oturdu. Demek yine buna gelmişti. Hakkında konuşmak için hiçbir istek duymadığı tek konu.

"Frost'a anlattım" dedi Jane.

---

39. İngilizcede saflık, temizlik, haslık, paklık, iffet gibi anlamları olan kelime. (ç.n.)

Maura hiçbir şey söylemeden bakışlarını dosdoğru önünde tutmaya devam etti.

"Bilmesi gerekiyordu. Peder Brophy'yle çoktan konuştu bile."

"Daniel'la önce benim konuşmama izin vermeliydin."

"Neden?"

"Tamamen hazırlıksız yakalanmasın diye."

"Olanlar konusunda mı?"

"Bu kadar da yargılayıcı olma."

"Öyle olduğumun farkında değildim."

"Bunu sesinde görebiliyorum. Buna ihtiyacım yok."

"O zaman Frost'un bu konuda söylediklerini duymaman iyi olmuş."

"Bunun her zaman olduğunu düşünmüyor musun? İnsanlar âşık olurlar, Jane. Hata yaparlar."

"Ama sen yapmazsın!" Jane neredeyse öfkeli, ihanete uğramış gibiydi. "Hep senin daha akıllı olduğunu düşünmüştüm."

"Kimse o kadar akıllı değildir."

"Bunun sonu yok ve sen de bunu biliyorsun. Eğer seninle evlenmesini bekliyorsan..."

"Evliliği zaten denedim, hatırlıyor musun? Heyecan verici bir başarıydı."

"Peki bunun sonunda eline ne geçeceğini sanıyorsun?"

"Bilmiyorum."

"Eh, ben biliyorum. İlk önce tüm o fısıltılar olacak. Komşuların rahibin arabasını neden sürekli senin evinin önüne park ettiğini merak edecekler. Sonra birbirinizle zaman geçirmek için şehir dışına kaçmaya mecbur kalacaksınız. Ama önünde sonunda birileri sizi görecek. Ve sonra da dedikodular başlayacak. Gittikçe daha da uygunsuz bir hale gelecek. Utanç verici. Bunu ne kadar sürdürebileceksiniz ki? Daniel'ın bir seçim yapmaya mecbur kalması ne kadar sürecek?"

"Bu konuda konuşmak istemiyorum."

"*Seni* seçeceğini mi düşünüyorsun?"

"Yeter artık, Jane."

"Söyle, düşünüyor musun?" Bu soru hiç gerekmediği kadar merhametsiz bir soruydu ve bir an için Maura ilk kasabada inmeyi, bir araba kiralamayı ve kendi başına eve dönmeyi düşündü.

"Kendi seçimlerimi yapabilecek kadar büyüğüm" dedi kadın.

"Acaba *onun* seçimi ne olacak?"

Maura pencereden karla kaplı tarlalara, yarıya kadar kar yığınlarına gömülüp devrilen çit kazıklarına bakmak için kafasını çe-

virdi. *Eğer beni seçmezse, gerçekten de o kadar şaşırır mıyım? Bana tekrar tekrar beni ne çok sevdiğini söyleyebilir. Ama acaba bir gün benim için kilisesini bırakacak mı?*
Jane iç geçirdi. "Özür dilerim."
"Bu benim hayatım, senin değil."
"Doğru, haklısın. Bu senin hayatın." Jane kafasını salladı ve güldü. "Vay be, bütün dünya tamamen kafayı sıyırdı. Artık hiçbir şeye güvenemiyorum. Bir tek kahrolası şeye bile." Bir an için gözlerini kısıp batan güneşe bakarak, sessizlik içinde sürdü arabayı.
"Sana kendi muhteşem haberlerimi söylemedim."
"Hangi haberler?"
"Annemle babam ayrıldı."
Maura en sonunda kadına baktı. "Ne zaman oldu bu?"
"Noel'den hemen sonra. Otuz yedi yıllık evliliğin ardından, babam aniden kokuyu alıp işyerinden bir sarışının peşinden koşmaya başladı."
"Çok üzgünüm."
"Sonra sen ve Brophy arasındaki bu şey... sanki herkes seks için çıldırmış gibi. Sen. Benim ahmak babam. Hatta annem bile." Kadın durdu. "Vince Korsak ona çıkma teklif etti. Her şey *bu kadar* garipleşti işte." Jane aniden feryat etti. "Ah, Tanrım. Bu yeni aklıma geldi. Benim *üvey babam* olabileceğinin farkında mısın?"
"Dünya henüz o kadar da çıldırmadı."
"Olabilir." Jane titredi. "İkisini beraber düşünmek tüylerimi diken diken ediyor."
"O halde düşünme sen de."
Jane dişlerini gıcırdattı. "Elimden geleni yapıyorum."
Ve ben de Daniel'ı düşünmemeye çalışayım.
Ancak Springfield şehrinin içinden geçip, inişli çıkışlı Berkshire Hills'ten batı yönüne, batan güneşe karşı sürmeye devam ederlerken kadının düşünebildiği tek şey Daniel'dı. Nefes aldı, hâlâ kokusunu duyabiliyordu; kollarını kavuşturdu, hâlâ dokunuşunu hissedebiliyordu, sanki hatıralar tenine kazınmış gibiydi.
Senin için de böyle mi, Daniel? diye düşündü. *Bu sabah cemaatinin önüne çıktığında ve seni izleyen, senin sözlerini bekleyen yüzlere bakındığında gördüğün benim yüzüm müydü, benim yüzümü mü düşünüyordun?*
Onlar eyalet sınırını geçip New York'a girene kadar gece çökmüştü. Kadının cep telefonu çaldı ve arabanın karanlığında çantasındaki karman çorman şeylerin arasından telefonunu bulması biraz zaman aldı. "Doktor Isles" diyerek telefonu yanıtladı.

"Maura, benim."

Daniel'ın sesini duyduğunda kadın yanaklarının alev aldığını hissetti ve karanlık, yüzünü Jane'in bakışlarından gizlediği için memnun oldu.

"Dedektif Frost beni ziyaret etti" dedi adam.

"Onlara söylemek zorundaydım."

"Elbette buna mecburdun. Ama keşke bana da haber verseydin. Bana söylemeliydin."

"Üzgünüm. İlk önce ondan duymak, çok utanç verici olmalı."

"Hayır, ben kapındaki yazıları kastediyorum. Hiçbir fikrim yoktu. Yanında olmak için gelirdim. Buna tek başına göğüs germek zorunda olmamalıydın."

Kadın durakladı, Jane'in her kelimeye kulak kabarttığının fazlasıyla bilincindeydi. Ve hiç kuşku yok ki, konuşma biter bitmez kınamasını ifade edecekti.

"Az önce senin evinin önünden geçtim" dedi adam. "Seni evde bulmayı umuyordum."

"Bu gece evde olmayacağım."

"Neredesin?"

"Jane'le birlikte arabadayım. Az önce Albany'den geçtik."

"New York'ta mısın? Neden?"

"Başka bir kurban daha bulmuşlar. Düşünüyoruz ki... " Jane'in eli aniden Maura'nın kolunu yakaladı, ne kadar az şey söylerse o kadar iyi olacağına dair açık bir uyarıydı bu. Fazlasıyla insan olduğunu kanıtladığı için, Jane artık Daniel'a güvenmiyordu. "Bu konuda konuşamam" dedi kadın.

Hatta bir sessizlik oldu. Sonra da sessiz bir "Anlıyorum."

"Gizli tutmamız gereken detaylar var."

"Açıklamana gerek yok. İşlerin nasıl yürüdüğünü biliyorum."

"Seni daha sonra arasam olur mu?" *Dinleyen başka bir çift kulak yokken.*

"Buna mecbur değilsin, Maura."

"İstiyorum." *Buna ihtiyacım var.*

Kadın telefonu kapattı ve sadece farlarının ışığı tarafından delinen bir geceye baktı. Turnikeleri arkalarında bırakmışlardı ve şimdi karla kaplı tarlalardan geçen bir yoldan güneybatı yönüne doğru gitmekteydiler. Burada gördükleri yegâne ışık arada bir geçen arabalardan ya da uzak bir çiftlik evinin aydınlığından gelmekteydi.

"Onunla soruşturma hakkında konuşmayacaksın, değil mi?" diye sordu Jane.

"Konuşsam bile onun ağzı çok sıkıdır. Ona her zaman güvenmişimdir."

"Eh, ben de öyle yapmıştım."

"Yani ona artık güvenmiyor musun?"

"Şehvet içindesin, Doktor. Yargılarına güvenmek için iyi bir zaman sayılmaz."

"Her ikimiz de bu adamı tanıyoruz."

"Ve asla aklıma..."

"Ne, benimle yatacağı gelmez miydi?"

"Sadece birini tanıdığını düşünebilirsin, diyorum. Ve sonra seni şaşırtır. Asla beklemediğin bir şey yaparlar ve sen de herhangi biri hakkında hiçbir şey bilmediğini fark edersin. *Herhangi biri*. Birkaç ay önce bana babamın bir sürtük için annemi terk edeceğini söylemiş olsan, sana kafayı kırmış olduğunu söylerdim. İnan bana, insanlar kahrolasıca bir muamma. Sevdiğimiz insanlar bile."

"Yani artık Daniel'a güvenmiyorsun."

"Şu iffet yemini söz konusu olduğunda, hayır."

"Ben bunu söylemiyorum. Ben soruşturmadan bahsediyorum. Her ikimizi de endişelendiren detayları ona söylemekten bahsediyorum."

"O bir polis değil. Hiçbir şey duymasına gerek yok."

"Dün gece benimle birlikteydi. Kapımdaki yazılar onu da hedef alıyordu."

"*Günah işledim*'i mi kastediyorsun?"

Maura'nın yüzünü sıcak bastı. "Evet" dedi kadın.

Bir an için konuşmadan yola devam ettiler. Yegâne ses yoldaki lastiklerin sesi ve araba kaloriferinin tıslamasıydı.

"Brophy'ye saygı duyuyordum, anladın mı?" dedi Jane. "Boston Polis Müdürlüğü'ne karşı iyidir. Ne zaman olay yerinde bir rahibe ihtiyaç duysak hemen gelir, gecenin kaçı olursa olsun. Onu severdim."

"O halde neden şimdi onun aleyhine döndün?"

Jane kadına baktı. "Çünkü seni de seviyorum."

"Bana kesinlikle bu izlenimi vermiyorsun."

"Öyle mi? Eh, bunun gibi beklenmedik, kendine böylesine zarar verecek bir şey yaptığında ben de merak ediyorum."

"Neyi?"

"Seni gerçekten tanıyıp tanımadığımı."

* * *

En sonunda arabayı Binghamton'daki Lourdes Hastanesi'nin park yerine çektiklerinde saat sekizi geçmişti. Arabadan inerken Maura havadan sudan konuşmaya meyilli değildi, uzun yolculuk nedeniyle her tarafı tutulmuştu. Bir mola yerindeki McDonald's'ta, sadece kısa süreliğine sessizce yenen bir yemek için durmuşlardı ve kadının midesi, Jane'in araba kullanışı, alelacele mideye indirilen yemek, ama en çok da aralarındaki artık biraz daha zorlansa kopuverecek kadar artan gerilim yüzünden iyi değildi. *Beni yargılamaya hiç hakkı yok*, diye düşündü Maura ortasından yol açılmış kar yığınları arasından zar zor yürürlerken. Jane evli ve mutluydu ve bu yüzden de ahlaki açıdan kahrolasıca bir üstünlüğe sahipti. Maura'nın hayatı hakkında ne biliyordu ki, eski filmleri seyrederek ya da boş evde piyano çalarak geçirdiği geceleri mi? Hayatları arasındaki boşluk, gerçek arkadaşlıkla araya köprü kurulamayacak kadar açılıyordu. *Ve bu sözünü sakınmayan ve uzlaşmaz orospuyla ortak neyi vardı ki zaten? Hiçbir şey.*

Otomatik kapılar kayarak kapanırken onlarla birlikte içeri yayılan soğuk rüzgârla, acil servis girişinden içeri yürüdüler. Jane dosdoğru hasta kabul penceresine gitti ve, "Merhaba? Bir parça bilgi almam mümkün mü acaba?" diye seslendi.

"Siz Dedektif Rizzoli misiniz?" dedi arkalarından bir ses.

Adamın hasta bekleme bölümünde tek başına oturduğunu görmemişlerdi. Şimdi ayağa kalkmıştı, avcı yeşili bir süveter üzerine tüvit bir ceket giymiş, solgun yüzlü bir adamdı. Adamın saçları birbirine karışmış kafasını görünce, polis değil, diye tahmin etti Maura ve adam da bu izlenimi çabucak teyit etti.

"Ben Doktor Kibbie" dedi. "Sizi burada beklememin iyi olacağını düşündüm, morgun yolunu kendi başınıza bulmak zorunda kalmayasınız diye."

"Bizimle bu gece buluştuğunuz için teşekkür ederim" dedi Jane. "Bu Doktor Isles, adli tıp büromuzdan."

Maura adamın elini sıktı. "Otopsiyi bitirdiniz mi?"

"Ah, hayır. Ben bir patolog değilim, sadece alçakgönüllü bir dahiliyeci. Chenango ili adına şüpheli ölümleri araştırmak için dönüşümlü olarak çalışan dört kişi var. Ölümden sonraki ilk incelemeyi ben yapıyorum ve otopsi gerekip gerekmediğine karar veriyorum. Onondaga ili adli tıp uzmanının Syracuse'den buraya gelmeyi başarabildiğini varsayarsak, otopsi muhtemelen yarın öğlenden sonra yapılır."

"Bu şehrin kendi patoloğu da olmalı."

"Evet, ancak özellikle de bu soruşturmada..." Kibbie kafasını salladı. "Ne yazık ki bu cinayetin kamuoyunun ilgisini çekeceğini biliyoruz. Çok fazla ilgi. Artı, bir gün gösterişli bir yargılamayla sonuçlanabilir ve patoloğumuz bu vaka için bir başka adli tıp uzmanını da davet etmek istedi. Vardıkları kanılar hakkında herhangi bir tereddüt olmasın diye. Böylesi daha güvenli, anlarsınız." Sandalyenin üzerinden pardösüsünü aldı. "Asansör şu tarafta."

"Dedektif Jurevich nerede?" diye sordu Jane. "Bizimle burada buluşacak sanıyordum."

"Ne yazık ki Joe'yu az önce çağırdılar, bu yüzden sizi bu gece göremeyecek. Sizinle sabah evin orada buluşacağını söyledi. Yarın onu arayın yeter." Kibbie bir nefes aldı. "Pekâlâ, bunun için hazır mısınız?"

"Kötü ha?"

"İsterseniz şöyle diyelim: Umarım bir daha asla böyle bir şey görmem."

Koridor boyunca asansöre doğru yürüdüler ve adam aşağı düğmesine bastı.

"İki haftadan sonra, sanırım oldukça kötü bir haldedir" dedi Jane.

"Aslına bakarsanız çok az çürüme olmuş. Ev boşmuş. Ne ısıtma, ne elektrik. İçerinin sıcaklığı muhtemelen eksi bir derece civarında olmalı. Tıpkı dondurucuda et saklamak gibi."

"Oraya nasıl gelmiş?"

"Hiçbir fikrimiz yok. Kapının zorlanarak girildiğini gösteren hiçbir iz yoktu, o halde kadında bir anahtar olmalı. Ya da katilde."

Asansör kapısı açıldı ve iki kadın ile ortalarındaki Kibbie içeri girdi. Arabadan inmelerinden bu yana hâlâ birbirlerine tek laf etmemiş olan Jane ile Maura'nın arasında bir tampon.

"Şu boş evin sahibi kim?" diye sordu Jane.

"Şimdi şehir dışında yaşayan bir kadın. Ev ailesinden miras kaldı ve yıllardan bu yana satmaya çalışıyor. Ona ulaşmayı başaramadık. Emlakçı bile nerede olduğunu bilmiyor." Bodrum katında asansörden indiler. Kibbie koridor boyunca yol gösterdi ve çift kanatlı bir kapıyı itip morgun bekleme odasına girdi.

"Sonunda geldiniz, Doktor Kibbie." Hastane önlükleri içerisindeki sarı saçlı genç bir kadın okuduğu karton kapaklı aşk romanını bıraktı ve onları karşılamak için ayağa kalktı. "Hâlâ aşağı gelecek misiniz diye merak ediyordum."

"Beklediğin için teşekkürler, Lindsey. Bunlar sana bahsettiğim iki hanım, Boston'dan. Dedektif Rizzoli ve Doktor Isles."

"Bizim kızı görmek için onca yoldan geldiniz, ha? O halde izin verin sizin için onu çıkarayım." Çifte kanatlı kapılardan otopsi laboratuvarına girdi ve duvardaki anahtarı indirdi. Floresan lambalar göz kamaştırıcı bir şekilde boş masanın üzerinde parladı. "Doktor Kibbie, gerçekten de az sonra çıkmak zorundayım. İşiniz bitince onu tekrar soğutucuya itip, kilitler misiniz? Çıkarken koridor kapısını çekseniz yeter."

"Maçın geri kalanına yetişmeyi mi deneyeceksin?" diye sordu Kibbie.

"Eğer gitmezsem Ian bir daha asla konuşmaz benimle."

"Ian gerçekten de konuşuyor mu?"

Lindsey gözlerini devirdi. "Doktor Kibbie. *Lütfen.*"

"Sana söyleyip duruyorum, yeğenimi aramalısın. Cornell'de tıp okuyor. Eğer elini çabuk tutmazsan başka bir kız üstüne atlayacaktır."

Soğutucu kapısını çekip açarken güldü kız. "Doğru, sanki bir doktorla evlenmeyi istermişim gibi."

"Bu beni gerçekten incitti."

"Demek istediğim, akşam yemeğinde eve gelecek bir adam istiyorum ben." Bir sedyeyi çekiştirip soğutucudan tekerlekleri üzerine indirdi. "Onu masanın üzerine ister misiniz?"

"Sedye iyi. Kesmeyeceğiz."

"İzin verin de doğru kişiyi çıkarttığımı tekrar kontrol edeyim." Etikete göz attı, sonra da fermuara uzandı. Cesedin yüzünü açığa çıkarmak için torbayı açarken ne bir tereddüt, ne de bir rahatsızlık belirtisi gösterdi. "Evet, işte bu" dedi kız ve sarı saçlarını geri atarak doğruldu, yüzü gençliğin tazeliğiyle pembeydi. Kefendeki aralıktan dimdik yukarıya bakan cansız yüz ve kurumuş gözlerle ürkütücü bir karşıtlık.

"Buradan sonrasını biz halledebiliriz, Lindsey" dedi Doktor Kibbie.

Kız el salladı. "Kapıyı iyice kapatmayı unutmayın" dedi neşeyle ve ardında çevresiyle bağdaşmayan bir parfüm izi bırakarak dışarı çıktı.

Maura tezgâhın üzerindeki bir kutudan lateks eldivenleri çekti. Sonra sedyenin yanına gitti ve torbanın fermuarını sonuna kadar açtı. Plastik ikiye ayrılırken kimse tek bir kelime söylemedi. Sedyenin üzerinde yatan hepsinin sesini kesmişti.

Dört derecede bakteri üremesi kesilir, çürüme durur. Aradan geçen en azından iki haftalık zamana rağmen, boş evin dondurucu ısısı cesedin yumuşak dokularını korumuştu ve karşı konulamaz kokuları bastırmak için mentollü merheme hiç gerek yoktu. Göz kamaştırıcı ışıklar yalnızca çürümeden çok daha kötü dehşetleri ifşa etmekteydi. Gırtlak açık halde duruyordu ve nefes borusunu çaprazlama kesip boyun omurlarına kadar inen tek bir derin yarık tarafından açığa çıkarılmıştı. Ancak Maura'nın bakışlarını esir alan, bıçağın bu ölümcül darbesi değildi; kadın, bunun yerine çıplak bedene bakakalmıştı. Göğüslere, karın boşluğu üzerine kazınmış çok sayıda haça. İnsan derisinden parşömene bıçakla işlenmiş kutsal sembollere. Kan kesiklerin üzerinde kabuk bağlamıştı ve sayısız sığ kesikten sızan sayısız kan izi, bedenin iki yanından aşağı inen tuğla kırmızısı çizgiler halinde kurumuştu.

Kadının bakışları cesedin yanında uzanan sağ kola kaydı. Sanki bileği işaretleyen gaddar bir bilezik gibi, halka şeklinde çürükler gördü. Kafasını kaldırdı ve Jane'in bakışlarıyla karşılaştı. O bir an boyunca, iki kadın arasındaki tüm öfke unutulmuş, Sarah Parmley'in zihinlerinde canlanan son anlarına dair görüntülerce bir kenara itilmişti.

"Bu hâlâ hayattayken yapılmış" dedi Maura.

"Tüm bu kesikler." Jane yutkundu. "Saatlerce sürmüş olabilir."

Kibbie, "Onu bulduğumuzda geride kalan el bileğinin ve her iki ayak bileğinin etrafında naylon ipler vardı. Hareket edememesi için düğümler yere çivilenmişti."

"Lori-Ann Tucker'a bunu yapmamıştı" dedi Maura.

"Bu Boston'daki kurban mı?"

"Vücudu parçalara ayrılmıştı. Ama ona işkence edilmemişti." Maura cesedin sol tarafına dolaşıp bileğin geri kalan kısmına baktı. Kesilmiş etler kuruyup kayış gibi olmuş ve yumuşak dokular kesik kemiğin yüzeyini açığa çıkaracak şekilde büzüşmüştü.

"Belki de bu kadından bir şey istiyordu" dedi Jane. "Belki ona işkence etmesi için bir neden vardı."

"Bir sorgulama mı?" dedi Kibbie.

"Ya da cezalandırma" dedi Maura, kurbanın yüzüne yoğunlaşarak. Kendi kapısı üzerine kazınmış kelimeleri düşündü. Lori-Ann'in yatak odası duvarına. *Günah işledim.*

Bedeli bu mu?

"Bunlar gelişigüzel kesikler değil" dedi Jane. "Bunlar haç. Dini semboller."

"Bunları duvarlara da çizmiş" dedi Kibbie.

Maura kafasını kaldırıp adama baktı. "Duvarlarda başka şeyler de var mıydı? Başka semboller?"

"Evet. Bir sürü garip şey. Emin ol ki, o evden içeri adım atmak beni korkutuyor. Eve gittiğinizde Joe Jurevich size gösterir." Bedene göz gezdirdi. "Hakikaten de burada göreceğiniz başka hiçbir şey yok. Bu kadarı da hastalıklı bir köpek yavrusuyla uğraştığımızı anlatmak için ziyadesiyle yeterli."

Maura fermuarı çökmüş gözlerin, ölümle gölgelenmiş kornealarıın üzerine çekerek ceset torbasını kapattı. Otopsi yapmayacak olsa da kurbanın nasıl öldüğünü kadına söylemek için bir neşter ve sonda kullanmaya ihtiyacı yoktu; kadının etlerine kazınmış cevabı görmüştü.

Sedyeyi tekrar soğutucunun içine ittiler ve eldivenlerini çıkarttılar. Lavaboda durup ellerini yıkarken, Kibbie, "On yıl önce, Chenango'ya taşındığımda, buranın Tanrı'nın ülkesi olduğunu düşünmüştüm. Temiz hava, inişli çıkışlı tepeler. Selam vermek için el sallayan, hasta bakmak için bir eve gittiğimde beni turtayla besleyen insanlar" dedi. İç geçirdi, musluğu kapattı. "Bundan kurtuluş yok, değil mi? Büyük şehir ya da küçük kasaba olsun, kocalar hâlâ karılarını vuruyorlar, çocuklar hâlâ kapkaç yapıyor. Ama böyle hastalıklı şeyler göreceğimi asla düşünmemiştim." Bir parça kâğıt havluyu hızla çekip kopardı ve ellerini kuruladı. "Özellikle de Purity gibi bir kasabada. Oraya gittiğinizde ne demek istediğimi anlayacaksınız."

"Buraya uzaklığı ne kadar?"

"Bir buçuk saat daha, belki de iki saat. Arka yollarda hız yaparak hayatınızı tehlikeye atmaya istekli olup olmadığınıza göre değişir."

"O zaman yola çıksak iyi olur" dedi Jane, "eğer orada bir otel bulmak istiyorsak."

"Bir otel mi?" Kibbie güldü. "Yerinizde olsam Norwich kasabasında kalırdım. Purity'de fazla bir şey bulmayacaksınız."

"O kadar küçük mü?"

Kâğıt havluyu çöp kovasına fırlattı. "O kadar küçük."

Otel duvarları kâğıt kadar inceydi. Yatakta yatan Maura, yan odada telefonla konuşan Jane'i duyabiliyordu. *Ne kadar da güzel olmalı,* diye düşündü kadın, *kocanı aramak ve birlikte yüksek sesle gülebilmek. Seni tanıyabilecek ve onaylamayacak herhangi biri var mı diye etrafı kolaçan etmek zorunda olmadan, herkesin içinde bir öpücüğü, bir sarılmayı paylaşmak.* Onun Daniel'la konuşması, kısa ve kimseye sezdirmeden olmuştu. Arka planda konuşan başka insanlar vardı, odadaki diğerleri de onu dinliyorlardı, Daniel'ın böylesine uzak davranması bu yüzdendi. Hep böyle mi olacaktı? Özel hayatları toplumsal hayatlarından tecrit edilmiş halde ve asla aralarında bir kesişme olmadan? Günahların gerçek bedeli buradaydı. Cehennem ateşleri ve lanetlenmede değil, gönül yaralarında.

Yan odada Jane konuşmasını bitirmişti. Bir an sonra televizyon açıldı ve sonra da Maura duşun sesini duydu. Onları sadece bir duvar ayırıyordu, ancak aralarındaki bariyer, tahta ve sıvadan çok daha heybetliydi. Binghamton'dan beri neredeyse tek kelime konuşmamışlardı ve şimdi, Jane'in televizyonunun sesi bile kızıştırıcı bir rahatsızlıktı. Maura sesi duymamak için kafasının üstüne bir yastık çekti, ancak bu yastık zihnindeki kuşku fısıltılarını boğamazdı. En sonunda Jane'in odası sessiz kaldığında bile, Maura uyumadan ve dakikaların, sonra da saatlerin akışından haberdar halde yatakta yattı.

Bir sonraki sabah, nihayet huzursuz gecesinin yorgunluğuyla yataktan kalkıp pencereden dışarı baktığında, saat henüz yedi olmamıştı. Gökyüzü iç daraltıcı bir grilikteydi. Gece boyunca kar yağmış ve park yerindeki arabalar beyaz bir örtüyle kaplanmıştı. Eve gitmek istiyordu. Kapısına işaretler çizen o piçin canı cehenneme. Kendi yatağının, kendi mutfağının rahatlığını istiyordu. Ancak hâlâ önünde uzun bir gün vardı, kızgın sessizlikler ve Jane'in kınayan alaylarıyla geçecek başka bir gün daha. *Sadece sık dişini ve geçip gitsin.*

Günü karşılamak için kendini hazır hissetmeden önce iki fincan kahve içmesi gerekmişti. Otelin kahvaltısıyla bedava verilen bayat Danish peyniriyle güç bulan kadın, hazırladığı çantayı aldı ve Jane'in çoktan motor çalışır halde beklediği park yerine taşıdı.

"Jurevich bizimle evde buluşacak" dedi Jane.

"Nasıl bulacağını biliyor musun?"

"Tarif etti." Jane kaşlarını çatarak Maura'ya baktı. "Vay canına, çok yorgun görünüyorsun."

"İyi uyuyamadım."

"Yatak oldukça kötüydü, ha?"

"Sadece yatak olsa iyi." Maura çantasını arka koltuğa fırlattı ve kapısını kapattı. Arabanın kaloriferi dizlerine hava üflerken, bir süre hiçbir şey söylemeden oturdular.

"Bana hâlâ kızgınsın" dedi Jane.

"Şu an pek de konuşkan hissetmiyorum kendimi."

"Ben sadece arkadaşın olmaya çalışıyorum, tamam mı? Eğer bir arkadaşımın hayatının raydan çıktığını görürsem, bir şeyler söylemenin görevim olduğunu düşünürüm."

"Ve söyleyeceğini söyledin." Maura emniyet kemerini hızla yerine taktı. "Artık yola çıkabilir miyiz?"

Norwich kasabasından ayrıldılar ve yeni düşmüş karla kayganlaşan yollardan kuzeybatıya yöneldiler. Kalın bulutlar bugün daha fazla kar yağdırmakla tehdit ediyorlardı ve Maura'nın penceresinden gördüğü manzara grinin tonlarıyla lekelenmişti. Kahvaltıda yediği Danish peyniri beton bir yumru gibi midesine oturmuştu ve kadın midesinin bulanmasına engel olmak için gözlerini kapatarak arkasına yaslandı.

Maura dakikalar gibi gelen bir zaman sonra sıçrayarak uyandı ve temizlenmemiş bir yol boyunca debelendiklerini, lastiklerin karda sarsıldığını gördü. Yolun her iki tarafı da sık ağaçlıklar tarafından sarılmıştı ve kadının uyuyakalmasından bu yana bulutların rengi koyulaşmıştı.

"Purity'ye ne kadar kaldı?" diye sordu kadın.

"Kasabadan geçtik bile. Hiçbir şey kaçırmadın."

"Doğru yolda olduğumuza emin misin?"

"Adam böyle tarif etti."

"Jane, kara saplanacağız."

"Dört çekerim var, tamam mı? Ve gerekirse çekici de çağırabiliriz."

Maura cep telefonunu çıkarttı. "Çekmiyor. İyi şanslar."

"İşte. Sapak burası olmalı" dedi Jane, yarıya kadar kara gömülmüş bir emlakçı tabelasını işaret ederek. "Ev satılığa çıkmıştı, hatırladın mı?" Kadın motora gaz verdi ve Subaru'nun arkası kaydı, sonra tekerlekler yere tutundu ve araba artık yükselmeye başlayan yoldan hızla ileri atıldı. Ağaçlar küçük bir tepenin üzerinde duran evin görüntüsünü göz önüne sererek açıldılar.

Jane arabayı garaj yoluna çekti ve kafasını kaldırıp önlerinde yükselen üç katlı Viktorya tarzı eve baktı. "Vay be" diye mırıldandı. "Bu epeyce büyük bir ev."

Geniş, kapalı bir verandanın tırabzanlarında suç mahalli bantları sallanıyordu. Evin dış cephe kaplamaları acilen boyaya ihtiyaç duyuyor olmasına rağmen, bir zamanlar çok güzel bir ev olduğunu gizlemeye yetmiyordu, kendi güzelliğine uygun bir manzaraya sahip bir ev. Arabadan indiler ve verandaya çıkan basamakları tırmanırlarken uçuşan karlar yüzlerine battı. Bir pencereden içeri göz atan Maura, evin loşluğunda üzeri örtülerle kapatılmış mobilyaların hayaletimsi şekillerinden başka pek az şey görebildi.

"Kapı kilitli" dedi Jane.

"Bizimle ne zaman buluşması gerekiyordu?"

"On beş dakika önce."

Maura surat asarak buğulu bir nefes verdi. "Bu rüzgâr dondurucu. Ne kadar beklememiz gerekiyor?"

"Bakalım telefon çekiyor mu?" Jane kaşlarını çatarak cep telefonuna baktı. "Bir çubuk kademe. Bu işimi görebilir."

"Ben gidip arabada oturacağım." Maura merdivenlerden indi ve tam arabanın kapısını açmak üzereydi ki, Jane'in "İşte geliyor" dediğini duydu.

Dönen Maura, yoldan yukarı gelen kırmızı bir Jeep Cherokee gördü. Hemen arkasından takip eden bir de siyah Mercedes vardı. Cherokee Jane'in Subaru'sunun hemen yanına park etti ve içinden saçları sıfır numara tıraş edilmiş, şişkin bir kaz tüyü mont ve ağır çizmelerle havaya uygun şekilde giyinmiş bir adam indi. Eldivenli elini Maura'ya uzattı ve kadın ciddi bir yüz ve mesafeli gri gözler gördü.

"Dedektif Rizzoli?" diye sordu adam.

"Hayır, ben Doktor Isles. Siz Dedektif Jurevich olmalısınız."

Tokalaşırken adam kafasıyla onayladı. "Chenango ili şerifinin ofisinden geliyorum." Onu karşılamak için verandanın basamaklarını inen Jane'e baktı. "Rizzoli sen misin?"

"Evet. Buraya birkaç dakika önce..." Jane, bakışları aniden siyah Mercedes'in ve arabadan az önce çıkan adamın üzerine takılarak durakladı. "Bu *adam* ne halt ediyor burada?"

"Böyle bir tepki vereceğini tahmin etmişti" dedi Jurevich.

Anthony Sansone uzun adımlarla, siyah paltosunun etekleri kanat çırparak onlara doğru ilerledi. Başıyla Jane'i selamladı, bariz olanı tasdik eden kısa bir selamlamaydı bu; kadının burada oluşunu hoş karşılamadığını gösteren. Sonra adamın bakışları Maura üzerinde sabitlendi. "Bedeni gördün mü?"

Kadın kafasını sallayarak onayladı. "Dün gece."

"Karşımızdakinin aynı katil olduğunu düşünüyor musun?"

"Bu *biz* de ne oluyor?" diyerek araya girdi Jane. "Kanun uygulamasında çalıştığınızın farkında değildim, Bay Sansone."

İstifini bozmayan adam, kadına bakmak için döndü. "Ayak altında dolaşmam."

"Bu bir suç mahalli. Burada olmamanız gerekirdi."

"Chenango ilinin yetki alanınızda olduğunu sanmıyorum. Bu Dedektif Jurevich'e kalmış."

Jane, Jurevich'e baktı. "Girmesine izin mi veriyorsun?"

Jurevich omuz silkti. "Suç mahalli birimimiz bu evi incelemeyi çoktan bitirdi. Bizimle birlikte içeri girmemesi için herhangi bir neden yok."

"Demek bu halka açık bir gezi."

"Bunu şerifin ofisi de onayladı, özel istekle."

"Kimin isteğiyle?"

Jurevich, yüzü hiçbir şey ele vermeyen Sansone'ye baktı.

"Burada zaman kaybediyoruz" dedi Sansone. "Eminim şu rüzgârdan kurtulmak hepimizin hoşuna gider."

"Dedektif?" diye bastırdı Jane.

"Eğer herhangi bir itirazınız varsa" dedi Jurevich, ortada kalmaktan hiç de memnun olmadığı açık biçimde, "Adalet Bakanlığı'na bildirebilirsiniz. Şimdi, neden hepimiz donmadan içeri girmiyoruz?" Hemen arkasındaki Sansone'yle birlikte verandaya çıkan basamakları tırmandı.

Jane peşlerinden baktı ve usulca, "Buna iltimas geçen kim ki acaba?" dedi.

"Belki de kendisine sormalısın" dedi Maura ve merdivenlerden çıkmaya koyuldu. Jurevich ön kapıyı çoktan açmıştı ve kadın eve giren adamları takip etti. İçeri girince evin neredeyse dışarısı kadar soğuk olduğunu fark etti Maura, ama en azından rüzgârdan korunuyorlardı. Jane kadının arkasından geldi ve kapıyı kapattı. Karın parlaklığından sonra Maura'nın gözlerinin odanın karanlığına alışması zaman aldı. Antreden ön taraftaki misafir odasına bakan kadın, çarşaflarla örtülmüş mobilyalar ve tahta zeminin donuk parlaklığını gördü. Solgun kış ışığı pencerelerden içeri doluyor, odaya grinin tonlarını saçıyordu.

Jurevich merdivenlerin alt ucunu işaret etti. "Onları göremezsiniz, ancak luminol[40] bu basamaklarda ve girişte birçok kan lekesi ortaya çıkardı. Evden ayrılırken her yeri silmiş gibi görünüyor, bu yüzden ayakkabı izleri oldukça belirsiz."

"Bütün evi luminolle kontrol mü ettiniz?" diye sordu Jane.

"Luminol, UV, değişken ışık kaynağı. Her odayı kontrol ettik. Şu kapının ilerisinde bir mutfak ve bir yemek odası var. Ve antrenin diğer tarafında da bir çalışma odası. Girişteki ayak izleri hariç, ilk katta ilginç bir şey çıkmadı." Merdivene baktı. "Tüm faaliyet yukarıda olmuş."

"Bu evin boş olduğunu söylemiştin" dedi Sansone. "Katil içeri nasıl girmiş? Herhangi bir zorlama izi var mıydı?"

"Hayır efendim. Pencereler sıkı sıkı kapatılmıştı. Ve emlakçı kadın, buradan her ayrılışında ön kapıyı kilitlediğine yemin ediyor."

"Kimde anahtar var?"

"Emlakçıda var. Anahtarı da asla ofisinde bırakmadığını söylüyor."

"Kilit ne kadar eski?"

"Ah, Tanrım, bilmiyorum. Muhtemelen yirmi yıllık falandır."

"Sanırım sahibinde de bir anahtar vardır."

"Yıllardır Purity'ye uğramadı. Avrupa'da bir yerlerde yaşıyor olduğunu duydum. Ona ulaşmayı başaramadık." Jurevich başıyla çarşaflarla kaplı mobilyaları işaret etti. "Her şeyin üzerinde kalın bir toz tabakası var. Burada bir süredir hiç kimsenin oturmamış olduğunu görebilirsiniz. Ayrıca utanç verici. Böylesine sağlam inşa edilmiş bir ev, yüzyıl dayanmak için yapılır, ama bu, burada öylece bomboş duruyor. Kapıcı ayda bir gelip evi kontrol ediyor. Cesedi de böyle bulmuş. Sarah Parmley'in kiralık arabasının kapının önünde olduğunu görmüş ve sonra da ön kapıyı açık bulmuş."

"Kapıcıyı kontrol ettiniz mi?" diye sordu Jane.

---

40. Adli tıp uzmanlarınca suç mahallerinde bırakılan çok küçük miktarda kanı tespit etmek için kullanılan, uygun oksitleyiciyle karıştırıldığında dikkat çekici bir mavi renkle parlayan kimyasal. (ç.n.)

"O bir şüpheli değil."
"Neden olmasın?"
"Eh, başlangıç olarak, adam yetmiş bir yaşında. Ve hastaneden üç hafta önce çıktı. Prostat ameliyatı." Jurevich, Sansone'ye baktı. "Erkeklerin heyecanla beklediği şeyi görüyor musunuz?"
"O halde elimizde bir dizi cevapsız soru var" dedi Sansone. "Ön kapının kilidini kim açtı? Öncelikle, neden kurban buraya gelmiş olsun?"
"Ev satılıkmış" dedi Maura. "Belki de tabelayı görmüştür. Belki meraktan gelmiştir."
"Bakın, bunların hepsi varsayım" dedi Jurevich. "Bunun hakkında konuşup durduk ve neden buraya geldiğini bilmiyoruz."
"Bize Sarah Parmley'den bahset" dedi Sansone.
"Purity'de büyüdü. Buradaki liseden mezun oldu. Ancak diğer birçok çocuk gibi, o da kendisini burada tutacak bir şey bulamadı, bu yüzden de Kaliforniya'ya taşındı ve orada kaldı. Kasabaya dönmesinin tek sebebi halasının ölmesiydi."
"Nasıl öldü?" diye sordu Sansone.
"Ah, bir kazaydı. Merdivenlerden yuvarlandı ve boynunu kırdı. Bu yüzden Sarah cenaze için geri döndü. Kasabanın yakınında bir otelde kalmış ve cenazeden bir gün sonra otelden ayrılmış. En son o zaman görülmüş. Cumartesiye kadar, kapıcının burada arabasını bulduğu gün." Merdivenlerden yukarı baktı. "Size odayı göstereyim."
Jurevich yolu gösterdi. Merdivenlerin yarısına geldiklerinde adam durdu ve duvarı işaret etti. "İlk fark ettiğimiz bu oldu" dedi. "Buradaki haç. Kızın bedeninin her yerine kazıdığı sembolün aynısı. Bir tür kırmızı tebeşirle çizilmiş gibi görünüyor."
Maura sembole baktı ve eldivenlerinin içindeki parmakları hissizleşti. "Bu haç ters."
"Yukarıda bunlardan daha fazlası var" dedi Jurevich. "Çok daha fazlası." Birinci kat sahanlığına doğru çıkarlarken, duvarda başka haçlar da gördüler. İlk başta seyrek şekilde dağılmışlardı. Sonra, kasvetli üst kat holünde, haçlar koridor boyunca kümelenen sinirli bir haşarat istilası gibi, sürü halinde kapı ağzına doğru hareket ederek çoğaldılar.
"Burada kötüleşiyor" dedi Jurevich.
Adamın uyarısı Maura'nın tereddüt etmesine neden oldu. Diğerleri kapıdan geçip içeri girdikten sonra bile, kendini kapının diğer tarafında onu bekleyen şey her neyse ona hazırlamaya çalışarak kapının eşiğinde durakladı.

Kapıdan içeri, bir korkular odasına adım attı kadın.

Kadının bakışlarını yakalayan, yerdeki kurumuş kan gölü değil, sanki kayıp ruhlardan meydana gelen bir güruh, bu odadan geçerken geride kanlı vasiyetini bırakmış gibi, bütün duvarları kaplayan el izleriydi.

"Bu izlerin tümü aynı elle bırakılmış" dedi Jurevich. "Birbiriyle eş aya izleri. Katilimizin kendininkileri bırakacak kadar salak olduğunu sanmıyorum." Jane'e baktı. "Bunların tümünün Sarah Parmley'in kesilmiş eliyle yapıldığına bahse girmeye hazırım. Sizin suç mahallinizde ortaya çıkan el."

"Tanrım" diye mırıldandı Jane. "Kızın elini bir tür mühür gibi kullanmış."

Mürekkep olarak kan kullanarak, diye düşündü Maura, bakışları duvarlarda dolanıyordu. Eli o kan gölüne daldırıp bir çocuk gibi duvarlara bastırırken, bu odada kaç saat harcamıştı acaba? Sonra kadının bakışları en yakındaki duvara, üzerindeki el izleriyle gizlenen yazılara yoğunlaştı. Duvar boyunca devam eden kelimelere bakarak daha yakına ilerledi. Latinceydi ve aynı üç kelime defalarca yinelenmişti. Köşelerde devam ederek, etraflarını hiç olmadığı kadar sıkıca saran bir iblis gibi, kesintisiz bir çizgi halinde odayı dönen yazıları takip etti kadın.

Abyssus abyssum invocat abyssus abyssum invocat abyssus abyssum invocat...

Kadın aniden bu kelimelerin manasını anladı ve iliklerine kadar üşüyerek bir adım geriledi.

"*Cehennem, cehennem çağırır*" diye mırıldandı Sansone. Kadın, adamın hemen yanına geldiğini fark etmemişti.

"Anlamı bu mu?" diye sordu Jane.

"Bu kelime anlamı. Başka bir anlamı daha var."

"*Cehennem, cehennem çağırır* da yeterince meşum geliyor kulağa."

"*Abyssus abyssum invocat* en azından bin yıl öncesine dayanan bir deyiştir. *Bir kötü iş diğerine neden olur* anlamına geliyor."

Maura kelimelere baktı. "Bize bunun sadece başlangıç olduğunu söylüyor. Henüz yeni başlıyor."

"Ve bu haçlar..." Sansone haçlardan oluşan bir arı kovanını işaret etti, sanki bir saldırıya hazırlanır gibi, duvarlardan birinde kümelenmişlerdi. "Hepsi ters. Bu Hıristiyanlıkla alay etmek, kilisenin reddi."

"Evet. Bunun bir satanik sembol olduğunu söylemişlerdi bize" dedi Jurevich.

"Önce bu kelimeler ve haçlar yazılmış" dedi Maura, Latince yazıları kısmen örten, duvardan aşağı akmış ince kan sızıntılarına bakarak. Püskürmeleri inceledi, arteriyel fışkırmanın neden olduğu kavis çizen küçük damlaları gördü. "Boynunu yarıp onu öldürmeden önce, bu duvarları süslemek için vakit ayırmış."

"Soru şu" dedi Jurevich, "bu kelimeleri kız burada yatar ve ölümü beklerken mi yazdı? Yoksa oda kurban buraya gelmeden önce bir öldürme yeri olarak çoktan hazırlanmış mıydı?"

"Ve ondan sonra kızı kandırıp buraya mı getirdi?"

"Şurada, hazırlık yapıldığını gösteren kesin kanıtlar var" dedi Jurevich, kanın donmuş bir havuz halinde kuruduğu tahta zemini işaret ederek. "Oradaki çivileri görüyor musunuz? Buraya yanında bir çekiç ve naylon iple gelmiş. Hareket etmesine böyle mani olmuş. İpi el ve ayak bileklerinin etrafına bağlamış. Düğümleri yere çivilemiş. Kızı bir kere kontrol altına aldıktan sonra, acele etmesine gerek kalmamış."

Maura, Sarah Parmley'in etlerine kazınmış şeyi düşündü. Sonra kafasını kaldırdı ve kırmızı aşıboyasıyla duvarlara çizilmiş aynı sembollere baktı. Baş aşağı döndürülmüş bir çarmıh. Lucifer'in haçı.

Sansone, "Ama onu buraya nasıl çekmiş olabilir ki? Onu bu eve getiren ne olabilir ki?" dedi.

"Birinin kızın otel odasını aradığını biliyoruz" dedi Jurevich. "Otelden ayrıldığı gün. Otel görevlisi gelen telefonu kızın odasına bağlamış."

"Bundan bahsetmemiştin" dedi Jane.

"Çünkü önemli olup olmadığından emin değiliz. Yani, Sarah Parmley bu kasabada büyümüştü. Muhtemelen halasının cenazesinden sonra onu arayabilecek birçok kişiyi tanıyordu."

"Şehir içi bir arama mıymış?"

"Binghamton'daki bir benzin istasyonundaki jetonlu telefondan."

"Bu birkaç saat uzaklıkta."

"Doğru. Arayanın katil olmadığını düşünmemizin bir sebebi de bu."

"Başka bir sebebi var mı?"

"Evet. Arayan bir kadınmış."

"Otel görevlisi bundan emin mi? İki hafta önceydi."

"Kadın kesinlikle emin. Defalarca sorduk."

Sansone, "Kötülüğün cinsiyeti yoktur" dedi.

"Bunu yapanın bir kadın olması ihtimali ne kadardır?" dedi Jane, duvardaki, kanlı el izlerini işaret ederek.

"Ben olsam bir kadın olması ihtimalini göz ardı etmezdim" dedi Sansone. "Burada işimize yarayabilecek ayak izleri yok."

"Herhangi bir şeyi reddettiğim yok. Ben sadece olasılıkları öncelik sırasına koymaya çalışıyorum."

"Hepsi bundan ibaret. Olasılıklar."

"İzini sürdüğünüz kaç katil oldu?" diye karşılık verdi Jane.

Adam kadına korkusuz bakışlarla karşılık verdi. "Cevabın sizi şaşırtacağını düşünüyorum, Dedektif."

Maura Jurevich'e döndü. "Katil burada saatler geçirmiş olmalı, bu evde. Geride saç, iplik parçaları bırakmış olmalı."

"Olay yeri birimimiz bütün bu odaları ALS[41] ile kontrol etti."

"Hiçbir şey bulamamış olamazlar."

"Pek çok şey buldular. Burası eski bir ev ve son yetmiş yıldır aralıklarla burada oturanlar oldu. Bütün odalarda saç telleri ve iplik parçaları bulduk. Bizi şaşırtan bir şey daha var. Size evin geri kalanını göstereyim."

Tekrar koridora çıktılar ve Jurevich bir odanın kapı ağzından işaret etti. "Burada bir yatak odası daha var. Bol bol toz, artı birkaç kedi kılı, ancak bunların dışında ilgimizi çekecek başka hiçbir şey çıkmadı." Koridor boyunca yürümeye devam etti, elini hafife alır bir şekilde odalara doğru sallayarak bir başka yatak odasının ve siyah beyaz yer karoları olan bir banyonun önünden geçti. En son odanın kapı aralığına gelmişlerdi. "İşte" dedi adam. "Buranın son derece ilginç bir oda olduğu ortaya çıktı."

Maura adamın sesindeki meşum tonu fark etmişti, ancak yatak odasına girdiğinde, endişe verici en ufak bir şey bile görmedi, sadece duvarları boş, içinde hiçbir mobilya olmayan bir yerdi burası. Buradaki ahşap zemin evin geri kalanından çok daha iyi durumdaydı, tahtaları yakın zamanda yeniden cilalanmıştı. İki çıplak pencere, küçük tepenin aşağısındaki donmuş göle doğru uzanan ağaçlıklı yokuşunun üzerinden bakmaktaydı.

"Peki bu odayı ilginç kılan nedir?" diye sordu Jane.

"Yerde bulduğumuz şeyler."

"Ben bir şey görmüyorum."

"Luminol püskürttüğümüzde ortaya çıktı. Suç mahalli birimi, bizim katilin nereye kan izleri bırakmış olabileceğini öğrenmek için bütün evi tetkik etti; diğer odalarda göremediğimiz izler bırakmış mı diye. Koridorda, merdivenlerde ve evin girişinde ayak izleri bulduk, hiçbiri çıplak gözle görünmüyordu. Bu yüzden ev-

---

41. Suç mahallinde kan, saç, kumaş parçası ya da sperm gibi maddeleri ortaya çıkartmak için kullanılan değişken ışık kaynağı *(Alternate Light Source)*. (ç.n.)

den çıkarken etrafı temizlemeye çalıştığını biliyoruz. Ama kanı gerçekten de saklayamazsınız. Üzerine Luminol püskürtün, hemen parlamaya başlar." Jurevich kafasını eğip yere baktı. "Burada kesinlikle parlıyordu."

"Başka ayak izleri mi?" diye sordu Jane.

"Sadece ayak izleri değil. Sanki bir kan dalgası bu odayı basmış, duvarlara sıçramış gibiydi. Kanı yer panellerinin arasındaki çatlaklarda, döşemelerin altındaki çıtalara sızdığı yerlerde görebilirsiniz. Şuradaki duvarda büyük izler vardı, birileri temizlemeye çalışmıştı. Ama silememişler. Şimdi göremiyor olsanız bile her yere bulaşmıştı. Burada durduk, her tarafı parlayan bu kahrolasıca odaya baktık ve aklımızı kaçırıyorduk, inanın bana. Çünkü ışıklarımızı kapattığımızda, aynı şimdi göründüğü gibi görünüyordu. Hiçbir şey. Çıplak gözle görülebilen bir tek kan izi dahi olmadan."

Sansone, sanki ölümün o şok edici yankılarını görmeye çalışırmış gibi duvarlara baktı. Kafasını indirdi ve tahtaları pürüzsüzce zımparalanmış zemini inceledi. "Bu taze kan olamaz" diye mırıldandı. "Bu evde başka bir şeyler olmuş."

Maura, tepenin aşağısına yerleştirilmiş, yarıya kadar kara gömülmüş SATILIK levhasını hatırladı. Evin dış etkenlerle yıpranmış cephe kaplamalarını, soyulan boyaları düşündü. Neden böyle güzel bir ev yıllar süren bir bakımsızlığa terk edilmiş olsundu ki? "Bu yüzden hiç kimse onu satın almayacak" dedi.

Jurevich başıyla onayladı. "Yaklaşık on iki yıl önce olmuş, ben bu bölgeye taşınmadan hemen önce. Ben de emlakçı bana anlattığında öğrendim. Ev satılığa çıkmış olduğu için, bu herkese yaymak istediği bir şey değil, sadece ufak bir sırrın ifşa edilişiydi. Her olası alıcının bilmek isteyeceği küçük bir detay. Ve neredeyse diğer yöne doğru koşa koşa uzaklaşmalarına neden oluyordu."

Maura zemine, göremediği kanı barındıran bağlantı yerlerine ve çatlaklara baktı. "Burada kim ölmüş?"

"Bu odada biri intihar etmiş. Ama bu evde olan diğer şeyleri düşünürseniz, sanki bütün bu kahrolasıca ev lanetliymiş gibi."

"Başka ölümler de mi olmuş?"

Jurevich kafasını salladı. "Bir zamanlar burada yaşayan bir aile varmış. Bir doktor ve karısı, bir oğlan bir de kız çocuğu. Artı yaz için onlarla kalan bir yeğen. Herkesin söylediğine göre, Saul'lar iyi insanlarmış. Yakın bir aile, pek çok arkadaş."

Hiçbir şey tamamen göründüğü gibi değil, diye düşündü Maura. *Hiçbir şey asla göründüğü gibi olmuyor.*

"Önce on bir yaşındaki oğulları ölmüş. Yürek burkan bir kazaymış. Oğlan balık tutmak için göle gitmiş ve eve dönmemiş. Suya düşüp paniğe kapıldığını tahmin etmişler. Vücudu sonraki gün bulunmuş. Ondan sonra, aile için her şey daha da kötüye gitmiş. Bir hafta sonra, anneleri merdivenden inerken yuvarlanmış ve boynunu kırıvermiş. Bazı sakinleştiriciler alıyormuş ve dengesini kaybettiğini tahmin etmişler."

"Bu ilgi çekici bir rastlantı" dedi Sansone.

"Ne?"

"Sarah Parmley'in halası da böyle ölmemiş miydi? Merdivenlerden aşağı düşerek? Boynunu kırarak?"

Jurevich durakladı. "Doğru. Bu aklıma gelmemişti. Büyük tesadüf, değil mi?"

Jane, "Bize intiharı anlatmadın" dedi.

Jane başıyla onayladı. "Kocaymış. Düşünün bir kere, neler çekmiş adam. Önce oğlu boğuluyor. Sonra karısı merdivenlerden düşüyor. Sonuç olarak iki gün sonra silahını almış, burada, yatak odasında oturmuş ve kendi kafasını uçurmuş." Jurevich yere baktı. "Yerdeki onun kanı. Düşünün bir kere. Bütün bir aile, neredeyse birkaç hafta içinde silinip gitmiş."

"Peki kıza ne olmuş?" diye sordu Jane.

"Arkadaşlarının yanına taşınmış. Bir yıl sonra liseden mezun olmuş ve kasabayı terk etmiş."

"Evin sahibi olan o mu?"

"Evet. Hâlâ onun ismine kayıtlı. Yıllardan beri elinden çıkartmaya çalışıyor. Emlakçı evle ilgilenen birkaç kişi olduğunu söylüyor; ancak olan biteni duyunca vazgeçmişler. Bu evde yaşar mıydınız? Bana verseniz kabul etmem. Kötü şans dolu burası. Ön kapıdan girdiğinizde neredeyse hissedebiliyorsunuz bunu."

Maura etrafındaki duvarlara bakındı ve ürperdi. "Eğer tekinsiz ev diye bir şey varsa, burası olmalı."

"*Abyssus abyssum invocat*" dedi Sansone sessizce. "Artık yeni bir anlam kazanıyor."

Hepsi adama baktı. "Ne?" dedi Jurevich.

"Bu yüzden burayı cinayet mahalli olarak seçti. Bu evin geçmişini biliyordu. Burada ne olduğunu biliyordu ve bunun cazibesine kapıldı. Başka bir boyuta açılan kapı aralığı da diyebilirsin. Ya da bir girdap. Ancak bu dünyada karanlık yerler vardır, sadece lanetlenmiş diye tanımlanabilecek kirli yerler."

Jane huzursuz bir şekilde güldü. "Buna gerçekten inanıyor musun?"

"Benim neye inandığımın önemi yok. Ama eğer katilimiz inanıyorsa, o zaman bu evi onu çağırdığı için seçmiştir. *Cehennem, cehennemi çağırır."*

"Ah, hadi ama" dedi Jurevich, "tüylerimi diken diken ediyorsun." Çevresindeki boş duvarlara baktı ve sanki buz gibi bir esinti hissediyormuş gibi titredi. "Ne düşünüyorum biliyor musunuz? Bu yeri hemen yakmalılar. Yakıp yerle bir etmeliler. Aklı başında hiç kimse asla burayı satın almaz."

"Burada bir doktorun ailesiyle yaşadığını söyledin" dedi Jane.

"Doğru. Saul'lar."

"Ve o yaz yanlarında kalan bir yeğenleri olduğunu."

Jurevich başıyla onayladı. "On beş yaşında bir oğlan."

"O oğlana ne oldu? Trajedilerden sonra."

"Emlakçı oğlanın kısa süre sonra Purity'den ayrıldığını söylüyor. Annesi gelmiş ve onu almış."

"Onunla ilgili başka bir şey biliyor musun?"

"Unuttun mu, on iki yıl önceymiş. Hiç kimse onu çok iyi tanımıyor. Ve oğlan sadece o yaz için buradaymış." Jurevich durakladı. "Ne düşündüğünü biliyorum. Oğlan şimdi yirmi yedi yaşında olmalı. Ve burada olan her şeyi biliyordur."

"Ayrıca onda ön kapının anahtarı da olabilir" dedi Jane. "Onun hakkında nereden daha fazla bilgi edinebiliriz?"

"Kuzeninden, sanırım. Bu evin sahibi olan kadın, Lily Saul."

"Ama onu nasıl bulacağını sen de bilmiyorsun."

"Emlakçı bulmaya çalışıyordu."

Jane "Saul ailesi hakkındaki tüm polis raporlarını görmek istiyorum, sanırım bütün ölümler araştırılmıştır" dedi.

"Ofisi arar dosyaları sizin için çoğalttırırım. Kasabadan ayrılırken uğrayıp alabilirsiniz. Boston'a bu gece mi döneceksiniz?"

"Öyle planlamıştık, öğle yemeğinden hemen sonra."

"O zamana kadar hazır etmeye çalışırım. Roxanne's Cafe'ye gitmek isteyebilirsiniz. Muhteşem hindili kulüp sandviçleri vardır. Bizim ofisin hemen karşısında."

"Her şeyi kopyalamak için yeterince zaman tanır mı bu size?"

"Dosyalarda otopsiler ve şerif raporlarından başka pek bir şey yok. Her üç olayda da, biçim ve ölüm nedeni son derece barizdi."

Sansone pencerede durmuş dışarıya bakıyordu. Jurevich'e döndü. "Buradaki yerel gazetenizin ismi neydi?"

"Chenango'da olan hemen hemen her şey *Evening Sun*'da bulunur. Ofisleri Norwich'te." Jurevich saatine baktı. "Burada size gösterecek başka herhangi bir şey yok, gerçekten de."

Tekrar dışarı çıktıklarında, Jurevich ön kapıyı kilitler ve iyice kapandığından emin olmak için sertçe sallarken, ısıran rüzgârda durdular. "Bizim tarafımızda herhangi bir ilerleme olursa" dedi adam Jane'e, "sizi ararım. Ama bence katili siz yakalayacaksınız." Montunun fermuarını çekti ve eldivenlerini taktı. "Artık sizin mahallede oynuyor."

"Fiyakalı arabasıyla ortaya çıkıyor ve doğruca suç mahalline davet ediliyor" dedi Jane, bir kızarmış patatesi Maura'ya doğru sallayarak. "Bütün bunlar da ne oluyor ki? Sansone Adalet Bakanlığı'nda kimi tanıyor? Gabriel bile öğrenemedi."

"Ona güvenmelerinin bir sebebi olmalı."

"Ah, tabii." Jane kızarmış patatesi ağzında attı ve iştahını körükleyen sıkıntıyla hemen bir başkasını kaptı. Dakikalar içerisinde kocaman bir kulüp sandviçi birkaç ekmek ve pastırma kırıntısına dönüştürmüştü ve şimdi de kalan son kızarmış patateslerini bir keççap havuzunun içinden sürüklemekteydi. "Suçla savaşma hobisi olan bir milyonere mi güveniyorlar?"

"Multimilyoner."

"Kim olduğunu sanıyor, Bruce Wayne[42] mi? Ya da şu eski televizyon şovundaki herif. Polis olan şu zengin herif. Eskiden seyrederdi annem."

"Sanırım *Burke'un Kanunu*'ndan bahsediyorsun."

"Doğru. Kaç tane zengin polis tanıyorsun?"

Maura omuz silkti ve çay fincanını eline aldı. "Hiç."

"Kesinlikle. Bu bir fantezi. Parası olan sıkılmış bir herif Kirli Harry'yi oynamanın kıyak olacağını düşünüyor, ama gerçekten de işe girişmek ve elini bulaştırmak istemiyor. Devriye gezmek ya da detaylı olay raporları yazmak istemiyor. Sadece Mercedes'iyle gelmek ve biz ahmaklara nasıl yapılacağını söylemek istiyor. Onun gibi insanlarla daha önce uğraşmadım mı sanıyorsun? Herkes polisten daha akıllı olduğunu sanıyor."

"Onun sadece bir amatör olduğunu düşünmüyorum, Jane. Bence dinlemeye değer."

---

[42]. Bob Kane ve Bill Finger tarafından yaratılan *Batman* adlı çizgi roman kahramanının gerçek hayattaki gizli kimliği. Zengin bir sanayici, playboy ve bir hayırsever. (ç.n.)

"Doğru. Eski bir tarih profesörü." Jane kahve fincanını son damlasına kadar boşalttı ve boynunu oturdukları bölmeden uzatarak garson kızı bulmak için işlek kafeyi taramaya başladı. "Hey, Bayan? Kahvemi tazeleyebilir..." Durakladı. Maura'ya, "Bak içeri kim girdi" dedi.

"Kim?"

"Ortak arkadaşımız."

Maura kapıya döndü, beysbol kepleri takan adamların kahve ve hamburgerleri üzerine eğilip oturdukları tezgâhın ilerisine baktı. Sansone'yi, tam da adam onu gördüğü anda fark etmişti. Adam salonu geçer ve masaların yanından Maura'nın bölmesine doğru yürürken, gümüş saçlarla dikkat çeken bu çarpıcı figüre sabitlenen bir düzine kafa, kendi eksenleri etrafında döndü.

"Hâlâ kasabada olmanıza sevindim" dedi adam. "Size katılabilir miyim?"

"Kalkmak üzereydik" dedi Jane, imalı bir şekilde cüzdanına uzanıp tazelenen kahveyi unutarak.

"Sadece bir dakika sürer. Yoksa bunu size e-postayla göndermemi mi tercih edersiniz, Dedektif?"

Maura adamın elindeki kâğıt demetine baktı. "Bütün bunlar da ne?"

"*Evening Sun* arşivlerinden." Kâğıtları kadının önüne bıraktı.

Adam yanına otururken, sıkışık bölmede yer açmak için oturduğu sıranın ucuna kadar kaydı kadın. Hükmeder ve insanın etkisine alırmış gibi görünen bu adam tarafından köşeye kıstırılmış hissediyordu kendini.

"Dijital arşivleri sadece beş yıl öncesine kadar gidiyor" dedi adam. "Bunlar ciltlenmiş arşivlerinden fotokopiler, bu yüzden istediğim kadar kaliteli olmadı. Ama hikâyeyi anlatıyor."

Maura kafasını eğip ilk sayfaya baktı. 11 ağustos tarihli, on iki yıl önceki *Evening Sun*'ın ön sayfasındandı. Kadının bakışı derhal üst taraftaki makaleye sabitlendi.

Oğlanın vücudu Payson Gölü'nden çıkartıldı.

Makaleye eşlik eden fotoğraf, kucağında kaplan çizgili bir kedi tutarak sırıtan haşarı bir çocuğu gösteriyordu. Başlıkta: *Teddy Saul on bir yaşına henüz basmıştı*, yazıyordu.

"Onu hayattayken gören en son kişi ablası Lily olmuş" dedi Sansone. "Bir gün sonra gölün üzerinde sürüklenirken çocuğu fark eden de oymuş. Makaleye göre herkesi şaşırtan, oğlanın yüzmeyi son derece iyi biliyor olmasıymış. Ve başka bir ilginç detay daha varmış."

Maura kafasını kaldırdı. "Ne?"

"Sözüm ona göle balık tutmaya gitmiş. Ama alet çantası ve oltası suyun kıyısından neredeyse yirmi metre uzakta bulunmuş."

Maura fotokopiyi Jane'e verdi ve 18 ağustos tarihinde yayınlanmış bir sonraki makaleye baktı. Küçük Teddy'nin bedeninin bulunmasından bir hafta sonra, trajedi bir kez daha Saul ailesine darbe indirmişti.

Yas tutan annenin ölümü büyük olasılıkla kaza.

Makalenin yanında başka bir fotoğraf vardı, başka bir yürek burkan başlık. Amy Saul'un fotoğrafı daha mutlu zamanlarında çekilmişti, kucağında bir bebekle fotoğraf makinesine gülümsüyordu. Aynı çocuk, on bir yıl sonra Payson Gölü'nün sularında yitireceği, Teddy.

"Merdivenlerin dibinde bulunmuş" dedi Maura. Kafasını kaldırıp Jane'e baktı. "Kızı Lily tarafından."

"Yine mi? Her ikisini de kızları mı bulmuş?" Jane fotokopisi çekilmiş makaleye uzandı. "Bu kadar kötü talih şüphe uyandırmaya başlıyor."

"Ve iki hafta önce Sarah Parmley'in otel odasına gelen telefonu da unutmayın. Bir kadın sesiymiş."

"Siz sonuçlar çıkarmaya başlamadan önce" dedi Sansone, "babasının bedenini bulan kişi Lily Saul değilmiş. Kuzeni bulmuş. Dominic Saul'un ismi, ilk ve son kez burada geçiyor."

Maura üçüncü fotokopiyi çevirdi ve Doktor Peter Saul'un gülen fotoğrafına baktı. Fotoğrafın altındaki başlıkta, *Karısının ve oğlunun ölümü yüzünden kederliydi*, yazıyordu. Kadın kafasını kaldırdı. "Dominic'in hiç fotoğrafı var mı?"

"Hayır. Ama bu makalede ondan amcasının bedenini bulan kişi olarak söz ediliyor. Polisi arayan da o olmuş."

"Peki ya kız?" diye sordu Jane. "Bütün bunlar olurken Lily neredeymiş?"

"Söylemiyor."

"Sanırım polis o sırada nerede olduğunu kontrol etmiştir."

"Öyle farz edeceksin."

"Ben hiçbir şeyi farz etmem."

"Bu bilginin polis dosyalarında olduğunu umalım" dedi Sansone, "çünkü bunu soruşturmayı yürütmüş kişiden alamayacaksın."

"Neden?"

"Geçen yıl kalp krizinden ölmüş. Ölüm ilanını gazetenin arşivlerinde buldum. Bu yüzden devam etmek için elimizde olan her şey o dosyalarda yazılanlardan ibaret. Ama durumu bir düşün.

Sen, çok yakın bir zamanda kardeşini, annesini ve şimdi de babasını kaybetmiş bir kızla uğraşan yerel bir polissin. Büyük ihtimalle kız şokta. Belki de duygusal bir travma içinde. Açıkça bir intihar gibi görünürken, babası öldüğü sırada nerede olduğuyla ilgili sorularla onu canından bezdirir miydin?"

"Sormak benim görevim" dedi Jane. "Ben sorardım."

Evet, sorardı, diye düşündü Maura, Jane'in boyun eğmez ifadesine bakarak ve bir önceki günün sabahında kendisi hakkında sorulan acımasız soruları hatırlayarak. Ne merhamet, ne çekinme. Eğer Jane Rizzoli herhangi bir şey hakkında suçlu olduğunuza karar verirse Tanrı yardımcınız olsun. Maura kafasını eğdi ve Peter Saul'un fotoğrafına baktı. "Lily'nin hiç resmi yok. Onun da nasıl göründüğünü bilmiyoruz."

"Aslında bir fotoğrafı var" dedi Sansone. "Ve bunu oldukça ilginç bulacaksınız." Adam bir sonraki fotokopi sayfayı çevirdi ve makaleye işaret etti.

Doktorun cenazesi tüm ülkeden yas tutanları bir araya getirdi.

Arkadaşlar, iş arkadaşları, hatta tanımayanlar güzel bir ağustos ikindisinde, geçen pazar kendini hedef alan bir ateşli silah yarasıyla vefat eden Dr. Peter Saul'un ardından yas tutmak için Ashland Mezarlığı'nda bir araya geldi. Bu son iki hafta içerisinde Saul ailesinin üzerine çöken üçüncü trajediydi.

"İşte orada" dedi Sansone, eşlik eden fotoğrafı işaret ederek. "Lily Saul bu."

Bu belli belirsiz bir görüntüydü, kızın yüzü, iki yanında durmuş matem tutan diğer iki kişi tarafından kısmen kapatılmıştı. Maura'nın tüm görebildiği, kızın eğilmiş kafasının, uzun koyu renkli saçlarla örtülmüş profiliydi.

"Bu bize pek fazla bir şey göstermiyor" dedi Jane.

"Görmenizi istediğim fotoğraf değil" dedi Sansone. "Altındaki başlık. Lily'nin yanında duran kızların isimlerine bakın."

Maura ancak o zaman Sansone'nin bu sayfaları paylaşmak için neden bu kadar ısrarcı olduğunu anladı. Keder içindeki Lily Saul'un fotoğrafı altındaki başlık, ürkütücü biçimde tanıdık iki ismi içeriyordu:

Lily Saul, arkadaşları Lori-Ann Tucker ve Sarah Parmley tarafından teselli edildi.

"İşte her şeyi bir araya getiren bağlantı" dedi Sansone. "Üç arkadaş. İkisi şimdi hayatta değil. Sadece Lily Saul yaşıyor." Durdu.

"Ve bundan bile emin olamıyoruz."

Jane sayfayı çekti ve gözlerini dikip fotokopiye baktı. "Belki de bizim bilmemizi istemediği için."

"Bulmamız gereken kişi o" dedi Sansone. "Cevapları biliyor dur muhtemelen."

"Belki de cevabın kendisi odur. Lily denen bu kız hakkında neredeyse hiçbir şey bilmiyoruz. Ailesiyle geçinip geçinemediğini. Yüklü bir mirasa konup konmadığını."

"Ciddi olamazsın" dedi Maura.

"Kabul etmek zorundayım, Bay Sansone daha önce söyledi bunu. Kötülüğün cinsiyeti yoktur."

"Ama kendi ailesini öldürmesinden bahsediyorsun, Jane."

"Sevdiklerimizi öldürürüz. Bunu biliyorsun." Jane üç kızın fotoğrafına baktı. "Ve belki bu kızlar da biliyordu. On iki yıl sır tutmak için uzun bir zaman." Saatine bakındı. "Kasabayı dolaşıp sorular sormam lazım, bakalım Lily hakkında başka neler öğrenebileceğim. Onu nasıl bulacağımızı birileri biliyor olmalı."

"Araştırmanı yaparken" dedi Sansone, "bunun hakkında da bir şeyler sormak isteyebilirsin." Jane'e bir başka fotokopi daha uzattı. Başlıkta: *Güney Plymouth'lu Oğlan 4-H Ödülü Kazandı*, yazıyordu.

"Ne... ödül kazanan boğalar hakkında da sorular sormam mı gerekiyor?" diye sordu Jane.

"Hayır, *Polis Devriyesi* altındaki başlık" dedi Sansone. "Neredeyse ben de kaçırıyordum. Aslına bakılırsa aynı sayfada, Teddy Saul'un boğulmasıyla ilgili hikâyenin altında olmasa bunu hiçbir şekilde görmezdim."

"Şunu mu demek istiyorsun?

Çiftliğe Zarar Verildi, Keçi Kayıp.

"Hikâyeye bak."

Jane makaleyi yüksek sesle okudu.

"Polis, Purity'li Eben Bongers'ten geçen cumartesi gecesi vandalların zorla çiftliğine girdiğine dair bir şikâyet aldı. Dört keçi kaçtı ve üç tanesi yakalandı, ancak bir tanesi hâlâ kayıp. Ahır da" Jane durdu ve Maura'ya baktı "haç oymalarıyla tahrif edilmiş."

"Okumaya devam et" dedi Sansone.

Jane yutkundu ve kafasını eğip yeniden makaleye baktı. "Benzer oymalar bölgedeki diğer binalarda da bulundu. Bilgisi olan kişilerin Chenango İli Şerif Ofisi ile temasa geçmeleri istendi."

"Katil buradaydı" dedi Sansone. "On iki yıl önce, tam da bu şehirde yaşıyordu. Ve hiç kimse aralarında neyin dolaştığını fark etmedi. Hiç kimse aralarında neyin yaşadığını bilmedi."

Bu katil sanki insan değilmiş gibi konuşuyor, diye düşündü Maura. *Kim değil, ne diyor. Biri değil, bir şey.*

"Sonra iki hafta önce" dedi Sansone, "bu katil Saul'ların bir zamanlar yaşadığı eve geri dönüyor. Aynı sembolleri duvarlara çiziyor, yere çiviler çakıyor. Hepsi kurbanına hazırlanmak için. Sarah Parmley'e yapacağı şeyler için." Sansone bakışlarını Jane'e yoğunlaştırarak öne eğildi. "İlk cinayetinin Sarah Parmley olduğunu sanmıyorum. Ondan önce başkaları da vardı. Sarah'ın ölüm sahnesinin ne kadar özenle hazırlandığını gördün, işin içinde ne kadar planlama, ne kadar merasim olduğunu. Ritüellerini mükemmelleştirmek için ayları, hatta yılları olan biri tarafından işlenmiş, üzerinde düşünülüp taşınılmış bir suçtu."

"Bir VCAP[43] taraması istedik. Daha önceki cinayetlerini bulmaya çalıştık."

"Arama kriterleriniz?"

"Parçalara ayırma. Satanik semboller. Evet, başka eyaletlerden birkaç olay çıktı, ancak hiçbiri bizi tatmin edecek kadar uymuyordu."

"O halde aramayı genişletin."

"Daha fazla genişletirsek işe yaramaz. Çok genel, çok büyük bir ağ olur bu."

"Ben uluslararası demek istiyordum."

"Bu da oldukça büyük bir ağ."

"Bu katil için hiçbir ağ fazla büyük olmaz. Geride bıraktığı ipuçlarına baksana. Latince yazılar, Kıbrıs'tan gelme kırmızı aşıboyasıyla yapılmış çizimler. Akdeniz'den bir deniz kabuğu. Ülke dışında yaşadığını neredeyse ilan etti sana. Ve muhtemelen ülke dışında da öldürmüştür. Sana garanti ederim, eğer İnterpol veritabanını araştırırsan, başka kurbanlarını da bulacaksın."

"Nasıl oluyor da bu kadar... " Jane durakladı ve gözleri aniden kısıldı. "Zaten biliyorsun. Kontrol ettin."

"Sana sormaya gerek duymadım. Bu katil her yerde ayırt edici izler bıraktı. Polisten korkmuyor. Bu adam gizlenme yeteneğine çok güveniyor." Fotokopileri işaret etti. "On iki yıl önce katil burada yaşıyormuş. O zaman bile kendi fantezilerini kuruyor, bu haçları o zamanlar da çiziyormuş."

Jane, Maura'ya baktı. "Ben burada en azından bir gece daha

---

43. Violent Criminals Apprehension Program: Azılı Suçların Araştırılmasına Yardım Programı. ABD'de gerçekleşmiş cinayet ve saldırı olaylarına dayanılarak hazırlanan, ulusal çapta bir veritabanı. (ç.n.)

kalacağım. Konuşmam gereken insanlar var."

"Ama benim eve dönmem lazım" dedi Maura. "Bu kadar uzun kalamam."

"Doktor Bristol senin yerine bakabilir, değil mi?"

"İlgilenmem gereken başka şeyler de var." Maura, Jane'in aniden ona attığı bakıştan hoşlanmamıştı. *Diğer şeyler Daniel Brophy mi oluyor?*

"Ben bu gece Boston'a döneceğim" dedi Sansone. "İstersen benim arabamla gelebilirsin."

"Önerimi kabul ettiğinde Dedektif Rizzoli pek de memnun görünmüyordu" dedi Sansone.

"Bugünlerde memnun olmadığı pek çok şey var" dedi Maura, kar beyazı bir örtüyle kaplanmış tarlalara bakarak. Ay yükselmekteydi ve günün son ışıkları silinip gitmiş olmasına rağmen, karın üzerindeki yansıması bir fener kadar parlaktı. "Ben de dahil."

"Aranızdaki gerginliği fark ettim."

"O kadar bariz mi?"

"Pek de gizlemeye çalışmıyor, öyle değil mi?" Karanlık arabada kadına baktı. "İkiniz başka türlü olamazdınız."

"Ben de bunu gittikçe daha fazla anlıyorum."

"Birbirinizi uzun zamandır tanıyor musunuz?"

"Yaklaşık iki yıldır. Boston'daki işi kabul ettiğimden bu yana."

"Aranız hep bu kadar gergin mi olmuştu?"

"Hayır. Sadece..." Kadın sessiz kaldı. *Çünkü beni onaylamıyor. Çünkü ahlak söz konusu olunca kibirinden yanına yaklaşılmıyor ve benim insan olmama izin yok. Âşık olmama izin yok.* "Son birkaç hafta çok stresli geçti" diyerek tamamlamıştı cümlesini.

"Özel konuşma fırsatı bulmamıza memnun oldum" dedi adam. "Çünkü az sonra söyleyeceğim şey saçma gelecek. Ve o üzerinde hiç düşünmeden hemen reddederdi." Tekrar kadına baktı. "Senin dinlemek için daha istekli olacağını umuyorum."

"Ondan daha az şüpheci olduğumu düşündüğün için mi? Buna o kadar da emin olma."

"Bugünkü cinayet mahalli hakkında ne düşünüyorsun? Sana katille ilgili ne anlatıyor?"

"Ciddi anlamda hastalıklı bir aklın kanıtlarını gördüm."

"Bu ihtimallerden biri."

"Senin yorumun ne?"

"Bunun arkasında gerçek bir zekâ olduğu. Kadınlara işkence ederek başı dumanlanan herhangi bir kaçık olmadığı. Belli bir güdü ve amaçla hareket ediyor."

"Yine şu efsanevi iblisler."

"Onların varlığını kabul etmediğini biliyorum. Ama sen de o haberi gördün, on iki yıl önce duvarları karalanan ahırla ilgili haberi. O haberde gözüne çarpan başka bir şey oldu mu?"

"Ahıra kazınmış haçların dışında mı demek istiyorsun?"

"Kayıp keçiler. Ahırdan serbest bırakılan dört keçi varmış ve çiftçi sadece üç tanesini bulabilmiş. Dördüncüye ne oldu?"

"Belki kaçmıştır. Belki de ormanda kaybolmuştur."

"Levililer'de, on altıncı bapta, Azazel için kullanılan bir başka isim de 'günah keçisi'dir. İnsanoğlunun bütün günahlarını, bütün kötülüklerini üstlenen odur. Gelenekler uyarınca, seçilmiş hayvan bakir bir bölgeye götürülür ve insanlığın günahlarını da yanına alarak orada serbest bırakılır."

"Tekrar senin Azazel sembolüne geri döndük."

"Kafasının çizimi senin kapındaydı. Bunu unutmuş olamazsın."

Hayır, unutmadım. Kapımın bir katile ait izler taşıdığını nasıl unutabilirim ki?

"Kuşkucu olduğunu biliyorum" dedi adam. "Bunun da diğer pek çok soruşturmadan farksız olduğunun anlaşılmasını beklediğini biliyorum. Sessizce ve tek başına yaşayan bir hayli sıradan, hatta acınası bir karaktere bağlanacağını. Bir diğer Jeffrey Dahmer, ya da bir başka Son of Sam.[44] Belki bu katil sesler duyuyordur. Belki Anton LaVey'in *Satanik İncil*'ini defalarca okumuştur ve fazlasıyla ciddiye almıştır. Ama diğer bir olasılığı da göz önünde bulundur, çok daha korkutucu olan bir şey." Kadına baktı. "Nefilim'in –İzleyenler– gerçekten var olduğu. Her zaman var oldukları ve hâlâ aramızda yaşamaya devam ettikleri."

"Düşen meleklerin çocukları mı?"

"Bu sadece İncil'e ait bir yorum."

"Bunların hepsi İncil'e ait şeyler. Ve sen de benim inanmadığımı biliyorsun."

"Bu yaratıklardan bahsedilen tek yer Eski Ahit değil. Daha önceki kültürlerin efsanelerinde de var."

"Her kültürün kötü ruhları vardır."

"Ben ruhlardan değil, kanlı canlı, insan yüzüne sahip yaratık-

---

[44]. ABD halkının yakından tanıdığı iki ünlü seri katil. (ç.n.)

lardan bahsediyorum. Hemen yanı başımızda evrimleşen, her bakımdan bize benzeyen bir yırtıcılar türü. Bizimle melezler oluşturarak üreyen bir tür."

"Varlıklarını şimdiye kadar öğrenmiş olmaz mıydık?"

"Onları yaptıkları kötülüklerden biliyoruz. Ama gerçekte ne olduklarını fark etmiyoruz. Onlara sosyopatlar ya da zorbalar diyoruz. Ya da Kazıklı Voyvoda. Güç ve otorite sahibi konumlara ulaşmak için büyülüyor ve ayartıyorlar. Savaş, isyan ve kargaşayla gelişiyorlar. Ve biz farklı olduklarını asla anlamıyoruz. Ta genetik kodlarımıza kadar uzanan temel bir biçimde farklı. Birer yırtıcı olarak doğuyorlar ve bütün dünya da onların av sahası."

"Mefisto Kulübü bunun için mi kuruldu? Bu efsanevi, yaratıkları aramak için mi?" Kadın güldü. "Bir yandan da Unicorn'ları[45] avlayabilirsiniz."

"İnanan pek çok kişi var."

"Peki birini gerçekten bulduğunuzda ne yapacaksınız? Vuracak ve kafasını hatıra olarak asacak mısınız?"

"Biz yalnızca bir araştırma kulübüyüz. Bizim rolümüz tanımlamak ve incelemek. Ve akıl vermek."

"Kime akıl vermek?"

"Kanun adamlarına. Onlara gerekli bilgileri ve analizleri sağlarız. Ve onlar da bizim verdiklerimizi kullanırlar."

"Kanun adamları gerçekten de söylediklerinize önem veriyor mu?" diye sordu kadın, sesinde apaçık bir inanmazlık tınısıyla.

Adam sadece, "Evet. Bizi dinliyorlar" demekle yetindi. İddia ettiklerinden, onları savunmaya gerek duymayacak kadar emin bir adamın sakin ifadesi.

Soruşturmanın gizli detaylarına nasıl da kolaylıkla ulaşmış olduğunu tarttı kadın. Jane'in, Sansone hakkındaki araştırmalarının FBI, İnterpol ve Adalet Bakanlığı'nda nasıl bir sessizlikle karşılaştığını düşündü. *Hepsi onu koruyorlar.*

"Çalışmalarımız fark edilmeden kalmadı" dedi adam ve yavaşça, "ne yazık ki" diye ekledi.

"Önemli olanın bu olduğunu sanıyordum. Çalışmalarınızın fark edilmesi."

"Yanlış insanlarca değil. Bir şekilde bizi keşfettiler. Kim olduğumuzu ve ne yaptığımızı biliyorlar." Durakladı. "Ve sizin de bizden biri olduğunuzu sanıyorlar."

"Ben *onların* var olduğuna bile inanmıyorum."

"Kapınızı işaretlediler. Kimliğinizi teşhis ettiler."

---

45. Tek boynuzlu at; alnında tek bir boynuz bulunan, ata benzer, mitolojik bir hayvan. (ç.n.)

Kadın dışarı, ay ışığıyla aydınlamış gecenin içindeki ürkütücü beyazlığa baktı. Neredeyse gündüz kadar aydınlıktı. Ne saklanacak bir yer, ne karanlık. Bu merhametsiz manzarada bir avın her hareketi görülürdü. "Ben sizin kulübün üyesi değilim" dedi kadın.

"Ama pekâlâ olabilirdiniz. Evimde görüldünüz. Benimle birlikte görüldünüz."

"Aynı zamanda, üç cinayet mahallinin üçünü de ziyaret ettim. Ben sadece işimi yapıyordum. Katil beni o gecelerden herhangi birinde görmüş olabilir."

"İlk başta benim de düşündüğüm buydu. Sadece onun görüş alanından geçivermiş olduğunuzu düşünmüştüm, tesadüfi av olarak. Eve Kassovitz için de böyle düşünmüştüm; onu belki de Noel arifesindeki ilk cinayet mahallinde gördüğünü ve ilgisini çektiğini."

"Artık böyle olduğunu düşünmüyor musunuz?"

"Hayır, düşünmüyorum."

"Neden?"

"Deniz kabuğu. Eğer daha önceden öğrenmiş olsaydım hepimiz önlem alırdık. Ve Joyce hâlâ yaşıyor olabilirdi."

"O deniz kabuğunun sizin için bir mesaj olduğunu mu düşünüyorsunuz?"

"Yüzyıllar boyunca, Sansone erkekleri deniz kabuğunun sancağı altında savaşa yürüdüler. Bu bir alaydı, kulübü hedefleyen bir meydan okuma. Gelmek üzere olana dair bir uyarı."

"Peki bu neydi?"

"Yok oluşumuz." Bunu sessizce, sanki bu iki kelimeyi yüksek sesle telaffuz etmek bile kılıcın boynuna inmesine neden olacakmış gibi söylemişti adam. Ancak adamın sesinde herhangi bir korku duymadı kadın, yalnızca, ona düşen kaderin bu oluşundan dolayı itaat vardı. Kadının aklına karşılık olarak söyleyebileceği hiçbir şey gelmiyordu. Bu konuşma ona yabancı topraklara kaymıştı ve kadın yönünü bulamıyordu. Adamın evreni öyle iç karartıcı bir kâbuslar manzarasıydı ki, onunla birlikte arabasında oturmak bile kadının dünyaya bakışını değiştirmişti. Canavarların dolandığı yabancı bir ülke. *Daniel*, diye düşündü kadın, *şimdi sana ihtiyacım var. Senin dokunuşuna, senin umuduna ve senin inancına ihtiyacım var. Bu adam tümüyle karanlık ve sen de ışıksın.*

"Babamın nasıl öldüğünü biliyor musunuz?" diye sordu adam.

Bu soruyla irkilen kadın kaşlarını çatarak adama baktı. "Pardon?"

"İnanın bana, konuyla alakalı. Tüm aile geçmişimin bu konuyla alakası var. Bundan uzaklaşmaya çalıştım. Babamın, tıpkı *kendi* babası gibi, sadece huysuz bir kaçık, ben büyürken bana anlattığı bütün o acayip hikâyelerin eskiliğinden dolayı tuhaf ama hoş aile kültürü olduğuna ikna olup, diğer herkes gibi normal bir hayat yaşayabileceğimi düşünerek on üç yılımı Boston Üniversitesi'nde ders vererek geçirdim." Kadına baktı. "Bunlara en fazla senin şu an inandığın kadar inanıyordum, yani hiç."

Ne kadar da mantıklı görünüyor. Ama değil. Olmasına imkân yok.

"Tarih öğrettim, bu yüzden antik efsanelere aşinayım" dedi adam. "Ancak beni bir zamanlar satirler, deniz kızları ya da uçan atlar olduğuna asla ikna edemezsiniz. Neden babamın Nefilim'le ilgili hikâyelerine inanacaktım ki?"

"Fikrinizi değiştiren ne oldu?"

"Ah, bana anlattıklarının bir *kısmının* doğru olduğunu biliyordum. Isabella'nın ölümü mesela. Venedik'te, kilise belgelerinde onun mahkûmiyetine ve ölümüne dair kayıtları bulabilmiştim. Canlı canlı yakılmıştı. İdamından kısa süre önce bir oğlan çocuğu doğurmuştu. Kuşaktan kuşağa geçirilen Sansone aile kültüründeki her şey fantezi değildi."

"Peki atalarınızın iblis avcıları olduğuyla ilgili kısım?"

"Babam buna inanıyordu."

"Siz inanıyor muydunuz?"

"Ben Mefisto Kulübü'nü yıkacak saldırgan güçler olduğuna inanıyorum. Ve şimdi bizi buldular. Babamı buldukları gibi."

Kadın açıklamasını bekleyerek adama baktı.

"Sekiz yıl önce" dedi Sansone, "uçakla Napoli'ye gitti. New Haven'daki üniversite günlerinden tanıdığı eski bir arkadaşıyla buluşacaktı. İkisi de dul kalmıştı. İkisi de antik tarihe tutku duyuyordu. Ulusal Arkeoloji Müzesi'ni gezmeyi ve hasret gidermeyi planlamışlardı. Babam bu ziyaret için oldukça heyecanlıydı. Annem öldükten sonra ilk kez sesinde heyecan duyuyordum. Fakat Napoli'ye vardığında, arkadaşı havaalanında değildi. Ya da otelde. Beni aradı, bana bir şeylerin korkunç derecede yanlış olduğunu ve sonraki gün eve geri dönmeyi planladığını söyledi. Tedirgin olduğunu anlayabiliyordum, ancak bununla ilgili pek bir şey söylemedi. Sanırım konuşmamızın dinlendiğini düşünüyordu."

"Gerçekten de telefonun dinleniyor olduğunu mu düşünmüştü?"

"Görüyor musunuz? Siz de tıpkı benim verdiğim tepkiyi verdiniz. Sadece sevgili tuhaf yaşlı babamın, yine goblin hayallerini gördüğünü düşünmüştüm. Bana söylediği son şey, 'Beni buldular, Anthony. Onlar kim olduğumu biliyor' oldu."

"Onlar mı?"

"Neden bahsettiğini kesinlikle biliyordum. Çocukluğumdan beri duyduğum aynı zırvalar. Hükümetteki meşum güçler. Güç sahibi pozisyonlara gelmek için birbirlerine yardım eden Nefilimlerin, dünya çapındaki komplosu. Ve bir kez politik kontrolü ellerine aldıklarında, herhangi bir ceza görme korkusu olmadan, içlerinden geçtiği gibi avlanmaya muktedir olacaklar. Kosova'da avlandıkları gibi. Ve Kamboçya'da. Ve Ruanda'da. Savaş, kargaşa ve dökülen kanla gelişiyorlar. Bundan besleniyorlar. Onlar için Armageddon bu anlama geliyor; bir avcının cenneti. Bu yüzden bunu gerçekleştirmek için sabırsızlanıyor, dört gözle bekliyorlar."

"Bu paranoyak saplantının nihai notasıymış gibi geliyor kulağa."

"Aynı zamanda bilinmeyeni açıklamanın da bir yolu; insanların birbirlerine nasıl böyle korkunç şeyler yapabildiklerini."

"Babanız tüm bunlara inanıyor muydu?"

"*Benim* inanmamı istiyordu. Ancak ikna olmam için ölümü gerekti."

"Babanıza ne oldu?"

"Basit bir soygun olarak kabul görülebilir kolaylıkla. Napoli oldukça zorlu bir yerdir ve burada turistlerin dikkatli olmaları gerekir. Ancak babam Via Partenope'deymiş, Napoli Körfezi'nin kıyısında, her zaman turistlerin akın ettiği bir caddede. Buna rağmen öyle çabuk olmuş ki, yardım isteyemeye bile zaman bulamamış. Öylece yığılıp kalmış. Kimse ona saldıranı görmemiş. Kimse ne olduğunu görmemiş. Ancak babam orada, caddede kan kaybından ölüyormuş. Bıçak imantahtasının hemen altından girmiş, kalp zarını doğramış ve sağ karıncığı delip geçmiş."

"Eve Kassovitz'in ölümü gibi" dedi kadın yumuşak bir ses tonuyla. Etkili ve acımasız bir öldürme.

"Benim için en kötü kısmı" dedi adam, "ona inanmadığımı düşünerek ölmüş olmasıydı. Son görüşmemizin ardından telefonu kapatıp, iş arkadaşlarımdan birine, 'Yaşlı adam sonunda Torazin[46] için hazır hale geldi' demiştim."

"Ama şimdi ona inanıyorsunuz?"

"Birkaç gün sonra Napoli'ye vardıktan sonra bile, bunun herhangi bir şiddet eylemi olduğunu düşünüyordum. Yanlış yerde, yanlış zamanda şanssız bir turist. Ancak polis karakolunda rapo-

---

46. Özellikle ağır dolaşım hastalığı vakalarında, hastada endişe halinin giderilmesi gerektiğinde kullanılan bir damar genişleticisi. (ç.n.)

run kopyasını almak için beklediğim sırada yaşlı bir adam odaya girdi ve bana kendini tanıttı. Babamın daha önce onun ismini andığını duymuştum. Gottfried Baum'un İnterpol için çalıştığını asla bilmiyordum."

"Bu ismi nereden biliyorum ben?"

"Eve Kassovitz'in öldüğü gece konuklarımdan biriydi."

"Havaalanına gitmek için ayrılan adam mı?"

"O gece yetişmesi gereken bir uçak vardı. Brüksel'e."

"Mefisto üyelerinden biri mi?"

Sansone başıyla onayladı. "Dinlememi, inanmamı sağlayan o oldu. Babamın bana anlattığı tüm o hikâyeler, Nefilim hakkındaki tüm o çılgın teoriler... Baum hepsini tekrar etti."

"*Folie à deux*" dedi Maura. "Paylaşılan bir saplantı."

"Keşke bir saplantı olsaydı. Keşke senin yaptığın gibi önemsememeyi becerebilseydim. Ama benim, Gottfried ve diğerlerinin gördüğü ve duyduğu şeyleri görüp duymadın sen. Mefisto hayatı için savaş veriyor. Dört yüzyılın ardından, bizler son kalanlarız." Durakladı. "Ve ben de Isabella'nın soyundan gelenlerin sonuncusuyum."

"Son iblis avcısı."

"Seninle bir santim olsun ilerleme kaydedemedim, değil mi?"

"Anlamadığım şey şu. Birini öldürmek o kadar zor değil. Eğer hedef sensen, neden hemen senden kurtulmuyorlar ki? Saklanıyor değilsin. Bir silahla pencereden içeri ateş etmek, arabana bir bomba koymak yeter. Deniz kabuklarıyla aptalca oyunlar oynamaya ne gerek var? Neden sana saldırmak üzere oldukları hakkında uyarsınlar ki seni?"

"Bilmiyorum."

"Mantıklı olmadığını sen de görüyorsun."

"Evet."

"Yine de hâlâ bu cinayetlerin Mefisto Kulübü etrafında döndüğünü düşünüyorsun."

Adam iç geçirdi. "Seni ikna etmeyi denemeyeceğim. Sadece söylediklerimin doğru olabileceği ihtimali üzerinde *düşünmeni* istiyorum."

"Dünya çapında bir Nefilim kardeşliği olduğunu mu? Bu komployu sadece Mefisto Kulübü'nün fark ettiğini ve başka hiç kimsenin bunun farkında olmadığını mı?"

"Sesimiz duyulmaya başlıyor."

"Kendinizi korumak için ne yapacaksınız? Tabancalarınıza gümüş mermiler mi süreceksiniz?"

"Lily Saul'u bulacağım."

Kadın kaşlarını çattı. "Kızı mı?"

"Hiç kimsenin nerede olduğunu bilmeyişi sana garip gelmiyor mu? Kimsenin onu bulamıyor oluşu?" Maura'ya baktı. "Lily bir şeyler biliyor."

"Neden böyle düşünüyorsun?"

"Çünkü bulunmak istemiyor."

* * *

"Sanırım seninle birlikte içeri gelsem iyi olur" dedi adam, "sadece her şeyin yolunda olduğuna emin olmak için."

Kadının evinin önünde park etmişlerdi ve oturma odasının perdeleri arasından Maura parlayan ışıkları görebiliyordu, otomatik zamanlayıcının açtığı lambalar. Dün yola çıkmadan önce kapısındaki işaretleri silmişti kadın. Karanlığın içinden bakarken, oraya göremediği yeni semboller karalanıp karalanmadığını merak ediyordu, gölgelerde gizlenmiş yeni tehditler olup olmadığını.

"Sanırım içeri gelirsen kendimi daha iyi hissedeceğim" dedi kadın.

Adam bir fener almak için torpido gözüne uzandı, sonra arabadan indiler. İkisi de konuşmadı; konuşmak yerine dikkatlerini çevrelerine yoğunlaştırmışlardı: Karanlık sokak, trafiğin uzak tıslaması. Sansone kaldırıma gelince durakladı, sanki henüz göremediği bir şeyin kokusunu yakalamaya çalışırmış gibiydi. Verandaya çıktılar. Kadının kapısını incelemek için feneri yaktı adam.

Temizdi.

Evin içinde telefon çalıyordu. *Daniel?* Kadın ön kapının kilidini açtı ve içeri adım attı. Tuş takımına şifreyi girmek ve alarmı kapatmak kadının sadece birkaç saniyesini aldı, ancak yanına ulaşana kadar telefonun sesi kesilmişti. Arama hafızası düğmesine basınca adamın cep telefonu numarasını tanıdı. Ahizeyi almak ve onu geri aramak için şiddetli bir arzu duydu. Ancak Sansone hemen kadının yanında, oturma odasında durmaktaydı.

"Her şey yolunda görünüyor mu?"

Kadın yorgun bir şekilde başıyla onayladı. "Her şey yolunda."

"Ben ayrılmadan önce neden etrafa bir göz atmıyorsun?"

"Tabii ki" dedi kadın ve koridor boyunca ilerledi. Peşinden gelen adamın bakışlarını sırtında hissedebiliyordu. Yüzünde görmüş müydü; aşk acısı çeken bir kadının bakışlarını tanımış mıydı? Pencereleri kontrol ederek, kapıları vurarak oda oda dolaştı. Her şey güvenliydi. Onu eve getirecek kadar kibar davrandıktan sonra, basit bir misafirperverlik ifadesi olarak adama bir fincan kahve önermeli ve birkaç dakika daha kalmasını teklif etmeliydi. Ancak kadın hiç de konuksever bir ruh halinde değildi.

Neyse ki adam oyalanmak yerine gitmek için dönmüştü. "Sabah seni ararım" dedi.

"Beni merak etmene gerek yok."

"Dikkatli olmalısın, Maura. Hepimiz olmalıyız."

Ama ben sizden biri değilim, diye düşündü kadın. *Asla olmak istemedim.*

Kapı çaldı. Birbirlerine baktılar.

Adam sessizce, "Neden kim olduğuna bakmıyorsun?" dedi.

Kadın bir nefes aldı ve giriş holüne gitti. Pencereden bir göz attı ve hemen kapıyı açtı. Daniel kolları çoktan ona uzanmış halde içeri girerken, kapıdan gelen soğuk hava bile kadının yanaklarına hücum eden sıcaklığı götürmeye yetmiyordu. Sonra, Daniel kapı eşiğindeki diğer adamı gördü ve olduğu yerde donup kaldı.

Sansone kibarca sessizliğe müdahale etti. "Siz Peder Brophy olmalısınız" dedi adam elini uzatarak. "Ben, Anthony Sansone. Sizi diğer gece Doktor O'Donnell'ın evinde görmüştüm, Maura'yı almaya geldiğinizde."

Daniel başıyla onayladı. "Sizden bahsetmişlerdi."

İki adam resmi ve ihtiyatlı bir şekilde tokalaştı. Sonra Sansone çabucak ayrılacak kadar sağduyulu hareket etti. "Alarm sistemini kur" diye hatırlattı Maura'ya.

"Kurarım."

Ön kapıdan çıkmadan önce Brophy'ye son bir bakış attı adam. Sansone ne kör ne de aptaldı; bu rahibin kadının evinde ne işi olduğunu tahmin edebilirdi. "İyi geceler" dedi ve dışarı çıktı.

Kadın kapıyı kilitledi. "Seni özledim" dedi ve Daniel'ın kollarına bıraktı kendini.

"Bugün geçmek bilmedi" diye mırıldandı adam.

"Tek düşünebildiğim eve gelmekti. Seninle birlikte olmak."

"Benim de tek düşünebildiğim buydu. Öylece ortaya çıkıp seni gafil avladığım için özür dilerim. Ama uğramaya mecburdum."

"Bu hoşuma giden türden bir sürpriz."

"Eve daha erken gelirsin sanmıştım."

"Yolda durduk, akşam yemeği için."

"Beni endişelendirdi, biliyorsun. Onunla birlikte dönüyor olman."

"Endişelenmen için hiçbir neden yoktu." Gülümseyerek geri çekildi. "Paltonu alayım."

Ancak adam paltosunu çıkarmak için hiçbir harekette bulunmadı. "Bütün günü birlikte geçirdiğinize göre onun hakkında pek çok şey öğrenmiş olmalısın?"

"Bence sadece çok parası olan tuhaf bir adam. Ve çok garip bir hobisi var."

"Satanik olan her şeyi araştırmak mı? Bu benim *garip* diye nitelendirdiklerimin epey ötesinde."

"Gerçekten de garip tarafı, etrafında hepsi de aynı şeye inanan arkadaşlar toplayabilmiş olması."

"Bu seni endişelendirmiyor mu? Karanlık tarafa bu kadar yoğunlaşmış olması? Bilfiil şeytanı *arıyor* olması? Deyimi bilirsin. Cehennemin içine çok uzun bakarsan..."

"O da senin içine bakar. Evet, bu alıntıyı[47] biliyorum."

"Hatırlamaya değer, Maura. Karanlığın bizi ne kadar kolayca içine çektiğini."

Kadın güldü. "Pazar vaazlarından bir cümleyliş gibi geliyor kulağa."

"Ben ciddiyim. Bu adam hakkında yeterli bilgin yok."

Seni endişelendirdiğini biliyorum. Seni kıskandırdığını biliyorum.

Adamın yüzüne dokundu. "Onun hakkında konuşmayı bırakalım. Bir önemi yok. Hadi bırak da paltonu alayım."

Adam düğmelerini çözmek için bir harekette bulunmadı. Ancak o zaman anladı kadın.

"Bu gece kalmıyorsun" dedi.

Adam iç geçirdi. "Kalamam. Üzgünüm."

"Peki neden geldin buraya?"

"Sana söyledim, merak etmiştim. Seni sağ salim eve getirdiğinden emin olmak istedim."

"Kalamaz mısın, birkaç saat için bile olsa?"

"Keşke kalabilseydim. Ama son anda Providence'de bir konferansa katılmamı istediler. Bu gece arabayla oraya gitmem gerekiyor."

Onlar. Adamın üzerinde hiçbir hakkı yoktu. Onun hayatını, tabii ki, kilise yönetiyordu. Adamın *sahibi* onlardı.

Adam kollarını kadının etrafına doladı, nefesi saçlarını ısıtıyordu. "Bir ara" diye mırıldandı adam, "şehir dışında bir yerlere gidelim."

Kimsenin bizi tanımadığı bir yere...

---

47. Bu sözler, 15 ekim 1844 - 25 ağustos 1900 tarihleri arasında yaşamış Alman filozof Friedrich Wilhelm Nietzsche'ye aittir. (ç.n.)

Adam arabasına yürürken, kadın kapısı ardına kadar açık halde durdu, soğuk etrafında dolaşıyor, eve doluyordu. Adam uzaklaştıktan sonra bile kadın rüzgârın insafsız batışına önem vermeden kapı eşiğinde kaldı. Onu istediği için kadının layık olduğu cezaydı bu. Bu kilisenin onlardan talep ettiği şeydi. Ayrı yataklar, ayrı hayatlar. Acaba bizzat şeytan bu kadar acımasız olabilir miydi?

Senin aşkın için ruhumu şeytana satabilsem, sanırım bunu yapardım.

Bayan Cora Bongers hatırı sayılır ağırlığını ahırın kapısına yasladı ve kapı ıstıraplı bir gıcırdamayla açıldı. Karanlık iç kısımdan keçilerin sinirli melemeleri geldi ve Jane nemli samanların ve iç içe hayvanların bayat kokusunu duydu.

"Şu an ne kadarını görebileceğinize emin değilim" dedi Bayan Bongers, fenerinin ışığını ahıra doğru hedefleyerek. "Mesajınızı daha erken almadığım için üzgünüm, gün ışığından faydalanabileceğimiz bir zamanda."

Jane kendi fenerini yaktı. "Bu da işimi görür. Eğer hâlâ oradaysalar, işaretleri görmek istiyorum."

"Ah, hâlâ oradalar. Ne zaman buraya gelip onları görse kocamın sinirlerini fena halde bozarlardı. Ben de şikâyet etmeyi kessin diye üzerlerini boyamasını söyleyip durdum. Eğer ahırın içini boyamaya mecbur kalırsa, bunun onu daha çok delirteceğini söyledi. Sanki keçiler için *House Beautiful*[48] süslemeleri yaparmış gibi." Bayan Bongers, ağır çizmeleri saman kaplı pis zemini ezerek içeri girdi. Evden ahıra kadar olan kısa yürüyüş kadını nefes nefese bırakmıştı ve durakladı, hırıltılı bir şekilde soludu ve içinde bir düzine keçinin huzursuz bir yığın halinde kümelendiği, tahta bir ağıla hedefledi fenerini. "Hâlâ onu özlüyorlar, bilirsiniz. Eben onları her sabah sağmanın kendisini ne kadar çok uğraştırdığından yakınır dururdu. Ama bu kızları severdi. Gideli altı ay oldu ve keçiler hâlâ onları başka birinin sağmasına alışamadı." Ağılın sürgüsünü açtı ve tereddüt eden Jane'e baktı. "Keçilerden korkmuyorsunuz, değil mi?"

"İçeri girmeye mecbur muyuz?"

"Hadi ama, size zarar vermezler. Sadece paltonuza dikkat edin. Kemirmekten hoşlanıyorlar."

---

48. Ev dekorasyonu üzerine, çok bilinen bir dergi. (ç.n.)

Şimdi kibar olun keçiler, diye düşündü Jane ağıla adım atar ve ardından kapıyı sürgüleyerek kapatırken. *Polisi çiğnemeyin.* Samanların üzerinde, ayakkabılarını pisletmekten kaçınmaya çalışarak ilerledi. Hayvanlar soğuk ve ruhsuz bakışlarla onu izliyordu. Bir keçiye bu kadar yakın olduğu son seferde, çocukların hayvanların yanına gidip onları sevebilecekleri bir hayvanat bahçesine yapılan ikinci sınıf gezisindeydi. Keçiye bakmıştı, keçi ona bakmıştı ve hatırladığı sonraki şey, boylu boyunca sırtüstü yerde yattığı ve sınıf arkadaşlarının gülüyor olduğuydu. Hayvanlara güvenmezdi kadın ve hiç kuşku yok ki, onlar da kadına güvenmiyordu; ağılı geçerken kadınla mesafelerini korudular.

"İşte" dedi Bayan Bongers ve fenerini duvara tuttu. "Bu bir kısmı."

Jane daha yakına geldi, bakışları tahta kalaslara derince kazınmış semboller üzerinde perçinlenmişti. Golgotha'nın üç haçı. Ama buradaki amacından saptırılmış bir uyarlamaydı, haçlar baş aşağı çevrilmişlerdi.

"Şurada, yukarıda daha fazlası da var" dedi Bayan Bongers ve fenerin ışığını duvarın yukarısına kazınmış başkaca haçları göstermek için kaldırdı. "Bunları oymak için saman balyalarının üzerine tırmanması gerekmiş. Tüm bu çaba. Şu lanet çocukların yapacak daha iyi işleri olmalı diye düşünüyor insan."

"Neden bunu yapanın çocuklar olduğunu düşünüyorsunuz?"

"Başka kim olabilir ki? Yaz zamanı hepsi sıkılırlar. Etrafta dolanıp tahtaları oymaktan daha iyi ne var? Ağaçlara şu tuhaf tılsımları asmaktan."

Jane kadına baktı. "Hangi tılsımlar?"

"Çalı bebekler ve ona benzer şeyler. İnsanı ürperten küçük şeyler. Şerif öylece gülüp geçti ama ben onları dallardan sallanırken görmekten hoşlanmıyordum." Sembollerin birinde durdu. "İşte, şunun gibi."

Bu, ellerinin birinden kılıç gibi bir şeyin uzandığı bir adam çizimiydi. Altına, *RXX-VII* harfleri kazınmıştı.

"Bu her ne anlama geliyorsa artık" dedi Bayan Bongers.

Jane kadına bakmak için döndü. *"Polis Devriyesi'*nde o gece keçilerinizden birinin kaybolduğunu okudum. Daha sonra geri geldi mi?"

"Onu asla bulamadık."

"En ufak bir iz bile yok muydu?"

"Valla, bu çevrede dolaşan vahşi köpek sürüleri var, bilirsiniz. Hemen hemen bütün kırıntıları silip süpürmüş olmalılar."

Ama bunu yapan bir köpek değil, diye düşündü Jane, bakışlarını tekrar oymalara çevirerek. Aniden cep telefonu çaldı ve keçiler panik dolu meleyen bir karmaşayla ağılın karşı köşesine koşuşturdu. "İzninizle" dedi Jane. Burada bile çekiyor olmasına şaşırarak cebinden telefonunu çıkarttı. "Rizzoli."

Frost, "Elimden gelenin en iyisini yaptım" dedi.

"Neden bu bir özrün başlangıcıymış gibi geldi bana?"

"Çünkü Lily Saul'u bulma konusunda pek şanslı değilim. Epeyce dolaşmış gibi görünüyor. En azından sekiz aydır İtalya'da olduğunu biliyoruz. Bu zaman zarfında Roma, Floransa ve Sorrento'daki ATM'leri kullandığını gösteren kayıtlar var elimizde. Ama kredi kartını pek fazla kullanmıyor."

"Turist olarak sekiz ay ha? Buna nasıl para yetiştiriyor?"

"Ucuz takılıyor. Gerçekten ucuz. Tüm yol boyunca dördüncü sınıf oteller. Kaçak çalışıyor da olabilir. Kısa bir süre Floransa'da bir müze küratörünün yanında çalıştığını biliyorum."

"Bunun için eğitimi var mı?"

"Eski Yunan ve Roma uygarlıkları alanında üniversite diploması var. Ayrıca henüz bir öğrenciyken İtalya'da bir kazı alanında çalışmış. Paestum denen bir yer."

"Nasıl oluyor da bulamıyoruz onu?"

"Bana bulunmak istemiyormuş gibi göründü."

"Tamam. Peki ya kuzeni, Dominic Saul?"

"Ah. O gerçek bir problem."

"Bu gece bana herhangi bir iyi haber vermeyeceksin, değil mi?"

"Putnam Akademisi'nden okul sicilini gösteren bir belge aldım. Connecticut'ta bir yatılı okul. Yaklaşık altı ay kadar buraya kayıtlıymış, onuncu sınıftayken."

"Öyleyse... ne, on beş on altı yaşlarındayken mi?"

"On beş. O yılı bitirmiş ve bir sonraki sonbaharda geri dönmesi bekleniyormuş. Ancak asla dönmemiş."

"Bu Saul ailesiyle birlikte kaldığı yaz. Purity'de."

"Doğru. Oğlanın babası kısa süre önce ölmüş, bu yüzden Doktor Saul yaz için onu yanına almış. Eylül ayında oğlan okula dönmeyince Putnam Akademisi onu bulmaya çalışmış. En sonunda annesinden bir mektup almışlar, oğlanı okuldan alıyormuş."

"Peki Putnam'dan sonra hangi okula gitmiş?"

"Bilmiyoruz. Putnam Akademisi oğlanın notlarını bildirmeleri için hiçbir yerden talep gelmediğini söylüyor. Onunla ilgili bulabildiğim en son kayıt da bu."

"Peki ya annesi? O nerede?"

"Hiçbir fikrim yok. Kadın hakkında hiçbir kahrolasıca şey bulamıyorum. Okuldakilerden hiçbiri onu asla görmemiş. Ellerindeki tek şey, Margaret Saul diye biri tarafından imzalanmış bir mektup."

"Sanki tüm bu insanlar birer hayalet. Kuzeni. Annesi."

"Dominic'in okul fotoğrafı var elimde. Şimdi pek işimize yarar mı bilmiyorum, çünkü o zaman sadece on beş yaşındaymış."

"Nasıl görünüyor?"

"Gerçekten de yakışıklı bir çocuk. Sarı saç, mavi gözler. Ve okul, sınavlardan dâhilik düzeyinde sonuçlar aldığını söylüyor. Belli ki zeki bir çocukmuş. Ancak dosyada çocuğun hiç arkadaşı olmadığını belirten bir not var."

Jane, Bayan Bongers'in keçileri yatıştırmasını izledi. Kadın keçilerin yanına sokulmuştu ve on iki yıl önce duvara garip semboller kazıyan, pekâlâ kadınların üzerinde de kazımaya devam etmiş olabilecek biriyle aynı loş ahırda, sevgi dolu, yumuşak ve tatlı sesler çıkarmaktaydı.

"Pekâlâ, işte ilginç kısmı" dedi Frost. "Şu an çocuğun okul kayıt formlarına bakıyorum.

"Evet?"

"Burada babasının doldurduğu bir bölüm var, sahip olabileceği özel endişeler konusunda. Ve babası bunun Dominic'in bir Amerikan okulundaki ilk tecrübesi olacağını yazmış. Çünkü hayatının büyük kısmını yurtdışında geçirmiş."

"Yurtdışında mı?" Kadın aniden kalbinin temposunun hızlandığını hissetti. "Nerede?"

"Mısır ve Türkiye." Frost durakladı, sonra üzerine basa basa "Kıbrıs" diye ekledi.

Kadının bakışları tekrar ahırın duvarına, oraya kazımış olan şeye döndü: *RXX-VII*. "Şu an neredesin?" diye sordu kadın.

"Evdeyim."

"Orada bir İncil var mı?"

"Neden ki?"

"Benim için bir şeye bakmanı istiyorum."

"Alice'e nerede olduğunu sorayım." Adamın karısına seslendiğini, sonra da ayak seslerini duydu kadın ve sonra Frost, "Kral James versiyonu olur mu?" diye sordu.

"Eğer elinde o varsa. Şimdi içindekilere bak. İsmi 'r' harfiyle başlayanları söyle bana."

"Eski Ahit mi, Yeni Ahit mi?"

"Her ikisi de."

Telefondan sayfaların çevrildiğini duydu. "Rut'un Kitabı var. Romalılar. Ve Vahiy var."

"Kitapların her birinden yirminci bap, yedinci ayeti oku bana."

"Tamam, bir bakalım. Rut'un Kitabı'nda yirminci bap yok. Sadece dörde kadar devam ediyor."

"Romalılar?"

"Romalılar yedinci bapta sona eriyor."

"Peki ya Vahiy?[49]

"Bekle." Daha fazla sayfanın hışırtısı. "İşte burada. Vahiy, yirminci bap, yedinci ayet. 'Ve bin yıl tamam olunca, Şeytan...'" Frost durakladı. Sesi yumuşak bir fısıltıya dönüşmüştü "'Şeytan zindanından çözülecektir.'"

Jane kalbinin küt küt attığını duyabiliyordu. Ahır duvarına, elinde kılıç tutan adam resmine baktı. Bu bir kılıç değil. *Bu bir tırpan.*

"Rizzoli?" dedi Frost.

Kadın, "Sanırım katilimizin adını biliyorum" dedi.

---

49. Türkçe İncil'de Vahiy olarak geçen kitap, İncil'in orijinalinde Revelations ismiyle yer alır. (ç.n.)

Basilica di San Clemente'nin altında, akan suyun sesi karanlıkta yankılanıyordu. Lily fenerini tünelin girişini engelleyen demir kafesin içine tuttu, fenerin ışığı antik tuğla duvarları ve çok aşağıda hareket eden suyun soluk parıltısını ortaya çıkartıyordu.

"Bu bazilikanın altında bir yeraltı gölü var" dedi kadın. "Ve buradan, akışı asla durmayan yeraltı nehrini görebilirsiniz. Roma'nın altında başka bir dünya vardır, tünellerden ve yeraltı mezarlarından oluşan engin bir dünya." Karanlığın içinden ona bakan kendinden geçmiş yüzlere göz gezdirdi. "Yukarıya döndüğünüz zaman, sokaklarda dolaşırken bunu düşünün, tam da ayağınızın altındaki tüm bu karanlık ve gizli yerleri."

"Nehre daha yakından bakabilir miyim?" diye sordu kadınlardan biri.

"Evet, tabii ki. İşte, her biriniz kafesin arasından teker teker bakarken ben de feneri tutacağım."

Tur grubundaki insanlar tünele bakmak için Lily'nin yanına sıkışarak sıralarını savdılar. Aslında görecek pek de bir şey yoktu. Ama tüm o yolları kat edip, belki de hayat boyu yapacağı tek bir ziyaret için ta Roma'ya kadar gittiğinde, bakmak bir turist için görev haline gelirdi. Bugün, Lily'nin turda sadece altı kişisi vardı, iki Amerikalı, iki İngiliz ve bir çift Alman. Pek iyi bir av sayılmazdı, bahşişlerden eve fazla bir şey götüremeyecekti. Ama ocak ayında buz gibi bir perşembe günü ne beklenebilirdi ki? O sırada labirentteki yegâne ziyaretçiler Lily'nin grubundaki turistlerdi ve her biri, hışırdayan yağmurlukları kadının yağmurluğuna sürtünerek kendini metal kafese yaslarken, onlara bol bol zaman tanıdı. Tünelden yukarı, küf ve ıslak taşlar yüzünden bayat kokulu, rutubetli bir hava uğuldamaktaydı; çoktan geçmiş çağların kokusu.

"Bu duvarlar başlangıçta neymiş?" diye sordu Alman adam. Lily bir işadamı olduğuna kanaat getirmişti. Altmışlı yaşlarındaydı, İngilizceyi mükemmel konuşuyordu ve pahalı bir Burberry ceket giyiyordu. Ancak karısının İngilizcesinin o kadar da akıcı olmadığından şüpheleniyordu Lily, çünkü tüm sabah boyunca hemen hemen tek kelime dahi etmemişti.

"Bunlar Neron zamanında burada olan evlerin temelleri" dedi Lily. "Milattan sonra altmış dört yılındaki büyük yangın bu mahalleyi kavrulmuş molozlara çevirmiş."

"Neron'un Roma yanarken keman çaldığı yangın bu yangın mı?" diye sordu Amerikalı adam.

Lily gülümsedi, çünkü bu soruyu daha önce düzinelerce kez duymuştu ve grup içinden kimin soracağını neredeyse her zaman tahmin edebiliyordu. "Aslında Neron keman çalmadı. O zaman henüz keman icat edilmemişti. Roma yanarken onun lir çaldığı ve şarkı söylediği rivayet edilir."

"Ve sonra da yangının suçunu Hıristiyanların üzerine atmış" diye ekledi adamın karısı.

Lily fenerini kapattı. "Haydi gidelim. Daha görecek pek çok şey var."

Loş labirentin içine doğru yol gösterdi Lily. Zeminin üstünde, kalabalık caddelerde trafik kükrüyor ve satıcılar Kolezyum'un kalıntılarını dolaşan turistlere tebrik kartları ve incik boncuk satıyorlardı. Ancak burada, bazilikanın altında, sadece ebediyen akan suyun ve kasvetli tünel boyunca ilerledikçe hışırdayan ceketlerinin sesi vardı.

"Bu tür inşa tarzına *opus reticulatum* deniliyor" dedi Lily, duvarları işaret ederek. "Taş işçiliği sayesinde tüf yerine tuğla kullanılmaya başlanılmıştır."

"Küf mü?" Yine Amerikalı adamdı. "Küf çok dayanıksız olmaz mı?" Salakça soruları hep o soruyordu. Sadece adamın karısı güldü, tiz, sinir bozucu bir kişneme.

"Tüf" dedi İngiliz adam, "aslında sıkıştırılmış volkanik küldür."

"Evet, tam olarak bu" dedi Lily. "Ekseriyetle Roma dönemi evlerinde yapıtaşı olarak kullanılırdı."

"Bu tüf denen şeyi nasıl oldu da daha önce duymadık biz?" diye sordu Amerikalı kadın kocasına, bunu bilmediklerine göre, muhtemelen var olamayacağını ima ederek.

Lily, loş ışık altında bile İngiliz adamın gözlerini devirdiğini görebiliyordu. Neşeli bir omuz silkmeyle cevap verdi.

"Amerikalısınız, değil mi?" diye sordu kadın, Lily'ye. "Bayan?"

Lily durakladı. Bu kişisel soruyu beğenmemişti. "Aslında" diyerek yalan söyledi, "ben Kanadalıyım."

"Bir rehber olmadan önce *siz* tüfün ne olduğunu biliyor muydunuz? Yoksa bu, Avrupa'ya özgü bir kelime mi?"

"Amerikalıların çoğu bu kelimeye aşina değil" dedi Lily.

"İşte, tamam o zaman. Demek Avrupa'ya özgü bir şey" dedi kadın, tatmin olarak. Eğer Amerikalılar bunu bilmiyorsa, önemli bir şey olması imkân dahilinde değildi.

"Burada gördüğünüz" dedi Lily, hızlıca tura devam ederek, "Titus Flavius Klemens'in[50] villasından kalanlar. Milattan sonra birinci yüzyılda, burası, açıkça kabul görmelerine kadar Hıristiyanlar için gizli bir buluşma yeriydi. O zamanlar hâlâ başlangıç günlerindeki bir tarikattı, soyluların eşleri arasında popülerlik kazanmaya başlamıştı." Tekrar fenerini açtı, fenerin ışığını dikkatlerini yönlendirmek için kullanıyordu. "Şimdi, bu kalıntıların en ilginç bölümüne ilerliyoruz. Bu bölüm ancak 1870 yılında gün ışığına çıkarıldı. Burada pagan ritüelleri için kullanılan gizli bir mabet göreceğiz."

Dehlizden geçtiler ve Korent[51] sütunları, gölgelerin arasında önlerine dikildi. Burası taş sıraların dizildiği, kadim freskler ve sıvalarla süslenmiş bir mabet odasıydı. Tapınağın içlerine doğru ilerleyip, inisiyasyon[52] ritüellerinin yapıldığı iki karanlık nişi geçtiler. Yukarıdaki dünyada, geçen yüzyıllar sokakları ve kentin siluetini değiştirmişti, oysa bu kadim mağarada zaman donup kalmıştı. Burada, hâlâ, Tanrı Mithras'ın[53] oymaları boğayı öldürüyordu. Burada, hâlâ, gölgelerden suyun nazik akışı şırıldamaktaydı.

"İsa doğduğunda" dedi Lily, "Mithras'ın tarikatı zaten oldukça eski bir tarikattı; Persler yüzyıllardır ona tapmaktaydı. Şimdi, isterseniz Mithras'ın hayat hikâyesini gözden geçirip, Perslerin onda neye inandığını düşünelim. O, Tanrı'nın doğruyu ileten habercisiydi. Kış gündönümünde bir mağarada doğmuştu. Annesi Anahita bir bakireydi ve Mithras'ın doğumunda hediyeler getiren çobanlar da hazır bulunmuşlardı. Bir yerden bir yere giderken ona eşlik eden on iki müridi vardı. Bir kabre gömülmüş ve sonra ölümden kalkmıştı. Ve her yıl, onun yükselişi yeniden doğuş olarak kutlanırdı." Kadın dramatik bir etki yaratmak için bakışlarını

---

50. 150-219 yılları arasında yaşamış, Klement olarak da bilinen Hıristiyan düşünür. (ç.n.)

51. Korent tarzı, Korent üslubu; eski Yunan mimarisinin en süslü üslubu. (ç.n.)

52. Üyeliğe kabul etme veya kabul edilme; üyeliğe kabul töreni, topluluğa sokma töreni. (ç.n.)

53. Pers inancında, güneş, ışık ve gerçek tanrısı. (ç.n.)

diğerlerinin üzerinde dolaştırarak durakladı. "Bunların herhangi bir kısmı tanıdık geliyor mu?"

"Bu Hıristiyanlık öğretisi" dedi Amerikan kadın.

"Ama İsa'dan yüzyıllar önce, bu çoktan Pers inanışının parçasıymış."

"Ben bunları daha önce duymadım." Turist kocasına baktı. "Sen duymuş muydun?"

"Yok."

"O halde belki de Ostria'daki mabetleri ziyaret etmelisiniz" dedi İngiliz adam. "Ya da Louvre'u. Veya Frankfurt Arkeoloji Müzesi'ni. Bunu eğitici bulabilirsiniz."

Amerikalı kadın adama döndü. "Büyüklük taslamanıza gerek yok."

"İnanın bana, Madam. Son derece tatlı rehberimizin burada söylediği şeylerden hiçbiri şaşırtıcı ya da yanlış değil."

"İsa'nın komik bir şapka takıp boğaları öldüren Pers herifin biri *olmadığını* şimdi sen de en az benim kadar biliyorsun."

Lily, "Ben sadece imgeler arasındaki ilginç paralellikleri işaret etmek istemiştim" dedi.

"Ne?"

"Bakın, o kadar da önemli değil, gerçekten de" dedi Lily, kadının bu kadarla yetinmesini umup, bir yandan da Amerikan çiftten yüklü bir bahşiş alma ihtimalinin çok uzun zaman önce kaybolduğunun farkına vararak. "Bu sadece mitoloji."

"İncil mitoloji değildir."

"Ben bunu demek istemedim."

"Persler hakkında gerçekten de ne biliyoruz ki zaten? Yani, demek istiyorum ki *onların* kutsal kitabı nerede?" Diğer turistler hiçbir şey söylemedi, rahatsız görünerek öylece etrafta oturuyorlardı.

Bırak artık. Tartışmaya değmez.

Ama kadın henüz bitirmemişti. O sabah tur minibüsüne adım attığından bu yana, İtalya ve İtalyanlarla ilgili her şey hakkında şikâyet etmişti. Roma trafiği kaotikti, Amerika'daki gibi değil. Banyolar çok küçüktü, Amerika'daki gibi değil. Oteller çok pahalıydı, Amerika'daki gibi değil. Ve şimdi, bu son kızgınlık. En eski Hıristiyan buluşma yerlerinden birini görmek için Basilica di San Clemente'ye girmişti ve bunun yerine ağız dolusu pagan propagandası alıyordu.

"Mithranların gerçekten neye inandığını nasıl biliyoruz?" diye sordu kadın. "Şimdi neredeler?"

"Yok edildiler" dedi İngiliz adam. "Mabetleri çok önceden tahrip edildi. Kilise Mithras'ın şeytan tohumu olduğunu iddia ettikten sonra ne oldu sanıyorsunuz?"

"Bu bana yeniden yazılmış tarih gibi geldi."

"Yeniden yazanın kim olduğunu düşünüyorsunuz?"

Lily araya girdi. "Turumuz burada sona eriyor. Hepinize gösterdiğiniz ilgi için çok teşekkür ederim. Burada istediğiniz kadar oyalanabilirsiniz. Gitmeye hazır olduğunuzda şoför sizi minibüste bekliyor olacak. Hepinizi otellerinize geri götürecek. Eğer sormak istediğiniz başka sorular varsa, yanıtlamaktan memnun olurum."

"Bence turistlere bunu daha önce söylemeniz gerek" dedi Amerikan kadın.

"Daha önce söylemek mi?"

"Bu turun ismi 'Hıristiyanlığın Şafağı.' Ama bu tarih değil. Bu tamamen mitoloji."

"Aslında" diye iç geçirdi Lily, "Bu tarih. Ama tarih her zaman bize anlatılanlar değildir."

"Peki siz bir uzman mısınız?"

"Unvanım" Lily durakladı. *Dikkat et* "Tarih eğitimi aldım."

"Hepsi bu mu?"

"Ayrıca dünyanın çeşitli yerlerinde müzelerde çalıştım" diye cevap verdi Lily, tedbirli olamayacak kadar sinirlenerek. "Floransa'da. Paris'te."

"Ve şimdi de bir turist rehberisin."

O soğuk yeraltı odasında bile Lily yüzüne sıcak bastığını hissetti. "Evet" dedi kadın, uzun bir sessizliğin ardından. "Ben sadece bir tur rehberiyim. Başka hiçbir şey değil. Şimdi, eğer izin verirseniz gidip şoförümüze bakacağım." Kadın yeniden tüneller labirentine doğru yöneldi. Bugün kesinlikle bahşiş alamayacaktı, öyleyse kendi yollarını da pekâlâ kendi başlarına bulabilirlerdi.

Her basamakla birlikte zamanda ilerleyip Bizans temellerine doğru yükselerek, Mithraeum'dan[54] yukarı tırmandı. Burada, şimdiki Basilica di San Clemente'nin altında, daha sonra yerini alan Ortaçağ kilisesinin altına gömülmüş halde, sekiz yüzyıl boyunca saklı kalmış bir IV. yüzyıl kilisesinin terk edilmiş koridorları vardı. Kadın Fransızca konuşan seslerin yaklaştığını duydu. Bir başka turist grubu Mithraeum'a iniyordu. Dar koridordan gel-

---

54. Mithraeum, Mithraizm dinine inananlar için bir ibadet yeridir. Mithras'ın kutsal boğayı avladığı mağarayı temsil etmesi için sıklıkla yerin altında ya da bir mağarada inşa edilir. (ç.n.)

diler ve Lily üç turist ve rehberlerinin geçmesi için kenara çekildi. Sesleri giderek şiddetini kaybederken, kadın aniden kendi grubunu terk ettiği için suçluluk hissetti ve günden güne ufalanmakta olan fresklerin altında durakladı. Neden cahil bir turistin yorumlarının kendisini sinirlendirmesine izin vermişti ki?

Döndü ve koridorun uzak ucunda duran bir adamın siluetiyle karşı karşıya kalınca, dondu kaldı.

"Umarım sizi çok sinirlendirmemiştir" dedi adam. Kadın, Alman turistin sesini tanıdı ve tüm gerilimi bir anda kaybolunca nefes verdi.

"Ah, sorun değil. Bana söylenen daha kötü şeyler de oldu."

"Bunu hak etmiyorsunuz. Siz sadece tarihi açıklıyordunuz."

"Bazı insanlar tarihin belli versiyonlarını tercih ediyorlar."

"Eğer kendilerine meydan okunmasını sevmiyorlarsa, Roma'ya gelmemeliler."

Kadın gülümsedi; muhtemelen karanlık tünelin uzak ucundan görünmeyecek bir gülümseme. "Evet, Roma bir şekilde hepimize meydan okuyor."

Adam sanki ürkek bir geyiğe yaklaşırmış gibi ağır adımlarla kadına doğru ilerledi. "Bir öneride bulunabilir miyim?"

Kadın hayal kırıklığına uğramıştı. Demek onun da eleştirileri vardı. Acaba onun eleştirileri ne olacaktı? Bugün hiç kimseyi tatmin edememiş miydi?

"Bir fikir" dedi adam, "tamamen farklı türden bir tur, çok büyük ihtimalle değişik bir ziyaretçiler grubunu çekecek bir şey."

"Teması ne olacak?"

"İncil'deki tarihe aşinasınız."

"Bir uzman sayılmam, ama bu konuyu inceledim."

"Bütün tur acenteleri kutsal yerlere turlar öneriyor, bizim Amerikalı arkadaşlarımız gibi, azizlerin ayak izlerinde yürümek isteyen insanlar için. Ama bazılarımız azizlerle ya da kutsal mekânlarla ilgilenmiyoruz." Tünelde kadının yanına yaklaşmıştı, öyle yakındı ki giysilerindeki pipo kokusunu duyabiliyordu. "Bazılarımız" dedi adam yumuşak bir ses tonuyla, "kutsal olmayanı arar."

Kadın hiç kıpırdamadan durdu.

"Vahiy Kitabı'nı okudunuz mu?"

"Evet."

"Canavarı biliyorsunuz."

Kadın yutkundu. *Evet.*

"Peki canavar kimdir?" diye sordu adam.

Kadın yavaşça geriledi. "Bir kim değil, bir ne. O... Roma'yı sembolize eder."

"Ah. Bilimsel yorumu biliyorsunuz."

"Canavar, Roma İmparatorluğu'ydu" dedi kadın, gerilemeye devam ederek. "666 rakamı, imparator Neron için kullanılan bir semboldü."

"Buna gerçekten inanıyor musunuz?"

Kadın omzunun üzerinden çıkışa doğru baktı ve kaçışını engelleyecek herhangi birini görmedi.

"Yoksa onun gerçek olduğuna mı inanıyorsunuz?" diye ısrar etti adam, vurgulayarak. "Kanlı canlı? Bazıları canavarın burada, bu şehirde olduğunu söylüyor. Uygun anı kollayarak beklediğini. İzlediğini."

"Buna... buna karar vermek filozofların işi."

"Söyle bana, Lily Saul. Sen neye inanıyorsun?"

Adımı biliyor.

Kadın kaçmak için hızla döndü. Ancak başka biri büyülü bir şekilde tünelde belirivermişti. Bu Lily'nin grubunu yeraltı tüneline alan rahibeydi. Kadın hareket etmeden duruyor, onu izliyordu. Yolunu kapatarak.

İblisleri beni buldu.

Lily bir anda seçimini yaptı. Kafasını eğdi ve hızla, dosdoğru kadına vurup, pike yapan siyah bir kumaş yığını halinde kadını geriye yuvarladı. Kadın öne doğru sendeleyip kurtulmaya çalışırken, rahibe Lily'nin bileğini tırmaladı.

Caddeye çık!

Lily, Alman'dan en az otuz yıl gençti. Bir kere dışarı çıktı mı onu geride bırakabilirdi. Kolezyum'un yanında dolanıp duran kalabalığa karışabilirdi. Hızla merdivenlerden yukarı tırmandı, bir kapıdan geçerek üst bazilikanın sersemletici aydınlığına fırladı ve kilisenin orta holüne doğru koştu. Çıkışa doğru. Parlak mozaik zemin üzerinde henüz birkaç adım atabilmişti ki, korku içinde kayarak durdu.

Mermer sütunların ardından üç adam ortaya çıkmıştı. Etrafını sarıp onu kapana kıstıran tuzağı kapatırken hiçbir şey söylemediler. Arkasında bir kapının çarpıldığını ve ayak seslerinin yaklaştığını duydu: Alman ve rahibe.

Neden başka turistler yok? Etrafta çığlık attığımı duyacak kimse yok mu?

"Lily Saul" dedi Alman.

Adama bakmak için döndü. Bunu yaparken bile, diğer üç adamın daha da yaklaştığını biliyordu. *Demek burada bitiyor,* diye düşündü. *Bu kutsal yerde, çarmıha gerilmiş İsa'nın bakışları altında.* Bunun bir kilisede olacağını asla tahmin etmemişti. Karanlık bir vadide, belki de iç karartıcı bir otel odasında olacağını düşünmüştü. Ama burada, nice insanın kafasını kaldırıp ışığa baktığı yerde değil.

"Sonunda seni bulduk" dedi adam.

Çenesini kaldırarak doğruldu kadın. Eğer şeytanla yüzleşmeye mecbursa, bunu kesinlikle başını dik tutarak yapacaktı.

"Pekâlâ, o nerede?" diye sordu Alman.

"Kim?"

"Dominic."

Adama baktı kadın. Bu soruyu beklememişti.

"Kuzenin nerede?" dedi adam.

Şaşkınlık içerisinde kafasını salladı Lily... "Sizi gönderen o değil mi?" diye sordu. "Beni öldürmek için?"

Şimdi Alman şaşırmış görünüyordu. Lily'nin arkasında duran adamlardan birine kafasıyla işaret etti. Kolları birden arkasına çekilir, kelepçeler bilekleri üzerinde şaklayarak kapatılırken şaşkınlıkla irkildi kadın.

"Bizimle geleceksin" dedi Alman.

"Nereye?"

"Güvenli bir yere."

"Yani... beni..."

"Öldürmek mi? Hayır." Sunak masasına doğru yürüdü ve gizli bir paneli açtı. Bunun altında, kadının var olduğunu asla bilmediği bir tünel vardı. "Ama başka biri bunu pekâlâ yapabilir."

Toskana kırları kayıp giderken, Lily limuzinin karartılmış camlarından bakıyordu. Beş ay önce, değişik koşullar altında, tek amacı onu yatağa atmak olan tıraşsız bir adam tarafından kullanılan takırdayan bir kamyonla, tam da bu yoldan güneye seyahat etmişti. O gece aç ve yorgundu, ayağı gece boyunca yaptığı uzun ve zahmetli yürüyüşten dolayı ağrımaktaydı. Şimdi aynı yolda, ancak bu kez kuzeye, yeniden Floransa'ya doğru gidiyordu ve bu sefer yorgun bir otostopçu gibi değil, dört dörtlük şekilde seyahat etmekteydi. Limuzinin arka koltuğunda, kafasını çevirdiği her yerde lüks görüyordu. Döşemeler, insan derisi kadar esnek, siyah deriyle kaplıydı. Önündeki koltuk cebi şaşırtıcı bir şekilde yelpazeyi andıran gazeteleri barındırmaktaydı: *International Herald Tribune*, *The London Times*, *Le Figaro*, ve *Corriere della Sera*'nın bugünkü baskıları. Havalandırma kanallarından hafif bir fısıltıyla ılık hava yayılmaktaydı ve bir yiyecek içecek rafında, soda ve şarap şişeleriyle meyveler, peynir ve krakerlerden oluşan bir seçki yer alıyordu. Ancak ne kadar konforlu olursa olsun, bu hâlâ bir hapishaneydi, çünkü kadın kapının kilidini açamıyordu. Kırılmaz cam onu şoförden ve ön koltuktaki refakatçisinden ayırıyordu. Geçen son iki saattir, adamlardan ikisi de arkaya dönüp ona bakmaya zahmet etmemişlerdi. İnsan olduklarından bile emin olamıyordu. Belki de sadece birer robottular. Kadının tek gördüğü enseleriydi.

Döndü ve arka camdan onları takip eden Mercedes'e baktı. Alman adamın da ön camdan bakışlarına karşılık verdiğini gördü. Üç adam iki pahalı arabayla ona kuzeye doğru refakat etmekteydi. Bu insanların olanakları vardı ve ne yaptıklarını biliyorlardı. Onlara karşı ne şansı olabilirdi ki?

Kim olduklarını bile bilmiyorum.

Ama onlar kadının kim olduğunu biliyordu. Bütün bu aylar boyunca mümkün olabildiğince dikkatli davranmış olmasına rağmen, bu adamlar bir şekilde izini sürmeyi başarmışlardı.

Limuzin otoyoldan ayrıldı. Demek Floransa'ya kadar gitmeyeceklerdi. Bunun yerine Toskana'nın mülayim tepelerine tırmanarak kırsal bölgelere yöneldiler. Gün ışığı neredeyse kaybolmuştu ve koyulaşan akşam karanlığında, kadın rüzgâra açık tepelere toplanmış çıplak asmalar ve uzun zaman önce terk edilmiş, günden güne harap olan taş evler gördü. Neden bu yoldan gidiyorlardı? Burada nadasa bırakılmış tarlalardan başka bir şey yoktu ki.

Belki de nedeni buydu. Burada hiçbir şahit olmayacaktı.

Onu güvenli bir yere götüreceklerini söylediğinde Alman'a inanmayı istemişti kadın, buna inanmayı öyle çok istemişti ki, geçici bir süre için de olsa kendini küçük bir lüksün, konforlu bir yolculuğun rehavetine kaptırmaya karşı koymamıştı. Şimdi limuzin yavaşlayıp özel bir toprak yola döndüğünde, kadın kalbinin kaburgalarına darbeler indirdiğini hissetti. Elleri öylesine terlemişti ki, kot pantolonuna silmek zorunda kaldı. Şimdi yeterince karanlık olmuştu. Onu tarlarda kısa bir yürüyüşe çıkaracak ve beynine bir kurşun sıkacaklardı. Üç adamın mezarını kazması ve vücudunu mezara yuvarlaması uzun sürmezdi.

Ocak ayında toprak soğuk olurdu.

Limuzin, farları boğum boğum çalıların üzerinden parlayarak, ağaçların arasından kıvrıla kıvrıla tırmandı. Kadın bir tavşanın gözlerinin anlık kırmızı yansımasını gördü. Sonra ağaçlar aralandı ve demir bir kapıda durduruldular. Diafonun üzerinde bir güvenlik kamerası parlıyordu. Şoför penceresini indirdi ve İtalyanca, "Paket bizimle" dedi.

Göz kamaştırıcı projektörler yandı ve kamera arabanın içindekileri tararken bir duraklama oldu. Sonra kapı tiz bir sesle açıldı.

Roma'dan bu yana peşlerinden gelen Mercedes'le birlikte kapıdan geçtiler. Ancak o zaman, Lily'nin gözleri yeniden karanlığa alışınca, kadın yolun kenarında sıralanan çalıların budanmış ve heykellere benzeyen siluetlerini gördü. Ve önlerinde, çakıllı yolun sonunda ışıkları parıltılar saçan bir villa belirmişti. Kadın şaşkınlıkla öne eğildi ve taş teraslara, devasa ayaklı vazolara ve yıldızlara nişan alan bir sıra koyu renkli mızrak gibi servi ağaçlarına baktı. Limuzin, kış yüzünden şimdi kuru ve suskun olan mermer bir çeşmenin önünde durdu. Mercedes arkalarına park etti, Alman dışarı çıktı ve kadının kapısını açtı.

"Bayan Saul, eve girmeye ne dersiniz?"

Kadın kafasını kaldırıp adamın yanında duran diğer iki adama baktı. Bu insanlar kaçma ihtimalini göz önünde bulundurarak hiçbir şeyi şansa bırakmıyorlardı. Onlarla gitmekten başka şansı yoktu. Arabadan indi, bacakları yolculuk nedeniyle katılaşmıştı ve Alman'ı terasa çıkan taş basamaklarda takip etti. Soğuk bir rüzgâr kadının yolu üzerindeki yaprakları süpürmüş, onları küller gibi dağıtmıştı. Henüz girişe yaklaşmamış olmalarına rağmen kapı açıldı, oldukça yaşlı bir adam onları karşılamak için durmuş bekliyordu. Lily'ye sadece şöyle bir bakındı ve dikkatini Alman'a çevirdi.

"Oda onun için hazır" dedi adam, İtalyan aksanlı bir İngilizceyle.

"Ben de kalacağım, eğer sorun olmazsa. Yarın mı geliyor?"

Yaşlı adam başıyla onayladı. "Bir gece uçuşu."

Lily yarın gelecek kişinin kim olduğunu merak ediyordu. İhtişamlı bir tırabzanın yanından ikinci kata tırmandılar. Grup hızla önlerinden geçerken, asılı goblenler kıpırdayıp taş duvarlar üzerinde sallandı. Kadının sanat eserlerini takdir edecek zamanı yoktu. Onu, gözleri her adımını izleyen portrelerin önünden, uzun bir koridor boyunca koşuşturmaktaydılar şimdi.

Yaşlı adam ağır bir meşe kapının kilidini açtı ve girmesi için kadına işaret etti. Kadın koyu renkli ahşap ve kalın kadifelerle zarafetten yoksun bir şekilde döşenmiş kasvetli yatak odasına girdi.

"Sadece bu gece için" dedi Alman.

Kadın peşinden odaya kimsenin girmediğini fark ederek aniden döndü. "Yarın ne olacak?" dedi.

Kapı kapandı ve kadın anahtarın onu içeri kilitleyerek döndüğünü duydu.

Neden hiç kimse tek bir kahrolasıca soruya bile cevap vermiyor?

Artık tek başına olan kadın, hemen kalın perdelerin yanına koştu, perdeleri hızla iki yana çekti ve parmaklıklarla güven altına alınmış bir pencereyi ortaya çıkardı. Parmaklıkları yerinden oynatmak için büyük gayret sarf etti, kolları yorulana kadar çekti ancak parmaklıklar dökme demirdi, yerlerine kaynatılmışlardı; sonuçta o da etten kemikten fazlası değildi. Hüsran içinde döndü ve kadife hapishanesine baktı. Üstü şarap kırmızısı bir kubbeyle kapalı, oymalarla süslü meşeden, devasa bir yatak görüyordu. Bakışları koyu renkli pervazlara, yüksek tavanın bir ucundan diğerine bağlanan kanatlı çocuk ve üzüm asması oymalarına doğru yükseldi. *Bu bir hapishane olabilir*, diye düşündü kadın, *ama* aynı zamanda bugüne kadar uyuduğum en güzel kahrolasıca yatak odası. Bir Medici'ye[55] uygun bir oda.

Zarifçe düzenlenmiş bir masada üzeri kapalı gümüş bir tepsi, bir şarap kadehi ve mantarı çıkartılmış bir şişe Chianti durmaktaydı. Kadın tepsinin kapağını kaldırdı ve dilimlenmiş soğuk et, domates ve mozarella salatası ile tuzsuz Toskana ekmeği gördü. Bir kadeh şarap doldurdu, kadehi dudaklarına götürürken durakladı.

Kafama bir kurşun sıkmak bu kadar kolayken neden zehirlesinler ki beni?

Kadehteki tüm şarabı içti ve bir kadeh daha doldurdu. Sonra masaya oturdu ve ekmeği parçalara bölüp, ağzına tıkıştırdığı koca lokmaları Chianti yardımıyla yutarak yemek tepsisine saldırdı. Sığır eti öyle yumuşaktı ve öyle ince dilimlenmişti ki, sanki sıcak bir bıçakla tereyağı kesermiş gibi kolayca kesiliyordu. Son parçaya kadar her şeyi silip süpürdü ve neredeyse bir şişe şarabın tümünü içti. Sandalyesinden kalktığında öyle sakarlaşmıştı ki, sendeleye sendeleye yatağa zar zor gitti. *Zehirlenmedim*, diye düşündü. *Sadece basit sarhoşluk.* Yarın olacaklara artık aldırmıyordu. Üzerindeki giysileri çıkarmaya bile zahmet etmeden, tamamen giyinik halde Şam işi örtünün üzerine yığıldı.

* * *

Derinden ve aşina olmadığı bir ses, ismini seslenerek uyandırdı onu, bir erkeğin sesi. Ağrıyan gözlerinden birini açtı ve parmaklıklı pencereden parlayan ışığa gözünü kısarak baktı. Derhal gözünü yeniden kapattı. Hangi kahrolasıca açmıştı ki perdeleri? Güneş ne zaman yükselmişti?

"Bayan Saul, uyanın."

"Sonra" diye mırıldandı kadın.

"Bütün gece sizin uyumanızı seyretmek için uçmadım. Konuşmamız lazım."

Kadın esnedi ve döndü. "Bana ismini söylemeyen erkeklerle konuşmam ben."

"Benim adım Anthony Sansone."

"Sizi tanıyor mu olmalıyım?"

"Burası benim evim."

Kadının gözlerini açmasına neden oldu bu. Gözlerini kırpıştıra-

---

55. XIII. ve XVII. yüzyıllar arasında Floransa'da yaşamış güçlü ve etkin bir aile. Aile üç papa (X. Leo, VII. Clement, XI. Leo), çok sayıda Floransa hükümdarı ve daha sonra Fransa kraliyet mensupları yetiştirmiş, ayrıca İtalyan Rönesansı'nı etkilemiştir. (ç.n.)

rak uykuyu üzerinden attı ve dönüp, gümüş saçlı adamın kendisine baktığını gördü. Bu akşamdan kalma halinde bile, bu adamın, gözlerinde kendini belli eden bariz yorgunluğa rağmen gerçekten de iyi görünümlü bir herif olduğunun farkına varmıştı. Adam bütün gece uçak yolculuğu yaptığını söylemişti ve buruşmuş gömleğini ve çenesindeki hafif sakalı fark ettiğinde doğru söylediğini düşündü. Sansone odaya tek başına gelmemişti; Alman da oradaydı ve kapının yanında duruyordu.

Kadın yatakta oturdu ve ağrıyan şakaklarını ovdu. "Gerçekten de bu villanın sahibi siz misiniz?"

"Kuşaklardır benim aileme ait."

"Şanslı adamsın." Durakladı. "Amerikalı gibisiniz."

"Öyleyim."

"Peki şuradaki herif?" Kafasını kaldırdı ve Alman'a doğru bir bakış fırlattı. "Sizin için mi çalışıyor?"

"Hayır. Bay Baum bir arkadaş. İnterpol için çalışıyor."

Kadın hiç kıpırdamadan durdu. Yüzünü göremesinler diye bakışlarını tekrar yatağa indirdi.

"Bayan Saul" dedi adam usulca, "neden polisten korktuğunuz izlenimine kapılıyorum?"

"Korkmuyorum."

"Bence yalan söylüyorsunuz."

"Ve bence siz de pek iyi bir ev sahibi değilsiniz. Beni evinize kilitlemek. Kapıyı çalmadan buraya dalıvermek."

"Kapıyı çaldık. Uyanmadınız."

"Eğer beni tutuklayacaksanız, bana bunu neden yaptığınızı söylemek ister misiniz?" diye sordu kadın. Tüm bunların neyle ilgili olduğunu şimdi anlamıştı. Her nasılsa on iki yıl önce yaptığı şeyi bulmuşlar ve peşine düşüp onu yakalamışlardı. Hayalinde kurduğu sonlardan biri değildi bu. Soğuk, yeri belli olmayan bir mezar, doğru... Peki polis? Gülesi geldi. *Peki, tamam. Beni tutuklayın. Hapishane tehdidinden çok daha büyük dehşetlerle karşı karşıya kaldım ben.*

"Sizi tutuklamamız için bir neden mi var?" diye sordu Bay Baum.

Ne bekliyordu ki, hemen şu anda ağzından bir itiraf kaçıracağını mı? Bunun için biraz daha çaba göstermeleri gerekecekti.

"Lily" dedi Sansone ve yatağa oturdu, kişisel alanının istilası bir anda kadını ihtiyatlı hale getirmişti. "Birkaç hafta önce Boston'da olanlardan haberdar mısın?"

"Boston mu? Neden bahsettiğinizi bilmiyorum."

"Lori-Ann Tucker ismi senin için bir şey ifade ediyor mu?"

Bu soruyla şaşıran Lily durakladı. Lori-Ann polise konuşmuş muydu? Onu bu şekilde mi bulmuşlardı? *Bana söz vermiştin, Lori-Ann. Bunu bir sır olarak saklayacağını söylemiştin.*

"Arkadaşınızdı, doğru mu?" diye sordu adam.

"Evet" diyerek kabul etti Lily.

"Peki Sarah Parmley? O da arkadaşınızdı, değil mi?"

Aniden adamın geçmiş zaman kullandığı gerçeğinin farkına vardı. Boğazı kurudu. Bu çok kötüymüş gibi gelmeye başlıyordu.

"Bu kadınları tanıyor musunuz?" diyerek kadını zorladı adam.

"Biz... biz birlikte büyüdük. Üçümüz. Neden onları soruyorsunuz?"

"O halde duymadınız."

"Bir süredir ilişkim kesilmişti. Aylar var ki Amerika'dan hiç kimseyle konuşmadım."

"Ve sizi arayan kimse de olmadı?"

"Hayır." *Nasıl arayabilirlerdi ki? Gözden ırak olmak için elimden gelen her şeyi yaptım.*

Adam Baum'a, sonra da yeniden kadına baktı. "Bunu söylemek zorunda kaldığım için üzgünüm. Ama arkadaşlarınız –her ikisi de– öldü."

Kadın kafasını salladı. "Anlamıyorum. Bir kaza mıydı? Nasıl olur da ikisi de..."

"Kaza değildi. Cinayete kurban gittiler."

"Birlikte mi?"

"Ayrı ayrı. Noel civarında oldu. Lori-Ann Boston'da öldürüldü. Ve Sarah da Purity, New York'ta. Sarah'ın cesedi ailenizin evinde bulundu, satmaya çalıştığınız evde. İşte bu yüzden polis sizi bulmaya çalışıyordu."

"Affedersiniz" diye fısıldadı kadın. "Sanırım kötü oluyorum." Yataktan indi ve bitişik banyoya doğru fırladı. Kapıyı çarparak kapattı ve klozetin önünde dizlerinin üzerine çöktü. Gece içtiği şarap, boğazından yukarı geçtiği her yeri asit gibi dağlayarak yükseldi. Midesi boşalana, artık kusacak bir şey kalmayana dek öğürerek, sımsıkı tutundu tuvalete. Sifonu çekti ve sendeleyerek lavaboya ilerledi, ağzını yıkadı, yüzüne su çarptı. Yüzünden sular damlayan kendi yansımasına bakarken, orada gördüğü kadını güç bela tanıdı. Bir aynaya bakmayalı, gerçekten bakmayalı ne kadar zaman olmuştu? Ne zaman bu yabani yaratığa dönüşmüştü? Kaçışı bedelini almıştı. Sürekli kaçmaya devam edersen önünde sonunda ruhunu geride bırakırsın.

Kalın bir havluyla yüzünü kuruladı, saçını taramak için parmaklarını kullandı ve tekrar atkuyruğu yaptı. Bay İyi Görünümlü ve Zengin onu sorgulamak için bekliyordu, kadının tetikte olması lazımdı. Sadece onu mutlu tutmaya yetecek kadarını anlat. Eğer ne yaptığımı bilmiyorsa, ona söyleyen kesinlikle ben olmayacağım.

Yüzünün rengi geri geliyordu. Çenesini kaldırdı ve gözlerinde yaşlı savaşçının parıltısını gördü. Arkadaşlarının ikisi de ölmüştü. Geride sadece o kalmıştı. *Bana yardım edin, kızlar. Bunu atlatmama yardım edin.* Derin bir nefes aldı ve banyodan çıktı.

Adamlar endişe dolu bakışlarla kadını izliyorlardı. "Bu haberi böyle aniden verdiğim için üzgünüm" dedi Sansone.

"Bana detayları anlatın" dedi Lily lafı dolandırmadan. "Polis ne buldu?"

Kadının soğukkanlı dobralığı karşısında şaşırmış gibi görünüyordu adam. "Detaylar hoş değil."

"Öyle olmalarını beklemiyorum." Yatağa oturdu. "Sadece bilmem gerek" dedi usulca. "Nasıl öldüklerini bilmem lazım."

"Önce size bir şey sorabilir miyim?" dedi Alman adam, Bay Baum. Daha yakına geldi. Şimdi iki adam da tepesinde dikilmiş, yüzüne bakıyorlardı. "Ters haçın manasını biliyor musunuz?"

Birkaç saniye için nefes almayı bıraktı kadın. Sonra tekrar sesini buldu. "Ters haç... Hıristiyanlığı alaya almak için kullanılan bir semboldür. Bazıları bunu satanik kabul eder."

Sansone ve Baum'un şaşkın bakışlarla birbirlerine baktığını gördü.

"Peki ya bu sembol?" Baum ceketinin cebine uzanıp bir kalem ve not kâğıdı çıkarttı. Hızla bir eskiz çizip kadına gösterdi. "Buna bazen her şeyi gören göz denilir. Anlamını biliyor musunuz?"

"Bu Udjat" dedi kadın, "Lucifer'in gözü."

Bir kez daha, Baum ile Sansone birbirlerine baktı.

"Peki eğer boynuzları olan bir keçi kafası çizsem" dedi Baum. "Bu sizin için bir şey ifade eder mi?"

Adamın yumuşak bakışlarıyla karşılaştı kadın. "Sanırım Baphomet'in sembolünden bahsediyorsunuz. Ya da Azazel?"

"Bütün bu sembollere aşina mısınız?"

"Evet."

"Neden? Bir satanist misiniz, Bayan Saul?"

Kadın gülecek gibi oldu. "Hiç de değil. Sadece onlar hakkında bilgi sahibiyim. Bu benim özel ilgi alanım."

"Kuzeniniz Dominic bir satanist mi?"

Kadın tamamen hareketsiz kaldı, kucağındaki elleri bir anda buz kesmişti.

"Bayan Saul?"

"Bunu ona sormalısınız" diye fısıldadı.

"Bunu biz de isteriz" dedi Sansone. "Onu nerede bulabiliriz?"

Başını öne eğip sıkıca kucağında kenetlediği ellerine baktı. "Bilmiyorum."

Adam iç geçirdi. "Yerinizi bulmak için çok fazla insan gücü vakfetmek zorunda kaldık. Sizi bulmamız on günümüzü aldı."

Sadece on gün mü? Tanrım, dikkatsizleşmişim.

"Bu yüzden eğer bize Dominic'in nerede olduğunu söyleyebilirseniz, bizi büyük bir dertten kurtarmış olacaksınız."

"Size söyledim, bilmiyorum."

"Neden onu koruyorsunuz?" diye sordu Sansone.

Bu soru çenesinin hızla dikilmesine neden oldu. "Onu neden koruyayım ki?"

"O kan bağına sahip olduğunuz, tek yaşayan akrabanız. Ve nerede olduğunu bilmiyor musunuz?"

"Onu on iki yıldır görmedim" diye karşılık verdi.

Sansone'nin gözleri kısıldı. "Ne kadar zaman geçtiğini tam olarak hatırlıyorsunuz."

Kadın yutkundu. *Bu bir hataydı. Daha dikkatli olmam lazım.*

"Lori-Ann ve Sarah'a yapılan şeyler... bunlar Dominic'in işiydi, Lily."

"Bunu nereden biliyorsunuz?"

"Sarah'a ne yaptığını duymak ister misin? Dominic derisine haçlar kazırken kaç saat boyunca çığlıklar atmış olması gerektiğini? Ve bil bakalım Lori-Ann'in yatak odası duvarına ne çizmiş, vücudunu parçalarına ayırdığı aynı odanın duvarına. Ters haçlar. On beş yaşındayken, o yaz sizinle birlikte Purity'de yaşarken o ahıra kazıdığı sembolün aynısı." Sansone, yakınlığı aniden tehditkâr hale gelerek, kadına daha da yaklaştı. "Ondan mı kaçıyordun? Kendi kuzenin, Dominic'ten?"

Kadın hiçbir şey söylemedi.

"Besbelli *bir şeyden* kaçıyordun. Paris'ten ayrıldığından beri, hiçbir yerde altı aydan uzun yaşamadın. Ve yıllardır Purity'ye dönmedin. O yaz ne oldu, Lily, aileni kaybettiğin yaz?"

Kadın kollarını kendi bedenine doladı ve küçük bir top gibi büzüştü. Kendine hâkim olmaya her zamankinden daha fazla ihtiyaç duyduğu bir anda aniden titremeye başlamıştı.

"Önce kardeşin Teddy boğuluyor. Sonra annen merdivenlerden

yuvarlanıyor. Sonra baban kendini vuruyor. Hepsi birkaç hafta içerisinde. Bu on altı yaşında bir kız için epey büyük bir trajedi."

Kadın kendini daha da sıkı sarmaladı, eğer böyle yapmazsa titreyerek dağılacağından, paramparça olacağından korkuyordu.

"Bu kötü şans mıydı, Lily?"

"Başka ne olabilir ki?"

"Yoksa o yaz olan başka bir şeyler mi vardı, sen ve Dominic arasında bir şey?"

Kadının kafası hızla dikildi. "Ne ima ediyorsunuz?"

"Onu bulmamıza yardım etmeyi reddediyorsun. Varabildiğim tek sonuç onu koruyor olduğun."

"Siz... siz bir *ilişkimiz* olduğunu mu düşünüyorsunuz?" Sesi histerik bir perdeye yükseldi. "Ailemin ölmesini *istediğimi* mi sanıyorsunuz? Kardeşim sadece on bir yaşındaydı!" Durdu, sonra da bir fısıltıyla tekrar etti, "Sadece on bir yaşında."

"Belki de bütün bunların ne kadar tehlikeli olduğunu fark etmemiştin" dedi Sansone. "Belki birkaç büyüde katılmıştın ona, birkaç zararsız ayin. Birçok çocuk yapar bunu, bilirsin, merak yüzünden. Belki diğer herkesten farklı, eşsiz olduklarını göstermek için. Belki de ailelerini sarsmak için. Senin anne baban da sarsılmış mıydı?"

"Onu anlamıyorlardı" diye fısıldadı kadın. "Fark etmiyorlardı..."

"Ve diğer kızlar. Arkadaşların Lori-Ann ile Sarah. Onun ritüellerine katıldılar mı? Oyun ne zaman korkutucu olmaya başladı? Asla uyandırmak istemeyeceğin güçler olduğunu ne zaman fark ettin? Böyle oldu, değil mi? Dominic senin aklını çeldi?"

"Hayır, hiç de böyle olmadı."

"Ve sonra korktun. Ayrılmaya çalıştın, ama çok geçti, çünkü onların gözleri senin üzerindeydi. Ve ailenin üzerinde. Bir kez karanlığı hayatına davet ettikten sonra, ondan kurtulmak o kadar da kolay değildir. İçine yerleşir, senin parçan haline gelir. Tıpkı senin de *onun* parçası haline geldiğin gibi."

"Ben onun parçası olmadım." Adama baktı. "Hiçbir parçasını istemiyordum!"

"O halde neden onu aramaya devam ettin?"

"Ne demek istiyorsunuz?"

Sansone çantasını açan ve bir deste kâğıt çıkartan Baum'a baktı. "Bunlar, son yıllarda bulunduğun yerler hakkında topladığımız raporlar" dedi Baum. "Birlikte çalıştığın insanlarla yapılan görüşmeler. Floransa ve Paris'teki müze küratörleri. Roma'daki tur grubu şirketi. Napoli'deki bir antika satıcısı. Oldukça gizemli uzmanlığınızla, Bayan Saul, hepsini etkilemişe benziyorsunuz. İblis bilimindeki uzmanlığınız." Görüşme metinlerini masanın üzerine bıraktı. "Bu konu hakkında oldukça fazla bilgi sahibisiniz."

"Kendi kendimi eğittim" dedi kadın.

"Neden?" diye sordu Sansone.

"Onu anlamak istiyordum."

"Dominic'i mi?"

"Evet."

"Peki şimdi anlıyor musunuz?"

"Hayır. Asla anlayamayacağımı fark ettim." Adamın bakışlarına karşılık verdi. "İnsan bile olmayan bir şeyi nasıl anlayabiliriz ki?"

Adam usulca, "Anlayamayız, Lily" dedi. "Ama onu yenmek için elimizden gelen her şeyi deneyebiliriz. Bu yüzden yardım et bize."

"Sen onun kuzenisin" dedi Baum. "O yaz onunla birlikte yaşadın. Onu başka herhangi birinin tanıdığından daha iyi tanıyor olabilirsin."

"On iki yıl oldu."

"Ve seni unutmuş değil" dedi Sansone. "Arkadaşların bu yüzden öldürüldü. Onları *seni* bulmak için kullanıyordu."

"O zaman onları bir hiç uğruna öldürdü" dedi kadın. "Nerede olduğumu bilmiyorlardı. Herhangi bir şeyi açık edemezlerdi."

"Ve hâlâ hayatta oluşunun tek nedeni de bu olabilir" dedi Baum.

"Onu bulmamıza yardım et" dedi Sansone. "Benimle birlikte Boston'a gel."

Uzun bir zaman boyunca, iki adamın bakışları altındaki yatakta oturdu kadın. *Seçme şansım yok. Oyuna devam etmeliyim.*

Kadın derin bir nefes aldı ve Sansone'ye baktı. "Ne zaman gidiyoruz?"

Lily Saul sokaktan çekilip alınmış genç bir uyuşturucu bağımlısı gibi görünüyordu. Gözleri kan çanağına dönmüştü ve yağlı koyu renk saçları itinasız bir atkuyruğuyla kafasının arkasında toplanmıştı. Bluzuyla yattığı açıkça belliydi ve kot pantolonu da birkaç yıkamayla parçalanacak kadar aşınmıştı. Yoksa sadece günümüz çocuklarının tarzı mıydı bu? Sonra, Jane karşısındaki kişinin bir çocuk olmadığını hatırladı. Lily Saul yirmi sekiz yaşında bir kadındı, ancak o an çok daha genç ve savunmasız görünüyordu. Anthony Sansone'nin gösterişli yemek odasına otururken, ince bedeni devasa sandalyede cüce gibi kalmıştı, Lily acı verici bir şekilde buraya uygun değildi ve kendi de biliyordu bunu. Sanki saldırının hangi taraftan geleceğini tahmin etmeye çalışırmış gibi, tedirgin bakışları Jane ile Sansone arasında gidip gelmekteydi.

Jane bir dosyayı açtı ve Putnam Akademisi yıllığından kopyalanıp büyütülmüş bir resim çıkarttı. "Bunun kuzeniniz Dominic Saul olduğunu teyit edebilir misiniz?" diye sordu.

Lily'nin bakışları fotoğrafın üzerine indi ve orada kaldı. Bu, gerçekte, kızın bakışlarına karşılık vererek onu alıkoyan bir portreydi; altın rengi saçlar ve mavi gözlerle biçim verilmiş bir yüz, Raffaello[56] tarzı bir melek.

"Evet" dedi Lily. "Bu benim kuzenim."

"Bu fotoğraf en azından on iki yıllık. Elimizde daha yeni bir fotoğrafı mevcut değil. Daha yeni bir fotoğrafı nereden bulabileceğimizi biliyor musunuz?"

"Hayır."

"Oldukça kesin konuşuyorsunuz."

---

56. 1483-1520 yılları arasında yaşamış, klasik resmin temellerini atmış ünlü İtalyan ressam. (ç.n.)

"Dominic'le hiç münasebetim olmadı. Onu yıllardır görmedim."

"En son görüşmeniz ne zamandı?"

"O yaz. Babamın cenazesinden sonraki hafta ayrıldı. Ben Sarah'ın evinde kalıyordum ve bana hoşça kal demeye bile zahmet etmedi. Sadece bir not yazdı ve gitti. Annesinin onu almaya geldiğini ve kasabadan hemen ayrılacaklarını söylüyordu."

"Ve o zamandan bu yana onu ne gördünüz, ne de ondan bir haber aldınız?"

Lily tereddüt etti. Sadece birkaç kalp atımı süren bir duraklamaydı bu, ancak Jane'in aniden dikkat kesilip öne eğilmesine neden olmuştu. "Bir şey oldu, değil mi?"

"Emin değilim."

"Bu da ne demek oluyor?"

"Geçen yıl Paris'te yaşarken Sarah'tan bir mektup aldım. Postadan onu rahatsız eden bir kart gelmiş. Kartı bana yollamıştı."

"Kart kimden geliyordu?"

"Üzerinde ne bir iade adresi ne de imza vardı. Brüksel'deki Kraliyet Müzesi'ndeki bir resmin kartıydı. Antoine Wiertz'in yaptığı bir portre. *Kötülük Meleği.*"

"Bir mesaj var mıydı?"

"Tek kelime yoktu kartta. Sadece semboller. O yaz onu ağaçlara kazırken gördüğümüz için Sarah ve benim bildiğimiz semboller."

Jane Lily'nin önüne bir kalem ve bir defter uzattı. "Buraya çiz."

Lily kalemi aldı. Sanki gördüğü şeyi yeniden üretmek istemezmiş gibi bir anlığına durakladı. En sonunda kalemi kâğıdın üzerine bastırdı. Kadının kâğıda çizdiği şey Jane'in bedenine buzdan bir kıymık gönderdi: Üç ters haç ve bir yer imi: *R17:16.*

"Bu İncil'den bir alıntıyı mı işaret ediyor" diye sordu Jane.

"Vahiy'den."

Jane, Sansone'ye göz attı hızlıca. "Bakabilir misin?"

"Ben size söyleyebilirim" dedi Lily yumuşak bir sesle. "'Ve gördüğün on boynuz, ve canavar, onlar fahişeden nefret edecekler; onu perişan ve çıplak edecekler, ve onun etini yiyecekler, ve kendisini ateşte yakacaklardır.'"

"Ezbere biliyorsun."

"Evet."

Jane temiz bir sayfa açtı ve defteri tekrar Lily'ye uzattı. "Yazabilir misin?"

Bir an için Lily boş sayfaya bakmaktan başka bir şey yapmadı.

Sonra isteksizce yazmaya koyuldu. Yavaşça, sanki her kelime acı verirmiş gibi. En sonunda rahatlayarak ve iç geçirerek defteri tekrar Jane'e verdi.

Jane kelimelere baktı ve o buzdan kıymığın tekrar omurgasını delip geçişini hissetti.

Ve onun etini yiyecekler, ve kendisini ateşte yakacaklardır.

"Bana bir uyarı, bir tehditmiş gibi görünüyor" dedi Jane.

"Öyle. Benim için olduğuna eminim."

"O zaman neden Sarah'a gönderdi?"

"Çünkü beni bulması çok zordu. Pek çok kereler taşındım, pek çok şehre."

"Bu yüzden Sarah'a gönderdi. O seni nasıl bulacağını biliyordu." Jane durakladı. "Ondan geliyordu, değil mi?"

Lily kafasını salladı. "Bilmiyorum."

"Hadi ama, Lily. Dominic'ten başka kim olabilir ki? Bu on iki yıl önce o ahıra kazıdıklarıyla neredeyse tamamen aynı. Neden arıyor seni? Neden seni tehdit ediyor?"

Lily'nin başı aşağı düştü. Yumuşak bir sesle, "Çünkü o yaz ne yaptığını biliyorum" dedi.

"Ailene mi?"

Lily kafasını kaldırdı, gözleri yaşlarla parlıyordu. "İspatlayamadım. Ama biliyordum."

"Nasıl?"

"Babam *asla* kendini öldürmezdi! Ona ne kadar ihtiyacım olduğunu biliyordu. Ama kimse beni dinlemezdi. Kimse on altı yaşındaki bir kızı dinlemez!"

"O karta ne oldu? Üzerinde semboller olan kart?"

Kadının çenesi kalktı. "Onu yaktım ve Paris'ten ayrıldım."

"Neden?"

"Ölümle tehdit edilseniz siz ne yapardınız? Olduğunuz yerde kalıp bekler miydiniz?"

"Polisi arayabilirdiniz. Neden aramadınız?"

"Ne söyleyecektim ki onlara? Birinin İncil'den alıntı gönderdiğini mi?"

"Bildirmeyi dahi düşünmediniz mi? Kuzeninizin bir katil olduğunu biliyordunuz. Ama yetkilileri aramadınız. İşte bunu anlamıyorum, Lily. Seni tehdit etti. Seni Paris'i terk etmene neden olacak kadar korkuttu. Ama sen yardım istemedin. Sadece kaçtın."

Lily bakışlarını indirdi. Uzun bir sessizlik oldu. Bir başka odada, bir saat gürültülü bir şekilde tıkırdadı.

Jane, Sansone'ye baktı. O da şaşırmış gibi görünüyordu. Bir

kez daha bakışlarına karşılık vermeyi ısrarla reddeden Lily üzerinde yoğunlaştı kadın. "Pekâlâ" dedi Jane, "bize söylemediğin ne var?"

Lily cevap vermedi.

Jane'in sabrı tükenmişti. "Neden bu herifi yakalamamıza yardım etmiyorsun?"

"Onu yakalayamazsınız" dedi Lily.

"Nedenmiş o?"

"Çünkü bir insan değil."

Bunu takip eden uzun sessizlik sırasında, Jane saat çanının odalarda yankılanışını duydu. Jane'in hissettiği ürperti aniden belkemiğinde buzlu bir patlamaya dönüşmüştü.

İnsan değil. *Ve gördüğün on boynuz, ve canavar...*

Sansone eğilerek kıza yaklaştı ve yumuşak bir sesle, "Öyleyse o ne, Lily?" diye sordu.

Lily titredi ve kollarını kendi bedeni etrafına doladı. "Ondan kurtulamıyorum. Beni hep buluyor. Beni burada da bulacak."

"Tamam" dedi Jane, sinirlerini tekrar kontrol altına alarak. Görüşme öylesine raydan çıkmıştı ki, Jane'in, kadının daha önce söylediği her şeyden şüphe etmesine neden oluyordu. Lily Saul yalan söylüyor ya da hayal kuruyordu, buna rağmen Sansone her garip detaya inanıp kabullenmekle kalmıyor, kendi hayalleriyle kızın kuruntularını da bilfiil besliyordu. "Bu kadar lagara lugara yeter" dedi Jane. "Ben şeytanı aramıyorum. Ben bir adamı arıyorum."

"O zaman onu asla yakalayamayacaksınız. Size yardım da edemem." Lily, Sansone'ye baktı. "Banyoyu kullanmam gerek."

"Bize yardım edemez misin?" dedi Jane. "Yoksa etmeyecek misin?"

"Bakın, yorgunum" diye atıldı Lily. "Uçaktan yeni indim, saat farkı yüzünden sersemim ve iki gündür duş almıyorum. Başka hiçbir soruya cevap vermiyorum." Odadan dışarı yürüdü.

"Bize işe yarar tek şey söylemedi" dedi Jane.

Sansone, Lily'nin az önce geçtiği kapı eşiğine baktı. "Yanılıyorsun" dedi adam. "Bence söyledi."

"Bir şeyler saklıyor." Jane durakladı. Cep telefonu çalıyordu. "İzninizle" diye mırıldandı ve telefonunu çantasından çıkarttı.

Vince Korsak'tı arayan "Hemen buraya gelmelisin" diye atıldı adam. Telefondan, kadın arka plandaki müziği ve gürültülü konuşmaları duyabiliyordu. *Ah, Tanrım,* diye düşündü, *şu aptal partiyi tamamen unuttum.*

"Bak, gerçekten de üzgünüm" dedi kadın. "Bu gece gelmeme

imkân yok. Bir görüşmenin ortasındayım."

"Ama bununla başa çıkabilecek tek kişi sensin!"

"Vince, kapatmam lazım."

"Onlar *senin* anne baban. Onlarla ne halt etmem gerekiyor ki benim?"

Jane durakladı. "Ne?"

"Burada birbirlerine bağırıyorlar." Adam durakladı. "Ooo. Şimdi mutfağa girdiler. Lanet olasıca bıçakları saklamam lazım."

"*Babam* senin partine mi geldi?"

"Az önce ortaya çıkıverdi. Onu davet etmedim! Buraya annenden hemen sonra geldi ve yirmi dakikadır birbirlerini yiyorlar. Geliyor musun? Çünkü eğer sakinleşmezlerse dokuz yüz on biri aramak zorunda kalacağım."

"Hayır! Tanrım, bunu yapma!" *Annemle babam kelepçelerle götürülüyor. Bunu asla unutturamam.* "Tamam, hemen geliyorum." Telefonu kapattı ve Sansone'ye baktı. "Gitmem lazım."

Kadını, paltosunu üzerine geçirdiği ön taraftaki misafir salonuna kadar takip etti adam.

"Şu an işbirliğine yanaşmıyor. Yarın tekrar deneyeceğim."

Adam başıyla onayladı. "O zamana kadar ben onu korurum."

"Korumak mı?" Kadın burnundan bir nefes verdi. "Sadece kaçmasına engel olsan nasıl olur?"

Dışarıda gece soğuk ve berraktı. Jane sokağın karşısındaki Subaru'suna yürüdü. Bir araba kapısının çarpılarak kapandığını duyduğunda tam da kilidi açıyordu. Kafasını kaldırıp sokağa baktığında Maura'nın kendisine doğru geldiğini gördü.

"Bu mahallede ne yapıyorsun?" diye sordu Jane.

"Sansone'nin Lily Saul'u bulduğunu duydum."

"Ne işe yarayacaksa."

"Onu sorguladın mı?"

"Hiçbir şey anlatmıyor. Bir arpa boyu yol alamadık." Oliver Stark'ın minibüsü bir park yerine çekilirken, Jane sokağa göz gezdirdi. "Burada neler oluyor?"

"Hepimiz Lily Saul'u görmeye geldik."

"*Geldik* mi? Bana gerçekten de bu kaçıklara katıldığını söyleme?"

"Hiçbir şeye katılmadım ben. Ama evim işaretlendi Jane ve bunun nedenini bilmek istiyorum. Bu kadının söyleyeceği şeyleri duymak istiyorum." Maura döndü ve Sansone'nin evine doğru yöneldi.

"Hey Doktor?" diye seslendi Jane.

"Evet."
"Lily Saul'un etrafındayken kendine dikkat et."
"Neden?"
"O ya deli ya da bir şeyler gizliyor." Jane durakladı. "Veya her ikisi birden."

* * *

Korsak'ın dairesinin kapalı kapısına rağmen, Jane disko müziğin gümlemelerini, duvarlarda zonklayan bir kalp atışı gibi duyabiliyordu. Adam elli beş yaşındaydı, kalp krizi geçirmişti ve "Staying Alive" partisinin tema şarkısı olarak muhtemelen iyi bir seçim olurdu. Korsak'ı ev kıyafetleri içinde görme düşüncesinden ürkerek kapıyı çaldı Jane.

Adam kapıyı açtı ve Jane adamın koltukaltları ter halkalarıyla ıslanmış parıltılı ipek gömleğine baktı. Yakası düğmelenmemişti, gömleğin önü bir gorilin göğüs kılları örtüsünü ortaya çıkarmaya yetecek kadar açıktı. Eksik olan tek şey, şişman boynunun etrafında altın bir zincirdi.

"*Tanrı*'ya şükürler olsun" diye iç geçirdi.
"Nerdeler?"
"Hâlâ mutfaktalar."
"Ve hâlâ hayatta olduklarını farz ediyorum."
"Yeterince gürültülü bir şekilde bağırıyorlardı. Tanrım, annenin ağzından çıkan kelimelere inanamıyorum!"

Jane giriş holünden, dönen bir disko topunun zihni uyuşturan ışık şovuna adım attı. Karanlıkta, içkileriyle ilgilenerek etrafta duran ya da patates cipslerini mekanik hareketlerle sosun içine batırarak bir kanepede tembel tembel oturan bir düzine kadar kaygısız parti müdavimi görebiliyordu. Jane, Korsak'ın yeni bekâr evine ilk kez geliyordu ve gördüğü manzara karşısında afallayarak durmaya mecbur kaldı. Buzlu cam ve kromdan bir orta sehpası ve uzunlu kısalı tüylerle kaplı beyaz bir halı gördü, ayrıca bir büyük ekran televizyon ve devasa stereo hoparlörler vardı. Ve kadın siyah deri gördü; hem de çok, çok büyük miktarda siyah deri. Neredeyse duvarlardan testosteron sızdığını hissedebiliyordu.

Sonra, "Staying Alive"ın canlı ritmi arasından mutfakta bağıran iki ses duydu.

"Bu kıyafetlerle burada ne halt ediyorsun? On yedi yaşında mı zannediyorsun kendini?"

"Bana ne yapacağımı söylemeye hiç hakkın yok, Frank."

Jane mutfağa girdi, ancak ilgileri birbirleri üzerine öylesine odaklanmıştı ki, anne babası onu fark etmediler bile. *Annem kendine ne yapmış böyle?* diye düşündü Jane, Angela'nın vücudunu sımsıkı saran kırmızı elbisesine bakarak. Sivri uçlu topukları ve yeşil farları ne zaman keşfetmişti ki?

"Sen bir büyükannesin, Tanrı aşkına" dedi Frank. "Böyle acayip bir elbise giyerek nasıl dışarı çıkarsın? Şu haline bak!"

"En azından *birileri* bakıyor bana. Sen asla bakmadın."

"Memelerin neredeyse elbiseden dışarı fırlayacak."

"Bence gurur duyduğu bir şey varsa bunu göstermeli insan."

"Ne ispatlamaya çalışıyorsun? Sen ve şu Dedektif Korsak..."

"Vince bana çok iyi davranıyor, teşekkür ederim."

"Anne" dedi Jane. "Baba?"

"Vince mi? Demek şimdi Vince diyorsun ona?"

"*Hey*" dedi Jane.

Annesiyle babası ona baktı.

"Ah Janie" dedi Angela. "Her şeye rağmen gelebildin demek!"

"Bunu biliyor muydun?" dedi Frank, öfkeyle kızına bakarak. "Annenin başkalarıyla ahbaplık ettiğini *biliyor muydun?*"

"Hah!" Angela güldü. "Şu konuşana bak."

"Bu kıyafetle dışarı çıkmasına izin mi verdin?"

"O elli yedi yaşında" dedi Jane. "Sanki etek boyunu ölçmek benim işimmiş gibi?"

"Bu... bu *yakışık almıyor!*"

"Ben sana neyin yakışık almadığını söyleyeyim" dedi Angela. "Yakışık almayan *sensin*, gençliğimi ve güzelliğimi benden çaldın ve beni çöp yığınlarının arasına fırlatıverdin. Yakışık almayan sensin, çükünü sallana sallana geçiveren başıboş bir kıça soktun."

Bunu söyleyen annem miydi?

"*Bana* neyin yakışık almadığını söyleyerek küstahlık eden sensin! Hadi durma, ona geri dön. Ben hiçbir yere gitmiyorum. Hayatımda ilk kez keyfime bakacağım. Parti yapacağım!" Angela döndü ve sivri uçlu topuklarını tıkırdatarak mutfaktan çıktı.

"Angela! Hemen buraya dön!"

"Baba." Jane Frank'in kolunu tuttu. "Yapma."

"Kendini küçük düşürmeden önce birileri onu durdurmalı."

"*Seni* küçük düşürmeden, demek istiyorsun."

Frank kızının elini silkip attı. "O senin annen. Aklını başına toplamasına yardım etmelisin."

"O bir partide, ne olmuş yani? Suç işliyormuş gibi bir hali yok."

"O elbise bir suç. İyi ki pişman olacağı bir şey yapmadan önce geldim."

"Hem sen ne yapıyorsun ki burada? Buraya geldiğini nasıl öğrendin?"

"O söyledi."

"*Annem* mi?"

"Beni affettiğini söylemek için aradı. Devam etmemi ve günümü gün etmemi söyledi, çünkü o da keyfine bakıyormuş. Bu gece bir partiye gidiyormuş. Onu terk etmemin başına gelen en iyi şey olduğunu söyledi. Yani, aklından hangi *kahrolasıca* şeyler geçiyorsa?"

Aklından geçen şu, diye düşündü Jane, *annem en büyük intikamını alıyor. Gitmesine bir parça bile aldırmadığını gösteriyor ona.*

"Ve şu Korsak denen herif" dedi Frank, "daha genç bir adam!"

"Sadece birkaç yıl."

"Şimdi onun tarafını mı tutuyorsun?"

"Ben kimsenin tarafını tutmuyorum. Bence ikinizin de molaya ihtiyacı var. Birbirinizden uzak durun. Şimdi git, tamam mı?"

"Gitmek istemiyorum. Bunu konuşup çözmeden olmaz."

"Ona herhangi bir şey söylemeye gerçekten de hakkın yok. Bunu biliyorsun."

"O benim karım."

"Bu konuda kız arkadaşın ne söyleyecek, ha?"

"Ona öyle deme."

"Ona ne diyeyim? Sürtük mü?"

"Anlamıyorsun."

"Annemin en sonunda eğlenmeye başladığını anlıyorum. Tadına doyamıyor."

Adam elini müziğin geldiği yöne doğru salladı. "Buna eğlence mi diyorsun? Oradaki cümbüşe?"

"*Kendi* yaşadığına ne isim veriyorsun?"

Frank şiddetli bir şekilde iç geçirdi ve mutfak sandalyesine yığıldı. Başını ellerinin arasına aldı. "Ne keşmekeşlik. Ne kadar da büyük, siktiriboktan bir hata."

Pişmanlığını itiraf etmesinden çok "s" kelimesini kullanış şekliyle şoke olan Jane, adama baktı.

"Ne yapacağımı bilmiyorum" dedi adam.

"Ne yapmak istiyorsun, baba?"

Adam kafasını kaldırdı ve azap dolu gözlerle kadına baktı. "Karar veremiyorum."

"Tamam. Bunu duymak annemin kendini harika hissetmesini sağlayacaktır."

"Onu artık tanımıyorum! Memeleri kaldırılmış bir uzaylı gibi. Bütün o herifler muhtemelen gözlerini dikip elbisesine bakıyorlardır." Aniden ayağa kalktı. "Bu kadar yeter. Bu işe bir son vereceğim."

"Hayır, bunu yapmayacaksın. Gidiyorsun. Hemen şimdi."

"O hâlâ buradayken olmaz."

"İşleri berbat etmekten başa bir şeye yaramaz." Jane adamın kolunu tuttu ve onu mutfaktan çıkarttı. "Sadece *git*, baba."

Oturma odasından geçerlerken, adam elinde bir içkiyle ayakta duran Angela'ya baktı, disko topunun ışıkları, kadının elbisesinin bir tarafından öte tarafına rengârenk süs pulları oluşturmaktaydı. "Seni saat on birde evde istiyorum!" diye bağırdı adam karısına. Sonra kapıyı arkasından çarparak evden çıktı.

"Hah" dedi Angela. "Zor biraz."

* * *

Jane, önüne serilmiş kâğıtlarla, duvar saatinin tik tak sesleriyle 22:45'i geçen yelkovanını izleyerek mutfak masasında oturuyordu.

"Gidip öylece eve sürükleyemezsin onu" dedi Gabriel. "O bir yetişkin. Eğer bütün geceyi orada geçirmek istiyorsa, bunu yapmak için her türlü hakka sahip."

"Yapma. Sakın. Bu ihtimalden *bahsetme*." Annesinin Korsak'ın evinde kalması düşüncesini engellemeye çalışarak şakaklarını kavradı. Ama Gabriel kapıyı çoktan aralamıştı ve görüntüler içeri akın ettiler. "Hemen şimdi oraya dönmeliyim, bir şey olmadan önce. Henüz..."

"Ne? Henüz çok fazla eğlenmeden mi?"

Etrafından dolaşıp kadının arkasına geçti adam ve ellerini kadının omuzlarına yerleştirip, gerilmiş kaslarına masaj yapmaya başladı. "Hadi ama, sevgilim, neşelen biraz. Ne yapacaksın ki, annene sokağa çıkma yasağı mı koyacaksın?"

"Bunu düşünmüyor değilim."

Çocuk odasında Regina ani bir feryat koyverdi.

"Hayatımdaki kadınların hiçbiri bu gece mutlu değil." Gabriel iç geçirdi ve mutfaktan çıktı.

Jane kafasını kaldırdı ve bir kez daha saate baktı: On bir. Korsak annesini başına bir şey gelmeden taksiye bindirmeye söz vermişti. Belki de çoktan bindirmişti. *Belki de bir telefon etmeli ve oradan ayrılıp ayrılmadığını öğrenmeliyim.*

Bunun yerine kendini tekrar masanın üzerindeki kâğıtlara odaklanmaya zorladı; bir türlü bulamadıkları Dominic Saul hakkındaki dosyaya. On iki yıl önce, öylece karanlıkların içine yürümüş ve sırra kadem basmış genç bir adama ait az sayıda, soluk ipucu vardı burada. Bir kez daha neredeyse bir meleğin yüzü kadar güzel olan bir yüze bakarak, oğlanın okul fotoğrafını inceledi kadın. Altın saçlar, duygu yüklü mavi gözler, kartal gagasına benzeyen kemerli bir burun. *Düşmüş bir melek.*

Oğlanı okuldan alan annesinden, Margaret'ten gelen, el yazısıyla yazılmış mektubu açtı kadın.

> Dominic güz döneminde okula dönmeyecek. Onu Kahire'ye geri götürüyorum...

Böylece ortadan kaybolmuşlardı. İnterpol varışlarına dair bir kayıt, Margaret ya da Dominic'in herhangi bir zamanda Kahire'ye döndüklerini gösteren herhangi bir evrak bulamamıştı.

Aniden dikkatini önündeki sayfaya veremeyecek kendini kadar yorgun hisseden kadın gözlerini ovuşturdu ve kâğıtları toparlayıp gerisingeri dosyaya koymaya başladı. Defterine uzanırken, önündeki sayfaya bakarak aniden durakladı. Lily Saul'un yazdığı Vahiy'den yapılan alıntıyı görmüştü:

> Ve gördüğün on boynuz, ve canavar, onlar fahişeden nefret edecekler; onu perişan ve çıplak edecekler, ve onun etini yiyecekler, ve kendisini ateşte yakacaklardır.

Ancak Jane'in kalbinin aniden küt küt atmasına neden olan kelimelerin kendisi değildi. Buna neden olan şey el yazısıydı.

Dosyayı çabuk çabuk çevirdi ve oğlunu Putnam Akademisi'nden alan Margaret'in yazdığı mektubu buldu. Mektubu defterinin yanına koydu. Bir birine, bir diğerine bakıp durdu, İncil alıntısına ve Margaret Saul'un mektubuna.

Ayağa fırladı ve seslendi. "Gabriel? Gitmek zorundayım."

Adam kucağında Regina'yı taşıyarak çocuk odasından gelmişti. "Bundan hoşlanmayacak, biliyorsun. Neden partide bir saat daha kalmasına izin vermiyorsun?"

"Bunun annemle alakası yok." Jane yatak odasına gitti. Kadının bir çekmecenin kilidini açmasını, tabanca kılıfını çıkarmasını ve yerine takıp tokasını kapatmasını kaşlarını çatarak izledi adam. "Bu Lily Saul'la ilgili."

"Ne olmuş ona?"

"Yalan söyledi. Kuzeninin tam olarak nerede saklandığını biliyor."

"Size bildiğim her şeyi anlattım" dedi Lily.

Jane, Sansone'nin yemek odasında duruyordu, tatlı tabakları henüz masadan kaldırılmamıştı. Jeremy sessizce Jane'in önüne bir fincan kahve bıraktı, ancak kadın kahveye el sürmedi. Masanın etrafında oturan diğer konukların hiçbirine de bakmamıştı. Bakışları Lily'nin üzerinde kalmaya devam etti.

"Neden özel olarak konuşabileceğimiz diğer odaya geçmiyoruz, Lily?"

"Size söyleyecek başka hiçbir şeyim yok."

"Oysa bana anlatacağın pek çok şey olduğunu düşünüyorum."

Edwina Felway, "O zaman sorularınızı burada sorun, Dedektif" dedi. "Hepimiz duymak isteriz."

Jane'in bakışları masanın etrafında, Sansone ile konuklarının üzerinde dolaştı. Güya Mefisto Kulübü. Bunun bir parçası olmadığını iddia ediyor olsa bile Maura da oradaydı, onların arasında oturuyordu. Bu insanlar kötülüğü anladıklarını düşünebilirlerdi, ancak tam da burada, aynı masada otururken bile kötülüğü tanıyamıyorlardı. Jane'in bakışları bir kez daha inatla yerinde oturan, sandalyesinden kıpırdamayı reddeden Lily Saul'a döndü. *Pekâlâ*, diye düşündü Jane. *Demek oyunu bu şekilde oynamak istiyorsun? Demek böyle oynayacağız, seyircilerin önünde.*

Jane eve gelirken yanında getirdiği dosya klasörünü açtı ve şarap kadehleri ve porselenlerin müzikal takırtısına neden olarak, sayfayı Lily'nin önüne çarptı. Lily el yazısıyla yazılmış mektuba baktı.

"Bunu Dominic'in annesi yazmadı" dedi Jane.

"O ne ki?" diye sordu Edwina.

"Bu on beş yaşındaki Dominic Saul'u Connecticut'taki yatılı

Putnam Akademisi'nden alan bir mektup. Güya annesi Margaret Saul tarafından yazılmış."

"Güya mı?"

"Bu mektubu Margaret Saul yazmadı." Jane, Lily'ye baktı. "Sen yazdın."

Lily bir kahkaha attı. "Annesi olacak kadar yaşlı mı görünüyorum?"

Jane masanın üzerine defteri yerleştirmişti şimdi, Vahiy'den yapılma alıntının bulunduğu sayfa açılmıştı. "Bu paragrafı benim için bu gece sen yazdın, Lily. Senin el yazın olduğunu biliyoruz." Tekrar mektubu işaret etti. "Bu da öyle."

Sessizlik. Lily'nin ağzı iki ince çizgi halinde gerilmişti.

"O yaz, on altı yaşındayken, kuzenin Dominic ortadan kaybolmak istiyordu" dedi Jane. "Purity'de yaptığı şeylerden sonra belki de ortadan kaybolması *lazımdı*." Gözlerini kısarak Lily'ye baktı. "Ve sen ona yardım ettin. Herkese uygun bir hikâye anlattın; annesinin onu alıp götürmek için aniden geldiğini söyledin. Ülkeden ayrıldıklarını. Ama bu yalandı, değil mi? Margaret Saul oğlunu almak için asla gelmedi. Asla ortaya çıkmadı. Doğru değil mi?"

"Size cevap vermeye mecbur değilim" dedi Lily. "Haklarımı biliyorum."

"Nerede o? Dominic nerede?"

"Onu bulduğunuz zaman bana da haber verin." Lily sandalyesini geri itti ve ayağa kalktı.

"O yaz ikiniz arasında neler geçti?"

"Yatmaya gidiyorum." Lily döndü ve yemek odasından çıkmak için yürümeye başladı.

"Bütün pis işleri senin için o mu yaptı? Bu yüzden mi onu koruyorsun?"

Lily durdu. Yavaşça döndü; gözleri radyum kadar tehlikeliydi.

"Annen baban öldüğünde, minik tatlı bir mirasa kondun" dedi Jane.

"Hiç kimsenin asla satın almayacağı bir ev miras kaldı bana. Ve üniversite eğitimimi karşılayan banka hesabı, ama daha fazlası değil."

"Ailenle anlaşabiliyor muydun, Lily? Tartışmalarınız oluyor muydu?"

"Eğer onları benim..."

"Bütün yeniyetmeler bunu düşünür. Ama belki de kavgalarınız biraz fazla ileri gitmişti. Belki de o küçük ölü kasabadan bir an önce kurtulmak ve hayatını yaşamak için can atıyordun. Sonra kuzenin yaz aylarını geçirmek için yanınıza taşındı ve sana fikirler verdi, kaçışını biraz daha kolay, biraz daha çabuk hale getirecek yöntemler."

"Ne olduğu konusunda en ufak bir fikrin bile yok!"

"O halde anlat. Teddy'nin bedenini bulanın neden *sen* olduğunu, neden anneni merdivenlerin dibinde *senin* bulduğunu."

"Onlara asla zarar vermezdim. Eğer bilseydim..."

"Siz sevgili miydiniz? Sen ve Dominic?"

Lily'nin yüzü öfkeden bembeyaz kesildi. Bıçak sırtındaki bir an boyunca, Jane kadının gerçekten de üzerinde atılacağını düşündü.

Yüksek sesli bir zırlama aniden sessizliği böldü. Herkes Sansone'ye baktı.

"Bu izinsiz giriş alarmı" dedi adam ve ayağa kalktı. Duvardaki bir kontrol panelinin önüne gitti. "Bahçe penceresinde bir ihlal var."

"Eve biri mi girdi?" diye sordu Jane.

Lily yumuşak bir sesle, "Bu o" dedi.

Jeremy yemek odasına geldi. "Şimdi kontrol ettim, Bay Sansone. Pencere kilitli."

"Belki de bir arızadır." Sansone diğerlerine baktı. "Ben sistemi kontrol ederken, hepiniz burada kalsanız iyi olacak."

"Hayır" dedi Lily, bakışları sanki aniden içeri bir saldırganın girmesini beklermiş gibi, bir kapı aralığından diğerine dönüp dururken. "Ben gidiyorum. Bu evde kalamam."

"Tamamen güvende olacaksın. Seni koruruz."

"Peki *sizi* kim koruyacak?" Bakışlarını odanın etrafında gezdirdi ve Maura, Edwina ile Oliver'a baktı. "Herhangi birinizi? Neyle uğraştığınızı bile bilmiyorsunuz!"

"Bakın, herkes olduğu yerde kalsın, tamam mı?" dedi Jane. "Ben dışarı çıkıp etrafa bir bakacağım."

Sansone, "Ben de seninle geliyorum" dedi.

Jane adamın önerisini kabul edip etmemek arasında kararsız kalarak durakladı. Sonra silahı hâlâ beline takılı halde, vücudundan kanlar akarak buzlu yürüyüş yolu boyunca sürüklenen Eve Kassovitz'i düşündü. "Pekâlâ" dedi adama. "Gidelim."

Paltolarını giyip dışarı çıktılar. Sokak ışıklarının altında ışık havuzları buzla parlıyordu. Donmuş bir dünyaydı bu, bütün yüzeyler cilalanmıştı ve cam gibi parlamaktaydı. Eğer davetsiz bir misafir bu yoldan yürümüş olsa bile, bu gece herhangi bir ayak izi görmezlerdi. Jane'in fenerinin ışığı, elmas kadar sert yürüyüş yolunu taradı. O ve Sansone, evin etrafından dolanıp demir kapıya geldiler ve kapıdan dar yan bahçeye ulaştılar. Burası, katilin Eve Kassovitz'i alaşağı ettiği yerdi. Bu yol boyunca kadının bedenini sürüklemiş, kadının yırtılmış kafa derisinden bulaşan kan granit parke taşları üzerine bulaşıp, kırmızı şeritler halinde donmuştu.

Jane'in silahı çoktan kılıfından çıkmıştı, büyülü bir şekilde avucunda beliriveren tabanca, kadının vücudunun bir uzantısıydı. Arka bahçeye doğru ilerledi kadın, ışığı karanlığı yarıyor, topukları buzun üzerinde kayıyordu. Fenerinden çıkan ışıklar kışla birlikte kuruyup büzüşmüş sarmaşık tutamlarını bir uçtan diğerine taradı. Kadın Sansone'nin hemen arkasında olduğunu biliyordu, ancak adam öyle sessizce hareket ediyordu ki, kadın gerçekten orada olduğundan ve arkasını kolladığından emin olmak için durmak ve omzunun üzerinden bakmak zorunda kaldı.

Binanın köşesine doğru yan yan ilerledi ve fenerini Eve'in sadece birkaç hafta önce, kasları katılaşarak ve kanı soğuk taşlar üzerinde donarak yattığı, kapalı bahçenin bir tarafından öte tarafına dolaştırdı. Jane hiçbir hareket görmedi, ne iri gölgeler, ne de siyah pelerinler içinde bir iblis.

"Pencere şu mu?" diye sordu kadın. Fenerini pencereye tuttu ve ışığın camdan geri yansıdığını gördü. "Sisteminizin ihlal edildiğini söylediği pencere bu mu?"

"Evet."

Daha yakından bakmak için avluyu geçti kadın. "Sineklik yok mu?"

"Kış gelince Jeremy onları çıkartır."

"Her zaman içeriden sürgülü müdür?"

"Her zaman. En çok önem verdiğimiz mesele güvenliktir."

Işığı pencere pervazı boyunca dolaştırdı ve ahşabın üzerinde tatsız bir gerçeği açığa vuran izler gördü. *Yeni.*

"Bir sorunumuz var" dedi kadın yumuşak bir şekilde. "Biri bunu zorlamış."

Adam pervaza baktı. "Bu alarmı çalıştırmaz. Alarmın çalışması için pencerenin tamamen açılması gerekir."

"Ama kâhyanız içeriden kilitli olduğunu söylüyor."

"Bu da..." Sansone durdu. "Aman Tanrım."

"Ne?"

"İçeri girdi ve sürgüyü tekrar kapattı. *Evin içinde!*" Sansone döndü ve yan bahçe boyunca koşturdu, öyle hızlı hareket ediyordu ki ayakkabıları yolun sonuna varana kadar kayıp durdu. Adam neredeyse düşüyordu ancak kendini topladı ve koşmaya devam etti. Jane ön kapıdan girdiğinde adam çoktan yemek odasına ulaşmıştı ve herkesi kaldırıyordu.

"Lütfen paltolarınızı alın" dedi adam. Hepiniz evden çıkmalısınız. Jeremy, eğer tekerlekli sandalyesini getirirsen Oliver'ın basamaklardan inmesine yardım ederim."

"Neler oluyor?" diye sordu Edwina.

"Sadece yap, tamam mı?" diye emretti Jane. "Paltolarınızı kapın ve ön kapıdan çıkın."

Dikkatlerini çeken Jane'in silahı olmuştu: *Bu bir oyun değil; bu ciddi*, diye haykıran bir detaydı.

Harekete geçen ilk kişi Lily olmuştu. Paltolar için ön taraftaki misafir salonunda yaşanan itiş kakışa önderlik ederek, bir ok gibi odadan fırladı. Herkes ön kapıdan dışarı ve soğuğa dökülürken, Jane tam arkalarındaydı, çoktan telefonunu çıkartmıştı ve destek çağırıyordu. Silahlı olabilirdi ama delilik yapacak biri de değildi; bütün evi tek başına aramak gibi bir niyeti yoktu.

Birkaç dakika sonra, ışıkları yanan ancak sireni çalmayan ilk devriye arabası göründü. Kayarak durdu ve arabadan iki polis memuru indi.

"Evin etrafının sarılmasına ihtiyacım var" diye emretti Jane. "Bu binadan hiç kimse çıkmayacak."

"İçeride kim var?"

"Biz de bunu öğrenmeye çalışıyoruz." İkinci devriye arabasının ışıkları yaklaşırken kafasını kaldırıp baktı kadın. Olay yerine iki polis daha gelmişti. "Sen" dedi kadın, genç polis memurlarından birini işaret etti. Bu gece hızlı refleksler ve keskin bir göz istiyordu. "Benimle gel."

Eve önce Jane girdi, silahı çekilmiş polis memuru da hemen arkasındaydı. Ön taraftaki misafir salonuna adım attıklarında, zarif mobilyalara, şöminenin üzerindeki yağlıboya resme göz gezdiren adam, önce hiçbir tepki vermedi, sonra birden irkilerek yeniden etrafa bakındı. Adamın ne düşündüğünü kesinlikle biliyordu kadın: *Bu zengin bir adamın evi.*

Kadın gizli paneli kaydırarak açtı ve boş olduğunu teyit etmek için hızlıca dolaba göz attı. Sonra devam etti, yemek odasına, mutfağa ve oradan da devasa bir kütüphaneye. Büyük bir ilgiyle, yerden tavana kadar uzanan kitap raflarını incelemeye zaman yoktu. Bir canavar avındaydılar.

Kavisli bir tırabzan boyunca merdivenden yukarı çıktılar. Yağlıboya resimlerdeki gözler sabit bakışlarla onları izlemekteydi. Kara kara düşünen bir adamın, tavşan gözlü bir kadının altından geçtiler, bir çembalonun[57] başında oturan iki şirin, melek yüzlü kızın altından. Merdivenlerin tepesinde, bir dizi kapı aralığı boyunca uzanan, halı kaplı bir koridora bakıyorlardı. Jane bu evin planını ya da ne beklemesi gerektiğini bilmiyordu. Ona destek veren devriye memuru ve evin hemen dışına yerleştirilmiş diğer üç polis memuruna rağmen kadının elleri terlemekteydi, kalbi yerinden fırlayacakmış gibi küt küt atıyordu. Dolap kapılarını açarak, kapı eşiklerinde siper alarak, oda oda ilerlediler. Dört yatak odası, üç banyo.

Dar bir merdivene ulaştılar.

Jane kafasını kaldırıp, bir tavan arası kapısına bakarak durdu. *Ah, hadi ama,* diye düşündü. *Oraya çıkmak istemiyorum.*

Tırabzanı yakaladı ve ilk basamağa çıktı. Ağırlığı altındaki basamağın gıcırdadığını duydu; yukarıdaki herhangi birinin de bunu duyacağını ve geldiğini fark edeceğini biliyordu. Arkasındaki devriye polisinin soluk alışverişlerinin hızlandığını duyabiliyordu.

O da hissediyor. Kötü niyet.

Gıcırdayan basamaklardan kapıya çıktı kadın. Kapı kolunu tutan eli kaygandı. Desteğine baktı ve adamın başıyla hızlı, gergin bir şekilde onayladığını gördü.

Kapıyı savurarak açtı ve içeri girdi, fenerinin ışığı kavisli bir şekilde karanlığı tarıyor, belli belirsiz şekillerin üzerinden kayarcasına ilerliyordu. Kadın yansıyan pirincin parlaklığını, saldırıya geçmek için harekete hazır iri şekilleri gördü.

Sonra, arkasındaki polis memuru en sonunda düğmeyi bulup ışığı yaktı. Ani parlaklıkta gözlerini kırpıştırdı Jane. Çömelmiş saldırganlar mobilyalara, lambalara ve dürülmüş halılara dönüştü. Depolanmış antikalardan oluşan sahipsiz bir hazine vardı burada. Sansone öylesine zengindi ki, atılmış mobilyaları bile muhtemelen bir servet değerinde olmalıydı. Korkuları rahatlamaya dönüşen Jane, kalp atışları yavaşlarken tavan arasında dolaştı. Burada canavarlar yoktu.

Tabancasını kılıfına yerleştirdi ve sıkıntılı bir ruh hali içinde, tüm bu hazinelerin ortasında durdu. Alarm yanlışlıkla çalmış olmalıydı. Peki *pencere pervazını ne zedelemişti?*

Polisin telsizi aniden canlandı. "Graffam, ne durumdasınız?"

"Burası temiz gibi görünüyor."

"Rizzoli orada mı?"

"Evet, hemen yanımda."

---

57. Eskiden piyano gibi çalışan, telleri mekanik bir şekilde çekilerek ses çıkaran bir müzik aleti. (ç.n.)

"Burada bir sorun var."

Jane, polise sorgulayan bir bakış attı.

"Doktor Isles onu mümkün olabildiğince çabuk buraya istiyor."

"Geliyoruz."

Jane tavan arasına son bir kez göz gezdirdi, sonra merdivenlerden aşağı yöneldi, tekrar koridoru geçti, zaten aramış oldukları yatak odalarının, dakikalar önce yine onlara bakan aynı tabloların önünden geçti. Ön kapıdan dışarı, yanıp sönen ışıklarla yıkanmış bir geceye adım atarken, kadının kalbi bir kez daha küt küt atmaktaydı. Bu arada iki devriye arabası daha gelmişti ve sık sık değişen parıltılarla bir an için gözleri körleşen kadın durakladı.

"Jane, kız kaçtı."

Kadın, devriye arabalarının tepe lambalarıyla arkadan aydınlanan Maura'ya odaklandı. "Ne?"

"Lily Saul. Burada, kaldırımda duruyorduk. Arkamı döndüğümde gitmişti."

"Kahretsin." Jane'in bakışları, polislerin belli belirsiz şekilleri ve heyecanlı olayı izlemek için evlerinden soğuğa dağılmış meraklı seyircilerin üzerinde gezinerek sokağı taradı.

"Sadece bir iki dakika önceydi" dedi Maura. "Fazla uzaklaşmış olamaz."

35

Lily Saul bir yan sokağa, sonra da diğerine atıldı ve tanımadığı bir mahallenin labirentinin daha da derinlerine daldı. Boston'u bilmiyordu ve nereye gittiği hakkında en ufak bir fikre sahip değildi. Köpekbalıkları gibi daireler çizen devriye arabalarının sirenlerini duyabiliyordu. Yanıp sönen tepe lambalarının ışığı, kızın kendini aceleyle bir sokağa atmasına neden oldu. Devriye arabası yavaşça caddeden yukarı ilerlerken, kadın çöp bidonlarının arkasına çömeldi. Araba köşenin ardında kaybolur kaybolmaz tekrar ayağa kalkmış ve diğer yönde ilerlemeye başlamıştı. Şimdi yokuş aşağı gidiyordu, buzla kayganlaşan kaldırım taşlarında kayıyor, sırt çantası kürekkemiklerinin üzerine çarpıp duruyordu. Bu ısırıcı havaya uygun giyinmemişti ve ayakları şimdiden sızlamaya başlamış, eldivensiz parmakları uyuşmuştu. Tenis ayakkabıları aniden altından kayıp gitti ve kadın popo üstü yere oturdu. Darbe, bir acı mızrağını dosdoğru omurgasından yukarı göndermişti. Birkaç saniye için sersemlemiş halde, kafası çınlayarak oturdu. Görüşü en sonunda aydınlandığında, bir yokuşun dibinde olduğunu gördü. Caddenin karşısında, etrafı çalılarla çevrelenmiş, çıplak ağaçların cılız karanlıklarını buzla parlayan karın üzerine döktükleri bir park vardı. Parlayan bir sembol kadının dikkatini çekti.

Metro istasyonunun işaretiydi.

Hemen bir trene atlayabilir ve birkaç dakika içinde şehrin herhangi bir yerine doğru yola koyulmuş olabilirdi. Ayrıca üşümeyecekti.

Güçlükle ayağa kalktı, kuyruksokumu düşüşü nedeniyle ağrıyor, sıyrılmış avuç içleri sızlıyordu. Aksayarak caddenin karşısına geçti, kaldırım boyunca birkaç adım ilerledi ve durdu.

Bir devriye arabası köşeyi dönüvermişti.

Hızla parka doğru fırladı ve çalıların ardına sindi. Orada, kalbi yerinden çıkacakmış gibi şiddetle çarparak bekledi kadın, ama devriye arabası geçmemişti. Dallar arasından bakınca arabanın metro istasyonun önünde park edildiğini ve motoru çalışır halde beklediğini gördü. Kahretsin. Planları değiştirme vakti.

Etrafa bakındı ve parkın diğer yanında bir başka metro istasyonunun parlayan işaretini gördü. Ayağa kalktı ve ağaçların gölgeleri altından çimenliğin karşı tarafına doğru ilerlemeye başladı. Buz, karın üzerinde bir kabuk haline gelmişti ve ayakkabısı parlak yüzeyi kırıp altındaki derin kara girdikçe, her adımla birlikte gürültülü bir çatırtı duyuluyordu. İlerlemeye uğraştı, neredeyse ayakkabılarından birini kaybediyordu. Yürümek için gösterdiği çabayla ciğerleri inip inip kalkmaya başlamıştı. Sonra kendi nefes alışverişinin kükremeleri arasından bir başka ses daha işitti, bir çatırtı, bir gıcırtı. Kadın durdu ve döndü, kalbinin donup kaldığını hissetti.

Figür bir ağacın altında duruyordu; yüzü, yüz hatları olmayan, maddeden çok gölge gibi görünen, siyah bir şekil. *Bu oydu.*

Bir hıçkırıkla, karların arasında tökezleyerek, ayakkabıları buzdan kabuğu parça parça ederek kaçmaya başladı Lily. Kendi nefes alışverişleri, kalbinin şiddetli çarpışı, diğer herhangi bir takip sesini boğuyordu ama hemen arkasında olduğunu biliyordu. Her zaman hemen arkasında olmuştu, her an her nefeste adımlarını takip ediyor, kıyametini fısıldıyordu. Ancak bu kadar yakın değil, asla bu kadar yakın değil! Kadın arkasına bakmadı, kâbuslarının yarattığını hücuma geçerken görmek istemiyordu. Sadece ileri atıldı, şimdi ayakkabısı kaybolmuş, çorabı buz gibi suyla ıslanmıştı.

Sonra birdenbire tökezleyerek bir kar yığınından kaldırıma çıktı. Metro girişi tam karşısındaydı. Üzerine pike yapan kanatların sesini duymayı ve pençeleri sırtında hissetmeyi bekleyerek merdivenlerden uçarcasına indi. Bunun yerine metro tünelinin sıcak soluğunu hissetti yüzünde ve banliyöcülerin merdivenlere doğru sıralandıklarını gördü.

Parayla oyalanacak zaman yok. Turnikelerin üzerinden atla!

Turnikenin üzerine tırmandı ve ıslak çorabı metro istasyonunun zeminine bir tokat gibi çarptı. İki adım, sonra kayarak durdu.

Jane Rizzoli tam karşısında duruyordu.

Lily, az önce üzerinden atladığı turnikeye doğru kendi etrafında döndü. Arkasında da bir polis duruyordu.

Onu kovalayan yaratığı aranarak çılgınca istasyona bakındı,

ancak sadece kendisine bakan şaşkın banliyöcüleri gördü.
Bir kelepçe bileklerinin üzerine kapandı.

* * *

Kaçmayı düşünmek için fazlasıyla yorgun bir halde, Jane Rizzoli'nin park edilmiş arabasında oturuyordu kadın. Islak çorabı ayağını saran bir buz kütlesiymiş gibi geliyor, kalorifer çalışıyor olmasına rağmen kadın ısınamıyor, titremesine mani olamıyordu.
"Pekâlâ, Lily" dedi Jane. "Şimdi bana gerçekleri anlatacaksın."
"Gerçeklere inanmazsın."
"Bir dene sen."
Lily dolanmış saçları yüzünün üzerine dökülerek, hareket etmeksizin oturdu. Artık bir önemi yoktu. Kaçmaktan öyle yorgun düşmüştü ki. *Pes ediyorum.*
"Dominic nerede?" diye sordu Jane.
"Öldü" dedi Lily.
Dedektif bu bilgiyi sindirir, kendi sonuçlarına varırken zaman geçti. Kapalı camın ardından geçip giden bir itfaiye arabasının feryatları geldi, ancak bu arabanın içinde sadece kaloriferin tıslaması vardı.
Jane, "Onu sen mi öldürdün?" dedi.
Lily yutkundu. "Evet."
"Öyleyse annesi asla onu almaya gelmedi, değil mi? Onu asla yurtdışına götürmedi. Mektubu bu yüzden yazdın."
Lily'nin kafası öne eğildi. Herhangi bir şeyi inkâr etmenin anlamı yoktu. Bu kadın zaten her şeyi bir araya getirmişti. "Okuldan aradılar. Geri gelip gelmeyeceğini öğrenmek için arayıp duruyorlardı. Bana nerede olduğunu sormaktan vazgeçmeleri için mektubu yazmaya mecburdum."
"Onu nasıl öldürdün?"
Lily titreyerek nefes aldı. "Babamın cenazesinden sonraki haftaydı. Dominic bizim garajda durmuş annemin arabasına bakıyordu. Onun artık arabaya ihtiyacı olmayacağını, bu yüzden belki de arabayı alabileceğini söyledi." Lily'nin sesi gergin bir fısıltıya dönüştü. "Bildiğimi o zaman söyledim. Onları öldürdüğünü bildiğimi."
"Bunu nereden biliyordun?"
"Biliyordum çünkü defterini bulmuştum. Döşeğinin altında saklıyordu."
"Defterde ne vardı?"
"Hepsi bizimle ilgiliydi. Sıkıcı Saul ailesi üzerine sayfalar ve say-

falar. Her gün yaptığımız şeyler, birbirimize söylediklerimiz. Teddy'nin göle giderken kullandığı patika hakkında notlar almıştı. Banyo dolaplarında hangi hapları bulundurduğumuzu. Kahvaltıda ne yediğimizi, birbirimize nasıl iyi geceler dediğimizi." Kadın durakladı. Yutkundu. "Ve babamın silah dolabının anahtarını nerede tuttuğunu da biliyordu." Jane'e baktı. "Bizi inceleyen bir bilim adamı gibiydi. Biz de laboratuvar farelerinden başka bir şey değildik."

"Aileni öldürdüğünü defterine yazmış mıydı?"

Kadın tereddüt etti. "Hayır. En son sekiz ağustosta bir şeyler yazmıştı, Teddy'nin..." Kadın durdu. "Bunu deftere yazmayacak kadar akıllıydı."

"Defter nerede şimdi? Hâlâ sende mi?"

"Yaktım. Tüm diğer kitaplarıyla birlikte. Onların görüntüsüne dayanamıyordum."

Lily, Jane'in bakışlarını okuyabiliyordu. *Kanıtları tahrip ettin. Neden sana inanayım ki?*

"Tamam" dedi Jane. "Dominic'i garajda bulduğunu söyledin, onunla orada yüzleştiğini."

"Öyle kızgındım ki, daha sonra neler olacağını düşünmedim bile."

"Peki ne oldu?"

"Ona ne yaptığını bildiğimi söylediğimde öylece baktı bana. Ne korku, ne suçluluk. 'İspat edemezsin' dedi." Bir nefes aldı, sonra da yavaş yavaş soluğunu bıraktı. "İspat edebilsem bile, sadece on beş yaşındaydı. Hapishaneye gitmeyecekti. Birkaç yıl içinde özgür kalırdı. Ama benim ailem ölü olmaya devam edecekti."

"Sonra ne oldu?"

"Ona nedenini sordum. Neden bu kadar korkunç bir şey yaptığını. Bana ne dedi biliyor musun?"

"Ne?"

"'Bana daha iyi davranmalıydın.' Cevabı buydu. Tüm söylediği buydu. Sonra gülümsedi ve sanki dünyada hiçbir şeye aldırmıyormuş gibi, öylece garajdan çıkıverdi." Kadın durakladı. "İşte o zaman yaptım."

"Nasıl?"

"Bir kürek aldım elime. Kürek duvara yaslanmış halde duruyordu. Almak için uzadığımı bile hatırlamıyorum. Küreğin ağırlığını bile hissetmedim. Sanki... sanki kollarım başka birinin kollarıymış gibiydi. Düştü, ancak hâlâ kendindeydi ve emekleyerek uzaklaşmaya başladı." Derince iç geçirdi kadın ve yumuşak bir sesle "Bu yüzden ona tekrar vurdum" dedi.

Dışarıda gece sessizleşmişti. Isırıcı hava yayaları caddelerden uzaklaştırmıştı ve ancak arada sırada bir araba kayarak geçiyordu.

"Peki sonra?" diye sordu Jane.

"Sadece cesetten nasıl kurtulacağımı düşünüyordum. Onu annemin arabasına taşıdım. Belki kaza süsü verebilirim diye düşünmüştüm. Geceydi, bu yüzden hiç kimse hiçbir şey görmeyecekti. Arabayı kasabanın birkaç mil dışındaki şu kum yatağına kadar götürdüm. Yolun kenarından itip suya yuvarladım. Önünde sonunda birilerinin göreceğini varsaymıştım. Birilerinin orada bir araba olduğunu haber vereceğini." Lily inanmaz bir kahkaha attı. "Ama kimse bunu yapmadı. Düşünebiliyor musunuz?" Jane'e baktı. "Hiç kimse, asla onu bulmadı."

"Böylece sen de hayatına devam ettin."

"Liseden mezun oldum. Ve kasabadan ayrıldım, tamamen. Eğer bir gün bedenini bulurlarsa orada olmak istemiyordum."

Bir an için birbirlerine baktılar. Jane "Az önce Dominic Saul'u öldürdüğünü itiraf ettiğinin farkındasın" dedi. "Senin tutuklamak zorundayım."

Lily geri adım atmadı. "Yine yapardım. Bunu hak ediyordu."

"Bunu kim biliyor? Onu öldürdüğünü kim biliyordu?"

Lily durakladı. Dışarıda bir çift, kafaları rüzgâra karşı eğilmiş, kışlık ceketler içinde kamburlaşmış halde yürüyerek geçti.

"Sarah ile Lori-Ann biliyor muydu?"

"Onlar benim en iyi arkadaşlarımdı. Onlara söylemek zorundaydım. Bunu neden yaptığımı anladılar. Bunu bir sır olarak tutacaklarına yemin ettiler."

"Ve şimdi arkadaşların öldü."

"Evet." Lily titredi ve kendi kendini sarmaladı. "Benim suçum."

"Başka kim biliyor?"

"Başka hiç kimseye anlatmadım. Paçayı sıyırdığımı düşünmüştüm." Bir nefes aldı. "Sonra Sarah'a o kart geldi."

"Vahiye gönderme yapan kart mı?"

"Evet."

"Yaptığın şeyi bilen başka biri daha olmalı. O gece seni gören ya da yaptığını duyan biri. Sana işkence ederek eğlenen biri."

Lily kafasını salladı. "O kartı Dominic gönderirdi."

"Ama o öldü. Bunu nasıl yapabilir ki?"

Söylemek üzere olduğu şeylerin mantıklı kadına kesinlikle saçma geleceğinin farkında olan Lily, bir an için sessizleşti. "Ölümden sonra hayata inanır mısınız, Dedektif?" diye sordu.

Lily'nin tahmin edebileceği gibi Jane homurdandı. "Ben hayatta tek bir deneme şansımız olduğuna inanırım. Bu yüzden her şeyi mahvetmeye tahammül edemeyiz."

"Eski Mısırlılar ölümden sonraki hayata inanırdı. Herkeste bir Ba olduğuna inanır, bunu insan yüzlü bir kuş olarak resmederlerdi. Ba sizin ruhunuzdur. Siz öldükten sonra serbest kalır ve yaşayanların dünyasına uçabilir."

"Bu Mısır inanışlarının kuzeninle ne alakası var?"

"Mısır'da doğmuştu. Annesinden kalan, bazıları epeyce eski bir sürü kitabı vardı. Bu kitaplarda Mısır kefenlerindeki metinlerden sihir sözleri vardı, Ba'yı yeniden hayata yöneltmek için büyüler. Sanırım bir yolunu buldu."

"Yeniden dirilişten mi bahsediyorsun?"

"Hayır. Sahip olma."

Sessizlik sonsuzluk gibi gelen bir süre boyunca devam etti.

"Şeytanın sahip olması mı demek istiyorsun?" diye sordu Jane en sonunda.

"Evet" dedi Lily usulca. "Ba, başka bir ev bulur."

"Yani başka bir herifin bedenini ele mi geçiriyor? Cinayeti ona mı işletiyor?"

"Ruhun fiziksel bir biçimi yok. Kanlı canlı bir varlığı kontrol etmesi gerek. Şeytanın sahipliği kavramı yeni bir şey değil. Katolik Kilisesi bunu hep biliyordu, ellerinde belgelenmiş vakalar var. Şeytan çıkarma ayinleri var."

"Kuzeninizin Ba'sının bir beden kaçırdığını ve bu sayede sizi takip edebildiğini mi söylüyorsunuz, arkadaşlarınızı bu şekilde öldürdüğünü?"

Lily, Jane'in sesindeki kuşkuculuğun farkındaydı ve iç geçirdi. "Bunu konuşmanın bir anlamı yok. Söylediklerimin hiçbirine inanmıyorsunuz."

"Sen inanıyor musun? Yani, gerçekten de?"

"On iki yıl önce inanmıyordum" dedi Lily usulca. Jane'e baktı. "Ama artık inanıyorum."

* * *

Sualtında on iki yıl, diye düşündü Jane. Motorlar gürler ve kablo uzun zamandır sualtında olan arabanın ağırlığını çekiştirip gerilirken, ürpererek kum yatağının kıyısında durdu Jane. On iki yazın yosunları on iki kışın soğuğu ve sualtında kalan ete ne olurdu ki acaba? Kadının yanında duran diğer insanlar da ciddi bir sessizlik içindeydi, hiç kuşku yok ki, tıpkı Jane gibi onlar da Dominic Saul'un vücudunu görecekleri ilk andan korkmaktaydılar.

Chenango ili adli tıp uzmanı Doktor Kibbie yakasını kaldırdı ve sanki paltosunun içinde kaybolmak, buradan başka herhangi bir yerde olmak istermiş gibi atkısını yüzünün üzerine çekti. Yukarıdaki ağaçlarda bir karga üçlüsü gaklayıp duruyordu, sanki kokuşmuş etleri bir anlığına görebilmek, bir parça tadabilmek için hevesli gibiydiler. *Hiç et kalmamış olsun,* diye düşündü Jane. Başa çıkabileceği temiz kemikler. İskeletler sadece Cadılar Bayramı süslemeleriydi, tıpkı takırdayan plastik gibi. Hiç de bir insana ait gibi değil.

Göz ucuyla yanında duran Lily'ye baktı. *Senin için daha kötü olmalı. Onu tanıyordun. Onu sen öldürdün.* Ancak Lily başını çevirmemişti; bakışları aşağıdaki kum yatağına sabitlenmiş halde, Jane'in yanında durmaya devam ediyordu.

Birkaç kırılmış buz parçasının suyun yüzeyinde aşağı yukarı hareket ettiği yerde, yükünü siyah sulardan kaldıran kablo gerildi. Arabanın orada olduğunu teyit etmek için zaten aşağı bir dalgıç inmişti, ancak su fazlasıyla bulanık ve dönüp duran tortu tabakası içindekileri apaçık biçimde görebilmek için fazlasıyla kalındı. Şimdi su kaynarmış gibiydi ve araç suyun yüzeyine çıktı. Tekerleklerdeki hava, suya düştüğünde arabanın baş aşağı dönmesine neden olmuştu ve paslı metallerin içinden boşalan suyla, ilk önce arabanın alt tarafı su yüzüne çıktı. Sanki suyu yaran bir balina gibi, önce arka tampon belirdi, plaka on yıllık bir yosun ve tortu tabakasıyla örtülmüştü. Vincin motoru daha hızlı döndü, makinelerin tiz inlemeleri dosdoğru Jane'in kafatasını deliyordu. Lily'nin kendisine yaslanarak sindiğini hissetti Jane ve genç kadının artık kesinlikle dönüp Jane'in arabasına kaçacağını düşündü. Ancak vinç yükünü kum yatağından çıkarır ve nazikçe karın üzerine bırakırken, kadın olduğu yerde kalmayı başardı.

Bir işçi kabloyu serbest bıraktı. Motorların devrinde bir başka artış, vincin bir dürtüşü ve araba doğru tarafı üste gelecek şekilde yuvarlanmıştı. Karı kirli bir kahverengiyle lekeleyerek, araçtan sular boşandı.

Bir an için hiç kimse arabaya yaklaşmadı. Sularını yavaş yavaş akıtarak, orada durmasına izin verdiler. Sonra Doktor Kibbie eldivenlerini taktı ve artık çamurlu olan karın üzerinden, zar zor şoför kapısına yürüdü. Kapıyı kuvvetle çekti ancak açılmıyordu. Arabanın etrafından dönerek yolcu tarafına geçti ve kapı koluna asıldı. Kapı botlarını ve pantolonunu sırılsıklam eden ani bir su hücumunu serbest bırakarak açılırken, adam geriye sıçradı.

Diğerlerine baktı, sonra dikkatini hâlâ damlamaya devam eden açık kapıya yöneltti. Kendini manzaraya karşı hissizleştirmeye çalışarak bir nefes aldı ve arabanın içine doğru eğildi. Uzun bir süre boyunca, vücudu belinden eğilmiş, poposu arabadan dışarı çıkmış haldeki o duruşu sürdürdü adam. Aniden doğruldu ve diğerlerine döndü.

"Burada hiçbir şey yok."

"Ne?" diye sordu Jane.

"Boş."

"Herhangi bir kalıntı görmüyor musun?"

Doktor Kibbie kafasını salladı. "Bu arabada ceset yok."

* * *

"Dalgıçlar eli boş döndü, Lily. Ne vücut, ne iskelet. Kuzeninin o suda olduğunu gösteren en ufak bir kanıt bile yok."

Düşen kar taneleri, sürekli kalınlaşan dantel bir duvak halinde ön cama nazikçe yerleşirken, Jane'in park edilmiş arabasında oturmaktaydılar.

"Rüya görmedim" dedi Lily. "Olduğunu biliyorum." Düşünceli gözlerle Jane'e baktı. "Neden bunu uydurmuş olayım ki? Eğer doğru olmasa, neden onu öldürdüğümü itiraf edeyim?"

"Arabanın annenin arabası olduğunu teyit ettik. Ruhsat on iki yıldan beri yenilenmemiş. Anahtarlar hâlâ kontağın üzerinde duruyor."

"Orada olacaklarını size ben söyledim. Size arabayı tam olarak nerede bulacağınızı söyledim."

"Doğru, söylediğin her şey, sadece o küçük detay dışında doğru çıktı. Ceset yok."

"Çürüyüp gitmiş olabilir."

"Öyle olsa bile geride iskelet kalırdı. Ama burada hiçbir şey yok. Ne giysiler, ne kemikler." Jane durakladı. "Bunun ne anlama geldiğini biliyorsun."

Lily yutkundu ve artık karla örtülmüş ön cama baktı. "Yaşıyor."

"Bir hayaletten ya da kötü ruhtan kaçıyor değildin. O hâla kanlı canlı biri ve sanırım onu öldürmeye çalışmandan dolayı sana epeyce kızmış durumda. Hepsi bu yüzden, Lily. İntikam. On iki yıl önce sadece bir çocuktu. Şimdi bir erkek ve onca yıldan sonra yaptıklarının cezasını ödetmek istiyor. Geçen ağustosta, İtalya'da izini kaybetti, seni nasıl bulacağı hakkında hiçbir fikri yoktu. Bu yüzden, bilgi almak için Sarah ve Lori-Ann'in peşine düştü. Ama onlar da senin nerede olduğunu bilmiyordu; onun işine yaramıyorlardı. Seni bulmanın başka bir yolunu akıl etmesi gerekiyordu."

"Mefisto Kulübü" diye mırıldandı Lily.

"Eğer Mefisto, Sansone'nin iddia ettiği kadar itibar görüyorsa, o zaman kulübün ünü muhtemelen kanun adamlarından daha geniş bir kesime yayılmıştır. Besbelli, Dominic de onları duymuş. Onları nasıl ayartacağını kesinlikle çok iyi biliyordu. Joyce O'Donnell'a edilen telefon, Latince kelimeler, deniz kabuğu, satanik semboller; bunlar Mefisto'nun en sonunda şeytanın izini sürdüklerini düşünmelerine neden oldu. Ancak ben onlarla oynandığını düşünüyorum."

"Dominic beni bulmak için onları kullandı."

"Ve iyi iş çıkardılar, değil mi? Sadece on gün içinde Mefisto seni buldu."

Lily bir an için bunu düşündü. Kadın, "Bir beden yok" dedi. "Beni herhangi bir suçla itham edemezsin artık. Beni daha fazla tutamazsın."

Jane korkuyla ve düşünceli bir şekilde parıldayan gözlere baktı: *Kaçmak istiyor.*

"Gitmekte özgürüm, değil mi?"

"Özgür mü?" diyerek güldü Jane. "Korkmuş bir tavşan gibi yaşamaya özgürlük mü diyorsun?"

"Hayatta kaldım, değil mi?"

"Peki ne zaman karşı koyacaksın? Ne zaman fikrini açık açık söyleyeceksin? Bahsettiğimiz bu kişi şeytan değil, bir adam. Alt edilebilir."

"Senin için söylemesi kolay. Avladığı kişi sen değilsin!"

"Hayır, ama ben *onu* avlıyorum ve senin yardımına ihtiyacım var. Benimle birlikte çalış, Lily. Onu herkesten daha iyi tanıyorsun."

"İşte bu yüzden benim hayatta kalmamı göze alamaz."

"Sana söz veriyorum, güvende olacaksın."

"Bu sözü tutmana imkân yok. Nerede olduğumu çoktan öğrenmediğini mi sanıyorsun? Onun ne kadar dikkatli olduğunu bilmiyorsun sen. Hiçbir ayrıntıyı, hiçbir fırsatı kaçırmaz o. Hayatta ve nefes alıyor olabilir. Ama onun bir *insan* olduğuna asla ikna edemezsin beni."

Jane'in cep telefonu ikisini de yerinden sıçratarak çaldı. Telefona cevap verirken, Lily'nin gergin ve sorgulayan bakışlarını hissedebiliyordu kadın. *En kötüsünü varsayıyor.*

Telefondaki Barry Frost'tu. "Şu an neredesin?"

"Hâlâ Norwich'teyiz. Geç oldu, bu yüzden muhtemelen bu gece bir otele gider ve şehre yarın döneriz."

"Bence onu buraya getirmesen daha iyi olur."

"Nedenmiş o?"

"Çünkü büyük bir sorunumuz var. Oliver Stark öldü."

"Ne?"

"Birileri Oliver Stark'ın telefonunu dokuz yüz on biri aramak için kullanmış, sonra da ahizeyi yerine koymadan bırakmış. Bu şekilde öğrendik. Şu an adamın evindeyim. Tanrım, burada her yer kan içinde. Hâlâ tekerlekli sandalyesine bağlı, ama onu tanımana imkân yok. Zavallı çocuğun hiç şansı olmamış." Adam, kadının konuşmasını beklerken bir sessizlik oldu. "Rizzoli?"

"Diğerlerini uyarmamız lazım. Sansone ile Bayan Felway."

"Onları çoktan aradım, Doktor Isles'ı da. Mefisto'nun Avrupa'da üyeleri de var ve hepsi önlemler alıyor."

Lily'nin az önce söylediği şeyi düşündü Jane. *Onun bir insan olduğuna asla ikna edemezsin beni.* Duvarların içinden yürüyebilirmiş gibi görünen bir katile karşı kim, ne tür bir önlem alabilirdi ki?

Kadın, "Hepsini avlıyor" dedi.

"Öyle görünüyor. Bu iş bizim düşündüğümüzden çok daha fazla büyüdü. Bu sadece Lily Saul'la ilgili değil. Bu tüm kulüple ilgili bir şey."

"Neden yapıyor ki bunu? Neden hepsinin peşine düşüyor?"

"Sansone buna ne dedi biliyor musun?" dedi Frost. "Bir soykırım. Belki de Lily Saul konusunda yanılmışızdır. Belki de gerçek hedef o değildir."

"Her iki halde de onu şimdi geri getiremem."

"Teğmen Marquette Boston'un dışında daha güvende olacağını düşünüyor ve ben de buna katılıyorum. Uzun süreli bir ayarlama yapmaya çalışıyoruz, ama bir iki gün sürecektir."

"O zamana kadar, onu ne yapacağım ben?"

"Sansone New Hampshire'ı önerdi. White Mountains'te bir ev. Güvenli olduğunu söylüyor."

"Kimin eviymiş bu?"

"Bayan Felway'in bir arkadaşına aitmiş."

"Peki bu konuda Sansone'nin yargılarına güvenecek miyiz?"

"Marquette onayladı. Rütbelilerin adam hakkında herhangi bir kuşkusu olmadığını söylüyor."

O halde Sansone hakkında benim bildiğimden fazlasını biliyorlar.

"Tamam" dedi kadın. "Bu evi nasıl bulacağım?"

"Bayan Felway arayıp sana tarif edecek."

"Peki ya Sansone ile Maura? Onlar ne yapacak?"
"Hepsi aynı yere geliyorlar. Seninle orada buluşacaklar."

Massachusetts eyalet sınırından New Hampshire'a geçtiklerinde saat öğlenden sonra birdi. O sabah Oneonta'daki otelden ayrıldıklarından bu yana, Lily neredeyse tek kelime etmemişti. Şimdi kuzeye, White Mountains'e doğru giderlerken, işitilen yegâne ses kar tanelerini ön camdan sıyıran sileceklerin gıcırtısıydı. *Hoşbeş etmek için fazla gergin,* diye düşündü Jane sessiz yol arkadaşına göz atarak. Dün gece, paylaştıkları otel odasında, Jane yan yataktaki tüm dönüp durmaları duymuştu ve bugün Lily'nin gözleri yorgunluktan çökmüş, teni neredeyse kemiklerinin beyazlığını ortaya çıkaracak kadar soluklanmıştı. Birkaç kilo daha alsa Lily Saul güzel olabilirdi. Oysa şimdi, ona baktığında Jane yürüyen bir ceset görmekteydi.

Bu ihtimal gerçekleşebilir.

"Bu gece benimle birlikte kalacak mısın?" Soru öylesine usulca sorulmuştu ki, neredeyse sileceklerin süpürüşü arasında kayboluyordu.

"Duruma bakacağım" dedi Jane. "Ne yapacağıma o zaman karar vereceğim."

"O halde kalmayabilirsin."

"Orada yalnız olmayacaksın."

"Sanırım evine gitmek istiyorsun, değil mi?" Lily iç geçirdi. "Evli misin?"

"Evet, evliyim."

"Çocuklar?"

Jane tereddüt etti. "Bir kızım var."

"Bana kendinden bahsetmek istemiyorsun. Bana gerçekten de güvenmiyorsun."

"Seni yeterince tanımıyorum."

Lily pencereden dışarı baktı. "Beni gerçekten tanıyan herkes öldü." Durakladı. "Dominic dışında."

Dışarıda, düşen kar giderek kalınlaşan beyaz bir duvaktı. Çam ağaçlarından oluşan sık bir ormanın içinden tırmanıyorlardı ve Jane, eğer bu kar yağışı devam ederse Subaru'sunun yolla başa çıkıp çıkmayacağı konusunda tedirginlik içindeydi.

"Bana neden güvenesin ki?" dedi Lily acı bir kahkahayla. "Yani, benim hakkımda tüm bildiğin kuzenimi öldürmeye çalıştığım. Ve her şeyi elime yüzüme bulaştırdığım."

"Lori-Ann'in duvarındaki şu mesaj" dedi Jane, "senin içindi, değil mi? *Günah işledim.*"

"Çünkü günah işledim" diye mırıldandı Lily. "Ve bunun bedelini ödemekten asla kurtulamayacağım."

"Ve masasındaki dört kişilik yemek düzeni. Bu da Saul ailesini temsil etmesi içindi, değil mi? Dört kişilik bir aile."

Lily bir eliyle gözlerini sildi ve pencereden dışarı baktı. "Ve ben sonuncuyum. Dördüncü kişi."

"Biliyor musun?" dedi Jane. "O orospu çocuğunu ben de öldürürdüm."

"Benden daha iyi becerirdin."

Yol dikleşti. Lastikleri sürekli derinleşen taze karı ezerek, Subaru dağdan yukarı tırmanmak için çabaladı. Jane telefonuna göz attı ve çekip çekmediğini işaret eden çubukları göremedi. En azından son beş mildir tek bir evin önünden geçmemişlerdi. *Belki de geri dönmeliyiz,* diye düşündü kadın. *Bu kadını hayatta tutmam gerekiyor, donarak öleceği dağlarda tehlikeye atmam değil.*

Doğru yol bu muydu?

Gözlerini kısarak ön camdan baktı ve yokuşun tepesini görmeye çabaladı. İşte o zaman sarp kayalıkların tepesine bir kartal yuvası gibi tünemiş dağ evini fark etti. Yakınlarda başka hiçbir ev yoktu ve dağın tepesine doğru sadece bu yol gidiyordu. Yukarıda kesinlikle tüm vadiye hâkim bir manzara olacaktı. Onları kabul etmek için açık bırakılmış bir kapıdan geçtiler.

Jane, "Bu olabildiğinde güvenli gibi görünüyor" dedi. "O kapı bir kez kapatılınca, bu yerin yakınına gelmek mümkün değil. Eğer kanatları yoksa buraya ulaşamaz."

Lily kafasını kaldırıp sarp kayalıklara baktı. "Ve biz de kaçamayız" dedi usulca.

Dağ evinin önüne iki araç park edilmişti. Jane, Sansone'nin Mercedes'inin arkasına çekti ve arabadan indiler. Yolda duraklayan Jane, kafasını kaldırıp kabaca kesilmiş kütüklere, karla dönen gökyüzüne doğru yükselen sivri çatıya baktı. Çantalarını almak için bagaja gitti. Arkasında bir hırlama duyduğunda bagajı henüz kapatmıştı.

İki Doberman kadının yaklaştıklarını duyamayacağı kadar sessizce hareket ederek, iki siyah hayalet gibi ormanın içinden çıkmıştı. İki kadın da oldukları yerde donup kalırken, köpekler dişlerini göstererek yaklaştı.

"Koşma" diye fısıldadı Jane, Lily'ye. "Hareket bile etme." Silahını çekti.

"Balan! Bakou! Geri çekilin!"

Köpekler durdu, dağ evinden az önce çıkan ve verandada duran sahibelerine baktılar.

"Eğer sizi korkuttularsa özür dilerim" dedi Edwina Felway. "Biraz koşsunlar diye salmam gerekiyordu."

Jane silahını kılıfına koymadı. Bu hayvanlara güvenmiyordu, onların da Jane'e güvenmedikleri açıktı. Bir yılanınki kadar siyah gözlerle izleyerek, kadının önünde durmaya devam ediyorlardı.

"Bölgelerine çok düşkündürler, ama kimin dost kimin düşman olduğunu çok kısa sürede anlarlar. Artık bir şey olmaz. Silahınızı kaldırın ve bana doğru yürüyün. Ama çok hızlı hareket etmeden."

Jane gönülsüzce silahını kılıfına yerleştirdi. O ve Lily, köpeklerin önünden geçince rahatlayarak verandaya çıktılar, Dobermanlar yol boyunca onları izlemeyi sürdürmüştü. Edwina onları içeri, odun dumanı kokan mağara gibi büyük bir odaya aldı. Koca kirişler tepelerinde kemer yapıyordu ve budaklı çamdan duvarlara Amerikan geyiği ve karaca kafaları asılıydı. Taş bir şöminede, kayın ağacından odunlarda alevler çatırdıyordu.

Maura onları karşılamak için kanepeden kalktı.

"En sonunda gelebildiniz" dedi Maura. "Fırtına aniden bastırdı, biz de endişelenmeye başlıyorduk."

"Yol oldukça kötüydü" dedi Jane. "Siz ne zaman geldiniz?"

"Dün gece, Frost bizi aradıktan hemen sonra."

Jane vadiye bakan bir pencerenin yanına ilerledi. Düşen karların oluşturduğu kalın perdenin arasından, kadının gözüne uzak zirveler ilişti. "Bol bol erzağının var mı?" diye sordu kadın. "Yakacak?"

"Haftalarca yetecek kadar var" dedi Edwina. "Arkadaşım buraya her şeyden fazla fazla stoklar. Şarap mahzenine kadar. Bol bol odunumuz da var. Ve bir jeneratör, elektrikler kesilirse diye."

"Ve silahlıyım" dedi Sansone.

Jane adamın odaya girdiğini duymamıştı. Döndü ve ne kadar

ciddi göründüğünü fark ederek şaşırdı. Son yirmi dört saat onu değiştirmişti. O ve arkadaşları şimdi kuşatma altındaydı ve bu durum adamın bitkin yüzünde görünmekteydi.

"Bizimle kalacağınız için memnunum" dedi adam.

"Aslında" Jane saatine baktı "burası oldukça güvenli görünüyor."

"Bu gece gitmeyi düşünmüyorsun herhalde" dedi Maura.

"Öyle olmasını umuyordum."

"Bir saat içinde hava kararacak. Yollar sabaha kadar bir daha açılmaz."

Sansone, "Gerçekten de kalmalısınız" dedi. "Yollar kötü olacaktır."

Jane bir kez daha dışarı, yağan kara baktı. Patinaj yapan tekerlekleri ve ıssız dağ yollarını düşündü. "Sanırım mantıklı" dedi.

"Bütün çete burada mı?" diye sordu Edwina. "O halde gidip kapıyı kilitleyim."

*   *   *

"Şerefe kadeh kaldırmalıyız" dedi Edwina, "Oliver'ın anısına.

Hepsi büyük odada, kocaman taş şöminenin etrafında oturuyordu. Sansone alevlerin arasına odun attı ve ağacın kâğıt gibi kabuğu tıslayıp kıvılcımlar saçtı. Dışarıya karanlık çökmüştü. Rüzgâr inledi, pencereler takırdadı ve ani bir hava akımı bacadan odaya bir duman bulutu gönderdi. *Sanki Lucifer girişini ilan edermiş gibi*, diye düşündü Jane. Edwina'nın sandalyesi yanında yatan iki Doberman, sanki bir yabancının kokusunu almış gibi aniden kafalarını kaldırdı.

Lily kanepeden kalktı ve şöminenin yakınına geldi. Kükreyen ateşe rağmen oda soğuktu ve turuncu parlaklıkları yüzüne yansıyarak alevlere bakarken, omuzları etrafında bir battaniyeyi sıkıca tuttu. Hepsi burada kapana kısılmışlardı, ancak asıl tutsak Lily'ydi. Karanlığın etrafında dönüp durduğu tek kişi. Bütün akşam boyunca Lily neredeyse hiçbir şey söylememişti. Yemeğine neredeyse elini sürmemişti ve diğer herkes şerefe kadeh kaldırırken, şarap kadehine uzanmadı.

"Oliver'a" diye mırıldandı Sansone.

Kederli ve sessiz bir saygıyla kadehlerini kaldırdılar. Jane sadece bir yudum aldı. Şarabın yerine birayı arzulayarak, kadehini Maura'ya geçirdi.

Edwina, "Bize taze kan lazım, Anthony" dedi. "Adaylar üzerinde düşünüyordum."

"Kimseden bize katılmasını isteyemem. Şimdi olmaz." Maura'ya baktı adam. "Bütün bunların içine çekildiğin için çok üzgünüm. Asla bunun parçası olmayı istememiştin."

"Londra'da birini tanıyorum" dedi Edwina. "İstekli olacağına eminim. Gottfried'e onu çoktan önerdim bile."

"Şimdi zamanı değil, Winnie."

"Peki ne zaman? Bu adam yıllar önce kocamla çalışmıştı. Bir Mısır uzmanı ve muhtemelen Oliver'ın yorumladığı her şeyi..."

"Oliver'ın yerini *hiç kimse* tutamaz."

Sansone'nin verdiği sert karşılık Edwina'yı şaşırtmış gibiydi. "Tabii ki" dedi en sonunda. "Bunu demek istememiştim."

"Boston Üniversitesi'nde öğrenciniz mi olmuştu?" diye sordu Jane.

Sansone başıyla onayladı. "Sadece on altı yaşındaydı, kampustaki en genç birinci sınıf öğrencisi. Tekerlekli sandalyesini sürerek sınıfıma girdiği ilk günden itibaren onun özel bir yeteneği olduğunu biliyordum. Herkesten daha fazla soru sorardı. Yaptığı işte böylesine iyi oluşunun nedenlerinden biri, asıl üniversite eğitiminin matematik üzerine oluşuydu. Muğlak bir antik koda sadece bir kez bakar ve kalıpları o an görüverirdi." Sansone şarap kadehini bıraktı. "Onun gibi birini hiç tanımadım. Onunla karşılaştığınız andan itibaren, fazlasıyla yetenekli olduğunu hemen anlardınız."

"Diğerlerimizin aksine" dedi Edwina ekşi bir gülüşle. "Ben önce biri tarafından tavsiye edilmesi gereken, fazlasıyla yetenekli olmayan üyelerden biriyim." Maura'ya baktı. "Sanırım Joyce O'Donnell'ın tavsiyesi olduğunuzu biliyorsunuzdur?"

"Maura'nın bununla ilgili karışık hisleri var" dedi Sansone.

"Joyce'u pek sevmezdiniz, değil mi?"

Maura, Jane'in şarabını bitirdi. "Ölülerin arkasından konuşmamayı tercih ederim."

"Bu konuda açık sözlü olmanın bence mahzuru yok" dedi Jane. "Joyce O'Donnell'ı üye olarak alacak herhangi bir kulüp, benim katılmak isteyeceğim bir kulüp değildir."

"Zaten bize katılacağınızı düşünmezdim" dedi Edwina, yeni bir şişeyi açarken, "ne de olsa inanmıyorsunuz."

"Şeytana mı?" Jane güldü. "Öyle biri yok."

"İşinizde karşılaştığınız bütün dehşet sahnelerinden sonra bile bunu söyleyebiliyorsunuz, Dedektif?" dedi Sansone.

"Alelade insanlarca işlenen suçlar. Ve hayır, ben şeytanın bazı insanlara sahip olmasına da inanmıyorum."

Sansone, yüzü alevlerin parlaklığını yakalayarak kadına doğru eğildi. "Teacup Poisoner vakasını biliyor musunuz?"

"Hayır."

"Graham Young isimli bir İngiliz çocuktu. On dört yaşında kendi aile fertlerini zehirlemeye başladı. Annesi, babası, kız kardeşi. En sonunda annesini öldürmek suçundan hapishaneyi boyladı. Yıllar sonra serbest kaldığında, hemen tekrar insanları zehirlemeye başladı. Bunu neden yaptığını ona sorduklarında, sadece eğlence için olduğunu söyledi. Ve şöhret. O sıradan bir insan değildi."

"Daha çok bir sosyopat gibi" dedi Jane.

"Bu sevimli, rahatlatıcı bir kelime. Sadece bir psikiyatrik tanı koy, açıklanamayanı açıklasın. Ancak burada öylesine korkunç hareketler var ki, bunları açıklayamazsınız. Bunların aklınıza hayalinize gelmesi bile mümkün değil." Adam durakladı. "Graham Young başka bir genç katile ilham kaynağı oldu. Geçen yıl kendisiyle bir görüşme yaptığım, on altı yaşındaki bir Japon kız. Graham Young'un yayınlanmış günlüklerini okumuş ve cinayetlerinden öylesine etkilenmişti ki, onu taklit etmeye karar verdi. Önce hayvanları öldürdü. Onları kesip açıyor ve vücut parçalarıyla oynuyordu. Bıçağı canlı ete saplamanın nasıl olduğunu en ince detaylarına kadar tarif eden elektronik bir günlük tutmuş. Kanın sıcaklığı, ölen yaratığın titremesi. Sonra işi ilerletip insanları öldürmeye başladı. Annesini talyumla zehirledi ve annesinin çektiği bütün acı verici semptomları günlüğüne kaydetti." Arkasına yaslandı, ancak bakışları hâlâ Jane'in üzerindeydi. "Onu sadece bir sosyopat olarak mı tanımlarsınız?"

"Peki siz ona iblis mi dersiniz?"

"Olduğu şeyi tanımlamak için başka bir kelime yok. Ya da Dominic Saul gibi bir adam için. Var olduklarını biliyoruz." Döndü ve ateşe baktı. "Problem şu ki" dedi usulca, "onlar da bizim var olduğumuzu biliyormuş gibi görünüyorlar."

"Hiç *Hanok'un Kitabı*'ndan bahsedildiğini duymuş muydunuz, Dedektif?" diye sordu Edwina, şarap kadehlerini doldurarak.

"Daha önce bahsetmiştiniz."

"Lut Gölü Tomarları arasında bulunmuştur. Antik bir metindir, Hıristiyanlık öncesi. Apokrif edebiyatın bir parçası. Dünyanın yok oluşunu öngörüyor. Dünyanın, önce bize kılıçlar ve kalkanlar yapmayı öğreten, İzleyenler denen başka bir tür tarafından istila edildiğini söylüyor. Bize kendi yıkımımızın araçlarını verdiler. Antik zamanlarda bile, insanlar bu yaratıkları açıkça biliyor ve bizden farklı olduklarını anlıyorlardı."

"Şit'in oğulları" dedi Lily usulca. "Âdem'in üçüncü oğlunun soyundan gelenler."

Edwina ona baktı. "Onları biliyor musun?"

"Birçok isimleri olduğunu biliyorum."

"Âdem'in bir üçüncü oğlu olduğunu hiç duymamıştım" dedi Jane.

"Aslında Tekvin'de geçiyor, ancak İncil elverişli bir şekilde öyle çok şeyi gizliyor ki" dedi Edwina. "Sansür edilen ve bastırılan çok büyük bir tarih var. Yahuda İncil'ini, ancak şimdi, neredeyse iki bin yıl sonra okuyabiliyoruz."

"Ve Şit'in soyundan gelenler... İzleyenler onlar mı?"

"Yüzyıllar içerisinde birçok değişik isim verilmiş onlara. Elohim, Nefilim. Mısır'da, Shemsu Hor. Bütün bildiğimiz soyları çok eski, kökenleri Levant'ta."

"Nerede?"

"Kutsal Topraklar. *Hanok'un Kitabı* bize önünde sonunda kendi bekamız için onlarla dövüşmek zorunda kalacağımızı söylüyor. Ve onlar katliamlar yapar, acımasızca hükmeder ve yok ederken, korkunç ıstıraplar çekeceğimizi." Edwina Jane'in bardağını doldurmak için durakladı. "Sonra, en sonunda, her şeye karar verilecek. Son bir savaş olacak. Mahşer." Jane'e baktı. "İnansanız da inanmasanız da fırtına geliyor."

Alevler Jane'in yorgun gözleri önünde bulanır gibi oldu. Ve bir an için her şeyi yakıp kül eden bir ateş denizini hayal etti. *Demek siz insanların yaşadığı dünya bu*, diye düşündü. *Tanımadığım bir dünya.*

Maura'ya baktı. "Lütfen bana bunlara inandığını söyleme, Doktor."

Ancak Maura şarabını bitirmekle yetindi ve ayağa kalktı. "Yorgunum" dedi kadın. "Yatmaya gidiyorum."

Birisi Lily'nin bilincinin kıyısında tıkırdıyor, rüyalarının gizli panoramasına kabul edilmeyi talep ediyordu. Karanlığın içinde uykudan uyandı ve hiçbir şey tanıdık görünmeyince anlık bir panik hissetti. Sonra ay ışığının parlaklığını gördü ve nerede olduğunu hatırladı. Pencereden, şaşırtıcı derecede parlak karlara baktı. Rüzgâr fırtınayı sürükleyip götürmüştü ve şimdi ay, lekesiz ve beyaz bir dünya üzerinde parlamaktaydı, sessiz ve büyülü. Aylardan bu yana ilk defa kendini güvende hissediyordu. *Artık yalnız değilim,* diye düşündü kadın. Korkularımı anlayan insanlarla, beni koruyacak insanlarla birlikteyim.

Bir *klik-klik* sesinin odasını geçip koridorun ilerisinde yavaş yavaş kaybolduğunu duydu. Dobermanlardan biriydi, diye düşündü. Bakou ve Balan.[58] Ne kadar da iğrenç isimler. Tekrar tıkırdayarak kapının önünden geçen tırnaklar için kulak kabartarak yatakta yattı, ancak köpek geri dönmedi.

İyi. Çünkü banyoyu kullanması gerekiyor ve o hayvanlardan biriyle koridorda karşılaşmak istemiyordu.

Yataktan çıktı ve kapıya doğru ilerledi. Kafasını koridora uzatarak köpeklere bakındı ancak ne onlara dair bir işaret gördü, ne de tırnakların tıkırtılarını duydu. Merdivenlerden soluk bir ışık yayılıyordu, koridor boyunca ilerleyip banyonun yolunu bulmasına yeterliydi. Tam da kapının ağzına ulaşmışken, çıplak ayağı ıslak bir şeylere dokundu. Kafasını eğip aşağı baktı ve bir ıslaklığın donuk parıltısını gördü, iğrenerek ayağını geri çekti. Köpekler, tabii ki. Yerde başka ne tür kazalar bırakmışlardı ki? Daha kötü bir şeye basmak istemiyordu.

El yordamıyla duvardaki anahtarı buldu, açtı ve zemini taradı.

[58]. Bakou ve Balan iblis olan meleklerden ikisinin adıdır. (ç.n.)

Başka ıslaklıklar da gördü, ancak bunların köpekler tarafından bırakılmadığını fark etmişti; ayak izi şeklindeki bu ıslaklıklar, erimiş kardı. Birisi dışarıda yürümüş ve karları ayakkabılarının altında eve taşımıştı. Bakışları, kendi yorgun ve uykulu gözlerine baktığı aynaya doğru kalktı. Ve orada başka bir şey daha gördü, boynunun arkasındaki her bir tüyü diken diken eden bir şey, arkasındaki duvara kırmızı renkte çizilmiş şeyin yansıması.

Üç ters haç.

Nefesi kesilerek geriye doğru tökezledi ve banyodan aceleyle kaçtı. Panik koridor boyunca çılgınlar gibi koşmasına neden oldu en yakın kapıya doğru son hızla koşarken çıplak ayakları ıslak zeminde kayıyordu. Bu Maura'nın yatak odasıydı.

"Uyan!" diye fısıldadı kadın. "Uyanmalısın!" Uykudaki kadını öyle sertçe sarstı ki karyolanın başlığı takırdadı, yatağın yayları itiraz etti. Maura iç geçirdi ancak uyanmadı.

Neyin var senin? Neden seni uyandıramıyorum?

Koridorda bir şey gıcırdamıştı. Lily'nin kafası hızla kapıya doğru döndü. Gerisingeri kapı aralığına doğru yürürken, kalbinin kaburgalarına çatlatacak kadar güçlü bir şekilde çarptığını hissediyordu. Orada kulak kabartarak durdu, kendi kalbinin gürültülü vuruşları arasından işitmeye çabalıyordu.

Hiçbir şey.

Kafasını yavaşça ve dikkatli bir biçimde kapıdan uzattı ve koridora göz attı. Boştu.

Diğerlerini uyandır. Evde olduğunu bilmeleri lazım.

Sessizce koridora süzüldü ve çıplak ayaklarla, Jane'in odası olduğunu düşündüğü odaya doğru hızla ilerledi. Kapı koluna uzandı ve kilitli olduğunu anlayınca hüsranla iç çekti. *Onu uyandırmak için kapıya vurmalı mıyım? Gürültü çıkarmaya cesaret edebilir miyim?* Sonra bir köpeğin çıkardığı sızlanma sesini, aşağıdaki büyük oda boyunca hareket eden tırnakların soluk tıkırtılarını duydu. Tırabzanın üzerinden bakarken, neredeyse rahat bir nefes alarak gülüyordu.

Alt katta, şöminede ateş yanıyordu. Edwina Felway, yüzü alevlere bakacak şekilde kanepede oturmuştu.

Lily merdivenlerden aşağı koşunca iki Doberman bakışlarını yukarı kaldırdı ve bir tanesi tehditkâr biçimde hırlamaya başladı. Lily merdivenlerin dibinde donup kaldı.

"Tamam, tamam, Balan" dedi Edwina. "Ne tedirgin etti seni şimdi?"

"Edwina!" diye fısıldadı Lily.

Edwina dönüp kadına baktı. "Ah. Uyanıksın. Ben de tam biraz daha odun eklemek üzereydim."

Lily zaten gürleyen, atlayan alevlerle koca bir odun yığınını tehlikeli bir biçimde yakıp yok eden ateşe göz gezdirdi. "Beni dinle" diye fısıldadı Lily bir adım yaklaşıp, köpeklerden biri uzun, sivri dişlerini göstererek ayağa kalktığında tekrar olduğu yerde kalarak. "O, eve girmiş! Herkesi uyandırmalıyız!"

Edwina sakin tavırlarla iki kütük aldı, odunları zaten gürül gürül yanan ateşe atarak cehennemi besledi. "Bu gece şarabına neredeyse hiç dokunmadığını fark ettim, Lily."

"Dominic *burada!*"

"Her şey olup biterken, diğer herkesle birlikte uyuyor olabilirdin. Ama bu çok daha iyi olacak. Uyanık olman."

"Ne?"

Köpek bir kez daha hırladı ve Lily alevlerin parıltısında turuncu renkte parlayan dişlere baktı. *Köpekler*, diye düşündü aniden. Bu gece bir kez olsun havlamadılar. Bir davetsiz misafir gizlice ve dikkat çekmeden eve giriverdi. Yerde ıslak ayakkabı izleri bıraktı. Ve köpekler hiçbir uyarıda bulunmadı.

Çünkü onu tanıyorlar.

Edwina ona bakmak için dönerken Lily ileri atıldı ve şömineden ocak demirini kaptı. "Onu buraya sen getirdin" dedi kadın, kendini savunmak için ocak demirini havada savurarak. "Ona sen söyledin."

"Buna gerek yoktu. Zaten buradaydı, dağda bizi bekliyordu."

"Nerede o?"

"Dominic kendi istediği zaman ortaya çıkacak."

"Tanrı seni kahretsin" diye haykırdı Lily, ocak demiri etrafındaki tutuşu sıkılaşırken. "*Nerede saklanıyor?*"

Lily saldırıyı çok geç gördü. Hırlamayı duydu, tırnakların tahta zemin üzerindeki tıkırtılarını işitti ve ikiz siyah ışın üzerine uçarken yan tarafına baktı. Darbe onu yere devirdi ve ocak demiri gürültülü bir çarpma sesiyle elinden düştü. Çeneler kolunun etrafında kapandı. Dişler etleri parçalarken kadın çığlıklar attı.

"Balan! Bakou! Bırak."

Emri veren Edwina'nın sesi değil başka bir sesti: Lily'nin kâbuslarının sesi. Köpekler onu sersemlemiş ve yaralarından kan akar halde bırakıp geriledi. Lily ayağa kalkmaya çabaladı, ancak sol eli güçsüz ve işe yaramaz durumdaydı, tendonlar güçlü çeneler tarafından yırtılmıştı. İnleyerek yan tarafına yuvarlandı ve yerde biriken kendi kanını gördü. Ve bu kan birikintisinin ötesinde, ona doğru yürüyen bir adamın ayakkabıları vardı. Nefes alışverişleri artık hıçkırıklara dönüşen kadın, kendini itip vücudunu oturur pozisyona getirdi. Adam şöminenin yanı başında duruyor, alevlerle aydınlanıyordu; sanki cehennemden çıkan karanlık bir figürdü. Bakışlarını indirip yerdeki kadına baktı.

"Her nasılsa bunu yapmayı her zaman başarıyorsun, Lily" dedi adam. "Her zaman başıma bela açan sen oluyorsun."

Kadın geri çekilmeye çabaladı ancak omuzları bir sandalyeye çarptı, daha fazla uzaklaşamıyordu. Olduğu yerde donup kalarak Dominic'e baktı, dönüştüğü adama. Hâlâ aynı altın saçlara, aynı çarpıcı mavi gözlere sahipti. Ancak boyu uzamış, omuzları genişlemiş ve bir zamanların meleksi yüzü, keskin, gaddar açılar edinmişti.

"On iki yıl önce" dedi adam, "Beni öldürdün. Şimdi bu iyiliğinin karşılığını vereceğim."

"Ona dikkat etmelisin" dedi Edwina. "Hızlı."

"Sana söylememiş miydim, anne?"

Lily'nin bakışları önce Edwina'ya, sonra da tekrar Dominic'e yöneldi. *Aynı boy. Aynı gözler.*

Dominic kadının şok olmuş bakışlarını görmüştü ve "Başı belaya girince on beş yaşındaki bir oğlan başka kime dönerdi ki? Suyla dolmuş bir arabadan sırtındaki giysilerden başka hiçbir şeyi olmadan çıktığında? Ölü ve gözden uzak kalmalıydım, aksi takdirde polisi üzerime salardın. Tüm seçeneklerimi benden aldın, Lily. Bir tanesi hariç."

Annesi.

"Mektubum ona ulaşana kadar aylar geçti. Her zaman benim için geleceğini söylerdim, hatırlıyor musun? Ve senin anne baban bana asla inanmadılar."

Edwina oğlunun yüzünü okşamak için uzandı. "Ama sen geleceğimi biliyordun."

Adam gülümsedi. "Her zaman sözünü tutarsın."

"Bu sefer de dediğimi yaptım, değil mi? Onu sana getirdim. Sadece sabırlı olman ve eğitimini tamamlaman gerekiyordu."

Lily Edwina'ya baktı. "Ama sen Mefisto Kulübü'yle birlikteydin."

"Ve onları nasıl kullanacağımı biliyordum" dedi Edwina. "Onları oyuna katmak için nasıl ayartacağımı da biliyordum. Tüm bunların seninle ilgili olduğunu sanıyorsun, Lily, ama aslında *onlarla* ilgili. Yıllar içinde bize verdikleri zararla ilgili. Onları mahvedeceğiz." Edwina ateşe baktı. "Daha fazla oduna ihtiyacımız olacak."

Dışarı çıkıp biraz odun getireyim."

"Gerekli olduğunu sanmıyorum" dedi Dominic. "Bina bir kav kutusu kadar kuru. Ateşe vermek için tek bir kıvılcım yeter."

Lily kafasını salladı. "Hepsini öldüreceksiniz..."

"Bunu hep düşünmüştük" dedi Edwina. "Hiç uyanmayacaklar."

"Joyce O'Donnell'ı öldürmek kadar eğlenceli olmayacak" dedi Dominic. "Ama en azından sen tadını çıkartmak için uyanıksın, Lily." Ocak demirini eline aldı ve ucunu alevlerin derinlerine kadar itti. "Ateşi elverişli kılan şey. Eti tamamen tüketip geride kömürleşmiş kemiklerden başka hiçbir şey bırakmıyor. Ölümünün gerçekte nasıl olduğunu hiç kimse asla bilmeyecek, çünkü kesikleri asla görmeyecekler. Dağlanma izlerini. Senin de diğerleri gibi öylece can verdiğini düşünecekler, uykunda. Sadece annemin hayatta kalmayı başarabildiği talihsiz bir kaza. Ölmeden önce saatler boyunca çığlık attığını asla bilmeyecekler." Ocak demirini ateşten çekti.

Elinden kanlar akarak, sendeleyerek ayağa kalktı Lily. Kapıya doğru hamle yaptı, ancak kapıya ulaşamadan iki Doberman önüne fırladı. Hayvanların açığa çıkmış dişlerine bakarak olduğu yerde donup kaldı.

Edwina, Lily'nin kollarından tuttu ve gerisingeri, şömineye doğru çekmeye başladı. Bir çığlık atan Lily kendi etrafında döndü ve kollarını gelişigüzel sallamaya başladı. Edwina'nın çenesinde patlayan yumruğunun verdiği tatmini hissetti.

Onu bir kez daha yere indiren köpekler oldu, ikisi birden kadının sırtına fırlayıp, onu sereserpe yere uzatmışlardı.

"Bırak!" diye emretti Dominic.

Köpekler geri çekildi. Berelenmiş yüzünü tutan Edwina, Lily'nin kaburgalarına bir ceza tekmesi hedefledi ve Lily nefes bile alamayacak kadar büyük bir ıstırap içinde yerde yuvarlandı. Acısının bulanıklığı arasından Dominic'in ayakkabılarının daha yakına geldiğini gördü. Edwina'nın bileklerini kavradığını ve zemine bastırdığını hissetti. Kafasını kaldırıp Dominic'in yüzüne, ateşin parlaklığını yanan kömür parçaları gibi yansıtan gözlere baktı.

"Cehenneme hoş geldin" dedi adam. Sıcak ocak demiri elindeydi.

Lily çığlıklar atıp kendini kurtarmaya çalışarak kıvrandı, ancak Edwina'nın elleri fazlasıyla kuvvetliydi. Dominic ocak demirini indirirken, Lily gelecek acıya karşı gözlerini kapatıp yanağını zemine bastırarak kafasını çevirdi.

Patlama Lily'nin yüzüne sıcaklık püskürmesine neden oldu.

Edwina'nın bir nefes verdiğini, ocak demirinin gürültüyle yere düştüğünü duydu. Aniden Lily'nin elleri serbest kalmıştı.

Gözlerini açtığında iki Doberman'ın odanın diğer ucundaki Jane Rizzoli'ye doğru hızla atıldığını gördü Lily. Jane silahını kaldırdı ve tekrar ateş etti. Köpeklerden biri yere düştü, ancak diğeri çoktan havadaydı, siyah bir roket gibi uçuyordu. Köpek ona çarpmadan hemen önce, Jane son bir atış yapabildi. Kadın yaralı Doberman'ı tutmaya çalışır ve ikisi birlikte yere düşerken, Jane'in silahı elinden fırlamış ve yerde kayıp gitmişti.

"Hayır" diye inledi Edwina. Yere düşmüş oğlunun yanı başında dizleri üzerindeydi; yüzünü elleri arasına almış, saçlarını okşuyordu. "Ölemezsin! Sen *seçilmiş* olansın."

Lily kendini oturur hale getirmek için çabaladı ve oda etrafında yan yattı. Yırtıcı alevlerin parlaklığı yanında, ayakları üzerinde bir intikam meleği gibi yükselen Edwina'yı gördü. Kadının uzanıp Jane'in yere düşen tabancasını eline aldığını gördü.

Lily yalpalayarak ayağa kalkınca, oda daha da çılgınca dönmeye başladı. Dönüp duran görüntüler sabit kalmayı reddediyordu. Alevler. Edwina. Ateşin ışığında parlayan Dominic'in kanının birikintisi.

Ve ocak demiri.

Köpek son bir kez kasılarak seğirdi, Jane hayvanı üzerinden itti. Köpeğin cansız gövdesi, dili çenesinden dışarı sarkar halde yere serilmişti. Jane, ancak o zaman dikkatini tepesine dikilmiş Edwina'ya ve Edwina'nın elinde parlamakta olan silaha yöneltebildi.

"Her şey burada sona eriyor. Bu gece" dedi Edwina. "Sen ve Mefisto." Silahı doğrulttu, silahın kabzasını sıkarken kolundaki kaslar gerildi. Dikkati Jane üzerinde öylesine yoğunlaşmıştı ki, kafasına doğru savrulan kendi ölümünü göremedi.

Ocak demiri Edwina'nın kafatasına çarptı ve Lily, dövülmüş demirden dosdoğru eline aktarılan, ezilen kemiğin çatlayışını hissetti. Edwina tek bir ses bile çıkarmadan yere düştü. Yere çarpan ocak demiri metalik bir sesle çınladı. Lily kafasını eğdi ve az önce yapmış olduğu şeye baktı. Edwina'nın kafasına, içeri göçmüş kafatasına. Siyah bir nehir gibi akan kana. Aniden oda karardı ve bacakları kadının altında yalpalamaya başladı. Kayarak yere, poposunun üzerine düştü. Kafasını kucağına gömdü ve hiçbir şey hissedemedi: Ne acı, ne de eklemlerinde herhangi bir his. Karanlığın kıyısında, bedensiz halde sürükleniyordu.

"Lily." Jane kadının omzuna dokundu. "Lily, kanaman var. Koluna bakmama izin ver."

Bir nefes aldı. Oda aydınlandı. Yavaşça kafasını kaldırdı ve Jane'in yüzüne odaklandı. "Onu öldürdüm" diye mırıldandı.

"Ona bakma, tamam mı? Hadi seni kanepeye götürelim." Jane, Lily'nin ayağa kalkmasına yardımcı olmak için aşağı uzandı. Parmakları Lily'nin kolu etrafında aniden kasılarak donup kaldı kadın.

Fısıltıları Lily de duymuştu ve kan damarlarında buz kesti. Dominic'e baktı ve adamın gözlerinin açık ve bilincinin yerinde olduğunu gördü. Adamın dudakları kıpırdadı, kelimeler öyle usulca söylenmişti ki kadın ne söylediğini güç bela işitebiliyordu.

"Hayır... hayır..."

Jane duyabilmek için adamın üzerine eğildi. Lily daha fazla yaklaşmaya cüret edememişti, Dominic'in bir kobra yılanı gibi aniden üzerine atlayacağından korkuyordu. Onu tekrar tekrar öldürebilirlerdi, ancak her zaman geri gelecekti. Asla ölmeyecekti.

Kötülük asla ölmez.

Ateş, sanki alevler zeminden sızarmış gibi kan birikintisinde parladı, kaynağında Dominic bulunan, giderek genişleyen bir cehennem.

Bir kez daha adamın dudakları hareket etti. "Bizden..."

"Söyle..." dedi Jane. "Anlat bana."

"Bizden başkaları... da... var."

"Ne?" Jane diz çöktü, Dominic'i omuzlarından yakaladı ve sert bir şekilde sarstı. "Başka kim var?"

Dominic'in ciğerlerinden son bir nefes çıktı. Yavaşça çenesi düştü ve yüzündeki çizgiler eriyen balmumu gibi yumuşadı. Jane vücudu serbest bıraktı ve doğruldu. Sonra Lily'ye baktı. "Ne demek istedi?"

Lily, Dominic'in anlamsız gözlerine, hareketsiz ve cansız yüzüne baktı. "Az önce bize" dedi kadın, "henüz bitmediğini söyledi."

Bir kar küreme aracı, dağ yolunu kazıyarak yukarı geliyor, motorunun gürültüsü vadide yankılanıyordu. Evin karla kaplı verandasında duran Jane, altlarındaki yolu görebilmek için korkulukların üzerinden aşağı baktı. Aracın, yeni düşmüş toz karın arasından bir yol açarak onlara doğru ilerleyişini izledi. Soğuk ve arındırıcı havadan bir nefes alan kadın, son pus parçacıklarını zihninden atmaya çabalayarak kafasını güneşe doğru kaldırdı. Yol bir kez açılınca, resmi araçlardan oluşan koca bir ordu gelecekti; eyalet polisi, adli tıp uzmanı, olay yeri birimi. Sorular için tamamen tetikte ve hazır olmalıydı.

Tüm cevaplara sahip olmamasına rağmen.

Ayaklarını yere vurarak botlarındaki karı temizledi, cam kapıyı kaydırarak açtı ve tekrar eve girdi.

Hayatta kalan diğerleri mutfak masasının etrafında oturmuştu. Ateşin yandığı büyük oda daha sıcak olmasına rağmen, hiçbiri mutfaktan çıkmayı istememişti. Hiçbiri cesetlerle aynı odada olmayı istemiyordu.

Maura, Lily'nin kolunu bandajlamayı bitirmişti. "Fleksör tendonlar zarar görmüş. Sanırım ameliyat olman gerekecek. En azından antibiyotik kullanman lazım." Kadın Jane'e baktı. "Yol açıldığında, ilk iş olarak onu bir hastaneye götürmeliyiz."

"Çok fazla sürmeyecektir" dedi Jane. "Kar makinesi yolun yarısına ulaştı." Oturdu ve Lily'ye baktı. "Polisin sana sorular soracağını biliyorsun. Pek çok soru."

Maura, "Tıbbi müdahale görene kadar bekleyebilir" dedi.

"Evet, tabii ki. Ama Lily, sana dün gece burada olanlar hakkında sorular soracaklarını biliyorsun."

"Onun söylediklerine arka çıkamaz mısın?" dedi Maura.

"Her şeyi görmedim" dedi Jane. "Olan bitenlerin yarısı boyunca uyuyordum."

"Tanrı'ya şükürler olsun ki şarabını bitirmedin. Yoksa hepimiz kül olacaktık."

"Kendimi suçluyorum" dedi Sansone. "Hiçbir şekilde uyuyakalmamalıydım. Edwina'nın kadehimi doldurmasına izin vermek benim hatamdı."

Jane kaşlarını çatarak Sansone'ye baktı. "Bütün gece ayakta kalmayı mı planlıyordun?"

"Birilerinin uyanık olması gerek diye düşünmüştüm. Ne olur ne olmaz diye."

"O halde Edwina'dan şüpheleniyordun?"

"Utanarak kabul etmeliyim ki, hayır. Yeni bir üye alırken ne kadar dikkatli davrandığımızı anlamalısınız. Bize sadece tavsiyeyle geliyorlar, tanıdığımız insanların tavsiyesiyle. Ve sonra araştırmalar yapıyor, geçmişlerini kontrol ediyoruz. Şüphelendiğim kişi Edwina değildi." Lily'ye baktı. "Güvenmediğim kişi sendin."

"Neden Lily?" diye sordu Jane.

"O gece, bahçe pencerem zorlanarak açıldığı gece, sana pencereyi her zaman kilitli tuttuğumuzu söylediğimi hatırlıyor musun?"

"Evet."

"Bu da içeriden birinin sürgüyü açtığı anlamına geliyordu, o gece evimde olanlardan birinin. Bunu yapanın Lily olduğunu tahmin etmiştim."

"Hâlâ anlamıyorum" dedi Maura. "Eğer kulübe kimin katıldığı konusunda bu kadar dikkatliyseniz, nasıl oldu da Edwina hakkında yanıldınız?"

"Gottfried'le birlikte bunu bulmalıyız. Nasıl olup da içeri sızdığını. Nasıl planlandığını ve uygulandığını. Bir gün öylece kapımızda belirivermedi; Mefisto içinde birilerinden yardım aldı, geçmişi araştırılırken ortaya çıkan şüphe çekici herhangi bir şeyi temizleyen birilerinden."

"Dominic'in söylediği en son şey bu" dedi Lily. "*Bizden başkaları da var.*"

"Başkaları olduğuna eminim." Sansone, Jane'e baktı. "Siz görseniz de görmeseniz de, Dedektif, bir savaşa girmiş durumdayız. Yüzyıllardır devam ediyor, dün gece sadece çarpışmalardan biri yaşandı. En kötüsü geliyor."

Jane kafasını salladı, yorgun bir şekilde gülümsedi. "Bakıyorum yine şu iblislerden bahsediyoruz."

"Ben onlara inanıyorum" diye açıkladı Lily, yüzünde kararlı bir ifadeyle. "Gerçek olduklarını biliyorum."

Kar küreme makinesinin kaldırımın üzerini kazımasını, bir kamyon motorunun yaklaşan homurtusunu duydular. En sonunda yol açılmıştı; bu dağdan ayrılabilir, hayatlarına dönebilirlerdi. Maura, ona kalp kırıklığı ya da umut getirebilecek Daniel Brophy'nin kollarına. Jane, birbirleriyle savaş halinde olan anne babasının arasındaki arabuluculuk işine.

Ve eve, Gabriel'e gidiyorum. Beni bekliyor.

Jane ayağa kalkıp pencerenin yanına gitti. Dışarıda, gün ışığı mükemmel karların üzerinde parıldıyordu. Gökler bulutsuzdu, eve giden yol temizlenmiş ve tuzlanmıştı. Arabaya atlayıp eve dönmek için güzel bir gündü. Kocasına sarılmak ve bebeğini öpmek için. *İkinizi de görmek için sabırsızlanıyorum.*

"Bana hâlâ inanmıyorsunuz, değil mi, Dedektif?" dedi Sansone. "Devam eden bir savaş olduğuna inanmıyorsunuz."

Jane kafasını kaldırıp gökyüzüne baktı ve gülümsedi. "Bugün" dedi kadın, "inanmamayı seçiyorum."

39

Koyu renkli bulutlar alçaktı ve kafasını kaldırıp büyüdüğü eve bakarken, her an gelebilecek karın kokusunu havada hissedebiliyordu Lily. Evi bugün olduğu haliyle, verandası bel vermiş, dış cephe kaplamaları hava şartlarının etkisiyle grileşmiş, metruk bir kabuk olarak görmüyordu. Hayır, evi bir zamanlar yazın olduğu gibi, pencere kafeslerinde Meryemana asmalarının çiçek açtığı ve saçaklardan kırmızı sardunya saksılarının sallandığı haliyle görüyordu. Kardeşi Teddy'nin evden çıktığını gördü, gıcırtıyı ve veranda basamaklarından aşağı sırıtarak koştururken arkasından kapanan sinekliğin çarpışını duydu. Pencerede, "Teddy, yemeğe geç kalma!" diye seslenirken el sallayan annesini gördü. Ve babasını gördü kadın, güneşten yanmış halde ve ıslık çalarak, çapasını bahçenin bir ucundan diğerine, sevgili sebzeliğine doğru taşırken. Bir zamanlar burada mutluydu. Hatırlamak istediği günler o günlerdi, tutunacağı günler.

Diğer her şeyi, o günden bu yana olan her şeyi küllere teslim edeceğim.

"Bundan emin misiniz, Bayan Saul?" dedi itfaiye şefi.

Adamın ekibi itfaiyeci kıyafetlerini tam teçhizatla kuşanmış halde alacağı emiri beklemekteydi. Tepenin daha da aşağısında, kasabadan küçük bir kalabalık izlemek için toplanmıştı. Ancak kadının dikkatini yoğunlaştırdığı kişiler Anthony Sansone ile Gottfried Baum'du. Onlara güveniyordu ve şimdi, ikisi de kadının iblislerin kovulmasına şahitlik etmek için onun yanında duruyorlardı.

Kadın tekrar eve doğru döndü. Mobilyalar çıkartılmış ve bölgedeki hayır kurumlarına bağışlanmıştı. İtfaiyeciler tarafından üst kat yatak odalarından birine istif edilmiş saman balyaları dışında, şimdi orada duran boş bir kabuktan başka bir şey değildi.

"Bayan Saul?" dedi itfaiye şefi.

"Yakın" dedi kadın.

Adam işareti verdi ve ekibi yangın hortumları ve gazyağıyla karıştırılmış dizel yakıtıyla dolu tenekeleriyle içeri girdi. Bu kadar büyük bir evin bir eğitim yangını için feda edilmesi nadiren teklif ediliyordu ve yangını ateşlemek için sabırsızlanan adamlar zevkle işe koyuldu. Pratik yapmak için ateşi söndürecek, sonra alevlerin zaferine izin verme zamanı gelinceye kadar, tekrar tekrar yeniden tutuşturacaklardı.

Siyah dumanlar döne döne göğe yükselirken, Lily birer yol gösterici, hatta baba olarak görmeye başladığı iki adamın arasında durmak için geri çekildi. Sansone ile Baum hiçbir şey söylemedi, ancak bir üst kat penceresinde ilk alevler belirdiği zaman, Baum'un derin bir nefes aldığını duydu Lily ve Sansone de bir elini yatıştırıcı bir şekilde kadının omzuna koydu. Kadının herhangi bir desteğe ihtiyacı yoktu; sırtı dimdik, bakışları ateşe sabitlenmiş halde duruyordu. İçeride alevler hâlâ Peter Saul'un kanıyla lekeli zemin kaplamalarını yutuyor, kutsal olmayan haçlarla pisletilmiş duvarları yalıyor olmalıydı. Böyle yerlerin ayakta kalmasına izin verilmemeliydi. Böyle bir kötülük asla temizlenemez, sadece yok edilebilirdi.

Şimdi itfaiyeciler son yangını izlemek için evden çekilmişti. Alevler çatının her yerinde çatırdıyor ve eriyen karlar tıslayarak buharlaşıyordu. Turuncu pençeler pencerelerden uzandı ve çıra kadar kuru kaplamaları tırmaladılar. Alevler zaferini kükreyen bir hayvan gibi beslenip büyüdükçe, sıcaklık itfaiyecileri geriletti.

Lily şimdi çocukluğunun son kalıntılarını yakıp yok eden ateşin kalbine baktı ve parlaklıkla çevrelenmiş halde, zamanda tek bir an gördü. Bir yaz gecesi. Anne babası ve Teddy verandada durmuş, Lily'nin bir ağı sallayarak çimenlerin üzerinde koşuşturmasını izliyorlardı. Ve ateşböcekleri... gecede göz kırpan takımyıldızları gibi, öylesine çok ateşböceği. "Bak, ablan bir tane daha yakaladı!" diyordu annesi ve Teddy, elinde ödülünü almak için bir kavanoz tutarak gülüyordu. Yılların ötesinden, kendi kalbinin içinde güvende olduğu için hiçbir alevin asla ulaşamayacağı bir yerden ona gülümsediler.

Çatı çökmüştü, alevler gökyüzüne uçuşuyordu ve Lily kendini bir kış yangınının eski zamanlara ait heyecanına kaptıran insanların kesilen nefeslerini duydu. Alevler yavaşça ölürken, kasabadan gelen izleyiciler tepeden aşağı, arabalarına doğru ilerlemeye başladı, o günkü heyecan artık sona ermişti. Son alevler de söndürülür ve kararmış küllerden çıkan dumanlar kıvrılırken, Lily ve iki arkadaşı orada kaldı. Bu moloz yığını temizlendikten sonra buraya ağaçlar dikecekti. Çiçek açan kirazlar ve yaban elmaları. *Ancak bu tepede asla bir başka ev olmamalı.*

Soğuk bir şeyler burnunu öptü, kafasını kaldırınca iri iri kar tanelerinin düştüğünü gördü . Karın en son lütfuydu bu, kutsal ve arındırıcı.

"Gitmeye hazır mısın, Lily?" diye sordu Baum.

"Evet." Kadın gülümsedi. "Hazırım." Sonra onları takip etmek için döndü ve üç iblis avcısı birlikte tepeden aşağı doğru yürüdü.